华　章
传奇派

品味无限不循环的人生

陆晓峰

著

大鳄联盟 海豚篇

海鸥

捕捉利润的交易员。在转瞬即逝的价格移动中，于海豚口中掠食。

海豚

推动价格的游资。聚，可将白菜卖成黄金。散，能把黄金贬为尘土。

鳄鱼

上游资本的主宰。一手掌控实体经济，一手拨弄金融风云。

重庆出版集团 重庆出版社

图书在版编目（CIP）数据

大鳄联盟. 2, 海豚篇 / 陆晓峰著. — 重庆 : 重庆出版社, 2021.6

ISBN 978-7-229-13583-6

Ⅰ. ①大… Ⅱ. ①陆… Ⅲ. ①长篇小说–中国–当代 Ⅳ. ①I247.5

中国版本图书馆CIP数据核字(2021)第047338号

大鳄联盟2 · 海豚篇

陆晓峰　著

出　　品：华章同人

出版监制：徐宪江　秦　琥

责任编辑：王昌凤

特约编辑：张铁成

责任印制：杨　宁

营销编辑：史青苗　刘晓艳

封面设计：韦海峰

重庆出版集团 重庆出版社 出版

（重庆市南岸区南滨路162号1幢）

投稿邮箱：bjhztr@vip.163.com

北京温林源印刷有限公司　印刷

重庆出版集团图书发行有限公司　发行

邮购电话：010-85869375/76/78转810

重庆出版社天猫旗舰店 cqcbs.tmall.com

全国新华书店经销

开本：880mm × 1230mm　1/32　印张：12.5　字数：313千

2021年9月第1版　2021年9月第1次印刷

定价：48.00元

如有印装质量问题，请致电023-61520678

目录

第一章 撤资

股权、股权，拥有股份，方能拥有对公司的控制权。

掌握三分之二以上的股份，便拥有绝对控制权，在公司所有大小事务上，都能一言九鼎。

掌握二分之一以上的股份，就可以获得相对控制权，决定公司的日常事务。

掌握三分之一的股份，则拥有防御控制权，可以在关键时刻对一些重要议题一票否决。

那么，如果拥有25%的股份呢?

“25%的股份，当然不少了。不过……”

五月，海鸥酒吧。

李泰祥坐在吧台的高脚凳上，内心烦乱地随手转动着酒杯，面上却强自摆出深思熟虑的样子，推了推鼻梁上的眼镜，字斟句酌地道:“不过，单单25%的股份，想要掌控一家公司，尤其还是齐家一手创立的东华渔业，恐怕远远不够吧？”

“嗯，那又怎样？”坐在李泰祥身边的何哥，耸了耸肩，皱起眉，不以为然地问，“老李，你究竟想要说什么？”

自从帅朗联系上他们这些海鸥论坛上的旧人，创建“阑珊资本”以后，原本已经烟消云散的海鸥俱乐部，一夜之间又复活了。

每天下午三点股市收盘以后，他们这些以海鸥自诩的交易员，便会络绎不绝地跑过来。恍如时光倒流，已经好些日子没有交易员们聚会的海鸥酒吧，渐渐重新成为交易员们高谈阔论、交流彼此投资心得、吐槽各自喜怒哀乐的集散地。

比如今天，何哥刚刚在欧盘时段，开了原油的空单，豪赌晚上美盘会出利空。当李泰祥说这番话的时候，他正自紧盯着手机上的原油行情，时不时和旁边几个同样开了原油空单的同道，兴致勃勃地讨论原油接下来的行情。哪里还有余暇理会什么东华渔业的股份。

好吧，倒也不能说东华渔业不重要。毕竟，在场的所有交易员都投了不少资金给阑珊资本。而阑珊资本成立以来，唯一出手的投资，便是趁着齐家因海岸休闲城事件而阵脚大乱，以不到四块的成本，拿下了东华渔业25%的股份。

问题是，这笔投资，到目前为止不是很顺利吗？

一开始，东华渔业股价和长林集团的股价一样，受到海岸休闲城事件影响一路狂跌，跌到最后齐家兄弟质押的股票都要被强平了。

不过齐家兄弟也不是吃素的。东华渔业的创始人、董事长齐军第一时间就站出来，完全承担了东华、长林两家公司挪用工业用地导致群体事件的责任，缓解了海岸休闲城事件引发的紧张局面。

阑珊资本出手的时机也把握得极好。当时，无论东华渔业还是长林集团股价的暴跌，其实都已经将近尾声了。而阑珊资本的出资，更是化解了齐家兄弟迫在眉睫的财务危机。因此股价很快就触底反弹，几个月的时间，转眼又回到了十元上方。

这样的利润，这样的战绩，还有什么可以担忧的？

反正，何哥现在对阑珊资本放心得很！

他实在不理解，李泰祥也算在海鸥论坛上混了好些年的老交易员，但是和自己其实并不算十分熟悉，眼下为啥会凑到自己身边，提及东华渔业股份的时候，满脸竟是这般忐忑和担忧？说话还不爽利，先是支支吾吾，继而七弯八绕。

何哥一心惦记着自家刚买的原油空单，可没耐心和李泰祥打哑谜。他随手将手机上原油行情，切换到了东华渔业的日K线图。

手机屏幕上东华渔业的日K线图，看上去就好像是一个教科书般标准的V形反转。上市那天，就一路上涨到了17.3元，最高价更是到了22.5元。可惜随着海岸休闲城事件爆发，又直线下跌到了个位数。好在一根金针探底后，就迅速反弹上来了。尤其最近，走势相当不错。一根又一根大小阳线，以差不多四十五度角，坚定上扬不休。

如此走势，意味着什么？意味着财源滚滚啊！

饶是何哥天天都看，看了不知道多少遍，此刻面对这样的K线，还是忍不住发自内心地欢喜，啧啧赞道："咱们阑珊资本这一仗，打得漂亮啊！大家伙儿都发财了，你还担心啥？"

"呃，道理是这个道理，可是……"

李泰祥却还是满脸纠结，他是IT出身，这行当吃的是青春饭。年轻的时候，上班虽然累，但是收入相当不错，每年都有好几十万。可惜人到中年，有家有小之后，就实在吃不消"996"的生活节奏了。

更要命的是，想跳槽都难，毕竟IT技术日新月异。企业显然更青睐没有家庭拖累，能够拿出更多时间和精力卖命，又能紧跟时代潮流的年轻人。如果没有过硬的技术，又不能及早转型管理的话，"过了四十岁就失业"，在这个圈子里绝对不是危言耸听。

好多同行到了他这个年纪，要么忍气吞声郁闷地赖在公司里沦落为最底层，完全看不到希望；要么跑去创业却输得精光，朝不保夕；又或者跑去比较清闲，但是收入惨遭腰斩的国企、事业单位。

幸亏他运气不错。正因为是搞IT的，他比常人有更多的时间上网，浏览更多的网页，机缘巧合下，误打误撞，混入刚刚起步的小众化海鸥论坛。他很快便欣喜地发现，自由交易员，对于不乏本金的他来说简直就是为他量身定做的，一旦成功转型，恰好可以化解这职场上的中年危机。

当然，投资方面他确实没有什么惊人的天赋。寻常投资者犯过的低级错误，他都犯过。几次股市跌宕，该吃的亏都吃过，该承受的损失也都承受过。

只是年轻的时候，积累下来的本金确实不少，禁得起这样的折腾。李泰祥登录海鸥论坛的时间早，后来更是海鸥俱乐部元老，得到过郎杰的指点和帮助，还有一群同样痴迷于投资的同道相互交流。

渐渐地，他积累了经验，也形成了力争不亏、决不贪心的稳健风格。投资的年化收益，也在不知不觉中，由负转正，由最初连银行理财都跑不过，慢慢增长到远胜于银行理财，运气好遇到牛市的话，年化收益可以达到百分之三十或甚百分之五十，乃至翻倍……

这样的收益，让他再无后顾之忧。前年就索性辞职离开IT行业，成为全职的专业交易员，日子过得倒也逍遥自在。

说实话，若不是真心记着当年投资菜鸟时受过郎杰的帮助，以他的个性李泰祥更喜欢单打独斗，而不是出资加入阑珊资本。

和许多已经收入稳定的交易员一样，他更相信自己的投资水平，也非常满意自己虽不算丰厚但胜在稳定的投资回报。

所以，东华渔业眼下股价越是疯涨，他就越患得患失，既高兴又忐忑。高兴的是账上的盈利越来越多，貌似赚了好多钱，自己的投资似乎获得了极其惊人的回报；忐忑的是回报太丰厚了，让他下意识地想要入袋为安。

毕竟，以往不知道多少次投资，都是在获利之后压制不住心中的贪婪，结果反胜为败，乐极生悲，乃至鸡飞蛋打、血本无归。

这样悲惨的往事，他真心是不想再多经历一次。

李泰祥哪怕已经感觉到了何哥的不耐烦，踌躇再三，最终还是忍不住小心翼翼地吐露出了自己的心声："我……我的意思是，阿朗确实很厉害，虎父无犬子啊！完全继承了郎先生在投资上的本领。这次咱们成立的阑珊资本，确实是一步绝妙好棋。但是……咱们都已经赚了这么多钱，何哥，你看咱们是不是该商量商量，及时收手，免得夜长梦多……"

"你想撤资？"何哥顿时怒了，狠狠盯着李泰祥，"你忘记了咱们组建阑珊资本的初衷了？这当口就想反水？"

"不不不……"听到何哥的斥责，李泰祥连忙摇手，"我不是这个意思！我当然记得郎先生的好，这次出钱也确实是真心实意想要帮助阿朗，报答郎先生的。我也是好心，毕竟阿朗太年轻了，也没有多少投资经验，就怕他收不住，坏了眼下的好局面！大家说是不是？"

听到这话，何哥倒还好，可是何哥身边的几个交易员，脸上都不免显出了犹豫之色。毕竟，关系到大家各自的切身利益。在阑珊资本赚了这么多钱以后，确实也不是就李泰祥一个人，开始盘算落袋为安。

氛围顿时诡异起来。

第二章
危机

“何哥，老李说得倒也有些道理啊！”

“是啊，安全第一，说实话，这一波咱们赚得已经不少了！”

“唉，不怕大家笑话，最近我家里用钱的地方很多，媳妇有些闹腾了。要不，大家一起去和叶小姐还有阿朗提议，拿出一点儿钱分红吧！”

议论声起。

李泰祥只是开了一个头，越来越多的人加入讨论。

倒不是大家眼光短视，实在是这一波阑珊资本的操作太优秀了。最重要的是，在场的每一个交易员，都有过赚了大把的钱，可还没来得及取出来摸一摸，转眼就又亏光的悲惨经历。

此时撤资显然有些太过分了，但至少是分红，大多数人都是赞同的。

“放屁！”何哥愤怒得面红耳赤，“莫说这些动摇军心的混账话！钱还没到手，就想抽钱分家，到时候削弱了阑珊资本的力量，你以为你的利益就不会受损？反正我相信阿朗。他能够把阑珊资本玩得这么大，肯定会有获利离场的考虑。”

“不错！”正说话的当口，忽然听见叶阑珊的声音从众人身后传来。

叶阑珊笑眯眯地来到了近前：“大家都是经验丰富的交易员，应该都熟悉相关的法规条例。25%的股份，哪里可能是说变现就变现的。不过大家放心，阿朗从出手的那一刻起，就已经考虑好怎么离场了。接下来，我们阑珊资本会实施一系列大动作，为大家争取更大的利益，同时也是为了更安全地变现。一个月——最多一个月，我保证就会回馈大家不少于投资额50%的分红。当然……”

说到这里，她扫视了包括李泰祥在内的所有交易员一眼，笑吟吟地道：“如果哪位确实有资金困难想要提前撤资，其实也没有关系。阑珊资本成立的时候，大家都签过合约吗，只要提前一个月申请就可以。”

“对啊！”何哥眼睛一亮，赶紧附和，“这些都在合约上白纸黑字约定好了的。谁想要提前走人，那么就按照合约办！”

何哥话音刚落，不等众人插话，叶阑珊依旧笑吟吟的样子，扮足了红脸，和颜悦色地补充道：“大家都是内行，应该明白，阑珊资本从成立那一天起，就对大家的资金安全做出了十分负责任的保证。按照合约规定，哪怕亏损，也绝对保证本金80%的回归。这样的保底条款，并不是空口白话。而且一旦阑珊资本的投资亏损超过30%，就会强行终止交易。本金的回归也由阿朗名下的信托基金兜底。”

此言一出，人心顿时安定下来。20%的本金风险，虽然不小，却不是不可承受的。

说到底，在场的都是投资精英，不是什么菜鸟，更不是见到利润就一窝蜂冲上去，吃亏就哭天喊地的大妈。收益必然伴随着风险的道理，谁都明白。

阑珊资本的创立，固然有郎杰的人情在，有帅朗给大家画就的大饼在，可很重要的原因，也是因为利益可期。

这就好像一份期权的权力仓，收益无限，风险保底，所以才值得一搏不是？

见到撤资议论平息下来，叶阑珊不动声色地道：“最重要的是，现在咱们阑珊资本盈利这么大，本金全部回笼是绝对没有问题的。退一万步讲，即便投资最终亏损20%，李哥，你准备申请吗？”

“啊？我……我……”被叶阑珊这么一说，李泰祥反倒犹豫起来了。

阑珊资本这次投资，收益差不多翻了三倍，当真如同叶阑珊所说的那样，其实也已经有非常高的安全垫确保本金无虞了。

他现在提前撤资，会损失收益的20%。在三倍利润的情况下，哪怕扣除相关费用，这收益的减少，也会至少是本金的30%左右。

如果是100万的本金，就会少拿至少30万的收益。李泰祥这次投资了300万，如果提前撤资，就要少拿小100万的收益。就算撤资也得一个月后拿到钱，而一个月后，叶阑珊已经许诺要分红了。不少于投资额50%，也就是至少150万的分红。

最重要的是，这次阑珊资本的操作实在太过亮眼了，几个月的时间就获得了这么高的利润。现在叶阑珊口口声声说阑珊资本还有大动作，还有可能争取到更大的利益，这由不得李泰祥不动心。

如此想着，李泰祥赶紧摇头：“不不不，我……嘿嘿，我就是天生胆子小，胡思乱想瞎担心。既然叶总这么说了，我就放心了。不撤资，从一开始，我就没打算撤资过！”

始作俑者都这么说了，其他人自然也就没了跟风的兴趣。不一会儿工夫，刚才逐渐围拢过来的人们，又三三两两地散开，继续他们的喝酒聊天。

“奶奶的！”唯独何哥还有些悻然。跟在叶阑珊身后，坐到旁边一处僻静的角落里，不太开心地灌了自己两口酒，犹自余怒不息，“都是一群白眼狼。全都忘了郎先生对他们的好了！也忘了这几个月阿朗带给大家多大的惊喜。”

“算了，趋吉避凶，也是人之常情！要怪也只能怪我们这次盈利太多了。”叶阑珊倒是坦然，“还好阿朗早有预防。当初阑珊资本成立的时候，正是他坚持订立投资资金提前退出方式。不瞒何哥你说，那会儿我还怪阿朗坚持这些，未免太谨小慎微。现在却派上大用场了。说化解了阑珊资本的生死危机也不为过。”

“生死危机？”何哥微微一愣，随即摇了摇头，不以为然地笑道，“阑珊你这话未免危言耸听了。老李说到底不过是眼皮子浅，胆子小而已。就他，还能威胁到阑珊资本的生存不成？”

“这可不是小事！”叶阑珊却肃容道，“千里之堤毁于蚁穴啊！尤其我们玩金融，信用、信心、信任是很重要的。再了不得的银行，一旦面临挤兑风潮，都会有瞬间崩盘的危险。更何况我们阑珊资本所有的钱，全都来自于何哥你们这些老师的故人，都是看在老师当年的情分上，讲义气聚过来的。大家团结一致的话，肯定能办不少大事。可如果闹了不开心，彼此生分，分崩离析，转眼变成一群乌合之众，也不是不可能。”

何哥不服气：“老李可没这么大本事！”

“我可不是说李哥。”叶阑珊笑着，为何哥倒满了酒，解释道，“李哥是自己人。提出分钱，也是咱们自家人关起门来有商有量，说清楚了就没事。但是……怕就怕有人会挑事分裂咱们阑珊资本。”

叶阑珊说这番话的时候，何哥其实并没有太在意，直到最后一句方才引起了他警觉，忍不住问：“谁？你担心谁？”

叶阑珊举杯轻碰何哥酒杯，轻轻叹了口气，一字一句蹙眉道：“还能有谁，自然是齐军齐二爷了！”

第三章
寒芒

“干！”破败的茅屋内，齐军扫了一眼面前的年轻人——这些和他在同一个村子光着屁股一起长大的年轻人，然后一口饮下碗里的烈酒，带头走了出去。

走到海边，上了海船，扬帆起航，驶入波涛汹涌的大海。那一刻，他真是做好了葬身鱼腹的准备。

茫茫大海之上，他打鱼，他运货，他提起鱼叉、拿起砍刀，从自家的渔船当先跳上对手的甲板。血肉横飞里，杀出了他齐二爷的赫赫威名。

打出了威名的齐二爷，已经不再满足于海上称霸了。终于有一天，他毫不在意别人视自己为土包子的鄙夷，扛了一麻袋的现金，一头杀入同样惊涛骇浪的股市。

不知道从什么时候开始，他留了一头板寸短发。摸着刺手的短发，他收敛了海上厮杀出来的戾气，变得憨厚、老实、耿直。齐军乐呵呵地自称是郎老师门下第一忠狗，鞍前马后，跟随郎杰开疆拓土。

当然，这并不妨碍他摸着板寸短发，翻脸无情，和自家兄长齐华一起坑了郎杰，趁火打劫了陷入危难中的海鸥资产。齐军以此为台阶，成为长林集团的大股东，最终推动了东华渔业的上市。

齐军永远忘不了上市的那一天，那一天可以说是他人生的巅峰。

当时，他西装革履，站在上交所那口大名鼎鼎的上市宝钟前，在众人的注视下，扬起手中的木槌敲响了宝钟。

在一片欢呼声中，东华渔业开盘了。股价瞬间就涨了20%，直接触发了交易所盘中临时停牌半小时的规则。而等到半个小时后重新开盘，股价仅仅用了十秒钟，就再次上涨了20%。涨幅总计44%，达到了上市新股首日上涨的极限。东华渔业的股价会纹丝不动地钉在17.3元的价位上。

哪怕为了上市他已经稀释了不少股份，每股17.3元的价格依旧让齐军的资产瞬间翻了好几倍。

这仅仅是上市第一天。几乎可以肯定，接下来的每一天股价都会疯狂上涨。同样可以肯定，他齐军，堂堂东华渔业的董事长，在接下来的几天里，无论财富，还是地位、名誉，都必然会随着股价的疯涨而水涨船高，登上人生的巅峰。

可惜，就在他开心的当口，他恍惚听到了投资者们的喧嚣，听到了记者们“咔嚓嚓”拍照的声响；恍惚听到了法官敲落法槌，沉声宣布五年有期徒刑的判决；恍惚听到了警笛的呼啸；恍惚听到了牢门“哐啷当”打开的声音……

“该死！”齐军忍不住大叫了一声。

一睁眼，却看到自己躺在监狱硬邦邦的木床上。才发现刚才只是做了个梦，梦见了自己的过往种种。

那个被迫出海一搏的穷小子是他，那个在海上争夺利益的老大是他，那个杀入股市、甘做跟班的是他，那个翻脸无情追逐名利的人也是他，一手创立东华渔业的依旧是他。当然，如今辞去东华渔业董事长职位，将海岸休闲城事件的所有责任都一肩扛下，最终被判刑五年的，同样还是他。

至于现在，他齐军只是一个挪用工业用地，还闹出群体事件、闹出人命，以至于判刑五年的囚犯而已。

就在齐军的嘴角不觉泛起一丝自嘲之际，蓦然，牢房外响起狱警的喊话："3581！"

"到！"和监狱里的所有囚犯一样，齐军立刻站立起来，老老实实地应了一声。

狱警打开了牢房的门，吼了一声："出来，家属来看你了！"

家属？

在狱警的带领下，齐军很快在会见室看到了大哥齐华。

看到剃了光头、一身囚服的齐军走进来，坐在自己的对面，齐华显出了难过之情，重重叹了一口气："老二，这次委屈你了！"

"哈哈，你这么说可就是不把我当自家兄弟了！"齐军倒是看得开，摇了摇头，声如洪钟，"虽然不像你读了那么多书，可断尾求生的道理我还是懂的。何况还能避开那些烦人的媒体记者。这买卖划算！我这也就是心里烦，随口乱扯几句。没办法啊，天生打打杀杀的坯子，打小就一刻也停不住。"

齐二爷毕竟是齐二爷，感觉说这样的话未免有些颓丧软弱，当下便甩了甩脖子，主动将话题拉到了正事上："大哥你这边过关了没有？诺诺镇得住东华那边的兔崽子们吗？"

"都很好！你扛下了所有责任，长林这边对大哥的发难，已经全都压下去了！诺诺在东华也不错，獭子帮她镇住了下面的人，阿朗能力很强，帮忙处理好了和公众、媒体以及证监会的关系，东华可以说比长林还稳定。今天的股价，都已经涨到10.6元了！"

"10.6元？"齐军非但没有高兴，反倒瞪起了眼，悻悻地道，

“奶奶的！那会儿阑珊资本借着海岸休闲城的事落井下石，好像只用了不到4块钱的成本，拿下了咱们东华渔业25%的股份。也就是说，他们现在账面利润，已经快翻三倍了？”

齐华眉间微微一凝：“这一次确实让叶阑珊捡了一个大便宜！不过，可怕的并不是阑珊资本借这个机会捞了多少钱，而是阑珊资本为什么能够捞这么多钱？”

“为什么？”齐军起始没有明白齐华的言下之意，不由一愣，旋即猛地睁大了眼睛，满脸不可思议地道，“等等，大哥，你难道怀疑……”

齐华点了点头，同时下意识地用手指轻轻敲了敲桌面，神情凝重地道：“你不觉得奇怪吗？海岸休闲城打着科研项目生活配套设施的幌子挪用工业用地，打的是擦边球，而且我们两家公司相互配合，财务上做得非常隐蔽。正常情况下，不是长林和东华的高层，很难接触到相关的材料。退一万步讲，就算有长林和东华的高层接触到这些材料，没有一定的金融和法律知识，也不见得能够看清问题的本质。可这件事情还是被泄露出去了，而且还那么巧，正好就在海岸休闲城项目奠基剪彩的时候，正好就在众多领导、媒体到场的情况下被泄露出去。”

齐军越听牙齿咬得越是咯咯作响：“内鬼？咱们这里有内鬼？有内鬼和阑珊资本勾结狼狈为奸？”

“这还只是其一。”齐华没有直接回应齐军的疑问，自顾自说道，“还有一件事情同样蹊跷。你说，叶阑珊和她的阑珊资本是怎么冒出来的？为什么这么巧，偏偏就在这个时候冒出来，时间还把握得这么好？而且一下子能够拿出这么充足的资金！老二，你不是说你很早以前就认识叶阑珊了吗？你觉得单单她一个人，有这么大本事吗？”

“没有！肯定没有！”齐军想也不想地摇头，“这女人以前……”

齐华瞥了一眼手腕上的手表。

探监是有时间限制的，他打断了齐军的嘀咕：“如果她本人没有这么大的本领，那么阑珊资本的出现，有没有可能是叶阑珊的背后隐藏了高人？”

“这个……”齐军顿时倒吸了一口凉气，“大哥，你是说有人隐藏在暗地里盯着咱们？趁咱们海岸休闲城出事，和高迈恶斗的当口，找到机会出手，来了一个鹬蚌相争渔翁得利？”

“如果只是这样也就罢了，怕就怕……”齐华的脸色渐渐阴沉下来，全然没有了他平日里随和亲切的样子，声音变得凝重，“怕就怕对方目的不止于此，搞不好已经开始新的动作了！”

“岂有此理！”齐军彻底怒了，完全忘了自己如今只是囚犯的身份，狠狠一掌拍在桌子上，拍得山响，顿时引来了狱警注意。

狱警大喝一声：“3581，老实点儿！”

说话的同时，已经大步走过来。好在齐家人脉不错，齐华朝着狱警道歉之后，狱警便很给面子地停下了脚步。

齐军也醒悟过来自己眼下的身份处境，哼哼了两声，倒是没有之前那么激动了，可还是带着极度的不甘与怒气，咬牙切齿道：“管他有没有高人隐藏在暗地里。阑珊资本这一回冒出来，从咱们齐家身上狠狠咬下一口，简直……简直就是踩着咱们齐家的脑袋扬名立万啊！大哥，这事可不能忍！”

齐华赞同，一字一句认真道：“当然不能让忍！不做点儿什么事情，只怕所有阿狗阿猫都要把咱们齐家当成任人宰割的肥肉了！”

齐军不由兴奋道：“咱们这就和阑珊资本开战？”

“当务之急，首先是要想办法把你弄出去！”齐华挥了挥手，胸有成竹地道，“然后，咱们再和叶阑珊这个女人好好算一算账！”

说话间，齐华目光微微闪过一丝冰冷的寒芒。

第四章
大动作

“阑珊资本当下的敌人，只有齐家。但除了齐军，其他人实际上都不足为虑！”

就在齐华探监的时候，海鸥酒吧内，叶阑珊和何哥恰好也谈到了齐家。

叶阑珊懒懒地拿着酒杯，随意地抿了一口酒，懒懒地开口，很有些青梅煮酒论天下英雄的味道：“嘿嘿，齐然诺虽说有很高的学历，不过职场又不是学堂。职场之上，不是谁的学历高，谁就能包打天下。虽然齐军把责任全扛下以后，齐然诺成为东华渔业第二任董事长，但我并不觉得她能够对我们阑珊资本产生致命威胁。”

“这话不错！”学历和叶阑珊同样不高的何哥，用力点头附和道。

叶阑珊继续说道：“相形之下，还是齐华更可怕一点儿。不管怎么说，他都是实际掌控东华和长林两家上市公司的大佬，心里的算计深得很，当初连老师都被他坑了。这次我们阑珊资本抓住好机会，狠狠宰了齐家一刀，现如今齐华已经渐渐稳住了阵脚，只怕做梦都想要报复吧！”

何哥再次点头，随即有些不解地道：“齐华确实不容忽视。说不定……不，百分百肯定，现在他就已经开始调查咱们阑珊资本了。不过……阑珊，为什么刚才我听你的意思，好像齐华还不如齐军。”

“因为圈子啊！”叶阑珊淡然一笑，“齐华最初是体制内的官员。他啊，就像齐然诺一样，生活的圈子距离海鸥论坛、海鸥俱乐部以及咱们这些交易员太远了，是两个世界的人。这样的人你觉得可能会真正了解阑珊资本吗？”

叶阑珊放下手中的酒杯，慵懒地靠在身后的椅背上，“啪嗒”一声，点燃了一支女士香烟，表情凝重起来：“和齐华父女相比，齐军可就大大不同了。他不仅仅是东华渔业的创立人，道上鼎鼎大名的齐二爷，更要命的是，他从一开始就在海鸥论坛上混，后来跟着老师成立了海鸥俱乐部，再后来又联合创立了海鸥资产。他本身就曾经是一只海鸥，如今也是齐家人里面最熟悉海鸥的人。甚至无论资历还是人脉，都胜过了你我！”

听到这番话，原本还悠闲喝着酒的何哥，不由倒吸了一口凉气，惊疑地道：“你……你是担心……”

叶阑珊点头：“能不担心吗？齐军想要在我们阑珊资本的投资人里面找一两个狐朋狗友，你觉得会很困难吗？眼下他还待在监狱，问题不大。不过我听说齐华正在上下活动，准备以保外就医的名义，把齐军从监狱里弄出来。一旦出来了……”

何哥不由脸色一变：“这样一来，阿朗不就危险了？以齐军的手段，威胁也好利诱也罢，甚至单单套交情，就很容易在我们这群人里面发展出几个二五仔来。到时候轻轻松松，不费吹灰之力，就能把咱们阑珊资本的底细摸个清清楚楚！”

何哥越说越是不安，狠狠拍了拍脑门：“唉，早知道这样，阿朗就不该直接站出来。现如今，虽然明面上是你在代表阑珊资本，可咱们这里人人都知道，实际上是阿朗搞出来的。等齐军从牢里出来，很快就能顺藤摸瓜查到阿朗头上。他在东华渔业的身份，用不了多久就会曝光。”

“这也是没有办法的事！”叶阑珊苦笑，指了指四周，“阿朗不出面，你觉得谁有这么大面子，能把这么多人，这么一大笔资金聚集起来？说到底，大家搞了这阑珊资本，除了阿朗说服大家，让大家觉得对齐家出手有利可图，很大一部分原因还是念着老师的旧情啊。没有阿朗，根本就不可能有阑珊资本。”

“问题是现在怎么办？”何哥心烦意乱，“传说齐军可是杀过人的。要是让他知道阿朗是打入齐家的卧底，是郎先生的儿子，还是弄出海岸休闲城事件让齐家现如今这么倒霉的罪魁祸首，这……这……”

“好了，好了！”看到何哥这么慌乱，叶阑珊不得不安慰道，“放心吧，阿朗敢站出来把大家召集到一起，搞这个阑珊资本，当然早就考虑到了最坏的可能。现在又不是乱世，你以为真的会把人杀了扔海里去不成？再糟糕，也不过是阿朗暴露了，被齐家踢出东华渔业，丢了他那个董事会秘书而已！”

何哥不信：“齐家可不会这么善罢甘休！”

“当然……”叶阑珊犹豫了一下，“齐家当然不会善罢甘休。说不定会玩些阴损的招数，指控阿朗泄露公司机密之类。这个真的只能兵来将挡，水来土掩了。不到最后关头，谁也不知道齐家出什么牌不是？”

何哥不满意了。他是真的念着郎杰的好，爱屋及乌，觉得帮助郎杰的儿子，是他应当肩负的道义，真心不想看到帅朗遇上麻烦，皱眉道：“咱们不能这么被动吧？”

“当然！”叶阑珊缓缓坐直身体，胸有成竹地道，“所以之前我才说，阑珊资本接下来会有大动作，针对齐家的一连串大动作。这可不仅仅是为了转移老李他们的注意力，忽悠他们不着急撤资，也是阿朗很早以前就通盘考虑好的一整套计划！”

何哥精神一振：“一整套计划？”

“是啊，一整套计划！阿朗如今在齐家很受信任，他在东华渔业的身份地位，对我们也有很大的帮助。所以无论如何，咱们也该趁着阿朗没有暴露前出手。目的就是进一步削弱齐家，壮大我们阑珊资本，这才是对阿朗最好的保护！”

何哥来了兴趣：“快说说，接下来要做什么？”

“临时股东大会！”叶阑珊，笑道，“接下来，我和阿朗商议过了，准备提案申请召开东华渔业的临时股东大会！”

第五章
策略

“帅总早！”

周五，上午八点，东海渔业总部。

帅朗才跨进大厅，前台就立刻站起来，娇滴滴地招呼了一声。

“早！”帅朗给前台一个和蔼可亲的微笑回应。小姑娘的脸颊顿时飞起了两片红晕，眼中则闪过了兴奋和激动，一颗心怦怦直跳，恍若撞鹿。

她花痴般地看着帅朗步入电梯，看着电梯的门打开又关上，直到看不到帅朗的身影，这才怅然若失地坐回，拿出手机，低下头，飞快地发微信群：“帅总上班了！”

“帅总真是好年轻、好帅啊，而且还好有礼貌！”

“听说帅总去年才刚刚大学毕业，最初是长林集团的证券事务专员，后来跟着小齐董来到东华担任证券事务代表，现在升任董事会秘书。整个东华的证券部，就是他和小齐董一起创立的！”

前台小姐姐噼里啪啦打字的当口，帅朗已经来到了三楼的证券部。

如同前台在微信里说的那样，东华渔业是新上市的公司，帅朗全程参与了东华的上市。东华渔业证券部，所有证券事务专员实际上都是他招聘进来的。以他的年纪如果待在长林，肯定会遭遇很多嫉妒和杯葛，但是在东华渔业却完全没有这样的问题。

看到帅朗走进来，那些年轻的证券事务专员一个个全都停止了谈论，招呼了帅朗一声之后，纷纷坐到了自己的位置上，就好像学生看到老师走进教室一样。

帅朗也不废话，立刻进入主题："下午一点半，由公司第二大股东阑珊资本提议召开的临时股东大会，将会增选补选董事会董事。我们证券部负责这次临时股东大会的预备工作、会议记录，以及事后重大信息的披露。早上群发的任务表都收到了吗？从现在开始，所有人全都按照任务表的安排，专人专事专责，行动起来！"

"是！"帅朗一声令下，证券部顿时忙碌开了。

帅朗敞开自己办公室的大门，现场处理各项事务，同样忙得不可开交。快到中午一点钟的时候，手机响起，这才让他放下了手头的工作。

接通电话，手机那头传来了齐然诺的声音："一起吃饭？"

"好！"帅朗很干脆地应了一声，站起身来。

自打海岸休闲城事件爆发之后，齐然诺就临危受命，接替叔叔齐军担任东华渔业的董事长。她的董事长办公室，就在帅朗的办公室旁边。仅仅片刻工夫，帅朗就来到了齐然诺那里。

会客的沙发几案上，早有秘书打来了丰盛的午餐。不过齐然诺此时却背对着帅朗，站在窗口。

帅朗犹豫了一下，走到齐然诺身边，问："怎么了？"

"她来了！我们的战斗马上就要开始了！"今年才二十二岁，比帅朗还小一岁，却已经是哈佛商学院研究生的齐家公主，朝窗外指了指。

这一刻，她的目光分外明亮，亮晶晶的目光里全是旺盛的斗志。

循着齐然诺手指的方向望去，帅朗看到了一辆红色玛莎拉蒂疾驰而来，停在东华渔业总部门口。

叶阑珊笑盈盈地从红色玛莎拉蒂下来。

门口恰好蹲着几个记者。看到这位最近在资本市场上斩获颇丰的阑珊资本传奇掌门人，记者们出于职业本能纷纷举起相机拍照。

叶阑珊一点儿都不怯场，就好像走秀台一样，停下脚步，抬手捋了捋披肩的秀发，清秀端庄而又不失优雅。

这一幕恰好被齐然诺看到。这姑娘也是真大气，一点儿都不像一般的女孩，非但没有本能地嫉妒、警惕、排斥容貌出众的同性，居然还毫无芥蒂地啧啧了两声，由衷地赞道："哇，真是个美人啊！"

齐然诺转身拿起办公桌上的杂志，朝帅朗扬了扬，补充了一句："真人比杂志上的照片还美。是不是，阿朗？"

帅朗下意识地瞥了一眼齐然诺手中的杂志。

因为先是海岸休闲城事件，继而又有阑珊资本乘机崛起的财富神话，这段时间东华渔业在商界也算是焦点。

齐然诺手中的杂志，便顺势将东华渔业作为本期主题。封面居然是一张P出来的齐然诺和叶阑珊的合影。

确实，一个是临危受命准备力挽狂澜的东华公主，一个是精准捕捉机会、三个月就赚了十几亿的投资女神，放在一起自然话题性十足。一头齐肩短发的齐然诺和长发翩然的叶阑珊同框，竟是伯仲之间，旗鼓相当。

如果说叶阑珊仿佛墙角的蔷薇，不经意间，热烈而又奔放地冲破阴暗的束缚，盛开出令人窒息的美艳，那么齐然诺就是天生富贵的牡丹，就算戴着黑框眼镜，略显严肃，也无法遮掩她的美丽，毫不逊色于叶阑珊。不过齐然诺的美丽透着与生俱来的大气，傲视群芳，王者无敌。

帅朗不得不承认，自己如果是那杂志的编辑，也肯定会把这么一张P出来的照片，放到封面上去，这得提高多少销量啊。

他真心诚意赞了一句："你可一点儿都不比她差啊！"

齐然诺绝对不是那种整天斤斤计较美丑的小女人。不过这样的赞美出自帅朗，还是让她忍不住发自内心地高兴，眉眼都笑成了弯月，偏偏还梗了脖子，很傲娇地来了一句："那是当然！"

齐然诺终究是齐然诺，才不会扯着帅朗继续讨论自己美在哪里，是不是真的不比叶阑珊差之类无聊的话题。她转眼就转入了正事，皱眉道："阿朗，你说阑珊资本这次真的会保二争三？"

"应该吧！如果我是叶阑珊，肯定会选择保二争三！"帅朗故意迟疑了一下，实际上心里已是笃定，因为这个策略就是他向叶阑珊建议的——

一个多月前，海鸥酒吧。

隔着吧台，帅朗和叶阑珊相对而坐："根据相关规定，董事任期三年，没有法定情况一般是不能改选的，想要改选整个董事会，难度非常大。

"好在公司法同样有规定，单独或者合计持有公司10%以上股份的股东，有权提议召开临时股东大会。单独或者合计持有公司3%以上股份的股东，可以向董事会提出增选、补选董事。所以拥有25%股份的阑珊资本，提议召开临时股东大会没有任何问题，提议增选、补选董事也没有任何问题。"

叶阑珊摇晃着手中的酒杯，笑道："所以，我们要做的就是提议召开临时股东大会，提议再增选六名董事，将董事会从原来七名董事扩大到十三名董事，同时补选齐军和另一名因海岸休闲城事件引咎辞职空出的两个董事位置？”

帅朗点头：“是的！在海岸休闲城事发，东华渔业公司形象和股东利益严重受损的情况下，增选和补选董事完全符合相关规定，程序上没有问题。另外，对其他股东，尤其是对那些机构来说，一下子增加这么多董事，等于变相削弱了齐家对东华渔业的掌控，增加了他们在董事会上的话语权，他们肯定不会反对。

“唯一利益受损的只有齐家。这次海岸休闲城事件对齐家打击很大，他们不得不将齐军名下25%的股份出让给阑珊资本。这样一来，齐然诺手里只有26%的股份，只是勉强维持了她第一大股东的地位。即便加上长林集团持有的15%股份，她也只有41%。

“此消彼长之下，他们所拥有的这点儿股权，想要阻止我们召开临时股东大会，阻止我们杀入董事会，成功的概率微乎其微。”

叶阑珊却皱眉：“你是不是还漏算了一点。东华渔业毕竟是齐军一手打下来的天下。上市前还有部分股份分给了公司元老。那些持有股份的机构，大多都是上市前介入的，和齐家也有不小的香火情。所以齐家如果当真动员起来，未必不能拉拢到51%以上的股份。换而言之，一旦增选补选董事，我们的赢面可不会很大啊。”

“所以需要一些技巧！”帅朗的嘴角泛起了一丝一切掌控在手的自信，“股东大会选举董事时，采用的是累计表决法。也就是说，每一个股东，都拥有其股份乘以需要选举董事数量的票数。候选人只有得到50%股份以上的票数，才有资格当选。

“如果当选董事少于应选董事，且不足董事会成员三分之二，则会进行第二轮选举。如果超过三分之二，则缺额会在下一次股东大会召开时填补。如果当选董事超过应选董事数量，则票数获得多的当选；如票数相同，则进行第二轮选举；如果第二轮选举还不能决定当选者，则下一次股东大会召开时，再次选举。”

说着，他朝叶阑珊做了一个手势，示意拿给他一张纸、一支笔。

叶阑珊从吧台后面将纸笔递给帅朗。帅朗拿起笔，就开始在白纸上刷刷刷地写了几个算式，一边写，一边说：“你看，我们拥有25%的股份，而这次需要补选两名增选七名，一共九名董事。也就是我们拥有总股份2.25倍的选票，可以确保选举出最多四名符合当选门槛的董事。剩下75%的股份，则拥有总股份6.75倍的选票。

“即便剩下的这些选票都被齐家控制，他们要想让阑珊资本一个董事名额都得不到，也是绝不可能的事情。如果他们想要得到剩下八个名额，则平均八个候选人都得到不足85%总股数的选票。如果他们想要得到剩下七个名额，则平均七个候选人都得到略多于90%的选票。

“所以我们要做的事情很简单，只需要给一个候选人超过90%总股份数量的选票，一个候选人大约85%总股份数量的选票，就可以稳妥地获得两个董事的名额了。还剩下一个候选人，则恰好拥有符合当选门槛的选票。

“考虑到齐家毕竟不可能控制剩下的所有选票，所以我们第三个董事候选人，其实还有一点儿机会进入第二轮选举，甚至获得第三个董事名额。总之，这次临时股东大会，我们的目标就是保二争三！”

叶阑珊是聪明人，立刻就领悟了帅朗的意思：“到时候，十三名董事里面，我们至少拥有两个，运气好的话，拥有三个董事。另外，也是最重要的一点。因为增选董事，齐家推出的自己人名单里面，肯定少不了你这个董事会秘书。嘻嘻，你就是潜伏在最深处的杀手锏。”

“不错，目前的计划就是这样！”帅朗微微一笑，举起酒杯，和叶阑珊相互碰了一下。

第六章
遇见

“是的，这次临时股东大会确实是阑珊资本提议召开的！也是阑珊资本提议增选、补选东华董事会董事席位的。”

东华渔业总部门口，叶阑珊已经被记者们围在了当中。毕竟曾经担任过海鸥资产的总裁助理，叶阑珊丝毫不怯场。她巧笑生媚，风度极好，就站在东华渔业总部大门的旁边，侃侃而谈。

“众所周知，前段时间东华渔业出了一次很大的事故。海岸休闲城事件，不仅涉及违规用地问题，甚至还爆发了暴力冲突，一条鲜活的生命不幸因此永远地离开了人世。

“阑珊资本尽管是在事后才入股东华，但还是想再次向死者表达沉重的哀悼，同时也代表所有投资者，对东华渔业现在和未来的运行表达自己的不安和忧虑。正是源于以上这些原因，阑珊资本才会提议增选和补选董事会董事席位。目的就是希望为东华渔业高层注入新鲜的血液，让东华渔业纳入投资者的监督之下，有序、健康、持续地发展壮大……”

掌声响起。

叶阑珊确实站在了道德制高点。要想顺利通过增选、补选董事决议，除了考虑股东自身利益，师出有名终究还是很重要的。

当然，东华渔业这边肯定不会任由叶阑珊继续表演下去，赚足眼球。趁着叶阑珊长篇大论终于稍有停顿的当口，东华渔业公关部特地为这次临时股东大会准备的迎宾小姐迅速上前，凑到叶阑珊面前，彬彬有礼地道："叶小姐，会议马上就要开始了，您这边请！"

叶阑珊笑着，不以为意地见好就收，在迎宾小姐的指引下，进入东华渔业总部，笑吟吟地签了字，拿到出席会议的小礼品，来到三楼的会场。

就在她走出电梯的当口，忽然身后有人喊了一声："叶……叶小姐！"

声音很有些耳熟。叶阑珊循声望去，看到说话的是一个戴着眼镜，人高马大，却满脸憨厚，乍看上去俨然就是一头人形狗熊的家伙。

不是别人，正是帅朗的发小死党熊猫。

只见这货一身记者打扮，此刻站在会场外面的饮水机旁，手里还拿着一个矿泉水瓶，显然刚才正在接水。见到叶阑珊，他三步并作两步跑到跟前，满脸激动结结巴巴地又招呼了一声："叶小姐！"

叶阑珊莞尔一笑，主动伸出手来："你好啊，熊猫，好久不见了！你这是来采访东华渔业的临时股东大会？"

"是……是啊！"熊猫自己也不知道怎么回事。站在叶阑珊的面前，他一阵晕乎，平日里伶牙俐齿的他，此刻愣是变得笨嘴拙舌，手心都冒出汗来，下意识地在自个衣服上擦了擦，这才小心翼翼地握了握叶阑珊的手，然后又赶紧放开，不敢有一丝亵渎。

熊猫深深吸了一口气，强迫自己稍稍平静下来，挠着头笑道："东华渔业最近这段时间绝对是热点，很受媒体关注的。这不，一下子来了好多同行。”

叶阑珊微微有些诧异了：“你没有和帅朗联系吗？他现在是东华渔业的董事会秘书，证券部的负责人，地地道道的现管啊。”

“他？”提到帅朗，熊猫的脸微微抽搐了一下，悻悻地咕噜了一声，“他现在一飞冲天了啊！”

这话有些酸意。

熊猫忍不住想起在大学时读到的一句话：人生最大的痛苦，莫过于身为咸鱼的自己，看到身边另一条咸鱼，化龙腾渊而去。说好的一起当咸鱼呢？

当然，这念头才在熊猫脑袋里闪过，就被赶紧驱散。他才不会承认自己眼红嫉妒，尤其不会在叶阑珊面前承认。

他干咳了一声，掩饰道：“主要还是王老实的那件事情，阿朗这家伙就是死心眼。哼，觉得我不该这么帮他。尤其为了这事儿，涟漪和阿朗到现在还没和好。唉，阿朗嘴上不说，可我感觉得到，他肯定多少有些怪我的……”

“涟漪和阿朗还在闹矛盾啊！”叶阑珊就好像第一次听说这事一样，很吃惊，然后主动说道，“这事我也有责任。这样吧，要不我来请你和阿朗吃个饭，撮合一下。你们这么多年的好兄弟了，要是为这么点儿小事生分了，多可惜！”

“这个……”熊猫皱眉，本能地想要拒绝。倒不是当真和帅朗存在什么无法化解的芥蒂，只是大家一起光屁股长大，一起考上同一所大学，一起毕业，现在帅朗已经是上市公司高管了，他却还只是一个刚刚入行的小记者。

很多时候，生活就是这样。真不是互相之间有什么大不了的矛盾，就是很简单地因为彼此发展的进度不一样。有人成了翱翔九天的雄鹰，有人还是绕檐的家雀。于是渐行渐远，渐渐不再往来，相忘于江湖，成为完全没有交集的陌生人。

好在叶阑珊机灵。她看出了熊猫的犹豫，笑吟吟地道：“择日不如撞日，就今天聚一聚吧。今天我一定让阿朗把你需要采访的材料都乖乖交出来，保证让你出色完成采访任务，压过所有同行！”

熊猫犹豫了一下。他自然不想一辈子当咸鱼，他也想要干出一番大事业，让人敬佩，让人崇拜，让人羡慕。这么一想，利用发小资源，似乎真不是什么难以接受的事情，要是拒绝了，反倒显得自己迂腐不是？

就在熊猫想要点头答应的当口，会场内传来了帅朗沉稳又富有磁性的声音：“靠山吃山，靠海吃海。当初，为了摆脱贫穷，齐军先生带领村里的乡亲一头闯入大海，杀出了如今的东华。如今，东华想要继续发展壮大，固然还需要抓住远洋捕捞这个主业，精益求精，但是纵横多向发展，形成多个相互关联的产业链，走集团化道路，同样也是必然选择……”

叶阑珊和熊猫几乎同时下意识地转头，看到大门洞开的会场内，帅朗此刻已经站在主席台上，以东华渔业董事会秘书的身份，向在场的股东推介。

很风光啊！莫名地，熊猫心中的酸意愈浓。

他强笑了一下，略微有些生硬地岔开话题：“算了，今天阿朗估计会很忙的！叶小姐，其实大家更关注的还是您和阑珊资本。这段日子，您的阑珊资本真是成了传奇。太牛了！完全是一次教科书般的经典投资，这边好多同行都想要给你做个专访呢。”

“专访？呵呵，这个我真不敢当！”叶阑珊什么人？她眼波微微流转，看了熊猫一眼，便隐隐感觉到了熊猫此刻的心情。不过她也不说破，也不勉强，反而笑着顺熊猫的话说下去，“好吧，那我们改天再聚！”

她和熊猫寒暄了两句，便转身进入会场，悄悄找了一个空位坐下，笑吟吟地看着台上的帅朗侃侃而谈：“……请大家试想一下，在这里发展旅游业，让大城市的中产在节假日驱车过来，住海边别墅，坐海船出海，吹着海风，赏着海景，自己打捞出活蹦乱跳的新鲜水产，在船上烧烤烹饪，是不是别有一番趣味？

“其实海岸休闲城就是一次尝试。当然，齐军先生他毕竟是老一辈人，法律意识比较薄弱，不小心酿成了大错。这一点东华不准备回避，会完全承受应该承担的所有责任。但是，东华渔业同样也不准备因为这一次的挫折，就此做缩头乌龟，放弃本身并没有大问题的战略。利用东华目前的资源优势，发展海上旅游项目，依旧是东华近期重点开拓的方向……”

叶阑珊其实并没有怎么关注帅朗话语中的内容，就看着他在台上风度翩翩侃侃而谈，不知不觉，目光竟有些迷离。她拿出手机，发了一条微信给帅朗。

就两个字：很帅！

第七章
投票

“……本次临时股东大会出席现场会议的股东及股东代理人132人，代表股份数28465238股，占公司总股份的82.3605%。公司部分董事、监事和高级管理人员出席本次会议。恒信律师事务所将对本次临时股东大会进行全程见证。”

帅朗首先上台，汇报了会场签到情况。汇报完毕，帅朗看了一下手机上的时间，十三点三十五分。临时股东大会，正式进入了议题审议阶段。

所有这一切，通过远程监控系统，都出现在了东华渔业董事长办公室内的液晶屏幕上。

齐然诺没有去现场。为了显示齐家对东华渔业依旧保持强大的掌控力，不仅是她，通过长林集团交叉持有东华渔业15%股份的齐华，同样没有亲自前去临时股东大会现场，都选择了授权委托。

此刻，她安静地坐在办公桌前，看着挂在墙壁上的六十英寸液晶屏幕呈现的会议现场图像，心中不由想起前几天和帅朗的对话——

那天，当帅朗分析阑珊资本可能想要保二争三之后，齐然诺立刻就皱眉："照你这么说，阑珊资本保二争三的策略，还真是很有可能成功啊。至少，保二没有问题。以阑珊资本的股份，两个董事的名额是板上钉钉的事情，我们根本没法阻拦。要争，也就是争夺他们提出的这第三个候选人，是否当选。"

帅朗点头："是啊，很显然这就是一个阳谋。我们现在完全能够掌控的，只有你手里26%的股份和长林集团15%的股份。除了阑珊资本的25%股份之外，还有机构和散户手里的股份，甚至那些东华老臣子手里的股份，都不是我们能够左右的。所以到时候，很有可能出现这样的情况：阑珊资本入选两个董事之后，第三个候选人领先于另外的候选人，或者和其他候选人票数相近。"

齐然诺若有所思道："那么，我们不妨可以在网络投票上做做文章？"

帅朗一愣："网络投票？"

"对，网络投票！"看到帅朗吃惊，齐然诺打了一个响指。毕竟是海归的高才生，当帅朗分析了阑珊资本可能采取的策略之后，她第一时间就想到了应对策略："临时股东大会选举董事的投票分两种。一种是到达现场的股东，现场投票。但是，股东来自三山五岳、各行各业，肯定不可能全来。

"按照相关法律规定，一亿票以上的股东，要么亲自前来，要么委托授权，否则选票作废。而一亿票以下，更确切地说，是那些二级市场的散户，他们手里票数并不多，也多半不会千里迢迢跑来现场参加股东大会。

"那么，他们可以通过交易所的网络投票系统，或者互联网投票系统，投出自己手里的选票。他们的选票和现场投票一样有效。但是和现场投票不同的是，网络投票时间定死在股东大会召开当日的下午三点结束。也就是说现场投票和网络投票有一个时间差。”

“那又怎样？”帅朗皱眉，“他们手里的股份，只是总股份里面的沧海一粟。虽然这次要选举九位董事，股份数还可以再乘以九，可加起来也没有多少啊。好吧……也许可以积少成多，就那么几张票可以在某些时候改变结局。可问题是，我们能这样操作，阑珊资本也可以啊！”

齐然诺抑扬顿挫道：“我们有一个阑珊资本无法拥有的优势。”

帅朗疑惑地扬了扬眉：“什么优势？”

“虽然临时股东大会，有第三方律师事务所全程见证，还有投资者监票，但是投票结果的统计，是需要我们证券部参与的。所以，我们能够在第一时间率先知道投票的结果。

“按照证券法和公司法的相关规定，临时股东大会不得在网络投票结束前结束。同时也规定了，股东大会现场、网络以及其他表决方式中所涉及的公司、计票人、监票人、主要股东和网络服务方等各相关方，对表决情况均负有保密义务。

“但是现实没有那么简单。事实上，已经有过不少公司就是在网络投票结束前，结束了股东大会。有一家上市公司最离谱，网络投票下午三点才结束，然而他们却在上午就召开并结束了股东大会。

“当然，东海渔业刚刚出事，现在正是被多方关注的敏感时期，确实需要谨小慎微，不能再留下任何把柄。但我们可以做到不那么明显和过分，我们可以在网络投票结束前几分钟得到现场投票结果。然后拖一下时间，在下午三点，或者两点五十九分，宣布现场投票结果。最终在三点零一分以后，结束临时股东大会。

“几分钟，足够我们将事先在二级市场开立，并且收购东华渔业股份的小额账户，通过网络投票，将选票全部给我们的候选人，或者是最有希望领先阑珊资本候选人的那一位，从而将阑珊资本的候选人，阻击在九位入选董事之外。”

嘀嗒、嘀嗒……

时间一点点地过去，临时股东大会按部就班地继续。汇报完会场签到情况帅朗走下主席台，恰好和东华渔业的财务总监老万擦肩而过——

按照相关规定，公司必须在15日前，将临时股东大会举行的时间、地点提前公告给所有股东。单独或者合计持有公司3%以上股份的股东，可以在股东大会召开10日前提出临时提案并书面提交董事会；董事会应当在收到提案后2日内通知其他股东，并将该临时提案提交股东大会审议。

临时股东大会自然不可能就阑珊资本一家的会议议题。齐家这边也提出了好几个议题，其中就包括重新审议本年度的分红。

这是一个非常有争议的议题。

老万的发言刚结束，就立刻引来好几个股东的质疑。等到最后现场表决结束时，已经是十三点五十二分了。

跟着，又是几个无关痛痒的议题，都是齐家这边的人轮番登场。

整个过程，帅朗都在旁观看戏。召开临时股东大会，证券部最忙的是会前的准备工作，以及会后总结和信息披露。开会后事情反而简单了。无非就是分发会议资料、签到和清点参会人数、会议记录、落实委托授权签字等一系列琐碎的小事。

直到十四点三十七分，终于开始对单独和合计持有公司3%以上股份的股东，所提出的增选、补选董事候选人的身份审核以及投票选举了。

好在东华渔业作为新上市的公司，股权相对集中，股东人数并不是太多。而且许多没来的股东只是委托其他股东现场投票。另外二级市场的散户则多半选择通过网络投票的方式，投出自己手里的选票。

在这种情况下，一共一百三十二人的现场投票，并没有花费太多时间。

看见这个结果，早有一个证券事务专员，悄悄退出了会场。

时间：十四点五十一分。

第八章
结束

“果然和阿朗预料的一样。”董事长办公室内，齐然诺第一时间收到了消息。

她叹了一口气：“现在已经确定东华渔业增加了两个董事名额，加上我、万叔和獭子哥，目前总共五个董事。长林集团原本就有一个董事，这次又确定了一个。机构方面抢到了两个，董事席位增加到了三个。阑珊资本目前则确定已经入选两个。”

视频通话那头的齐华皱了皱眉：“五加二加三加二，一共十二个董事。也就是说，第十三个董事还无法确定？”

“是啊！”齐然诺点头，“可以说出现了最坏的情况。现在前八位候选人的票数遥遥领先，但是后面有三个候选人的票数很接近。这三个人里面，任何一个人都有可能因为网络投票的结果，被选为第九位董事。其中就有一个阑珊资本提名的候选人。也就是说，阑珊资本确定了两个董事，还有可能抢到第三个董事席位！”

“哈哈，没关系！”齐华倒是豁达，笑道，“既然料中，说明局面还在我们的掌控中。那两个董事本来就是他们应该得到的。至于第三个董事席位，呵，那就大家各凭本事了。如果我们真没法阻止，那就给他们好了。撑死三个席位，还能翻了天不成？”

齐然诺笑了笑，她知道父亲说得没错，早在临时股东大会之前，长林集团投资部就已经秘密开了许多个人账户，几千、一万股地吸纳二级市场上东华渔业的股份。

此时这些账户肯定已经开始将他们拥有的选票投了下去，投给现场已经确定的八位董事和阑珊资本推出的候选人之外，票数最多的那位。哪怕齐家真失去这个名额，也绝不让阑珊资本得到。

这样的情形下，齐然诺相信叶阑珊根本不可能抢到这个名额。尤其这会儿……

齐然诺的目光，下意识地移到了墙壁上的液晶屏幕。会场中，临时股东大会还在继续，现场投票的结果还拿在帅朗的手里。

十四点五十二分。

看了一眼时间，帅朗并没有急着上台宣布现场投票结果，而是给身旁的东华渔业公关部经理，一个三十多岁的丰腴少妇，使了一个眼色。

能够成为公关部经理，自然是机灵人。那少妇立刻上台，一边笑着应对股东们的调侃，一边向股东分发小礼品。总之就是让这些股东们吃好喝好玩好，联络好感情。整个临时股东大会，瞬间就变成了欢乐的聚会。

看到此状叶阑珊不高兴了，在台下笑道：“帅总，您这么拖延时间，小心我举报你违规哦！”

“叶小姐，你想多了！”众目睽睽之下，帅朗自然不会表现出和叶阑珊熟识的样子，反而针锋相对，“东华渔业当然会完全遵守相关法律和规定！”一边说，一边走上主席台。

时间：十四点五十七分。

公关部经理成功拖延了五分钟。

上台之后，帅朗更是放慢了语调，从得票最多的候选人报起，等所有候选人的票数全部报完，时间正好是十五点整。

会议结束。

帅朗微微一笑，风度翩翩地和围上来的股东寒暄起来。身为董事会秘书，最重要的职责就是和股东们保持联系和沟通。当然，会议结束之后，督促相关人等在会议纪要和会议表决结果上签字，确定律师事务所的见证，也是他必须要完成的工作。

不过百忙之中，他眼睛的余光还是瞥见叶阑珊在远处朝他望来。两人的目光在半空交汇，一切尽在不言中。

此时，叶阑珊的手机响起。她向身边几个原本正和她交谈的股东点头致歉，然后走到僻静的角落，接通电话。

电话那头迅速传来何哥兴奋的声音："哈哈，搞定了。老李答应让他的公司和我们签订协议，成为一致行动人。阿朗这招明修栈道，暗度陈仓玩得妙啊！齐华那老狐狸使出洪荒之力阻止咱们提名的候选人入选，却做梦也没有想到，咱们从一开始就根本不准备抢第三个董事席位。到头来，他是用自己的钱、自己的票，把咱们的盟友抬进了董事会。"

临时股东大会现场，人多嘴杂。叶阑珊只是淡淡说了一句"辛苦了，何哥"，随即就挂了电话。

其实，叶阑珊心中却远没有脸上那么平静——

这才是帅朗真正的计划。

阑珊资本争夺第三个董事席位，只是虚晃一枪，吸引齐家的注意而已。真正的杀手锏，却是和一家拥有东华渔业5%的投资公司，结成了战略合作伙伴。

如此一来，阑珊资本在董事会上依旧有三票，再加上帅朗的这一票，市值近百亿的上市公司东华渔业，其将近三分之一的董事会席位，已经被阑珊资本控制了。

很出色的谋划！而这样的谋划，竟然出自一个踏入职场不足一年的年轻人！

如此想着，叶阑珊忍不住将目光再次投向了被簇拥在人群中央的帅朗。

帅朗真的很忙，应付完众多股东，又忙完临时股东大会的收尾工作，一看时间，已经是下午五点了。

他离开已经空空荡荡的会场，转身上楼敲响了董事长办公室的门。

齐然诺道了“进来”之后，帅朗推开了门，走到齐然诺跟前:“这是刚才股东大会的会议纪要。”

齐然诺严肃地接过来，迅速浏览了一遍，拿起笔签了字。然后一改之前气势十足的样子，微微鼓了一下腮帮，娇嗔:“网络投票结果出来了，最后一个名额总算没被阑珊资本抢过去。可惜还是被他们占了两个席位。唉，说到底，我爸就不该给他们这么多股份。”

“这个……已经是最优选择了！”在齐然诺面前，帅朗态度很端正，以东华渔业董事会秘书的身份，完全站在齐家的立场上分析道，“当时，咱们是因为海岸休闲城那件事情，处于十分被动的境地，无论股票还是转债都跌得惨不忍睹。你不是跟我说，最危险的时候，银行和券商已经最后通牒，准备在下一个交易日强平我们质押的股票和转债。而当时，只有阑珊资本表达了出资的意愿，说是最后的救命稻草也不为过。

“这种情况下，就算再不情愿，也只能接受阑珊资本的苛刻条件了。事实上，齐董事长坚持宁可增加出让东华渔业的股份，也要把握住长林的控股权，已经是当时最好的选择了。毕竟长林集团不比东华渔业。咱们对长林的掌控能力，远不如东华渔业。如果长林集团的股份出让太多，现在才是真的要焦头烂额了！

“至少现在，即便丢掉这最后一个董事的席位，我们联合长林集团依旧有七个董事，在董事会上占据了绝对多数，就足以确保我们对东华渔业的掌控。”

齐然诺撇了撇嘴，怏怏地道：“道理确实是这样。可是阑珊资本毕竟拥有25%的股权，现在又杀入了董事会。有这样一个捣乱分子，总归是不开心的事情。”

帅朗无奈地耸了耸肩。

他很理解齐然诺此刻的心情。毕竟以前的东华渔业，齐家占了大头，几乎可以说是一言堂。面对眼下的局面，换了谁坐在东华渔业董事长的宝座上，都不会高兴。

他唯有安慰：“好了，别想那么多了！但凡公司上市，股权公众化以后，都免不了会出现公司控制权的争夺。总归是兵来将挡，水来土掩的事情。你这堂堂海归研究生，不会因此就打退堂鼓吧？”

齐然诺立即不服气地扬了扬眉，反击道：“谁打退堂鼓了！”

与此同时，一阵爽朗的大笑，从齐然诺面前的电脑里传出：“说得好，阿朗！”

齐华？帅朗心中一动，目光则下意识地投向了齐然诺。

第九章 时间

“我正和爸爸讨论大会投票选举的事情呢！”

自打海岸休闲城奠基仪式上，齐然诺帮帅朗挡住飞石受伤以后，她在帅朗面前，不再保持上级的威严。面对帅朗疑问的目光，很小女生地吐了吐舌头，用鼻音哼哼了两声，解释道：“他老人家呀，貌似不放心我们控制大会的节奏，所以一直都在远程督战呢！”

说话间，齐然诺将电脑屏幕转向了帅朗。

帅朗立刻看到了屏幕上的齐华，只是齐华身后的背景有些陌生。明显不是在长林集团的办公室，也不像是家里——前一段时间，齐然诺因为帅朗受伤，帅朗很频繁地出入齐家，对齐家并不陌生。

但是不管齐华身在何处，此时两人就如同面对面坐在一起。

帅朗赶紧恭声招呼：“齐董！”

年过五旬的齐华，保养得很好，红光满面犹如四十出头，一如平常那样，笑呵呵道：“阿朗，这次东华渔业的临时股东大会，你处理得不错，我很满意！”

“那是！”眼见齐华称赞帅朗，齐然诺顿时眉飞色舞，比帅朗本人还要高兴，全然没有了往日一板一眼的职场女强人形象，俏皮地道，“赏罚要分明啊！阿朗表现得这么出色，你准备怎么奖赏他啊？”

“哈哈，这还没过门呢，就忍不住要把你爸的家底掏空了？”未等齐华说话，屏幕那头一个光溜溜的脑袋在齐华的身旁冒了出来。

竟然是齐军！

屏幕上的齐军摸着他那剃光了头发的脑袋，哈哈笑指齐然诺：“真是女大不中留啊！”

听到齐军的话，齐然诺不由羞红了脸，用力跺了跺脚，娇嗔道：“二叔！”

几乎与此同时，帅朗也随齐然诺叫了一声“二叔”，声音里却带着几分惊诧。

不能不惊诧。正常情况下，齐军显然应该是待在监狱里，绝不可能出现在齐华的身边，更不用说和自己、和齐然诺，进行远程对话了。除非……保外就医？

“齐军保外就医，出来了！”何哥再次打通叶阑珊电话的时候，声音都有些嘶哑了。

他是真急啊！这段时间，发现齐家正在上下活动想把齐军从牢里弄出来，他就到处托朋友关注着齐家的一举一动。

但齐家的能耐实在太大了。无论他怎么找关系，都没有阻挠到齐家的运作。甚至齐军都出来了，他才收到确切的消息。

一时间，何哥不由焦头烂额：“阑珊，老张、老王都打电话给我，说齐军找过他们了，旁敲侧击打听阑珊资本的情况。虽然他们都打哈哈糊弄过去了。但是看情形，齐家已经知道阑珊资本的底细了。更糟糕的是，保不齐咱们里边会有人做二五仔，把阑珊资本的详情，甚至是阿朗的身份出卖给齐军。毕竟，齐老二当年长袖善舞，做事做人都很大方阔气，在海鸥论坛上还是有几分人气和号召力的。”

叶阑珊已经走出东华渔业总部，在大门外应付众多股东和记者，她拿着手机再次躲到僻静处，镇定地道：“不要紧！何哥你不用太着急，齐军不是三头六臂的神仙，他就算能查到阿朗，应该也没有那么快……”

说到这里，叶阑珊微微停顿了一下。虽然觉得齐家的动作应该不会那么快，但心中究竟没有太多的底气。她目光投向远方，深深吸了一口气，与其是为了说服何哥，倒更像是给自己打气：“最重要的是，我不是和你说过，阑珊资本最近会有大举动。提议召开临时股东大会，改选董事会，只不过是第一步而已。接下来，还有一整套组合拳，等着送给齐家呢！”

“组合拳？”何哥皱了皱眉，非但没有轻松下来，反而越发紧张起来，“阑珊，你……你不会是准备和齐家彻底撕破脸，正面对抗吧？”

叶阑珊银铃般地娇笑起来：“何哥，你不会以为我膨胀了，自我放飞了吧？放心吧，这点儿自知之明我还是有的，当然清楚阑珊资本的实力还远远没法和齐家正面交锋。我很清醒，在这片资本的海洋里，我们只是一群抱团的海鸥，而齐家则是一头受伤的鲨鱼。我们要做的，就是继续扩大齐家的伤口，同时壮大我们的力量。这样，血腥的味道终有一天会引来其他鲨鱼的垂涎。而壮大起来的我们，需要有足够的力量，一起参与这场资本的盛宴，而不是被驱赶离场，枉为他人做嫁裳。好在现在形势不错。何哥，你有没有发现，随着今天董事会改选，事情已经发生了很大的变化？”

何哥一愣问道：“你是说？”

“三分之一的投票权啊。”叶阑珊的嘴角泛起了一丝喜悦的笑容，“虽然阑珊资本只有25%的股份。但是在当下，想要凑起董事会上三分之一的投票权，应该问题不大吧？哼哼，这些投票权，如果投赞成票通过议案当然有难度，几乎铁定会被齐家阻击。但是如果想要投反对票，否定董事会上的议案却轻而易举。换言之，我们已经勉强拥有东华渔业的防御控制权了。”

叶阑珊越说越兴奋，走了几步笑着说：“不容易啊！一开始我们实在太弱了，就我和阿朗两个人。如果不打出老师的旗号，如果不仰仗老师生前的遗泽，恐怕连你们这些海鸥们都没有兴趣集资吧？”

何哥尴尬地干笑两声，确实，不看在郎杰面上，当初大多数交易员甚至都不会和帅朗见面。毕竟是真金白银的投入，总归要谨慎不是？

好在叶阑珊也没有纠结于此，她一边时不时朝不远处刚结识的股东点头示意，一边从容地继续说道：“当然，这些优势目前还不稳定。一旦齐家发现了阿朗的真实身份，想要免去他的董事会秘书职务，甚至把他从董事会踢走，都不是难事。到时候我们现在的优势，必然会化为乌有。所以，时间——时间非常重要。何哥，我需要你帮忙！”

何哥赶紧说道：“要我做什么？”

“帮忙把水搅浑！”

“什么？”

“我的意思是，想办法在阑珊资本的那些投资人里面，散布一些真真假假的消息。用这些真真假假的消息，来掩护阿朗。”

何哥迟疑：“这，可能没什么用吧！”

“当然不可能完全有用！最终，齐家肯定会顺藤摸瓜查清楚阿朗的。不过刚才说了，我们需要时间去削弱齐家、壮大自己。而这时间，一方面需要你这边尽可能拖延齐家的调查，另一方面就靠阿朗的周旋了。时间越久，越有利于我们巩固和扩大眼前的优势，也就越不怕齐家的反击了。”

说着，她忍不住抬头，看了一眼不远处高高耸立的东华渔业总部大楼。

第十章
八卦

不要慌！肯定还没有暴露！否则，齐军、齐华就不该像现在这样视频通话中了！

东华渔业董事长办公室内，面对视频中的齐军，帅朗暗地里深深吸了一口气，面上却不见丝毫异常，反而惊喜地道："恭喜二叔……"

"恭喜个鸟！"齐军下意识地摸了摸自己的脑袋。原本有些刺手的板寸短发，现在全都剃光了。触手所及光滑的头皮，让他很不适应。

更让他心情郁闷的是，虽然出了监狱，可毕竟是保外就医，现在风头又没有完全过去，自然不好明目张胆地四处乱走，只能窝在医院的病房里。哪怕是自家投资的私人医院里最好的贵宾病房，但也好像换了一个好点儿的牢房而已。

不过堂堂齐二爷，自然不会在小辈面前抱怨这些。他甩了甩头，将心中的郁闷甩去之后，随手点了一支烟，眯着眼睛瞥了一眼屏幕上的帅朗，随意地道："这些日子，听说你表现得不错。来，给二叔说说看，你对这次海岸休闲城事件的看法。"

"我？"帅朗先是一愣，继而明白，这或许算是对自己的又一次考核。

虽然不知道齐军葫芦里卖的是什么药，不过帅朗不敢怠慢，他略略沉吟了一下，整理好思路，便有条不紊地开口："据我所知，当时不仅东华渔业、长林集团的股份，甚至还有您和齐董名下所有固定资产，都抵押给银行和券商，置换来的钱大部分都投入到了长林转债上去。

"这原本是一个让高迈哪怕明知道诱饵也不得不吞下的诱饵。毕竟，他的实力根本没法和您还有齐董正面交锋。没有涨跌幅限制的转债，至少给了他一个一把梭哈定胜负的机会。哪怕仅仅只是盘中一次暴跌，也足够将您和齐董逼到被迫强平的窘境。

"正因为如此，在成功阻止齐董通过董事会申请下调长林转债的转股价之后，他终于出手做空了。而这个时候，东华和长林联手推出了海岸休闲城项目……"

"是啊，推出了海岸休闲城项目。"听到这里，齐华自嘲地笑了笑，摇头叹了一声，"可惜，就在海岸休闲城奠基仪式上，工业用地的问题暴露了出来。呵呵，结果就成了一场作茧自缚的笑话！"

"不能这么说！"帅朗扬了扬眉，倒不是奉承齐华，而是诚心诚意地道，"不同于耕地红线，科研项目的生活配套设施，确实是可以成为挪用工业用地的擦边球。如果不是被有心人当场暴露出来，哪怕日后引起质疑，东华和长林到时候最多也就是罚款而已。

"可是转债没有涨跌幅限制啊。利空固然会大跌，利好同样也会暴涨。历史上甚至有一天暴涨百分之六百的涨幅。这样的暴涨，对于空头的杀伤力更加恐怖。要知道融券不比融资。融资到时候只需要还钱；融券，尤其是违规融券的话，一旦买不到足够的券偿还，那是要坐牢甚至死人的。”帅朗说道。

齐军挥手打断了帅朗的话：“你不用安慰老子，胜就是胜，败就是败。海岸休闲城项目，事实上就是败了。好了，说说你对叶阑珊这个人的评价！”

“叶阑珊？”帅朗心里不由咯噔了一下。他第一时间的反应，就是齐军已经获悉了阑珊资本的底细，自己暴露了。

好在他一贯是个沉稳的人。哪怕心里吓了一大跳，脸上也没有显露出丝毫端倪。略微做了一些沉思之后，字斟句酌地道：“以我和叶阑珊接触的这几次看，她情商很高，接人待物很有水准。这次阑珊资本出手的时机也把握得很好，显然很擅长投资。哦，对了……”

说到这里，帅朗顿了一顿，决心冒险主动试探一下：“我看过叶阑珊的履历，发现她之前曾经在海鸥资产任职，据说是海鸥资产一位董事的侄女。因为这层关系，当时海鸥资产的董事长郎杰，也对她很关照。郎杰……抛开成败，不得不承认，他是近年来资本市场上数一数二的高手。强将手下无弱兵啊！”

帅朗一边说着，一边仔细留意屏幕上齐军、齐华的神色。想要看看自己提及海鸥资产、提及郎杰之后对方的反应。

齐华果然城府深沉，无论是海鸥资产还是郎杰，都没有让他脸上的神情有一丝波动，依旧是笑呵呵的，好像是温和的长辈在放任后生尽情地表现自己的才能。

倒是齐军齐二爷冷笑了一声：“呸，哪来什么强将手下无弱兵！狗屁师从郎杰，狗屁什么董事的侄女。实际上，她和叶添锦并没有任何血缘关系，郎杰最多也就是闲暇时，给她普及了一下金融投资的一些常识而已。老子可不信几个月不见，她就能摇身一变，成了这么厉害的资本运作高手！”

听到齐军否定了帅朗的话，帅朗还没有什么反应，齐然诺已经立刻不高兴地皱起眉来："可是这一次阑珊资本的运作，确实很高明啊！"

齐军嘿嘿一笑，似有深意地看了帅朗一眼，道："阑珊资本运作高明，可不一定是叶阑珊高明啊！阿朗，你说是不是？"

帅朗心中越发紧张，总觉得齐军似乎话里有话，面上却依旧努力保持镇定，小心地开口试探道："二叔，您的意思是，叶阑珊背后另有高人？"

齐军哼了一声，没有直接回答帅朗，而是忽然话锋一转："二叔我就跟你们说一件事情吧。以前啊，叶添锦经营了一家海鸥酒吧。这家海鸥酒吧，对海鸥系的老人来说是很有感情的。我们当初就是在海鸥酒吧内，认识了神交已久的郎杰。也是在海鸥酒吧，成立了海鸥俱乐部。后来，更是在海鸥酒吧里，我们五个人出资，联手创立了海鸥资产。

"不过叶添锦后来出车祸死了，可没有任何遗嘱留下，更没有把海鸥酒吧赠送给叶阑珊。叶阑珊不知道从哪里弄来了一笔钱，然后在私底下接触到叶添锦真正的亲属，从叶添锦的亲属手里，以三倍的价格买下了海鸥酒吧。

"呸，真是好算计，好买卖！有了海鸥酒吧，她摇身一变，就堂而皇之成了郎杰和叶添锦的继承人了。估计这次阑珊资本能够顺利筹集到资金出手，和这事关系不小。海鸥系的老人，认海鸥酒吧啊。"

"还有这样的事情？"要不怎么说，每一个女人心底深处，都燃烧着熊熊的八卦之火？齐军巴拉巴拉道出的这事儿，和齐然诺其实并没有多大关系，不过这并不妨碍她津津有味听得起劲，完了还忍不住质疑，"不对啊，二叔！这个海鸥酒吧我也听说过，确实挺有名的。不过那个地段、那个价位，叶阑珊有那么多钱买下来吗？"

"哈哈，诺诺果然是高才生，一下子就说到点子上了！"齐军摸着脑袋大笑，“事情就蹊跷在这里！这女人原本就是个山里出来的土包子，后来也只是海鸥资产拿薪水的白领。她肯定没有那么多钱。那么问题来了，这钱哪来的？就算有人爱慕她愿意为她付钱，正常情况下，难道不该买吃的买穿的？就算买房子金屋藏娇也可以理解啊。盘下海鸥酒吧算怎么回事？而且还是在海鸥资产最混乱的那会儿。”

齐然诺不由瞪大了眼睛：“二叔，难道你觉得海鸥资产的崩盘，和叶阑珊有关？”

齐军没有直接回答，而是哼哼了两声，自顾自道：“以前我一直纳闷，这到底是谁啊，为什么要出钱给叶阑珊盘下海鸥酒吧。现在看见阑珊资本冒出来，我这才他妈的想明白了：叶阑珊，更确切地说，她身后的人，图谋很大、很深啊！”

真是这样吗？齐军的这番话，听得帅朗有些晕了。

感觉环环相扣，很是严丝合缝啊！真正运作起阑珊资本的人是他帅朗。但他和叶阑珊盘下海鸥酒吧根本没有一点儿关系。

当真没有关系吗？自己不正是在海鸥酒吧认识了叶阑珊？念着父亲好的那些旧人固然是因为海鸥酒吧方才被自己顺利说服，入资阑珊资本。而自己又何尝不是因为海鸥酒吧，才在最短时间迅速信任了叶阑珊？

不知道为什么，帅朗忽然冒出这么一个念头：他在看风景，看风景的人也正在看他。

这么一想，寒意油然而生。

幸好这会儿，齐氏兄弟似乎没有留意他。就在他心潮起伏之际，齐华开口笑道：“好了，你二叔这么说，只是提醒你们小心叶阑珊身后的势力另有图谋。不过，小心归小心，也不用草木皆兵。诺诺，我和二叔都对你有信心！当然，我们同样对阿朗有信心。相信你们联手，一定能够把这次难关扛过去的！是吧，阿朗？”

齐华终究是齐华。尽管说出来的话语不紧不慢，十分温和，却自有一股让人不容忽视的气度。他这么一说，立刻就引导了话题。齐然诺不但没了继续追问的心思，反而因为父亲的期许，变得欢喜和斗志昂扬。

帅朗被齐华点到了名，也只好立刻端正态度，坚决表态道："请放心，我一定好好配合然诺的工作！"

听到这话，齐然诺的眼睛闪出了幸福，脸颊却情不自禁飞起了两片红晕。她忽然莫名地想到了四个字"珠联璧合"，脸蛋顿时有些发烫，于是站起来连声道："好了好了，不和你们聊了。我和阿朗还有好多事情要做呢！"

关掉了视频聊天，齐大小姐很生硬地将话题转到了工作上："阿朗，等一下你发个通知，通知所有董、监、高，下周一召开董事会。现在董事会扩大了，要对所有董事的权责进行一次重新分工，正好顺带也理一下公司部分监事和高管的职权。"

帅朗点头："好的，我现在就去安排一下。"

才走进办公室，刚才不动声色的沉稳立刻就无法维持，他紧皱双眉，掏出香烟，"啪嗒"一声，心烦意乱地点燃了一支香烟吸了一口。

看着面前翻腾的烟圈，不知不觉，帅朗的脑海里浮现出了和叶阑珊从相识到相交，一桩桩、一件件过往的种种——

第十一章 身影

曾经，那慵懒如猫的女人，懒洋洋地倚靠在海鸥酒吧大门旁，手夹精致的女士香烟，打开了打火机，点上烟吸了一口气，徐徐吐出，然后款款走来，伸手：“叶阑珊！”

曾经，她说：“……你父亲是我师父。正是他带我进入了看不见硝烟，却绝对比枪林弹雨还要惨烈百倍的资本市场。所以，我是你的师姐哦！”

曾经，是她告诉了自己父亲的过往，海鸥资产的兴衰，还有齐军、齐华、高迈、陈思，这些在资本市场上呼风唤雨的大人物，很可能是害死父亲的仇人。

也是她，建议自己去长林集团应聘长林集团的证券事务专员一职。那时的她，在黑板上刷刷刷地写了证券事务专员—证券事务代表—董事会秘书，就好像游戏里很简单粗暴的职业升级树。

她帮自己解决了王老实父子的问题，让自己获得了齐军的信任。她安排了海岸休闲城奠基仪式上的动乱，给了齐家兄弟重重一击。他和她一起筹集到了资金，让阑珊资本得以抓住时机，创造了今天的辉煌……

帅朗实在不想怀疑这样的叶阑珊，可是齐军刚才的那番话，他每一个字都听进去了。

当时在齐然诺身边，面对视频那边的齐军齐华兄弟，他很努力地保持镇定，不敢在脸上流露出丝毫情绪变化，心中却早已经如惊涛骇浪般起伏了。

说实在的，他之前也完全没有想到，海鸥酒吧居然不是叶阑珊从叶添锦那里继承来的，而是私底下出高价，从叶添锦的亲属那里买下来的。

真的？假的？齐军这话和叶阑珊之前跟自己说的大有冲突，完全不一样。究竟谁说的是真话？谁在撒谎？

帅朗很想说服自己相信叶阑珊，很想说齐军在胡说八道，甚至忍不住怀疑齐军是不是别有用心？是不是怀疑到了自己的身份？是不是在胡编乱造一套谎话来离间自己和叶阑珊？

奈何理智却又让他不得不承认，齐军关于海鸥酒吧的那番话，更加合情合理。

毕竟他也知道，叶添锦是突然出车祸死的。以叶添锦的年纪，不可能留下遗嘱妥善安排自己的财产。自然也就没有理由，把经营得好好的海鸥酒吧，预先安排好赠送给叶阑珊。

无论怎么看，叶添锦死后，都更应该由她的法定继承人继承海鸥酒吧才对！

理顺了这一层逻辑之后，刚才想到的那些疑问，再一次冒了出来。

想着想着，不知不觉，一个声音开始在耳畔回荡：有古怪！绝对有古怪！帅朗，你清醒一点儿。当初认识叶阑珊的时候，你就是一个还没有从大学毕业的菜鸟。有什么道理，她会让这样一个菜鸟卷入动辄百亿的资本漩涡？按照她的说法，这个菜鸟的父亲还是她的引路人！

这念头猛地冒了出来，顿时就好像星星之火，迅速燎原，怎么扑也扑不灭。

帅朗越想越不安，更加强烈地想要把海鸥酒吧的事情弄个清楚明白。

好在海鸥酒吧的问题很容易查，只要查一下海鸥酒吧业主的过户记录就行了。如果齐军不是在胡说八道，那么从叶添锦到叶阑珊之间，应该还会有第三个人，叶添锦的亲属曾经是海鸥酒吧的业主。

对！查一下！查清楚了，才能去除心中的芥蒂，才可以和叶阑珊更好地合作下去。否则，千里之堤毁于蚁穴。说不定什么时候，这一丝疑虑就会扩大就会爆发，毁掉现在的合作，甚至眼前的大好局面！

帅朗迅速拿出了自己的手机，点开了通讯录。

他身为东华渔业董事会秘书，自然不再是那个刚刚从大学出来的菜鸟。凭借上市公司高管的身份，他已经结交了五湖四海的朋友。通讯录里面长长的一大串名单，有的是各行各业的显赫人物。

他的手首先点在了熊猫这个名字上面。

虽然在这份长长的通讯录里面，论人脉、论能力、论地位，有一大半的人远远超过了熊猫。可这事儿毕竟只能暗地里调查，不好张扬出去。熊猫是他从小玩到大的死党，绝对值得信任，如今又恰好当了记者，自然是最好的选择。

只是就在准备拨通熊猫的电话的瞬间，帅朗的手顿住了。

他忽然想起来，熊猫和叶阑珊是认识的。前段时间，两人就瞒着他，用他非常不喜欢的手段，私下里解决了王老实父子的问题。为了这事儿，他被沈涟漪误会，以致现在的冷战。多多少少，他对熊猫这厮还是有些怨怼的。

最重要的是，事后熊猫提及叶阑珊，满脸都是神魂颠倒。指不定这小子会见色忘友啊。万一哪天无意中向叶阑珊透露，也会破坏自己和叶阑珊现在的关系。

转念之间，帅朗把手机屏幕重新返回到了通讯录。这一次，他选择了彭笑笑。彭笑笑长袖善舞、人脉广阔，真要去查海鸥酒吧业主更替记录的话，比大学才毕业一年的熊猫更容易做到。

这个当初在董秘考前培训班认识的证代，是个热心人，一接通帅朗的电话，立刻就很不见外地哈哈笑道："阿朗，难得啊！您堂堂董秘大人，今天不是要应付临时股东大会吗？怎么有空想起我这个小证代来了？有何吩咐？"

帅朗笑着和他在电话里寒暄了两句。也不啰唆，立刻就把想要他帮忙的事情说了出来。

彭笑笑一点儿都没有推辞，也不问帅朗原因，当场就拍着胸脯保证道："没问题、没问题，包在兄弟我身上！正好，房管所那边我有个特铁的哥们！"

帅朗连忙道谢："那可就多拜托了！回头大家聚一下……当然、当然，下次聚会我请客……"

三言两语，两人便结束了通话。

帅朗这才坐到办公桌前，拿起桌子上的文件，准备处理一下公务，就听见敲门声响起："进来！"

"阿朗！"敲门的居然是齐然诺。

"你刚才在打电话吗？我打你手机没打通。"齐然诺没有进来，站在门口，扬了扬手里拿着的手机，"走，一起吃饭去吧，就算是庆祝这次临时股东大会的顺利结束。"

吃饭？帅朗一愣。被齐然诺这么一提醒，他发现外面的天色已经黯淡了下来，时间也已经快到晚上六点了。

东华渔业总部，此刻很冷清，职工们基本都下班了。参加这次临时股东大会的股东，以及前来采访的记者，自然也早就散去。有的直接回家了，也有路远的，由公司负责好酒好菜招待——毕竟刚刚经历过海岸休闲城那么恶劣的事件，公司很需要改善形象。

帅朗和齐然诺说笑着，并肩走出了东华渔业总部，正待各自上车，去旁边的饭馆吃饭。忽然，帅朗的脚步顿了一下。

他意外地看到，远处有一个熟悉的身影。犹豫了一下，终于还是喊了一声："熊猫！"

第十二章
请客

熊猫此时的心情有些郁闷，原本他打算蹭一顿东华渔业的晚饭，可惜遇到了叶阑珊。尤其是他看到叶阑珊在临时股东大会之后没有离去，正和几位股东谈笑风生，明显准备留下来吃饭。

熊猫跟着人群走过去的脚步，不由顿了一顿。

说不出究竟是什么缘由。反正，叶阑珊那一笑一颦都对他有着极其强烈的吸引力。这吸引力根本不是学校里那些青涩的师妹能够比的。哪怕如今踏上社会，参加了工作，可他接触过的那些女人，一旦和叶阑珊相比，全都成了不值一提的庸脂俗粉。

问题是正因为有这样的吸引力，所以熊猫更希望自己遇见叶阑珊的时候，能够很风光，能够成为所有人关注的焦点，就好像……今天在临时股东大会上发言的帅朗那样。有足够的身份和地位，让他可以有足够的自信和从容，和叶阑珊畅谈交流；而不是现在一个拿着几千块薪水，还没有转正的小记者。因为他面对的是一个刚刚在资本市场上创造了一个惊人的财富神话，成为一家上市公司董事的叶阑珊。

所以，熊猫还是悄悄落在了人群后面，决定搭乘傍晚的长途客车返回他那个狭小脏乱，却是他飘荡在大都市赖以立足的出租屋。只是他心中难免有些不甘，有些悲伤，有些形单影只的凄凉和莫欺少年穷、老子肯定会三十年河东三十年河西的负气。

就这样，熊猫带着负面的情绪，默默低头，朝车站走去。然后，他听到了有人叫他的名字。

实在太熟悉了，都不用回头，熊猫便确定叫他的人是帅朗。

他根本没有多想，下意识地回头、转身，和帅朗同时出手，就如同以往见面时一样，彼此互捶了一拳。一拳下去，两人同时愣了一愣，倒是少了许多隔阂，感觉好像又回到了曾经青衫少年时。

帅朗没有问熊猫为什么来了东华也不找自己，只是如往日那样，亲热地拍了下熊猫的后背，笑道："还真是你啊！我害怕自己看错了！"

"嘿嘿，哥哥我这次可是专门来明察暗访，调查你们东华渔业的临时股东大会，是不是有什么见不得人的勾当！"这时，熊猫借着大笑，压下了那些说不出口的小心思，满脸都是平常惫懒的样子，油嘴滑舌地道，"就问你怕不怕？怕的话，赶紧好酒好茶伺候！"

"东华渔业决心走规范化的道路，欢迎媒体和公众的监督，也无惧媒体和公众的监督！"帅朗板起脸，很投入地摆出董事会秘书的架子，一本正经地回答。只是说到最后，他却忍不住大笑了起来，"不过看你这么落魄的样子，哥哥我个人施舍你一顿好酒好菜肯定没问题！"

"我呸！"熊猫夸张地做了一个恶心欲吐的鬼脸。这一刻，真是面对发小死党的不客气："少废话！老子不比你这土豪，今天坐了长途客车，足足三个小时才赶过来。中午草草对付了一顿，就忙着记录你们临时股东大会的一堆废话，早饿得前胸贴后背了。快快快，赶紧把好吃好喝的上来！”

帅朗瞪了熊猫一眼，同样不客气：“吃吃吃！你索性别叫熊猫，该叫猪吧！”

熊猫回瞪：“民以食为天，懂吗？”

就在两人你言我语斗嘴之际，只见一辆非常大气的蓝色兰博基尼疾驰而来，瞬间停在了他们面前，车窗徐徐落下。

是齐然诺驾车过来了。

她喊了一声“阿朗”，目光就投向了站在帅朗身边，感觉和帅朗不是一般亲密的熊猫，略微有些诧异地扬了扬眉，探问：“这位是……”

帅朗立刻介绍道：“哦，熊猫，我大学同学，也是和我从小一起长大的发小！这次是代表报社来采访我们的。”

“你好！”听到帅朗如此介绍，齐然诺主动下车，朝熊猫落落大方地伸出手来，“我是阿朗的同事齐然诺，欢迎你来采访东华渔业！”

“您好、您好！齐董您好！”熊猫这厮一点儿骨气都没有，立马点头哈腰，双手奉上自己的名片。从头到脚，活脱脱就是一个阿谀奉承的佞臣样。

齐然诺不由疑惑地看了一眼帅朗，明显是想要确认一下熊猫的身份。刹那间，帅朗很有想要捂住脸，就地遁走的冲动，不过终究是从小到大的死党，最后苦笑着道：“别理他，这家伙从小就是活宝一个！”

得到了帅朗的背书，齐然诺态度立刻就更加郑重了：“阿朗，熊先生难得远道而来，你安排好了吗？这样吧，我请客。请您尝一尝东华这里独有的美味！”

“啊？哦，谢谢、谢谢！这个，太打扰了……”

熊猫一愣，越发惶恐了。刚才他叫帅朗请客，那是发小死党之间的不见外。可齐然诺不同啊！且不说大家不认识。就算认识，寻常人哪当得起齐然诺请客。这可是堂堂上百亿资产的上市公司董事长啊。这会儿，他怎么有一种错觉，好像是女主人来招待自己这个不请自来的客人？

他忍不住偷偷瞥了帅朗一眼，又惊又羡！

帅朗没理他。听到齐然诺提及东华的独特美味，帅朗就想起自己第一次来东华。

那时，东华渔业还没有上市。齐然诺刚刚走马上任东华渔业的董事会秘书，正面对东华那些没文化却乡里乡亲的土鳖一筹莫展。是帅朗跑过去三言两语震住了那群三姑六婆，然后齐然诺请他美美饱餐了一顿。

红膏炝蟹、黄鱼面、宁海牡蛎、长街蛏子、冰糖甲鱼、奉蚶、跳鱼……

这些美味，竟然还记忆犹新，恍惚兀自颊齿留香。怀着这些美好的记忆，帅朗将目光转向了齐然诺。无巧不巧，齐然诺的目光，这一刻也朝帅朗望来。

两人的目光在半空交汇，不约而同会心一笑。

于是，一行人一起去了当初齐然诺请帅朗吃饭的那家饭馆，开了一个包厢，点了满满一桌海鲜。很快，熊猫就深切地体会到，东华渔业，或者更确切地说，齐家在这地界真是土皇帝一样的存在。

这才刚刚上了两三个冷盘，转眼就有一拨拨人跑过来和帅朗、齐然诺打招呼。

有政府部门的公务员，有公司职员，还有这次来参加临时股东大会的股东——这里是东华最好的饭店。公关部招待股东，自然也在这里。

结果，叶阑珊也笑吟吟地走过来和齐然诺、帅朗打了一声招呼。

熊猫连忙惊喜地喊了一声：“叶小姐！”

齐然诺诧异，看了叶阑珊一眼，又转头看了看熊猫，问："你们认识？"

帅朗暗叫一声不好。他刚刚可是确认了熊猫是自己的死党。如果不知就里的熊猫大大咧咧，暴露出他和叶阑珊很熟的话，难免会让齐家怀疑自己和叶阑珊的关系。按照常理，他和叶阑珊原本应该不认识，直到阑珊资本进入东华渔业，两人才有交集不是？

叶阑珊多精明的一个人。不等帅朗开口补救，她就不动声色地笑道："当然认识，刚才熊记者还约我做个专访呢。我说你们记者，可真是会见缝插针。这才一转眼的工夫，就又攀上了齐董事长。"

熊猫傻愣愣地呆了一呆。帅朗抢在他说话露馅之前，悄悄踢了他一脚，面上则笑道："真巧啊，叶董也在这里吃饭？"

"是啊！"叶阑珊很配合地表现出和帅朗认识却又不亲近的样子，应了一声之后，目光重新投向齐然诺，"我这不是刚刚当选为董事吗？和公司一些同事一起聚个餐，认识认识，了解了解，以便日后更好地为公司服务。然诺，你不会怀疑我拉帮结派吧？"

齐然诺笑："怎么会呢？君子坦荡荡，小人长戚戚。是吧，叶董？"

两人就这样一脸和气，你来我往，针锋相对了好一阵。终于，叶阑珊笑着款款离去。看着她的背影消失在门外，齐然诺沉下了脸，冲着帅朗哼哼了两声："我没说错吧，怀疑她拉帮结派？她就是在明目张胆地拉帮结派！"

帅朗笑着："好了，别想这么多了！该怎样就怎样！只要咱们稳住阵脚，东华就翻不了天！来，吃菜吃菜！今天可是你这地主请客，还不好好介绍一些东华的特产！"

齐然诺自然也不想公司内部的人事斗争暴露在外人，尤其还是一个记者面前。她收敛心情，揭过此事，开始把话题转到眼前不断端上来的海鲜上。

熊猫一脸乐呵呵地憨笑，自然不会在这个时候追问两个女人究竟有怎样的恩怨，反而配合齐然诺，一头投入到品尝眼前美味的幸福中去。其间还不忘抽空连连举杯，向齐然诺敬酒，感谢她的款待。

只是暗地里乘着齐然诺不注意，他偷偷朝帅朗撇了撇嘴，下意识地站在叶阑珊这一边，觉得攀上了齐然诺这般金枝玉叶的帅朗，好像有些重色轻友不仗义。

问题是……唉，看着齐然诺眉目之间，完全掩饰不住的对帅朗的款款深情，熊猫又忍不住悄悄叹息了一声。奶奶的，拥抱白富美，少奋斗几十年的人生，他其实也想啊！

第十三章
同学

“你真想调查阿朗？”

千里之外的病房内，齐军摸了摸让自己感觉很不习惯的光头。

他面前的电脑上，出现了好几个人的照片。其中，帅朗的照片就在前列。

看着帅朗的照片，齐军皱了皱眉：“之前不是调查过阿朗的档案，没什么问题啊。很普通的，就是一个来自小镇单亲家庭的年轻人。在校期间，也是品学兼优。论人品论能力，都没得挑。虽然说阿朗有足够的条件泄露海岸休闲城的内幕，但是……他有这个必要吗？咱们老齐家，就诺诺这么一个宝贝独苗。现在明眼人都看得出，诺诺多喜欢他，他得有多傻，作吃里爬外的二五仔？”

“再仔细查查也好！”齐华点燃了一支雪茄，抽了一口，“你也说了，咱们老齐家，就诺诺这么一个宝贝独苗。我可不想让什么歪瓜裂枣的猪狗拱了去！”

齐军幸灾乐祸地笑道：“哈哈，你这是标准的老丈人情结！”

齐华却不理齐军，用低得不能再低，差点儿让齐军都听不清楚的声音道："多查一查总是没错的。真没问题，多查一次，也少不了这小子一根汗毛。我只是有些不安，说不出为什么，可能……是你昨天跟我说，有人自称是郎杰的儿子，才凑齐了阑珊资本的资金。算起来，如果郎杰真有儿子，应该正好阿朗这个年纪吧？"

"这只是没影子的小道消息啊！这世上还不是跟红顶白的多。现在咱们这边遭了难，阑珊资本却赚得盆满钵满，哼哼，这交情啊，自然就靠不住了。找了几个人，都是云里雾里，支支吾吾的，要想弄清楚恐怕还得过段时间。再说了，阿朗姓帅啊，从小姓帅。他的档案查过了，肯定没问题。"

"再查查，多查一下！"

"阿嚏——"

酒足饭饱，走出饭馆的时候，已经快八点了。

五月，正是鲜花灿烂的季节。这一处饭馆外面，有一个小院落，种了不少花，如今百花争相绽放。

帅朗快步走出来，阵阵花香便迎面扑鼻而至。或许是过敏的缘故，他这才嗅了两下，立刻就接二连三打了几个喷嚏。

要不怎么说中国人最喜欢吃喝，但凡办事总是免不了先到饭桌上好吃好喝一通。这饭局确实很能拉近人与人之间的关系。至少此刻，熊猫已经完全放开，又恢复了以往和帅朗言笑不忌的样子，见状就忍不住调侃："哇，阿朗啊阿朗，别告诉你这身子骨，忽然变得比林妹妹还弱了。老实交代，这究竟是有几个好妹妹在想你啊！"

帅朗没好气地瞪了他一眼："尽胡扯！"

熊猫回瞪："谁胡扯谁是孙子啊！"

说罢，他忽然又泄气了，看了帅朗一眼，满是眼红嫉妒恨："时间过得可真快啊，眼睛一晃，毕业时的情形还在脑海里好像昨天才发生的一样，可咱们都已经跑去社会摸爬滚打一年了。据说，有好几个家伙现在早没了学校时青涩的样子，完全成了混社会的老油条。不过谁的变化都没有帅朗你的变化大啊。兄弟们还一个个都在最底层挣扎呢，你小子倒好，已经是堂堂上市公司的高管了！

“真是气死人了！原先只是帅也就罢了，哥们心里多少还有些盼头，盼着有朝一日咱们腰缠万贯，拿钱来打败你的帅。可是现在……唉，你是不知道啊！那天老子把你现在是东华渔业董事会秘书的事情，在微信群里一公布，整个微信群一下子就沸腾了。

“一秒钟，真的只有一秒钟，立刻就有几十条信息跳出来，都是问你的。好多女生啊！还记得咱们那位读书的时候就泡了大款，总是在咱们面前鼻孔朝天，整天摆出高冷样子的班花吗？就数她最积极。一口气问了好多问题，嘿嘿，恨不得把你的内裤颜色都问出来。

“不仅是她。还有个学霸妹妹，估计你没什么印象。学习那是一级棒，就是长相不太对得起观众，所以整天埋头苦读，大三就跑去美国深造了。嘿嘿，以前她心思倒是藏得深，没怎么表露出来。可这次也坐不住，发消息来问你了。”

帅朗才不关心这些呢。熊猫这么叽里咕噜一大通话，全被他左耳进，右耳出，心里一点儿波澜都没有，上下打量着熊猫：“也就是说，你把我的事情透露了出去？啧啧，以你无利不起早的性子，这么八卦肯定有所图。我说熊猫，你千万别告诉我，你把我这个发小死党给卖了，目的就为了吸引那些女同学加你好友？”

熊猫这才惊觉自己不当心说漏了嘴，连忙义正词严地道：“别胡说！我加什么好友了？唉，我这不是看咱们的微信群太死气沉沉了，活跃一下气氛……”

说话间，他心虚地瞥了一下帅朗，干笑着转移话题：“别扯我啊。关键是帅朗你宝刀未老，这号召力就是顶呱呱的强。真的，帅朗，咱们班以前那些在学校里就对你垂涎三尺的女生，现在还不得一个个好像白骨精见了唐僧肉一样！信不信，她们心里可不知怎么盘算着，把你连人带骨头都给吞了！”

帅朗真是被气笑了：“我看你是求之不得吧？”

熊猫脸皮多厚，哈哈大笑着，一点儿都不否认，还张开双臂，很是夸张地叹道：“若能取而代之，虽死亦可也！”

齐然诺也被熊猫这无耻样子给逗笑了：“有这么夸张吗？你们的女同学，怎么一个个都成了狼啊？”

“千真万确！”这家伙是个地道能吹会侃的主儿。刚才饭桌上帅朗拦都拦不住，他一股脑儿就把帅朗从小到大的糗事，全都一干二净地抖搂出来，笑得齐然诺都直不起腰来了。

即便齐然诺总是那么严肃，又有上市公司董事长的身份加成，不过这酒酣耳热之际，熊猫也就没那么怵她了，当下嘻嘻笑道：“不信？正好下个星期咱们同学聚会，你要是去了就知道！”

“同学聚会？”帅朗一脸懵懂，“不是说等七月份聚会吗？怎么改时间了？”

“哦，七月那个是整个年级的同学聚会，下星期是咱们班单聚。你不知道吗？”熊猫笑嘻嘻道，“我那个宿舍里的老四不知道你还有印象吗？这家伙在学校里不显山不露水，看不出来，上班以后居然搭上了同事的妹妹，已经谈婚论嫁了。这次聚会就是他发起的。因为他吹牛，说他女朋友是个幼师，身边有一大堆未婚的美女啊。所以班里那些单身的家伙一个个嗷嗷叫。还说为了大家的终身幸福，一定要把你这祸害先给屏蔽掉，除非你带家属。哈哈，当然是开玩笑的，估计这两天他就会打电话给你。”

一旁的齐然诺眨了眨眼：“那就是说，大家都希望阿朗带家属去？”

熊猫反应多快，根本不问帅朗意见，忙不迭地点头：“那肯定！

要是阿朗真带家属，得多少人松口气啊！”

齐然诺莞尔一笑，没有再说话，安静地走到停在饭馆门外的汽车前开车，将帅朗和熊猫送回东华渔业总部——帅朗的车，还停在那里。

一路上，齐然诺安静地听着熊猫絮絮叨叨，说起宿舍里那个老三当了公务员。老四已经辞职，准备重新回校读研。老五则在工作之余，私底下忙着接活儿，经营了一家淘宝店……

林林总总，都是些再细琐不过的小事。可恰恰是这些细琐的小事，齐然诺听得津津有味，不愿意放过每一个可以更加深入了解帅朗的细节。她自己都没有察觉，嘴角绽放出了幸福的微笑。

帅朗也同样安静地听着，他忽然吃惊地发现，不知不觉，在仅仅毕业一年之后，曾经共处四载的校友们，各自的人生竟然已经渐渐截然不同。

尤其是他，上市公司的高管，乃至董事，无疑远远走在了同龄人的前面。可惜……这一切，全都是从父亲郎杰从天台上跳下去开始的。

福兮？祸焉？

第十四章 夜谈

“好了，接下来就让阿朗招待你。明天上午见！我会安排一个精彩的东华一日游，保证让你这位大记者了解到东华到底有多好！”

车到了东华渔业的停车场前，齐然诺好像女主人一样，很霸气地做出安排。熊猫简直受宠若惊，连忙道谢。

这么晚了，他肯定不可能再坐长途客车回去。好在明天是周末，帅朗本来就准备去海鸥酒吧和叶阑珊会面，答应到时候顺道搭上熊猫。至于今天晚上，熊猫也不客气，就准备坐帅朗的车去他的住处对付一宿。

至于明天？齐然诺说要继续尽到地主之谊，有吃有喝，他自然不在乎。哪怕他看得出，人家这是醉翁之意不在酒，明摆着冲帅朗来的。不过成人之美，功德无量不是？

看熊猫上道，齐然诺很满意，笑着和帅朗、熊猫道别之后，便驾车离去。

看着远去的兰博基尼，熊猫咂了咂舌头，羡慕嫉妒恨地瞥了身边的帅朗一眼，嘿嘿笑道："唉，真是人比人气死人啊！哥哥我这还在打光棍呢，你小子……倒是从来不缺美人。以前就有那么多班花、校花狂追你，现在这个更了不得，妥妥的白富美啊！虽然有点儿强势，不过这么有钱有地位，还能让你少奋斗三十年，强势点儿天经地义……"

帅朗没好气地瞪了熊猫一眼。这一刻，便是他也不得不承认熊猫说得好像有些道理。齐然诺确实是一个各方面都让人心动的女孩子。人非草木孰能无情啊！只是……

想到现实中的那一堆事情，帅朗就忍不住有些心烦意乱。

更重要的是他太了解熊猫这货是什么德性了。就是个八卦大王，要是聊起男男女女的八卦来，能聊个三天三夜，还好像打了鸡血一样不见半点儿疲惫。他懒得和熊猫多话，狠狠抛下一句"闭嘴吧，你！"就自顾自朝前走去。

熊猫不在乎，屁颠屁颠跟在帅朗后面，还嬉皮笑脸嘿嘿道："别走这么快啊，阿朗！不会是被我说破内心了吧？"

两人很快就来到了帅朗的汽车前。帅朗给汽车解锁之后，熊猫看着前方亮起了车灯，低调而奢华的黑色汽车，顿时张大了嘴巴、瞪大了眼睛，满是惊讶地惊叫起来："越野车啊！奔驰G500？"

和许多年轻人一样，熊猫特迷汽车，是标准的发烧友。虽然买不起，可各种款式的汽车，都是如数家珍。

他小心翼翼上了车，一边伸手东摸西摸，一边激动得好像唐僧念经一样，从嘴里抛出了一大堆话来："G500搭载的，应该是4.0L双增压V8发动？配备了9挡手自一体变速箱，最大马力422马力，最大扭矩610N/m，车身尺寸4764*1867*1954，前后轴距为2850mm，最小离地间隙205mm，油箱容积96L，一百公里油耗市区约14.5L，高速约11L。

“太牛了，这强劲的楔形特征以及醒目的奔驰车标，就算静止不动的时候都能让人感受到奔放的气息。不过这些并不意味着奔驰G500的公路性能丧失。我在杂志上看到过，推动近三吨重车身的同时，依然有0—100km/h加速4秒的好成绩……”

帅朗诧异地看了看熊猫。真心佩服这家伙居然能记住这么一大堆数据。换他，对汽车就没那么热爱了，很无所谓地耸了耸肩，很真心地说：“就是一个代步而已！”

“代步！”熊猫大叫起来，“你知不知道，这款G500，一百好几十万呢。”

帅朗是真无所谓，且不说他现在是上市公司的高管，收入不菲。就算没这份收入，单单郎杰给他置办的信托基金，每月也有十二万的固定收入。相比起其他刚刚踏入社会，又没有家庭支援的年轻人，买这样一辆车，他确实没有什么经济压力。

他不想显摆。当下不动声色地就将话题岔开，聊起了毕业后其他同学的情况。

他本来就不是太擅长交往的人，这一年来随着身份地位的提高，着实和大学那些同学渐行渐远了。倒是熊猫一贯喜欢热闹，平日里最擅长的就是和各色各样的人打成一片，简直就是无所不知的江湖百晓生。此刻打开话匣，滔滔不绝，倒是让帅朗知道了不少八卦，顺带熊猫也渐渐忘了羡慕嫉妒帅朗的奔驰越野车了。

奈何这样岔开，很快就因为到了帅朗的住处，而变得毫无意义。

熊猫不得不郁闷地发现，自己又得再次像乡巴佬一样震惊了，震惊的是帅朗如今居住的房子。

那就是一幢独门独户的豪华别墅啊！

有花园，有假山，有湖泊。三上三下的小楼，装潢得富丽堂皇，宛如五星级宾馆，还正对着大海。哪怕是晚上，站在阳台上，静静听着远处浪涛的声响，也别有一番情味。

这般待遇，哪里是普通公司白领能够企及的。

“这是公司的产业。”帅朗无奈地摇了摇头，“而且小地方，又不是一线大城市，不值钱，可没有你想的寸土寸金。”

熊猫不屑：“呸，你当我傻啊！再不值钱，也肯定比老子所有家当值钱。老子就算不吃不喝不睡不消费，给黑心资本家卖命十年，都肯定住不起这么一套别墅！”

他内心深处原本因为和帅朗重聚，被友情冲淡了的酸意，忽然又冒了出来。低头看了看自己脚下已经有些破损的运动鞋，又看了看帅朗那双光鲜的皮鞋，不由牵动了一下嘴角，悻悻地自嘲：“看看，我这一天过的！领导一声令下，就风尘仆仆赶来采访。折腾得全身都散架了，其实也就是鼓捣出一篇估计根本没多少人会去关注的破文章。这时间啊，这人生呐，全都被这五斗米给消磨掉了。还是你牛，台上风风光光，台下别墅豪车，妥妥的人生大赢家啊！”

帅朗才不同情熊猫的凄惨可怜，他从冰箱里拿出了两罐啤酒，扔了一罐给熊猫：“还能喝吗？”

熊猫傲气：“男人能说不行吗？”

那就继续开喝！

抽着烟，抿着酒，两人就好像回到了学生时代，坐在三楼的阳台上，盯着漆黑夜空上漫天璀璨的星光，伴着远处隐隐传来的风声、浪声，有一句没一句地闲聊起来。

酒到酣处，熊猫终于忍不住说起了叶阑珊。他再次为王老实的那件事情和帅朗争辩，毫不掩饰对叶阑珊的仰慕，也毫不掩饰羡慕嫉妒帅朗的现在。

最后，醉醺醺地站起来，推开窗户，探出脑袋，对着漆黑的夜扬声大喊：“天地为证，有一天，终有一天，老子一定会发达的！也……也要买这样的别墅，开……开这样的豪车。到时候，一定会有美女，对……美女，像……像叶小姐这样的美女，喜……喜欢我……”

说着说着，他整个人却好像烂泥一样，滑倒在了地上。随即，鼾声响起。

居然就这么睡着了。

帅朗倒是一直都保持着冷静。他没有像熊猫那样朝自己嘴里猛灌啤酒，此刻一点儿都没有醉。见此情形，他只能郁闷地摇了摇头，费劲把这货推到了客房，然后简单地收拾了一下已经狼藉的阳台，这才回到自己的卧室。

说实在的，今天一整晚上，熊猫的胡言乱语，在他的眼里就好像一个小孩在闹腾，挺幼稚、挺可笑也挺无聊的。或许真是养移体、居移气，不知不觉，他恍然发现自己似乎比大多数同龄人都更成熟了，再不复曾经年少青涩，时常都是以身居高位者的眼光，来看待身边的人和事。

今天他唯一在意的，只有熊猫刚才无意中提到的，关于沈涟漪的消息。已经出国了的沈涟漪，听说最近可能要回来一次。

她现在可好？

躺在床上，默默看着床头柜上，依旧放着的沈涟漪的照片，许久许久，帅朗方才关上灯，翻转身，睡觉了。

第十五章
父母

翌日。手机的乐声响起，帅朗才从睡梦里醒来。

睁眼，只见外面早已经天光大亮。

电话是齐然诺打来的。这姑娘穿了一身运动服，干净利落、英姿飒爽，已经到帅朗的别墅门口了，还贴心地带来了早点。原本正自四脚朝天呼呼大睡的熊猫，被帅朗拍醒爬起来后，诚惶诚恐地享受堂堂上市公司董事长的招待。

三人说说笑笑，迅速吃完早点，刚刚准备随齐然诺一起出游的时候，熊猫的手机忽然来了一个电话。

“咦，老妈？”熊猫看了一眼手机上的来电显示，脸上闪过了一丝诧异。他朝帅朗和齐然诺做了一个抱歉的手势，便拿起手机，朝旁边走了几步。

这家伙哪怕是和老妈通电话，还是本性难移，一以贯之地嬉皮笑脸：“太后吉祥啊！您老今天怎么有空关心儿子我了？啊，什么？爸的腰扭了……现在动不了了？哎呀，妈，你……你别着急，我这就赶回来……”

熊猫的声音焦急之下，不自觉地放得很大，站在十多步外的汽车旁边等他的帅朗和齐然诺都听到了。眼见熊猫说了两句就收起手机，脸上还挂着焦急的神色，帅朗挑了挑眉，关切地问：“怎么，叔叔生病了？”

“呃，老毛病了！”熊猫苦恼地挠了挠头，叹了口气，“你也知道，我老爸在铸造厂里干活，经常要搬生铁。前些年就老是腰疼，昨天也是倒霉，在厂里弯腰搬生铁的时候，不知道怎么岔了气，把腰给狠狠地扭了一下。当时还没觉得怎么样。他老人家性子又要强，被工友送回家的时候，还嚷嚷着没事，都不愿去医院。没想到，今天早上直接起不了身了。我妈是又惊又吓，没了主张。哎呀，不好意思，今天我……”

齐然诺不介意，落落大方打断了熊猫的抱歉，还对帅朗说：“没事！肯定是老人要紧。阿朗，你赶紧送熊猫回去！”

帅朗点头，干脆利落地道：“走，我们这就出发！”

熊猫赶紧点头哈腰，向齐然诺道谢，跟着又用力拍了一下帅朗的肩膀。昨晚一席话，两人本来就化解了许多隔阂。这会儿，兄弟俩真是一切尽在不言中。

有赖于江南水乡这些年四通八达的公路建设，上了高速之后，也就一小时，便回到了两人从小生于斯长于斯的小镇。

到了小镇，帅朗才发现，已经有相熟的邻居帮忙打了120，将熊猫的爸爸送到了镇上的医院。

这种腰椎问题，肯定没有什么立竿见影的灵丹妙药。照医生的说法，就是建议办理住院手续，在医院里观察几天。这期间当然需要拍片做检查，同时会药物治疗，再配合针灸、牵引，或者考虑打封闭，多管齐下。

这分上，患者当然没有发言权。熊猫一咬牙，索性决定给父亲做个彻底的身体检查，尽管这样的检查当天还不能拿到所有的结果，好在这并不妨碍医生开始减缓熊猫父亲病痛的治疗。

于是，帅朗帮助熊猫跑上跑下，排队付费，办理住院手续，再去拍片、取药，好一通琐事，直到快下午两点，这才把事情差不多办好，缓了一口气过来。

见暂时没有事了，帅朗便提出了告辞。熊猫送他出来，情绪明显很有些低落。

帅朗原本已经打开车门，看到熊猫这样子，没有马上上车，转身拍了拍熊猫的肩膀："你也别太担心了！刚才医生不是说了吗？应该没有什么大问题。"

熊猫摇了摇头："确实没什么大问题！可是……唉，真是没有想到，一晃眼我爸他已经老了。知道吗？在我的记忆里，我爸就是一个一身肌肉、一身力气，可以轻轻松松一只手就把我举起来的男人。整天都有使不完的力气，总是那么高大、威武、坚强，犹如一座大山，是我和妈妈最可以信赖的依靠……"

帅朗默然。他和熊猫是一起长大的发小，自然很小的时候就认识了熊猫的爸爸。

可不仅仅是熊猫这么认为，在他的印象里，在厂里当工人的熊猫爸爸，同样也是力量和强大的代表。尤其是父亲和母亲离婚之后，再也见不到爸爸的帅朗，私底下非常羡慕熊猫有这样一个爸爸。

羡慕熊猫的爸爸会来学校给熊猫送雨伞送衣服，而他没有。

羡慕熊猫可以很骄傲地大声说，谁敢欺负他，他爸爸会冲到学校来，把那混蛋一巴掌打趴下，而他没法说。

羡慕熊猫可以开心地坐在他爸爸的电动车后面兜风，而他……同样不能。

迥异于自己那个更加富有智慧却总归显得文雅，并且在很长一段时间缺席了自己成长的父亲郎杰，充满了力量感的熊猫父亲，使少年时的帅朗当真羡慕得很。哪里想到现在……

就在帅朗转念之际，忽听见熊猫自嘲地牵动了一下嘴角，缓缓蹲下身，看着地面，落寞地说道：“今天，我才发现，我老爸真是已经老了，已经满头白发了，已经不能再笔挺他的腰和背了。他居然会病倒，会躺在床上不能动弹，痛苦地呻吟，再也不是全家人的依靠了！”

说着，熊猫看到眼前的地面上，不知何时，有点儿湿。下雨了？对，一定是下雨了。是雨水，才不是泪呢！

帅朗犹豫了一下，关上车门，也蹲下来。他给了熊猫一支烟。哥俩就这么在医院外面的停车场上蹲着，一起抽烟，一起说话，聊了好久好久。

受到了熊猫的影响，帅朗改变了原本直接开车离开的打算。他开车缓缓离开医院，一路上满脑子想到的都是自己的父母，想到了同样已经白发的母亲，更想到了已经跳楼的父亲。

开着开着，他忽然踩了刹车，停靠在了路旁，随手掏出一支烟，点燃吸了一口。然后，他拿出手机，打通了齐然诺的电话，告诉了她熊猫这边的情况，并说自己先不回去了。

礼貌，却在不知不觉中带了些许距离。唉，毕竟是杀父之仇啊！

那头的齐然诺也不知道是否听出什么，声音倒是一如既往的平静如常，很是善解人意地道：“嗯，那你就忙吧！你们既然是发小，现在熊猫家里出事了，你可要多关心一下，能帮忙就帮忙哦。如果需要的话可以联系我，别忘了我家还投资了一家医院呢。哦，对了，你也确实没必要匆匆赶回来，反正周一才开董事会。正好利用周末，好好陪陪你母亲。顺便……帮我向你妈妈问个好！”

最后一句话，暴露了姑娘的羞怯。

帅朗想象得出，电话那头，从来都那么强势大气的女孩，这一刻恐怕也会忍不住被两片红晕覆盖脸颊吧。这样的姑娘如何不爱？

可越发这样，帅朗心中越是感觉莫名的烦躁。他强压下自己翻腾的情绪，淡淡地答应，挂了电话。然后重新开车，索性照齐然诺说的，掉头回了自己小镇上的家。

第十六章
上亿

“阿朗？”看到儿子，帅若楠吃了一惊。

帅朗耸了耸肩：“想你了啊，老妈！”

说话间，他仔细看着自己的母亲。帅朗的样貌，来自母亲多过父亲，帅若楠的颜值可想而知。可惜，毕竟年过五十了。仔细看去，帅朗这才发现，以往生活中总是为自己撑起天空挡住风雨的母亲，不知道何时，两鬓都已经有了白发，眼角也已经有了皱纹。

身为单亲妈妈的帅若楠，可不吃马屁，更不是多愁善感的人。她瞪了帅朗一眼：“少贫嘴！”

说话间，已经挽起袖子走入了厨房，麻利地淘米、洗菜，还满脸嫌弃地把帅朗赶到了一边去，根本不给帅朗一丁点儿帮忙的机会。嘴里更是唠叨个不休：“我问你，你和涟漪究竟怎样了？”

“涟漪？”帅朗刚从老妈手里接过一根洗干净的黄瓜，正狠狠咬了一口。打小他就喜欢这样吃黄瓜。然而，“涟漪”两个字，顿时让他的咀嚼，不自觉地停了下来。脑海里自然而然浮现出那个白衣翩翩，温婉可人的女孩。

正自思想，就听见帅若楠的声音猛地严厉了几分：“你是不是好久没和涟漪联系了？”

“也不是……”帅朗的目光微微游移，干干地道，“只不过最近公司的事情很多，我有些忙。再说了，涟漪这不是出国了吗？她学业重，又有时间差……”

“少拿这个做借口！”帅若楠却不依。一边说着，一边起了油锅。手持铁勺，利落地翻炒着锅里的花生，嘴巴则一刻也没有停下，威严不容置疑地道，“你老实交代，你们俩是不是出了问题？因为你们公司新任的董事长？”

帅朗想也不想，毫不犹豫地否定：“没有！”

“真没有？”帅若楠不信，逼问，“真不是因为那个大小姐？”

“当然不是！”想起总是一脸认真，却又掩饰不了心中爱慕的齐然诺，帅朗不知为何心里微微一痛，手不知不觉，紧紧握成了拳。与其说是在回答母亲的质疑，倒更像是坚定自己的决心，“我和然诺没有任何可能的！”

“真的？”察觉到儿子的异样，帅若楠忍不住怀疑地转头看了帅朗一眼。

这段时间的砺练让帅朗面对老妈的目光，很平静，还耸了耸肩，笑了笑。

没有看出任何问题，帅若楠的目光再次转向了手里的铁锅。继续炒着花生，同时喋喋不休：“我现在可把话放在这里了。你和涟漪是我看着一起长大的。不仅仅是我，你沈叔叔一家也很满意，就盼着你们赶紧结婚，给我们生个白白胖胖的娃娃。你要是敢贪图荣华富贵去做陈世美，我可没脸见人了！”

“放心吧，我和然诺真不可能！”帅朗无奈地挠了挠头，重复了自己的话，心情却一下子低沉了下来。

他犹豫了一下，有心想要提一下父亲郎杰。到现在，一直生活在小镇上的妈妈还不知道父亲已经死了。他真的很想把这事情告诉妈妈，很想问问关于爸爸的事情。奈何话到嘴边，看着妈妈已经有些佝偻的背影，帅朗又把话咽了回去，实在不想因此打破妈妈平静的生活。

如此一来，他也失了兴致。

一夜无话。待到清早醒来，帅朗原本计划是直接回去和叶阑珊碰头的。这次临时股东大会结束，补选增选了董事之后，他真是有很多事情，需要和叶阑珊好好协商一下。然而刚吃了妈妈准备好的早饭，还没有来得及动身，他就看到彭笑笑发来了一条短信，约他去羽毛球馆碰头。

之前拜托他调查的事情，这么快就有结果了？

帅朗打了一下方向盘，拐头直奔约好的羽毛球馆。

羽毛球馆内，彭笑笑显然已经玩了好一会儿，浑身都是汗。这家伙今天还是带着女友郑薇薇。另一边，谭晶这次没迟到，也来了。

他们这几个当初在董秘培训班认识的朋友，这段日子基本上每月都会聚一次。照例还是打羽毛球这种运动量不是很大，又恰好男女搭配的运动。一方面联络感情，一方面也是相互交流一下董秘圈内的各种消息。

只是今天，彭笑笑和帅朗心照不宣地交换了一个眼色，混合双打了一会儿之后，就借口抽烟，甩开两位女士，一起跑到了抽烟室去。

“你要我帮忙查的事情，搞定了！”彭笑笑确实人脉广泛，上来就掏出了一张折叠好的纸。帅朗接过一看，是一份房产业主变更记录。

那份房产，正是海鸥酒吧。

“海鸥酒吧第一任主人是叶添锦。啧啧，这可是一个很厉害的女人。据说出自常青藤名校。年纪轻轻就成为高级审计师，经营起了一家审计事务所。爱好也很广泛，旅游、摄影、网球……很多领域都发表过颇为专业的见解。闲暇时还开了一家海鸥酒吧，无所谓盈亏，只招待她看得上眼的客人。以至于有很长一段时间，海鸥酒吧的邀请函洛阳纸贵。”

彭笑笑说到叶添锦，毫不掩饰满脸的崇拜：“兄弟我当初刚刚踏入职场，就不断听闻这位女士一个又一个神话般的传奇了。可惜，红颜薄命啊。去年，不知怎地居然就出了车祸，当场丢了性命。听说那现场……唉，真叫一个惨啊……”

帅朗没有理会彭笑笑的这通废话。关于叶添锦，他绝对比彭笑笑了解得更多。他的目光完全被这份业主变更记录给吸引了。

这份变更记录，不仅注明了海鸥酒吧的地址、产证号、不动产单元号，也罗列了前后几任业主的姓名和变更日期。

首先是叶添锦，然后是一个叫叶乐文的人，最后才是叶阑珊。

帅朗更注意到，叶添锦变更到叶乐文的日期，和叶乐文变更到叶阑珊的日期相隔很近。算算日子，就是在叶添锦出了车祸身故后不久。

也就是说，齐军说的都是真的？海鸥酒吧根本不像叶阑珊所说的那样，是叶添锦赠送给叶阑珊的？

就在帅朗心念电转之间，只听彭笑笑继续说道：“叶添锦死了以后，业主更名为叶乐文。我调查了一下，叶乐文是叶添锦的堂弟。叶添锦的父母早已经过世，家里也没有什么亲人，所以这个叶乐文是没有任何争议的遗产第一顺位继承人，从叶添锦那里继承海鸥酒吧，很正常。但是很奇怪，仅仅不到三天，叶乐文又将海鸥酒吧出售给了叶阑珊。”

彭笑笑越说越兴奋。他仿佛福尔摩斯、波洛、柯南附体，两眼发光，兴奋地看着帅朗，自行脑补起来，无限神往地道：“哇，好刺激！阿朗，不会到了公司高层，商战都这么复杂？你这是准备对付叶阑珊吗？我没记错的话，叶阑珊最近很有名啊。她的阑珊资本出手，拿下的就是你们东华渔业的股份？喂，别介啊……”

眼看帅朗黑下了脸，摆明了不准备继续这个话题，彭笑笑最擅察言观色，忙不迭地抢先说道：“别这么严肃紧张啊。兄弟我这边和你们东华又没有利害冲突，这不就是图个热闹吗？哦，对了，我可不是瞎凑热闹，还真帮你打探到了一些有用的东西！”

帅朗心头一跳，面上依旧还是不动声色，还刻意带了些许不以为然的目光，看向彭笑笑，问：“有用？”

原本还想卖卖关子的彭笑笑，受不了激，立马叫道：“嗯，你看这里……”彭笑笑伸手指了指那份变更记录的其中一行，“看到没有，一个多亿，卖给了叶阑珊！不管这笔交易是不是真实交易，至少税实打实地交了几百万。”

一个多亿？

帅朗心中一沉。这确实是一笔大数字，甚至超过了海鸥酒吧正常的市价大约三成之多。或许，只是一笔纸面上的交易？这在房产买卖中屡见不鲜。不过一般纸面交易都是将售价刻意降低来规避支付的税款，很少有人刻意提升交易价格啊！

所以……齐军所说的那一切都是真的？海鸥酒吧确实不是叶阑珊从叶添锦手里得到的馈赠，叶阑珊背后真有一个拥有庞大财富的神秘人？她当初找上自己，又究竟暗藏了什么目的？

就在帅朗心念百转之际，一旁的彭笑笑继续嚷嚷道：“是不是很古怪？就算是纸面交易，故意提高了售价，可是叶阑珊如果要想买下海鸥酒吧的话，这笔钱打个七折，按照正常的市价算，还是要上亿。她哪来这么多钱？叶乐文总不至于真那么大方把海鸥酒吧送给她吧？

“呵呵，我昨晚上抽空看了一篇关于叶阑珊的采访。她当时在海鸥资产，既不是股东更不是高管，怎么看都不该是随手抛出上亿资金的主儿。事实上，在阑珊资本成立以前，她那个投资工作室，在业内真是再普通不过的存在。”

说到这里，彭笑笑顿了一顿，邀功道：“嘿，哥们，怎么样？我调查出来的东西，还是有点儿用的吧？呵呵，别绷着脸啊，我可没准备要求什么。唉，就是有些好奇啊。你们东华渔业应该是要对付叶阑珊吧？以后方便的话，把这过程说来听听，也好让我有个吹嘘的资本。”

帅朗勉强笑了笑：“没问题！”

他这会儿是真没有了心情，和彭笑笑抽了烟出来，很快就找借口离开了羽毛球馆。满脑子，还是反复翻腾着昨天齐军的话，和今天彭笑笑的调查结果。

可最后竟不知不觉地，鬼使神差般还是走到了海鸥酒吧门口。

第十七章 闲聊

小镇中心广场。

石凳上坐着一个五十多岁，穿了一身功夫服，看上去应该是提前赶来准备跳广场舞的胖大婶。

胖大婶一边捶着腿，一边唠唠叨叨地道：“哦，你说帅朗啊！认识、认识！阿朗这小子，我可是看着他从小长大的。嗯，这小伙子可帅了！幼儿园的时候，就有小姑娘喜欢他，越长大越被人迷。不过没用！从小到大，他就和沈家闺女好。其他女孩子啊，没一个能从沈涟漪这里把阿朗抢走！”

“沈涟漪？”听胖大婶唠叨的，是一个穿了一身休闲装的年轻人。在胖大婶提及沈涟漪这个名字的时候，他忍不住插嘴，确认了一下。

“嗯，沈涟漪，沈老师家的宝贝千金！不过也难怪，这闺女可出息了！从小和阿朗都读一个学校。也和阿朗一样，都是名次数一数二的好学生，后来又一起读大学！现在更了不得，听说都出国留学了……哎哟，对了，你这真是阿朗的公司派来做履历调查的吗？调查完了，真有礼品？”

“有有有，您看，礼券我都给您备好了！”年轻人赶紧赔笑，从兜里拿出了购物礼券，同时解释道，“帅总现在是咱们公司的高管。按照流程，必须要有详尽的履历资料留档，还要报给证监会备案呢！”

“真麻烦！不过阿朗确实也很出息！”胖大婶其实并不怎么在意年轻人的解释。她更感兴趣的是年轻人递过来的礼券。一把拿过来，反复辨认真假，继续说道，“唉，说起来，阿朗也是个可怜的孩子。很小的时候，他爸妈离婚了。他老爸丢下他们娘俩离开了咱们镇子，就再也没有回来过。亏得他妈妈是个能干又坚强的人，愣是二话不说，把阿朗改成了她的姓，一个人把阿朗拉扯长大……”

“改姓？”听到这话，年轻人愣了一愣，随口问，“他原来姓什么啊？”

“嗯，让我想想，哎哟，这年纪真是的，明明话到嘴边，怎么就想不起来了。我记得挺容易记住的，好像姓什么来着……”

胖大婶絮絮叨叨的当口，年轻人的手机忽然响起来了。

年轻人赶紧道歉了一声，拿起手机，走开两步，接通电话：“獭子哥……嗯，我正在小镇打听帅总的事情，有些进展了……嗯？郎杰的儿子在广州？您的意思是我放下这边的事情，立刻去广州调查郎杰的儿子？是是，帅总确实没啥好查的，好的，我这就去……”

打完电话，他愕然发现，已经拿了礼券的胖大嫂，这会儿不知道跑哪里去了。有心想要找胖大婶再聊几句，可是看了看手机，想起手机那头的吩咐，摇了摇头，步履匆匆地离开了。

“丁零当啷”的风铃声中，帅朗走入了酒吧，却发现此刻因为还没到营业时间，酒吧内空空荡荡。叶阑珊应该是临时有事走开了。

帅朗也不急，没有联系叶阑珊，就自顾自找了一个吧台旁边的位置坐下。眼角的余光，恰好瞥见吧台上居然放了一本关于投资技巧的书，他便随手拿起来，随意地翻阅起来。

翻了十几页的工夫，就听到叶阑珊调侃的笑声从身后响起："怎么，帅总这是要进军二级市场？"

听到叶阑珊的笑声，帅朗的身子微微一动，生怕不当心流露出心中的猜疑。他合上书，没有回头，悄悄地深吸了一口气，努力保持平常的样子，耸了耸肩："所以才要向叶董好好请教啊！"

叶阑珊穿了一身宽松的休闲衫，随意绾起长发，这会儿已经从帅朗的身后，绕到了吧台里面，笑道："请教没问题啊！不过我的收费很贵哦！"

说话间，她居然从吧台的下面，取出了一套新买的，还没有拆封的西装。

"昨天心情好，去商场逛了逛！顺带也帮你买了一套。试试？"叶阑珊一边将包装拆开，拿出西装放在帅朗身上比了比，一边轻描淡写地道，"都已经是堂堂上市公司的董事会秘书了。怎么着，也得好马配好鞍不是？"

帅朗目光微微一闪。从去年到现在已经快一年了。这一年的时间里，平心而论，两人相处得当真不错。

不仅在对付齐氏兄弟和高迈上两人十分默契，很多事情，都好像心有灵犀一般不谋而合，而且平常相处也很温馨自然。像这样的衣服，叶阑珊这一年来可没有少给帅朗打点过。

若是搁在前几天，帅朗心中只有感激和温暖。然而此刻，看着叶阑珊如此专心致志地比量手中的西装，他却猛地打了一个寒战，忽然有一种错觉，仿佛自己就是一头好吃好喝，自以为生活幸福快乐的猪，浑不知屠夫正等着自己养好膘下手。

他强行按捺住恐惧，顺从叶阑珊的指示，乖乖穿上了西装。

然后一如往常，恍若没事人一般，伸手做了一个邀请的姿势：“知识无价！再贵，也要聆听叶董的传授啊！”

“那我可真讲了！”叶阑珊看着穿上了西装的帅朗，上下左右前后，仔细打量了一番，就好像在打量自家的洋娃娃一般，脸上露出了满意的笑容。

再度来到吧台后面，这一次她拿出了几条各种颜色，同样新买没有拆开过的领带。

一条条放到帅朗的胸前，一条条仔细比对，同时还真的指点起来：“这样吧，我给你讲个真实的故事。据说……嗯，我说的是据说哦。据说很久以前，那会儿电脑还是很阳春白雪的东西，那会儿大多数股民都得去证券公司交易，那会儿沪深两市就只有阿猫阿狗几只股票，而且深市股票既没有涨跌幅限制还可以T+0交易。

“当时，有一个极出色的交易员，他玩股票从来不看K线，不看技术指标，不看成交量，更不用说什么基本面了。他啊，每天开盘了以后，就用耳朵听，听收音机里面滚动播报的沪深两市股票价格。”

说着这些话，她终于选中了一条蓝色的领带，将领带的包装拆开，示意帅朗低头，要给他戴上。

帅朗顺从地稍稍弯腰，好方便叶阑珊摆弄，结果看到叶阑珊贴到了自己跟前。很近很近，近到了他可以清楚地看到，正认真比对领带的叶阑珊的脸。泛着光泽，美丽到了极点的脸。

帅朗忘记自己心中刚才的那些猜疑，本能地加重了几分呼吸。叶阑珊似有所觉，抬起头，似笑非笑地瞥了他一眼。

这个尤物！帅朗心虚地赶紧避开了叶阑珊的目光，干咳了一声，努力让自己保持很严肃很正经的样子，继续刚才的话题：“听？就听？用耳朵听？听每一次轮动时股价的变化，就能够以此作为决策的依据？这样也能赚钱？”

“当然能赚钱！”叶阑珊嫣然一笑，很高兴看到帅朗一向冷静从容的脸上，这一刻竟然难得流露出来的不可思议。

她顿时来了兴致，滔滔不绝地道：“事实上，这位交易员用上海话来说，绝对是一个结棍的老法师。据说，人家在民国的时候，就是上海滩交易所里面玩得很开的高手。好不容易熬到改革开放，中国终于重新开了股市，他已经七老八十了。眼睛动过手术，没法像正常人那样看股市行情……”

这样滔滔不绝地讲着，却丝毫没有影响到她手上的动作。不一会儿，她就给帅朗打好了领带。顺势，手指还似有意无意地轻轻划过了帅朗的胸膛。很是撩拨啊！

偏偏她动作还飞快，把人心撩拨起来了，手却已经收了回去，走到吧台后面，倒了两杯红酒，将其中的一杯递给帅朗，继续道：“可高手就是高手。别不信，他当真就只是简简单单地听着收音机里的报价，买进卖出股票。恰好当时股市刚刚开张，没有现在这么多条条框框。每天都可以无限交易，理论上都可以涨跌几百块。这让他如鱼得水，轻轻松松赚了好多钱。”

说这番话的时候，她随手晃了晃手里的红酒。晃了好一会儿，这才缓缓凑到了唇边，浅浅地沾了一下杯中的酒。妩媚的眼则始终风情万种地看着帅朗，笑：“神奇不神奇？惊喜不惊喜？是不是忽然觉得自己在学校里，在书本上学到的东西，都被这位老法师给打破了、颠覆了……”

却不想，她的话还没有说完，就被帅朗开口打断了：“价格！哦不对，不仅仅是价格，更重要的是价速！”

说到这里，帅朗稍稍停顿了一下。他完全没有理会叶阑珊的挑逗，自顾低头、闭眼，用右手的大拇指和食指，轻轻揉捏着自己的鼻梁，沉思了片刻，方才重新开口说道：“他听的，应该不仅仅只是股票的价格，更重要的是，股票在同等相隔时间内，变动的幅度。

根据这样的幅度，推算出市场对这个股票究竟是狂热追捧还是冷淡无视，又或者恐惧地抛弃。而这些情绪恰恰决定了资本对标的的态度，决定了价格在接下来究竟是涨是跌还是横盘。”

叶阑珊显然没有想到，帅朗这么快就能总结出这样的道理来。

她微微张开了嘴，愣了一愣，这才叹了一口气：“知道吗？有时候真的很讨厌和你们这些聪明人说话！没错，你说的一点儿都没错。老师当初说起这个故事的时候，也是这么解释的。万变不离其宗，交易的本质就是价格。价格的变动幅度，其实就已经足以说明一切。所以，老师常常说，看行情，看的就是情绪，市场内所有博弈者们的情绪。比如……”

说到这里，她放下手中的红酒，坐回吧台，纤纤玉指，在吧台上的笔记本电脑上，起起落落操作了几下，随即把电脑屏幕稍稍朝帅朗这边侧转过去。

很快，帅朗便看到了长林集团股价的日线图。这些代表长林集团股价的K线，一忽儿上、一忽儿下。仅仅几十根，短短几个月的交易，就让股价从十二元左右的长期横盘，忽然飙升到50.7元，又从50.7元的巅峰，一下子跌落到了个位数。

叶阑珊重新拿起了酒杯，幽幽叹了一声：“看，当初老师准备收购长林集团时，股价飙升得多快。那些大阳线乃至一字涨停板，代表着股民们忽然发现一个天上掉下来的金矿时，迫不及待冲进来捡钱的狂热。只是当初有多狂热，那么当海鸥资产收购长林集团失败时，他们就会有多恐惧，取而代之的就是大阴线和一字跌停板。”

帅朗默然。的确，这些K线，在不知情的人眼中，或许就是一些数字的增减变化。可实际上，却是数以亿计的资金在激烈地博弈，不知道多少阴谋和算计，在悄然进行。

有齐氏兄弟一般，张开狰狞血口，饱餐这一场资本盛宴的胜利方；也有父亲这样败走麦城跳下天台的失败者；更多的，其实还是那些像长林集团那个名叫林波的员工，在贪婪中追高，在恐惧里割肉，面对一地鸡毛，欲哭无泪，甚至铤而走险的散户。

“问题是……这么多波折，这么激烈，这么多人的命运，难道都能够在区区几个价格的跳动中，预先看出端倪？”

“能！当然能！”端着酒杯的叶阑珊斩钉截铁地回答。

这一刻，帅朗只觉得她就好像最狂热的信徒。她猛地喝了一大口红酒，然后犹如看着圣物一般，看着电脑屏幕上的这些K线，一字一句，无比虔诚地道：“像老师那样真正的高手，就能够从这些价格的变动中，看出每一根K线背后的动荡！”

帅朗心中微微一动，下意识地脱口而出：“看行情的走势，就如同听一朵花的开放，见一朵花的芬芳，嗅一朵花的美丽，一切都在当下中灿烂。”他看到叶阑珊愕然挑起了眉，便补充解释道，“你知道的，父亲留了一本日记本给我，这是他写在日记本扉页上的话。”

叶阑珊却摇了摇头：“这可不是老师说的，这其实是缠师的缠论！”

帅朗呆了一呆，一头雾水：“缠师的缠论？”

“所谓缠论，是好些年前市场上流行的一种投资理论。说得有些玄妙，实际上却是一种用数学手段进行走势推导的交易理论。”叶阑珊说到兴起，一口干掉了杯中的红酒，然后一边拿起酒瓶，又给自己斟上，一边继续说道，“老师交易的本领，可比缠论高明多了，但是这句话倒是没有说错。真正的高手，确实是用眼睛听，用耳朵闻，用鼻子见……确切地说，就是用心去感受，感受这一根根K线所代表的多空双方博弈。”

听着叶阑珊的话，看着眼前电脑屏幕上的行情走势，帅朗不由微微出神。真想看看父亲在这般跌宕起伏的价格变换中，一次又一次出神入化交易的风采。

可惜……父亲，那个创造了千亿财富神话的男人，如今已经远离了这个喧嚣的人间！

帅朗目光微微闪烁了一下，很快回过神来，不动声色地把话题转到当下东华渔业上去。这本是他来海鸥酒吧和叶阑珊会面的主要目的。

第十八章
分晓

不得不说，叶阑珊确实很能干！至少，每次谈及正事，帅朗都有一种非常默契的感觉。

比如此刻，话题一转到东华渔业，叶阑珊二话不说，立刻在笔记本电脑上噼里啪啦地操作一番，一幅董事会董事的饼状分布图，就呈现在了帅朗眼前。

红色代表了东华渔业控制的五票，橙色代表了长林集团控制的两票。有鉴于长林和东华是一致行动人，所以齐家实际上控制了七票，占据董事会绝对多数，也就是完全控制了整个东华渔业。

不过经过这次补选和增选董事，蓝色所代表的阑珊资本控制了两票。黄色所代表的机构方面有四票。

最重要的是，帅朗现在也当选为董事了。齐家基本盘的七票里面，帅朗这一票随时都可以反水。另外，就在今天，何哥代表阑珊资本，也和一家拥有东华渔业董事席位的投资公司订立了战略同盟。

叶阑珊在这张饼状分布图上，将这两票用绿色单独表现出来。这一下，齐家的盘面优势就没有那么强大到不可抵挡了。出现了齐家六票，阑珊资本四票，中立三票的三分局面。

看着眼前自己所制作的饼状图，叶阑珊忍不住有些兴奋："三票，再有三票，就可以形成绝对多数了！"

虽然再拉三位董事过来，难度不小。可是，短短几个月，阑珊资本不就已经从无到有，搞定了十三个董事里面的其中四票了，再难也不能说没有一丁点儿希望吧？毕竟是一家市值百亿的上市公司，别说这点儿难度，就算再艰难百倍，也值得拼搏一把不是？

帅朗轻轻点了点头。不管齐军之前那番话在他心里埋下了怎样的隐刺，至少在对付齐家这件事情上，他和叶阑珊终究是并肩作战的盟友。

他轻轻点了点头，补充道："再拉三票看上去很难，实际上并非一点儿机会都没有。首先是中立票，只要有足够的利益，就必然有机会拉拢过来。就算是那六张齐家的基本盘，也并非完全不可能。

"再比如长林集团的两个董事席位，目前划入齐家这一块，只是代表目前长林集团在齐华的掌控下，成为东华渔业的一致行动人。但是长林集团本身就是一个很有些年头的老公司。公司内部股权和人事斗争十分复杂，海岸休闲城事件爆发之后，齐家已经那么窘迫了，齐华都不敢把长林的股份稀释，宁可冒险拿出那么多东华的股份。所以，一旦长林集团内部股权发生变动的话，这两票同样有变盘的可能。

"最后是东华渔业的那六个董事。除了我和齐然诺之外，其他四个都是跟随齐军白手起家的老臣子。他们对齐军当然忠心耿耿，可是要说真心诚意服帖齐然诺，可就未必了。就算有齐军压着，可齐军已经失去了在东华渔业的职位；就算没有失去，自古以来共患难的，未必就能同享福。"

叶阑珊眼睛一亮："确实是这个道理！阑珊资本进入东华渔业的董事会，就意味着齐家的这个堡垒，已经存在了从内部攻破的可能！"

她拿起红酒瓶，给自己已经喝得差不多的酒杯，加了点儿红酒，然后轻晃着红酒杯，憧憬道："虽然要想彻底攻破，难度不小，不过事在人为嘛！而且刚才你提醒了我。长林和东华是交叉持股的，长林固然持有东华的股份，东华也同样持有长林的股份。长林的股权格局如果发生变化，会影响东华。如果我们拿下东华呢？东华同样持有15%的长林集团股份。拿下东华，也就意味着对长林也产生了不容忽视的威胁。"

帅朗愣了一愣。这个他不是没想过，实在是太遥远了，不得不谨慎地提醒道："如果真能做到这点当然很好，但是咱们似乎更应该好好考虑当下不是？"

"当下？"天晓得叶阑珊这会儿，究竟是喝多了，还是真的被帅朗这么一提醒，太过于兴奋了。她笑着，继续轻晃着酒杯，信心满怀地道："当下，我们当然应该是先把周一的董事会给拿下！齐然诺不是要调整董监高的职权吗？董事会扩容了，她当然要调整各个董事的职权。这是大势所趋。咱们啊，就好好利用这个大势！让这个调整，不仅仅只针对扩容的董事，还要扩展到高管、监事。"

她操作电脑，很快调出了一长串名单，东华渔业董、监、高，全都罗列在这份名单上了。不仅有名字，还有职务、年龄，甚至好些人后面，还标注了习性爱好。

帅朗不由讶异地看了叶阑珊一眼，牵动了一下嘴角，自嘲道："情报工作做得可以啊！我这董事会秘书，居然都没你掌握得这么多、这么周全！"

叶阑珊故作谦虚地笑："帅总运筹帷幄，好不容易打开了局面。

小女子才疏学浅，也就只能做这些烦琐的小事！”

“别！”帅朗打了一个激灵，“您这么一说，我全身鸡皮疙瘩都要出来了！”

帅朗将笔记本电脑挪到自己面前，仔细地又看了一遍屏幕上的这份名单，若有所思地道：“不错，董事还分独立董事、执行董事呢。高管和高管也各自不同。有些部门油水足，工作轻松，有些部门吃力不讨好。这人事调整啊，最容易玩出花样来。问题是……咱们这就马上发难？是不是急促了一点儿？毕竟，董事会上齐家现在还是完全可以控盘的。”

“控盘也无所谓，关键是咱们要提出一份和齐家完全不同的任免名单。这份任免名单，当然无法在董事会上通过，可一旦提出来了，让许多人发现自己原来还可以挪一挪位置，还可以更进一步，就足够挑动人心了。毕竟，这些可都是实打实的利益。这些利益，关系到他们接下来在公司是吃香喝辣还是残渣剩羹，是前呼后拥还是门庭冷落。关系到他们的前途、他们的家庭。如此利益面前，他们对齐军、对东华的忠心，还能维持多久？

“所以啊，这就是阳谋。只要人心被挑动起来了，就由不得他们不为了自己的利益、自己的颜面、自己的前途，四下奔走，或同盟或对立，如此一来必然会变成彼此争权夺利的一盘散沙。到时候牵一发而动全身，自然就会给我们机会！”

叶阑珊侃侃而谈：“宜将剩勇追穷寇啊！就得扣住节奏，不能让齐家有丝毫喘息的机会。以齐家的实力，你以为咱们有筹码能够好整以暇和齐家车对车、马对马摆开了阵仗开战？”她斜睨了帅朗一眼，戏谑地道，“你这是心疼那位诺诺董事长了？”

“哪跟哪啊！”帅朗没好气地拍了拍额头，眼见叶阑珊坚决，也就只好从善如流，“也好，我今明两天，想办法探探齐然诺的口风，应该可以拿到齐家这次董监高调整的计划。到时候你有所针对地提出另一份计划，效果就会更好了！”

“那就说定了！”叶阑珊信心满怀，朝着帅朗遥遥举杯，笑道，“那我们就决战周一的董事会！效果如何，就等周一见分晓了！”

帅朗微微牵动了一下嘴角。虽然多少还有些顾虑，总觉得这么做似乎急了点儿，不过不得不承认叶阑珊说得有道理。自己有些过于求稳了。奈何与齐家那边相比实力悬殊，一味求稳说不定反而不好。

那么，就周一见分晓了？

帅朗回应：“干杯！”

酒杯和酒杯，碰撞在一起，发出了一声清脆声响。

第十九章
骨癌

真是见分晓了！

就在帅朗和叶阑珊商量周一董事会会议的时候，熊猫正在医院父亲躺着的病房里，满脸都是往日惫懒的嬉笑：“真的！老牛是报社里带我的师父，我是他的小弟、亲信、铁杆。正好他老婆是三甲医院的主任医师。所以啊，这点儿忙他肯定帮。我都和他说好了，转院，今天就安排爸转院过去。大医院，放心啊！”

“放心个屁！”熊猫爸哪怕腰受伤了不怎么能动，这说话还是声如洪钟，“咱医院怎么了？你小子打小头疼脑热，还不都来咱这里治？！怎么，出去读了几年书，上了一年的班，就瞧不起咱小镇了！”

熊猫哭丧着脸，冤枉：“这哪跟哪啊！”

老妈赶紧缓解父子俩的争执，不过也有些犹豫：“我听说大医院不比咱们这里，不同的城市不好报销吧？就算能报销，三甲报销的钱可比咱们这里少很多啊！”

“哎哟，我的妈呀！这当口您心疼这点儿钱干什么？”熊猫连忙劝，“最重要的是快点儿给爸治好病，少遭些罪。身体好比什么都好，对不对！”

熊猫妈没什么主见，被儿子说得有些心动了，却还是心疼钱，嘀咕道：“还不是你不争气，这么大了，连个女朋友都没有！家里还得攒钱给你准备娶媳妇呢！”

“哈哈，我是谁啊？人见人爱花见花开的熊猫。”熊猫把自己的胸脯拍得山响，“你儿子我现在可是堂堂财经日报的记者，又这么仪表堂堂，玉树临风，还怕找不到媳妇？放一万个心吧！向您保证，儿子我一定抓紧时间，争分夺秒，没条件也要创造条件，争取早点儿把您的儿媳妇找到，完成咱老熊家传宗接代的光荣任务……”

一通忽悠，总算把二老给忽悠过去了。

熊猫借口出去抽根烟，跑到了病房外，找个没人的地方蹲下，脸顿时耷拉了下来。就在刚才不久，医生悄悄找到了他，给了他检查的结果——骨癌！

听上去很吓人很绝望的名词啊！

熊猫怎么也没有想到，老爸只是腰扭伤了，一番检查，居然查出来可能得了骨癌。当然，人家医生也没有把话说死。小镇上，大家抬头不见低头见，谁不是绕个圈子沾亲带故的。

医生说得很实在，这只是一个初步检查，最后推翻结论的概率也很大。只不过如果条件允许，最好是去大医院复查。

好在刚才熊猫跟自己父母没有撒谎。报社里带他的老师老牛，确实对他很好，老婆也真是三甲医院的主任医师。夫妻俩地位高，收入也不错，彼此又恩爱，还有一个打小学古筝，据说学得挺不错，准备走艺考路线的宝贝女儿。幸福美满，绝对属于报社里人人羡慕的模范家庭。

人到中年的老牛，平日里就是一个八面玲珑的老好人。接到熊猫的求助电话，二话不说就答应下来了。更让熊猫吃惊的是，老牛动作还真快，能量也大，两个小时后，就真有救护车过来，把熊猫他爸接去了老牛夫人所在的医院。

老牛更是亲自赶来，又是给熊猫的爸妈嘘寒问暖，又是笑呵呵地跑去打点医院的医生。所以，一切非常顺利。根本不用像普通病人那样把大量时间浪费在排队等候上。不一会儿就把熊猫爸爸安顿了下来。

这一切，自然是让熊猫感激涕零。

老牛也不引以为功，但是很会做人的找个机会，把熊猫单独叫出来吩咐："你打了电话以后，我就托你嫂子问过了。嗯……这个别怪哥哥我多嘴，说话直接。但是啊，你要有个心理准备。初步检查确实有大概率会被推翻。但是万一呢？万一是真的话，你可要好好做好你爸妈的思想工作。另外，也得尽快在经济上做好花钱的准备。唉，这年头真是生不起病啊。单单穿刺和初步治疗，据说就要十万。后期治疗下来，搞不好就得几百万！"

"这么多？"熊猫顿时蒙了。

几百万？他忍不住期期艾艾质疑："可……可是我爸妈有医保啊！"

老牛看着他，就好像看着可怜娃一样："你想不想让你爸得到最好的治疗？想不想尽最大努力来挽救你爸的生命？如果想的话，很多东西都报销不了的。能报销十分之一就不错了！"说着，眼见熊猫真是被打击到了，他赶紧安慰道，"当然，我说的这是最坏的情况啊。最好的结果，当然是复查推翻之前的结论。明天……嗯，我让你嫂子盯着，应该周一就能出来了。到时候，或许就是虚惊一场。"

"周一……"熊猫这会儿真是傻了。

他傻傻地重复了一声，脑袋里一片空白，只有刚才听到的"周一"这个时间。忽然有一种等待判决的感觉。

周一大清早，叶阑珊就去了机场。

人来人往的大厅内，她随便一站，立马就成了吸引无数目光的焦点。她丝毫不在意，淡然地站在那里，享受无数目光的关注，直到看见何哥穿了一身很休闲的花格子衬衫，一手提着行李箱，一手摇着折扇，笑呵呵地走出来。

叶阑珊便笑吟吟地迎上前去，招呼了一声：“何哥，辛苦了！”

“哈哈，幸不辱命！”何哥洋洋得意地笑着，明显还是很关注自己成为董事的事情，迫不及待地问，“这么说，哥哥我真的成为上市公司的董事了？”

“那还有假！”叶阑珊一边说，一边引着何哥，一路出了机场大厅，走到停车场内她那辆玛莎拉蒂跟前。

“嘟”的一声，锁开，尾灯亮起。叶阑珊先帮着何哥放置好行李，然后自己坐上了驾驶位。

启动引擎的同时，叹道：“这就等于是抢了一个桥头堡。接下来的董事会，才是和齐家真正针尖对麦芒、短兵相接的开始！”

何哥哈哈笑道：“听着就觉得复杂啊！脑仁疼！惭愧、惭愧，何哥我这一辈子，总是股民炒成股东、投机变成投资的三流货色。也就这一回，托了你和阿朗这两个后生的福，居然糊里糊涂成了上市公司的董事，算是光宗耀祖了一把。嗯，放心，小阑珊，等下开董事会的时候，何哥不管其他，只管举手支持你！”

叶阑珊嫣然一笑：“那我这里就先谢过何哥了！”

何哥豪爽地摆了摆手：“客气什么？一家人可不兴说两家话！对了，阿朗这次也进董事会了吧？”

叶阑珊点了点头：“他在东华渔业确实做得不错！不仅是董事，还是董事会秘书，大权在握啊！待会儿到了东华渔业，您就可以看到我们帅总的威风了！”

第二十章
董事会

说说笑笑中，红色的玛莎拉蒂只用了一个多小时，就下了高速。不一会儿，东华渔业的总部，就已经出现在眼前。

身为董事会秘书的帅朗，穿着叶阑珊周末给他买的西装，和齐然诺一前一后走入了会议室。

东华渔业果然是齐家的地盘。齐然诺一出现，在场的所有高管和大多数董事、监事，都或者礼貌，或者客套，或者出于支持，纷纷上前问好，“齐董”“二小姐”“董事长”！

叶阑珊没有上去凑热闹，她笑眯眯地坐在远处看着。

今天的齐然诺，穿了一身紫色的职业套装，依旧戴着黑框眼镜，用略微有些刻意的严肃来掩饰年龄的稚嫩。面对围上来的众人，她没有怯场，应对十分得体，还用余暇将目光扫了一眼其他几个没有上前的董事和监事，最终在半空和叶阑珊的目光交错。

严肃的目光并不凶狠，却很有斗志。

叶阑珊微微一笑，很温和，但没有丝毫回避。

就在这两个姑娘无声的对抗之际，帅朗不声不响，将手中的会议资料，一份份放在了与会的董、监、高面前的桌子上。然后他走到主席台，对着麦克风，清了清嗓子，打断了会议室内在场众人的窃窃私语："下面，有请齐董事长宣布会议开始。"

齐然诺借机离开了众人的簇拥，走上前，朝帅朗轻轻点了点头，两人错身而过，麦克风交到了齐然诺的手上。

"东华渔业股份有限公司，第二届董事会第五次会议，现在开始！应到董事十三名，实到十三名。列席本次会议的监事会成员有……"

在齐然诺清丽严谨的话语声中，帅朗退到了角落里坐下，拿出了纸和笔，开始认真记录。

作为接下来董事会决议公告的发布者，一旦会议出现程序问题，交易所问责的第一责任人，他这个董事会秘书必须全程出席会议，如实记录会议纪要，同时还要把控会议程序，保证整个流程的合规合法。

这样的场合，这样的事情，帅朗早已经历了几回，此刻驾轻就熟，游刃有余。

不同的是，这一次他不再只是列席会议默默旁观，而是成为东华渔业的董事，拥有了发言权和表决权。

只不过，还没有等他这位新晋董事发言和表决，确切地说，是齐然诺刚刚提出了本次董事会的第一个议题——调整公司董、监、高职权分配之后，就听见隔了他足足六个位置的，另一个拥有发言权和表决权的新晋董事叶阑珊，笑眯眯地开口："我赞同！"

齐然诺的目光微微闪了一下。她自然早就准备好了叶阑珊在董事会上的发难。只是此刻，对方居然说"赞同"，这倒让她有些措手不及。

所谓伸手不打笑脸人，也就是这么一个犹豫的工夫，就听见叶阑珊已经洋洋洒洒地说开："众所周知，东华渔业是起于微末的民营企业，披荆斩棘、筚路蓝缕，成长为如今的上市公司，确实很不容易也很了不起。但是不得不承认，公司内部确实存在不规范不完善的地方，否则前不久也不会爆发出海岸休闲城事件这样严重的问题。

"身为公司董事，最近我初步了解了一下公司运营状况，发现海岸休闲城事件绝非偶然的孤例。如果不痛下决心，刮骨疗毒，难保以后不会出现其他类似的麻烦，严重影响到公司的发展，影响到股东们的利益。比如，现在公司的财务……"

叶阑珊笑吟吟地扬了扬手中的一叠文件："我知道万总是东华渔业的老人。东华渔业有今天的规模，万总当然是劳苦功高。可是我最近仔细查了一下公司的财务，发现有很多地方都有疏漏啊。很显然，万总的学识能力，和东华渔业今时今日的发展，已经拉开了差距！"

此言一出，老万顿时气得面红耳赤，猛地一拍桌子站立起来，指着叶阑珊，连说了好几声"你、你、你"，愤怒到了无法言语的地步。

奈何叶阑珊早有准备，她手中的文件，罗列了极其详细的数据，来证明老万工作上的不称职。一时间，稳稳占据了上风，把老万挤对得几乎晕倒。

一直在做会议记录的帅朗，不由抬起头，瞥了叶阑珊一眼——他将公司的许多信息透露给叶阑珊，也和叶阑珊一起商议了今天董事会如何应对。不过原先的商议中，只是提出一个涉及几乎所有部门的人事调动方案，来挑动人心而已。根本没有说过会像现在这样，盯着老万来开刀。

在他看来这可不是一个好主意。老万能力学历都差了一些，确实落下了不少可供攻击的话柄，让叶阑珊如今的发难，更加有理有据。奈何老万在东华渔业资历实在太深，人缘又好。更要命的是，很多东华的老臣子，情况都和老万差不多。从老万入手，很容易引起众人的兔死狐悲、同仇敌忾啊。

如此想着，帅朗本能地感到了不安。问题是叶阑珊已经发言了，开弓没有回头箭。这会儿，他不得不很快将目光投向了齐然诺，看看齐然诺这边如何反应。

主席位上的齐然诺，皱起了眉："你想要撤换万总？"

"谈不上撤换！"叶阑珊好整以暇，"万总还是董事啊！有足够的权力也有足够的责任，来监督公司的财务。只不过，我个人建议，不妨与时俱进，招募学历更高、能力更强的职业经理人，来担任公司的财务总监，确保公司更加规范地发展！"

"除此之外呢？"齐然诺面上依旧平静，仅仅只是深深吸了一口气，看上去是强行压制住了自己情绪的发作，平静地追问，"除此之外，你对议案还有其他什么不同意见吗？"

"当然有！"叶阑珊得势不饶人，毫不心慈手软，"万总这样的情况，在现在的东华渔业，可不是特例，反而有普遍现象。所以，我认为……"

一条条，一件件，叶阑珊的话语不快不慢，每一句话都言之有物，直言不讳。确实抓住了公司许多老臣子业务能力已经跟不上上市公司发展脚步的软肋，要大刀阔斧地革新整个公司的人事，而不是齐然诺原本打算的微调。

齐然诺真稳得住。她在叶阑珊说话的当口，挥手阻止了其他人的反对，安静地任由叶阑珊说下去，面上平静如水，脑海里甚至还有暇走了走神，想起了父亲昨晚说的那些话——

"叶阑珊肯定会在董事会上发难！"

饭后，华灯初上的齐家书房内，齐华轻轻呷了一口女儿刚刚沏好的茶。

他不慌不忙，笃定地道：“不管她找了什么理由，从什么角度发难，不管这样的发难有没有道理，是不是正确，都无所谓。我们唯一需要做的，就是群起而攻之。”

沏茶的齐然诺若有所思：“群起而攻之？那就是说，充分利用我们最大的优势——在董事会上人数占优，碾压对方？”

“不错！不仅支持我们的董事人数占优，而且公司的监事、高管这边，同样也是我们的人多！”齐华哈哈笑了起来，顺手挥了挥手，阻止女儿开口，自顾自继续说道，“我当然知道，董事会上真正有发言权的，只能是董事，监事高管只能列席旁听。不过没关系，你二叔这东华渔业可是草莽起家，哪来那么多规矩。到时候，只管让獭子他们尽情本色发挥好了。

“不为别的，就为了一个气势。有一个词叫作大势所趋。势这个东西，看不见摸不着，却很微妙。顺势而行，事半功倍；逆势而为，事倍功半。哼哼，人总是盲从的。只要势在你这边，到时候自然能够让那些中立的人争先恐后地靠拢你。

“所以狭路相逢勇者胜。这增选补选后的第一次董事会，将会是你和叶阑珊第一次正面交锋。哼哼，不管她有多少神机妙算，你只需要做一件事情，那就是气势，在董事会上形成最强大的气势，光明正大地从正面狠狠碾压她！”

第二十一章 要约收购

熊猫被碾压了，被预料之外的不幸给彻底碾压了。

他拿着医院的报告单，不由自主地颤抖，上面白纸黑字，清楚地确认了之前的检查结果——骨癌。

当真是骨癌！

那一瞬间，他好像行尸走肉一般，自己都不记得是怎么走出诊室的。他茫然地走到了外面，茫然地躲在角落里，茫然地低头看着地面。只觉得天昏地暗，好像大山压了下来，气都喘不过来。

但他还不能垮啊！现在他就是这个家的顶梁柱了！

遵从医生的嘱咐，开始交钱办理各种手续之后，熊猫便发现老牛说得一点儿没错，自己眼下最要紧的一件事，就是钱了。

这才刚刚开始，那些检查，有许多就不能从医保账户划账，更不用说后面的治疗。听说要疗效好，就得用进口药，还有化疗什么的……

他一直都是个外向的人。老爸一过来住院，他很快就和同一个病房里面的病人家属熟络起来，然后从这些过来人那里，听到最多的就是钱、钱、钱。什么都得用钱啊。

熊猫原来一直以为自己家境还算可以，父母都有工作，都有医保，自己也在报社很稳定，怎么说也算是小康之家吧。哪里想到，突如其来的一场病使他感觉天要塌下来一样，好像前方出现了一个恐怖的无底洞，多少钱都不够填。

更糟糕的是，暂时他并不想让父母知道这事情。虽然最后肯定瞒不住，但身为人子，能让老人心情舒畅一会儿是一会儿。所以他并不想动用家里由母亲保管的钱。何况家里这笔存款其实也并不多，显然并不能支撑后期很恐怖的医疗费。

而他一个才刚刚大学毕业一年的大学生，当然也不可能有这么多钱。怎么办?

熊猫茫然无措。直到一阵汽车喇叭声将他从浑噩中惊醒，这才发现自己不知不觉，居然已经来到了长途汽车站的门口，其中一块目的地牌子上，挂着东华两个字。

帅朗?第一时间，他想到了自己的铁哥们。

毫无疑问，帅朗显然是将他从眼下困境中解救出来的最好人选，甚至可以说是唯一的人选。他毫不怀疑帅朗会倾囊帮助自己。易地而处，如果他知道帅朗有困难，如果帅朗开口向他求助，他也一定会竭尽所能去帮帅朗。

但是他当真很不愿意向帅朗开口，这是一种很莫名的感觉。

总觉得自己一旦开口了，以往那种平等的兄弟关系，似乎就会发生质的变化；似乎自己从此就会低帅朗一等，在帅朗面前再无法像以往那样抬起头平等地称兄道弟。可惜，生活总是要让人妥协啊!

想起重病的父亲，不得不妥协的熊猫，踌躇再三，终究还是犹犹豫豫地坐上了开往东华的大巴车。

这会儿，会议依旧在进行。

势，此刻确实站在齐家这边。

叶阑珊的发言犹如凉水滴入了油锅，在会议室里就炸开了锅。不单单老万、獭子这些本来就倾向于齐家的董事，还有列席的监事、高管中间，那些追随齐军多年的老臣子，也都纷纷跳出来反对叶阑珊：

“东华是二爷一手打下的江山，你是什么玩意儿，敢在这里指手画脚？”

“对，老子就服二爷！现在就听从小齐董的话。狗屁娘们，别以为有几个臭钱，就可以来咱们东华作威作福了！”

“我呸！老子为公司做牛做马卖命的时候，你这娘们在哪里？居然敢指责老子没能力？”

这些粗鲁的家伙，可不讲什么董事会法定的程序和规矩，更不用说什么文明礼貌，开口都是骂人的话。而且人多势众，轻轻松松就占据了上风。

可怜叶阑珊那边，只有何哥一人支援，剩下几个中立的董事，要么索性不发言，要么说些圆滑的客套话，全都作壁上观。

一时间，叶阑珊心里咯噔了一下。虽然从一开始，她就不指望自己的发难会有什么作用，就是要通过人事方面的异议，来挑动人心而已。然而眼下的形势，还是出乎她的意料。

她不得不反省，自己似乎想得有些简单了。用名利权位挑动人心本身，当然没有错。可是她显然低估了齐华的老谋深算，低估了齐家在东华渔业的影响力。

自己此刻的提议，反而给了齐家一个彰显其实力的机会。

势，成！

成势之后，齐家这边已经同仇敌忾。在这样的大势之下，哪怕真有人为自己打一打小算盘，也绝不敢公开出来，成为众矢之的。

这才是堂堂正正的阳谋！

可笑自己在董事会之前精心准备的图谋，在这样堂堂正正的阳谋面前，似乎一下子就显得不值一提。念及于此，叶阑珊忍不住将目光投向了帅朗。

帅朗从头到尾，都没有说话。

因为要负责会议记录，在齐家这边完全占据上风的情形下，他乐得借机冷眼旁观，仔细观察在场这些董、监、高们脸上神情的细微变化，看看叶阑珊提出的这么翻天覆地的人事变革，会触动哪些人的利益关切点。

此刻看到叶阑珊落败，他也只是暗暗叹了一口气。他知道叶阑珊首先拿老万开刀，果然弄巧成拙了。不过他并没有太过在意。毕竟实力摆在眼前，齐家确实远远强过阑珊资本这边，凭借强大的实力，堂堂正正碾压过来，是很正常的一件事情。

败就败好了，来日方长！如今能够杀入董事会，本身就是一大胜利。何况，叶阑珊的提议也不能说完全做了无用功。就算叶阑珊不用老万来开头，最终的结果也很难改变。至少，他这个旁观者还是看到了有人对叶阑珊的人事提议，显露出了心动的神色。哪怕这样的神色，在极短的时间里以极快的速度掩饰了过去，可心动终究是心动了，还是有可乘之机的。

就在他旁观正自起劲的当口，怀里的手机振动了起来。

当帅朗犹豫了一下，拿出手机想要看看是怎么回事的时候，愕然发现与会的几乎所有董、监、高，都不约而同地拿出了各自的手机，包括主席台上正在发言的齐然诺。

帅朗不知道其他人的手机上，究竟发来了什么信息。他只看到自己的手机屏幕上，出现了这么一行字：

赤飑投资有限公司将从本月十七日起，至下月十六日止，正式向除收购人赤飑投资以外的长林集团全体股东发出部分收购要约。要约收购股份数量为 486750000 股，股份比例为 25.00%，要约收购价格为 16.28 元/股。

第二十二章
麻烦

赤虺投资？帅朗目光微微一凝，这是有人要对齐家出手吗？

之前他曾经和叶阑珊讨论过无数次，如何对付齐家的策略。有一点很明确：在这片资本的汪洋大海里，每一个参与者，无论是虾米还是鲨鱼，无论是海鸥还是海豚，终极目的都是逐利。

他们想要对付齐家，最理想的状态就是不断削弱齐家，让各方大资金看到机会，嗅着血腥味闻风而动，最终演变成一场资本的混战。这样，他们才有机可乘。

那么现在，期盼中的资本就这样来了？在齐家还没有那么混乱，他和叶阑珊还有很多计划没有付诸行动的时候，就提前到来了？

帅朗忍不住抬头朝叶阑珊看了一眼，却惊讶地发现，叶阑珊神色如常。但是就在短短的几秒钟之内，原先激烈的争吵戛然而止。会议室内，收到了同样消息的董、监、高们，已经开始交头接耳议论起来。

无论主席台上的齐然诺，还是坐在远处的叶阑珊，在和他目光交汇时，都流露出了茫然之色。似乎无论哪一边，都对这突然冒出来的赤飑投资一无所知。

不过齐然诺很快就镇定下来。她轻轻拍了拍手掌，击掌声将所有人的注意力吸引过来，然后宣布："现在表决吧！"

表决当然完全就是走个过场。凭借人数的优势，人事调整自然以齐然诺的方案顺利通过。

只可惜，有了赤飑投资要约收购长林集团的消息出来，投票赞同的人都不免有些心不在焉。最初的发难者叶阑珊，也在整个表决过程中保持了若有所思的沉默。这反倒使得会议忽然平和下来。

等帅朗负责将表决结果递给所有人签字确认之后，几乎所有人都如释重负般，等到了会议结束，纷纷迫不及待地离去。

帅朗若有所感，抬头和叶阑珊对视了一眼。这一次，叶阑珊的目光里没有撩拨，帅朗也照旧古井无波。两人的目光，仅仅只是在半空中，飞快地交汇了一下。叶阑珊笑吟吟地离开了会议室。

一旁的何哥愣了一愣，感觉到此时此地显然不方便和帅朗说话，便只好快步追上叶阑珊，忍不住问道："阑珊，这什么赤飑投资，是不是……"说到这里，他停顿了一下，贼兮兮地四下张望了一眼，这才低声道，"这赤飑投资是不是你找来的？"

叶阑珊不置可否地笑了一声："你觉得我有这么大的本领吗？其实不管这赤飑投资哪来的，反正就是一头资本市场上闻到了血腥味的鲨鱼！"

说着，她亲热地挽着何哥的胳膊，步入电梯。一同进入电梯的，还有好些东华渔业的董、监、高，何哥满心疑惑，却也只好暂时闭嘴。

不一会儿，电梯"叮咚"一声，降落到了底层。叶阑珊笑着又是一阵场面上的应酬之后，这才不慌不忙，和何哥一起走去停车场，上了玛莎拉蒂。

到了车上，终于没有旁人待在身边了，何哥再也憋不住，继续追问道：“阑珊，你觉得这个赤飑投资，会要约收购成功吗？”

“能不能成功，那可没法预测。不过没有三分三不敢上梁山，赤飑投资既然敢跳出来，总归有些筹码和底气吧！”叶阑珊一边说着，一边发动了汽车的引擎，神情很是淡定。

何哥却更为在意，他仔细想了想，叹道：“可惜，赤飑投资这次要约收购的是齐华的长林集团，咱们手里却只有东华渔业的股份，应该没什么机会……”

“那可不一定！”车开始缓缓动了起来，叶阑珊一边倒车，一边说道，“刚才下来的时候注意到没有？现在的东华渔业，是不是有些山雨欲来人心浮动的感觉？不但董、监、高们在议论纷纷，哪怕公司的小职员们，也都在背地里窃窃私语，起劲地传递各种小道消息。

“为什么这样？因为这家名为赤飑投资的公司，即将要约收购长林集团的消息，表面上看跟东华渔业没有一丁点儿关系。可是，长林集团的董事长不是别人，正是东华渔业创立人第一任董事长齐军的哥哥，现任董事长齐然诺的父亲。

“可以说，东华渔业和长林集团都是齐家的基本盘。两家公司打断骨头连着筋，是一根线上的蚱蜢，谁倒霉了一定会拖累另一个。长林集团遇到了事情，东华渔业当然不可能置身事外。

“事实上，不仅两家公司相互交叉持股，在座的董、监、高，不少人也都拥有长林集团的股份。就算不拥有长林集团的股份，这次要约收购一旦改变了长林集团的股权结构，也不可必免会影响到东华。所以啊，于公于私，都关系到大家的切身利益。”

“哦……”何哥有些懵懂地点了点头，随即又疑惑地皱了皱眉。感觉自己似乎听懂了些什么，又似乎什么也没听懂。只是还没等他开口细问，叶阑珊身边的手机忽然响了起来。

叶阑珊随手打开手机，才听了几句，忽然脸色一变。伴随着轮胎和地面刺耳的摩擦声，原本正在起步的玛莎拉蒂，猛地停了下来。

措手不及之下，何哥的身体不由被惯性带着前冲。幸好多年来都养成了上车就系安全带的习惯，这才没有撞到前面的玻璃上，但终究是被吓了一大跳，好一会儿方才回过神来，转头看着叶阑珊，问："出什么事了？"

"对不起！"叶阑珊也已经恢复了平常。她道歉了一声，没有立刻再发动玛莎拉蒂的引擎，而是取出一支女士香烟点燃，吸了一口气，方才沉声道，"我们有麻烦了！"

何哥一愣，着紧地问："麻烦？什么麻烦？"

"齐军出手了！"叶阑珊叹了一口气，"这些天，齐军联系了好多个海鸥论坛上的故旧，探听我们阑珊资本的底细！"

何哥顿时紧张："这家伙知道了阿朗的身份？"

"暂时没有！"叶阑珊摇头，"不过，他应该已经知道，老师有一个儿子。而且还知道，正是老师的儿子把海鸥论坛的那些交易员召集起来，还号召大家出资成立了阑珊资本！"

何哥一头雾水："等等，郎先生的儿子，不就是阿朗吗？你的意思是，齐军已经知道了阿朗的存在，也知道了阿朗在阑珊资本成立过程中发挥的作用。但是……还不知道阿朗的真实身份？"

"差不多就是这样！"叶阑珊一边说着，一边重新发动了汽车。

车再次起步，叶阑珊也已经整理好了思绪："事情还要从海岸休闲城事件爆发以后说起，当时那么好的机会，显然不能错过。可是要想不错过这么好的机会，就必然需要筹措资金成立阑珊资本。而当时想要筹措到足够的资金，就需要阿朗以老师儿子的名义站出来，召集海鸥论坛上的那些交易员。"

这段过往，何哥当然清楚。他在海鸥论坛素来人脉不错。也正因为如此，成为帅朗和叶阑珊首先找上门去求助的目标。事实上，当初那些海鸥们能够那么顺利掏钱出来成立海鸥资本，固然有郎杰的面子，有帅朗成功说服他们认可了海岸休闲城事件带来的机会，同时也不能忽略，他在一旁敲边鼓，甚至率先示范的作用。

何哥微微沉吟了一下便了然："虽说那会儿阿朗不得不站出来，表明是郎先生的儿子。但是这么站出来，确实是一个很大的破绽。这世上，无论什么秘密，知道的人一多，就肯定不是秘密了。好在阿朗的身份资料，当时只有我们少数几个被推举出来的投资人代表负责验证。看过阿朗身份资料的，也都签了保密协议。一旦泄露阿朗身份，违约金就是投资资金的百分之五十。再加上现在钱都投在阑珊资本里，大家都是聪明人，只要阑珊资本连续盈利，问题就不会很大。"

"是的！"叶阑珊给了很肯定的答复。

"这就好！这样一来阿朗暴露的可能性大大减少了！"何哥松了一口气，随即又追问，"以阿朗的聪明，不会想不到这个破绽，我想他一定采取了弥补的措施了吧？比如，之前就在交易员之间传播的，那些关于阿朗身份的真真假假的消息？"

"是的！在传言里，阿朗年长了五岁，被包装成毕业于广州、生活在广州，现在是广州一家贸易公司的老总。公司是实打实注册成立的，甚至连公司办公用地，也都实打实租赁了下来。"

何哥忍不住撇了撇嘴："那还真是舍得下工本啊！"

"我本来倒没有想过真去广州注册公司租赁办公用地，阿朗坚持这么做的。"叶阑珊一边说着，一边终于将汽车完成了掉头。

车驶出停车场的出口。

叶阑珊驾车的同时，说道："现在看来，这一切没有白费。广州那边传来消息，真的有人找到物业，打听咱们注册的那家公司了。"

何哥咂舌："齐二爷果然名不虚传！"

"我现在有点儿担心。毕竟，那边的布置都是托人去做的。齐军如果真要调查，很可能会查出什么来。"叶阑珊蹙眉，转头望向何哥，欲言又止，"所以……"

何哥会意："你是要我跑一趟广州？"

"您毕竟是广州本地人，那边应该很熟吧！"

"嗯，没问题！"

"那就麻烦何哥了！"

"哈哈，不用客气！大家都是自己人，我还发愁没机会报答郎先生的恩情呢！"

说话间，车越来越快。很快，就如同离弦之箭，疾驰而去，将东华渔业总部甩到了视线之外。

第二十三章
求助

“那真是要麻烦何哥了！”

当叶阑珊打电话过来的时候，帅朗正忙着。

董事会会议结束之后，身为董事会秘书，他必须完善会议纪要，规整会议档案，起草董事会决议公告……忙得连轴转。

在听说齐家已经在调查自己事先部署在广州的障眼法时，帅朗微微挑了挑眉，倒也没有太过慌张：“兵来将挡水来土掩就是！以齐二爷的手段，调查出这些事情，是迟早的问题。我建议还是按照原来的方案来。我们不一定非要让齐军相信，真有这么一家贸易公司，老总真是郎杰的儿子。实际上，就算他们查出这家贸易公司是假的也没关系。关键是让他们查出以后，依旧相信，郎杰的儿子在广州就行。可以陆陆续续抛出第二套、第三套身份，总之就是一个拖字，把时间拖下去。说来还真要感谢这个赤虺投资突然冒出来，多多少少，都会吸引走齐二爷很大一部分注意力。”

叶阑珊“嗯”了一声：“呵呵，其实这次何哥最辛苦。才下飞机参加了董事会，转头我又把他送去了机场。”说话的当口，她已经行驶在返回海鸥酒吧的路上，“对了，你这边有什么消息？赤瓟投资究竟是什么来历？齐家准备怎样应对？”

“哪有这么快！”帅朗苦笑。

忙了半天，他此刻也有些累了。借着和叶阑珊手机通话的当口，略微有些疲惫地靠在了沙发椅背上，伸出左手揉了揉眼角的睛明穴。

沉思了一会儿，理清思绪，方才说道：“目前各方面情况都很模糊。赤瓟投资应该还只是向证监会和证交所提出书面报告的阶段。这份书面报告同时会抄报派出机构，通知被收购公司，并对要约收购报告书摘要作出提示性公告。得到这份书面报告之后，长林集团有十五天的时间，可以调查赤瓟投资，并且寻找出证据，尝试反对这次的要约收购。这方面我会留意的，一有消息就通知你。当下唯一能够确定的是，赤瓟投资提出的16.28元收购价，真的很有诚意。”

说话间，他瞥了一眼面前的电脑。电脑的屏幕上，此刻所展现的，正是长林集团的股价。

这两年，长林集团可以说是多事之秋。从海鸥资产收购长林集团开始，长林的股价就开始起起伏伏、震荡不休。最高的时候，一度过了50元大关。随着海鸥资产收购失败，又迅速跌破十元。

齐华掌控长林集团之后，长林一度涨到了14.75元。可惜随后就一路下跌，再次破了十元大关。接着因为海岸休闲城事件爆发，更是一度跌到了5.12元。

幸好危急关头阑珊资本出手，这场惊心动魄的厮杀，最终以做空的高迈惨败而告终。长林集团的股价，这才再次缓缓向上，重新杀到了十元上方。

上周五的收盘价，12.32元。

看着这个价格，帅朗深深吸了一口气，沉声道：“我没有记错的话，当初海鸥资产也不过是以15.6元的价格，要约收购长林吧？而当时长林的价格，也差不多就是12元左右。虽然……嗯，赤飑投资只是要约收购25%的股份，不同于当初海鸥资产是要约收购全部股份。但不管怎么说，16.28元，差不多溢价30%，真是很有诚意的价格。赤飑投资以这样的收购价发出要约收购，不仅彰显出了足够的实力，也展示出志在必得的决心。我相信齐华肯定会郑重对待这次收购的。毕竟，赤飑投资的要约收购，不可避免会挑战齐家对长林集团的控制权。

“可惜，这样级别的资本搏杀，我从来没有参与过，也无法做出猜测齐家会怎样应对。好在东华渔业毕竟和长林集团交叉持股，高度关联。我相信长林有什么动作的话，肯定会拉上东华。到时候，我应该可以在第一时间，获得第一手的消息……”

就在说话的当口，办公桌上的电话铃声响起，帅朗只好匆匆挂了叶阑珊的手机，拿起电话。是前台打来的：“帅总，有位姓熊的先生，说是您的同学，想要见您！”

“熊猫？嗯，让他上来！”帅朗一愣，完全没有想到这当口熊猫会来。

待看到熊猫进了办公室，他越发大吃一惊。眼前的熊猫，一日不见，居然憔悴得让他差点儿不敢认了。

“出什么事了？”帅朗把熊猫让到了沙发上，亲自给他倒了一杯热水。

熊猫没有喝，随手把热水放在了茶几上。整个人则完全陷入了沙发里面，疲惫地揉了揉头，苦笑着开口，声音嘶哑得惊人：“阿朗，我是来找你帮忙的。”

帅朗皱眉：“怎么了？”

熊猫犹豫了一下，坦白：“我爸……查出来，是骨癌！”

帅朗一惊："确定了吗？要不要我帮你联系医院！然诺家里就投资了一家私人医院。"

"别介！"熊猫想也不想摇头，"我已经托报社带我的师父，把老爸安排去了三甲医院。那里有熟人，一样方便照顾。而且相比之下，老人也肯定更习惯去公立的医院。"

他犹豫了一下，不好意思地挠了挠头，吞吞吐吐道："我……我来找你，主要是想……想问你借点儿钱。"

话才出口，他的脸已经滚烫，恨不得时光倒流，自己能够收回这话；恨不得面前就有一条地缝，让他钻进去，彻彻底底地永远消失。

好在帅朗没有犹豫，更没有推脱。他很平静地点了点头，立刻转身回到自己的办公桌前，拿起了手机，一边点开屏幕上的掌上银行，一边问："发我一个你的账号，需要多少？"

平常得就好像以前在读书的时候，兄弟间彼此周转一顿饭钱而已。

熊猫感激地看了帅朗一眼，将自己的账号发给帅朗的微信，结结巴巴道："十万……如果方便的话，二十万最好！"

帅朗没有一丝犹豫，立刻就输入了二十万，打到了熊猫的账上。刚操作完，就看到齐然诺风风火火推门进来。

她一时没有留意到蜷缩在沙发里的熊猫，自顾自叫道："阿朗，赤虺投资的资料传过来了！"

帅朗一愣，很是惊讶："这么快？赤虺投资肯定要在证监会备案，才能向长林集团发动要约收购。按照流程，至少要三个工作日，才能拿到他们的资料吧？"

"当然不是走流程！爸爸托了关系的！"齐然诺一边说，一边将一叠明显是传真过来的资料，递给了帅朗。

帅朗接过来扫了一眼，果然是赤虺投资的详细资料。当真很详细，从公司注册时间、实缴资本，到公司法人代表的姓名、年龄、籍贯，应有尽有。

帅朗轻声念出了对方的名字：“佘道林！”

他的目光略带了些许探寻，投向了齐然诺。

“我觉得二叔可能知道这个人！”齐然诺轻轻蹙眉，带着些许不确定，更多的是疑惑，说道，“刚才二叔打电话给我了，声音很严肃，也很凝重。显然是把这个赤飑投资当作了大敌来对待。哦，对了，他让我们赶紧去见他！”

“好！”帅朗没有丝毫犹豫，立刻起身。

虽然他和叶阑珊在讨论如何对付齐家的时候，最希望的就是齐家露出破绽，引来其他雄厚的资本。唯有如此，阑珊资本才有浑水摸鱼的机会。

可是现在，这第三方资本出现得如此之快，如此突然，实在出乎帅朗的意料。他不知道赤飑投资的介入会引起怎样的变化。他更不知道，实力还十分弱小的阑珊资本，是能够参与这一场资本盛宴，还是被驱逐离场，甚至是被一口吞下。

怀着焦虑的心情，帅朗自然迫切地希望能够了解赤飑投资的情况，了解齐家的应对。迫切之下，他和齐然诺匆匆离开了办公室，快出门时猛然想起熊猫，急匆匆地交代了一声。

熊猫一直蜷缩在沙发里，一动不动，一言不发。

第二十四章
见面

要约收购？熊猫简直就是神不守舍地走出东华渔业总部。脑袋里思来想去都是帅朗和齐然诺的对话。

虽然这对话只有三言两语，且没头没脑。不过熊猫连猜带蒙，很快推断出有一家名叫赤虺投资的公司，准备要约收购长林集团。不得不说，这就是知识的力量。

和国外几百年来持续发展已经相当完善的资本运作相比较起来，国内金融市场，其实就是一片披荆斩棘、筚路蓝缕开拓出来的荒土。至今还有老股民津津乐道，堂堂万国证券的老总管金生，当年居然亲自骑了一辆老坦克，好像推销员一样，向普通市民科普什么叫作股票。

这二三十年来，出台了许多创新政策、创新品种，固然有发扬光大的，比如银行托管制度，让投资者的资金安全得以确保，远胜于海外的券商。可是也不得不承认，依旧还是有不少政策朝令夕改，不少品种销声匿迹，成为探索中的代价。金融创新和金融服务能力，都还处于很低的水平。

所以，曾经懂一个 KDJ 指标的金叉死叉，就被人吹捧为技术派大师；手写一张所谓的炒股秘诀，可以被疯狂的股民当场竞拍到二十万的高价。

哪怕如今已经有越来越多高学历的新生代股民杀了进来，甚至连没有一点儿高等数学基础就绝对看不懂的 BS 模型，都已经被许多人热火朝天地讨论。

奈何大多数人仅仅只是眼红传说中的财富神话，脑子发热地一头冲进来，既没有足够的风险承受能力，也远远不具备相应的知识储备。

可以说，放眼全国数以千计、万计的股民里面，恐怕有七成以上的人，压根儿就不知道什么叫作要约收购。剩下的人里面，也有很大一部分人，完全是人云亦云，听说有利可图，就跟着一窝蜂地杀进来赚快钱，其实并不清楚要约收购里面，暗藏了怎样的门道和规则。更不用说去利用这些门道、规则，来谋取无风险或者低风险的收益了。

问题是熊猫知道啊。四年的大学生活，在打牌、踢球、玩游戏之余，为了应付老师的点名跑去教室上课；为了应付期末考试，不得不在考前的那两三天，通宵达旦地死记硬背。

好些专业的知识，就是这样在不经意间，留在了脑海里。没有机会，恐怕这辈子都不会再去想起来。倘若有了机会呢？

尽管之前步入帅朗办公室的时候，熊猫还在为父亲得了绝症而悲伤和焦虑，也为自己觍着脸向朋友借钱而羞愧和不安。尽管在帅朗办公室里，看到帅朗毫不犹豫地把二十万打给他，他感激又惊讶，隐隐还透着些许的羡慕和嫉妒。带着这样复杂的情绪，他六神无主，彷徨地深陷在沙发里，以至于齐然诺进来的时候，都没有注意到他的存在。

可是，当齐然诺和帅朗一说起要约收购，熊猫立刻就下意识地竖起了耳朵。

本能，当真只是本能，完全没有经过大脑思考的本能，让他下意识地感觉到了机会。

一个可以利用要约收购套取利润的机会！恰好，帅朗又刚刚借给了他二十万。如果这二十万暂时不转入医院的账户，而是先投入股市，也许用不了几天就能利用这次要约收购的机会，低风险套利，获取大把利润，甚至翻倍也说不定。

到时候，父亲治疗顺利的话，这些赚来的钱就可以尽早还给帅朗了。退一万步，万一父亲的治疗不顺利，这钱也可以大大减轻自己的经济压力。

念及于此，熊猫的嘴角不由浮现出了一丝浅笑。只是这浅笑，当真很浅。

这才在嘴角勾起，熊猫的脑海里又浮现出另一番局面——再如何低风险的套利，也终究不可能有百分百的把握。倘若失败了呢？他岂不是更没脸去面对帅朗了？而且，还会耽误父亲的治病……

如此想着，熊猫顿时打了一个寒战。他用力摇了摇头，想要把这个可怕的念头狠狠甩去，再也不要出现在心中。奈何这念想开了头，便好似苍蝇嗡嗡萦绕，怎么也驱赶不走。任由他如何反复提醒自己一旦失败所产生的恐怖后果，依旧还是忍不住憧憬侥幸成功的美好前景。

唉，很痛苦啊！

若是没有听到帅朗和齐然诺的那番话，此时他也不会有其他任何念想，唯一的选择自然是赶紧回去给父亲看病。如果不是父亲身患绝症，让他在一夜之间挑起了这么沉重的担子，即便听到了帅朗和齐然诺的对话，他也不会像现在这样患得患失，多半也就是左耳进，右耳出，该怎么活还是依旧怎么活，绝对没有丝毫想要冒险的冲动。或许，还能很豁达地安慰自己，这是稳健，这是谨慎，稳扎稳打经营自己的人生。

奈何现在，想到身患绝症的父亲，经历了不得不向好朋友开口求助借钱的痛苦挣扎，熊猫真是没有了以往的年少懵懂，而是无比强烈的渴望成功，渴望获得真正的财富自由，渴望自己能够潇洒地划钱给朋友救急，而不是怀着不安羞愧和犹豫，厚着脸皮向朋友借钱。

熊猫这般想着，就好像流浪汉一样，蹲在距离东华渔业总部不远处的僻静角落里。

他也不知道自己蹲了多久，闷头抽了几支烟。在身周已经不知不觉被满地烟蒂包围了的时候，站起了身来，狠狠扔掉了手中的烟，满脸都是做出了决定后的果断，拨打了老牛的电话。

“二叔！”

帅朗和齐然诺几乎以最快的速度，驱车赶到了齐家投资的私人医院。

齐军如今就待在这家私人医院住院大楼的顶层。直到上去，帅朗方才惊讶地发现，这顶楼就一个病房。病房四周，有绿地，有树荫，有假山，还有流水和小桥。健身房、网球场、电影院……应有尽有。整个顶楼，赫然就是一个惬意的休闲区。

而病房也很大。隔开了休息和洗漱等功能单间以后，会客和工作区都是开放式的，足足两百多平方米。这哪里是住院，更像是来疗养、度假。

齐军的气色看上去非常好，红润润的，比前两天刚刚出狱时好了很多。就是神情有些凝重，坐在椅子上，手下意识地不断轻轻叩击面前的桌面。而坐在他对面的齐华，也皱着眉，点了一支烟，同样在深思什么。

倒是长林集团的投资总监马钧儒，很有些斗志昂扬。当帅朗和齐然诺走进来的时候，他正在汇报长林集团面对这次要约收购的应对部署，整个长林集团投资部都仿佛搬了过来，在他的指挥下开展各方面的工作。

马钧儒第一眼就朝齐然诺望去，看见帅朗站在齐然诺身边，眼角不由抽搐了一下，也不知道是正好汇报完了，还是存心不想在帅朗面前多说，收住了话语，总结道："请两位齐董放心，只要将这些部署执行下去，投资部有足够的把握，让赤虺投资的这次要约收购失败！"

"足够的把握？"齐军抬眼，瞥了一瞥信心满满的马钧儒，毫不客气地摇头，"年轻人少说大话！这个赤虺投资可不简单！"

被齐军这么不留情面地一说，马钧儒顿时面上有些吃不住，脸红了起来。好在这时，齐然诺忍不住开口，化解了他的尴尬："二叔，这个赤虺投资怎么不简单了？因为它的资金实力很雄厚吗？"

齐军再次摇头："这赤虺投资既然敢向证监会备案要约收购，资金方面应该不会有什么大问题。"

帅朗诧异地发现，齐军身上似乎有些焦躁和不安。嗯，还说不上是害怕、惊慌，但至少也算是如临大敌一般的凝重，这可不像齐二爷啊！

他和同样察觉到了这一点的齐然诺，相互望了一眼。齐然诺催问道："那是怎么回事，二叔？"

"因为佘道林啊！"齐军摸了摸脑袋，烦躁地站起身，来回走了几步，"奶奶的，想不到大名鼎鼎的蛇猎人，居然也冒出来。真当咱们老齐家是病猫了！"

蛇猎人？帅朗一愣，放眼望去，却见身边的齐然诺和马钧儒同样也是一脸茫然，明显没有听说过什么蛇猎人，不知道这是何方神圣。

“蛇猎人是一个人的外号。”一直没有作声的齐华开口，主动解释道，“你二叔说，这是一个足以和郎杰分庭抗礼的顶尖交易员。”

第二十五章
蛇猎人

郎杰？可以和郎杰分庭抗礼的顶尖交易员？齐华这么一个加了定语的词，立刻吸引来了关注。

帅朗肯定更加关注，不管对这个离他而去的父亲，存在如何复杂的情感，父亲终究是父亲。尤其这个父亲在过去短短五年的时间里，白手起家，打造出了一个市值千亿的商业帝国。

父亲郎杰在交易方面的天赋和本领，毋庸置疑。如今，齐军说有这么一个交易员，居然可以和自己的父亲相提并论，单单这点，就足够他不能不关注了。

帅朗的呼吸都不由急促了几分，当真是用了很大的定力，方才保持了面上的冷静，没有在齐氏兄弟面前暴露出来。

齐然诺同样感兴趣，她同样听闻过郎杰的大名，知道海鸥资产的传奇，平日里可没少听齐军对郎杰的推崇。

怎么如今又冒出一个不逊色于郎杰的高手来？

她自然没有帅朗那么多顾忌，好奇心起，便立刻娇声追问起来："真有这么一个人？他很有名吗？我怎么没听说过？"

"有名？怎么说呢，大多数人肯定不知道这么一个人的存在！"齐军耸了耸肩，"你没听说过很正常。因为蛇猎人这样的交易员，代表的是最高端的游资。不仅资金十分恐怖，而且不像散户那样仅仅满足于高抛低吸的利润，他们更喜欢寻找出上市公司的破绽和漏洞，然后进行猛烈的狙击。一击得手扬长而去，斩获的收益都是数以千万亿万计。就好像……嗯，就好像那索罗斯一样。

"阿朗、诺诺，你们应该都知道，索罗斯自从当年在泰国玩了一把之后，虽然声名大噪，却也成了市场上所有国家警惕的目标。后来据说他又去狙击日元，日本人甚至连情报人员都派出来，二十四小时盯他的梢呢。

"所以啊，像这样专门搞偷袭的游资，树敌太多，也违背主流政策，能做不能说。别说普通人，就连大多数交易员只怕都闻所未闻。甚至二叔我，当初也只是在一个很偶然的情况下才知道，在交易员的圈子里面还有这样的高手存在。"

说到这里，齐军微微停顿了一下，似乎陷入了往事的回忆，好一会儿方才继续说道：

"那是十几年前的事情了。那个时候，二叔我已经开始接触投资，开始准备做一个交易员了。当然，那会儿我对金融还是七窍通了六窍，一窍不通。就知道跟在那些所谓的高手后面，抄抄作业，捡捡残羹剩汤吃吃。

"后来在朋友的介绍下，跑去海鸥论坛，注册了一个账号。时不时跑去论坛逛逛，翻翻那些论坛大神对股市的预测，看看论坛上传播出来的新鲜事儿。

"有一天，我在海鸥论坛上，看到有人说起了Q债。哦对了，阿朗和诺诺肯定清楚，不过大哥，你知道Q债吗？二级市场上，发行了很多债券，最有名的当然是国债，还有地方债啊，公司债啊。

哦，当然还有可转债、可交换债。总之，好多品种。

“所有债券当然都有信用评级。按照咱们国家的相关规定，散户一般都只能买入最高等级AAA的债券。问题是，丫丫个呸，国债倒是没有问题，天生的AAA。公司债就不一样了。好多公司为了能够发行债券，那肯定是不惜血本也要把数据漂漂亮亮做出来不是？

“可惜，做出来的数据再漂亮，总归有被拆穿的一天。或者，当初发行的时候倒也没有作假，确实是货真价实的数据。可企业经营，哪有一天到晚顺风顺水的时候，万一啥时候碰到了什么黑天鹅事件。这AAA转眼掉下来，也肯定是再正常不过的事情不是？

“那些出了问题的债券，在软件上就会有一个Q字母作为标记。也就是大家所说的Q债。呵呵，你们可以把它当成垃圾债就是。不过你们别小看这垃圾债。越是垃圾债，越是价格波动剧烈，也就越是有短期暴利，翻倍甚至翻几倍暴利的机会！”

也许是想到了往昔交易中斩获丰厚的开心往事，齐军不知不觉手舞足蹈起来：

“总之呢，当时大家盯上了一家公司发行的公司债。那个公司债发行之初，是众所公认的白马蓝筹，好几百亿的市值，比咱们长林的规模还要大。发行的债券也是铁铁的AAA最高信用级别，也就意味着哪怕散户也可以入场。

“而且这公司的公司债，已经发行了好几年。每年，公司的股东都能够得到丰厚的分红，比银行存款高很多。直到那一年年头上，市场却忽然传出了这公司财务出现问题的传言。一开始大家还都不相信，甚至有股民信誓旦旦说这公司没问题，嘲笑那些离场的胆小。更有人逢跌即买，不惜加杠杆增仓，摆出了绝对要和公司共存亡的架势。

“耐不住这传言有鼻子有眼，还越传越烈。结果，公司的股价倒还好，还依旧在高位震荡，没有破位的迹象，债券却开始跌了。

要不都说债民是最机灵的呢？不像股票，债券可没有 T+0 的限制，也没有10% 那种愚蠢的涨跌停，所以债民反应从来都是极快的。一有风吹草动，就会给出反应。

“于是，公司的债券，仅仅一天的时间，就从一百多元跌到了七十多元，第二天，更是跌到了六十多元。将近40% 的跌幅啊。一百万资金瞬间就变成六十万的那种。

“最坑人的是，由于之前这个债券信誉良好，价格一直是很小幅度的波动，很多投资者都把这个债券当成和国债一样的存款替代。要么不买，要么就是几乎将所有闲散资金，全部重仓买入，而且还是不计较价位的买入，只图持有期间的那点儿利息。所以这一跌，让很多人身价一下子大幅缩水。

“这个时候，菜鸟们是真的恐慌了。然而，海鸥论坛上那些老油条，却好像鲨鱼嗅到了鲜血的味道。他们亢奋起来了，议论着，评价着，分析着，觉得这是一个机会，天上掉馅饼的难得机会，纷纷入场购卖。

“果然，第三天债券开始上涨，短短两天时间，就从六十多元，涨到了八十多元。好多人赚得盆满钵满。

“可惜，和很多证券市场上的谣言一样，不知不觉，这谣言啊就变成了事实。过了停盘双休日，到了周一，很多人惊讶地发现，这公司债的前面居然当真添了字母 Q。谣言是真的，公司确实出现了财务问题。

“顿时，股债双杀。股价还好，至少当天不过就是跌了10%。但债券没有涨跌停限制啊，一下子就跌回了六十多元。第二天继续下跌，一直跌到了四十元……”

“这么激烈！”当齐军说到这里的时候，齐然诺实在忍不住开口惊叹了一声。

刚才齐军述说这个债券暴涨暴跌的同时，她随手做了一个价格波动的趋势图。先是一百多跌到六十多，又从六十多涨到八十多。然后八十再度跌到四十。短短几天，整个债券的价格就好像过山车一样上下起伏。

齐军嘿嘿一笑，不以为然道："你以为就这样吗？才刚刚开个头呢！"

第二十六章 传奇

确实是才刚刚开个头！

中国人天性喜欢凑热闹，当年还是菜鸟的齐军，在论坛上看到大佬们纷纷议论这个债券，自然手痒难耐，也无知无畏地冲了进去。

一开始他运气真不错，在六十多元的低点买入，转眼就变成八十多元，一千手赚了足足二十万。两天，就是30%多的利润啊！

可惜，和大多数菜鸟一样，赚疯了的他，真心以为这家公司没事了，债券应该会回到一百的正常价位。他那么低的成本，就算留在里面慢慢拿利息，都是十拿九稳安全无虞的。哪里想到，忽然变成Q债之后，这玩意儿周一开盘就暴跌，一下子就跌破了他的成本价。稍稍犹豫没跑，第二天就跌到了四十块。

百分之三十多的利润没了不说，还倒贴了百分之三十的成本。

更要命的是，一旦债券成为Q债，就只有证券市场上拥有三百万以上资产的合格投资者，才有资格和机构一样补仓买入。

可怜那会儿的菜鸟齐军，不知道这二级市场上的投资者还分三六九等，自然也就没有申请成为合格投资者。他只能和所有普通散户一样，成了刀板上的肉，只有死撑和断尾求生两个选择。

事实上，就算成为合格投资者，那会儿他也不敢杀进去。因为他记得清清楚楚，论坛上很快就有消息传来，银行间市场同一个企业的短债，居然已经跌到了十二元。虽然银行间市场和二级市场的债券，属于两个系统，可毕竟是同一个公司发行的利率差不多、到期时间差不多的债券，总是有参考价值的。

一时间，人心惶惶，恐惧到了极点。并且如同瘟疫一般扩散出去，让恐慌更加恐慌。

在这样的恐慌下，齐军做出了一个让他很快就懊悔不迭的决定——他在四十元的地板价割肉了。好端端六十多万资金，一下子缩水到了四十多万。

可千算万算，他怎么也没有算到，这债券在四十元左右才徘徊了两三天，在周四下午开盘之后，忽然就好像打了鸡血一样，一飞冲头。没有丝毫预兆,一下子又涨回到了八十元。

这个时候，齐军又犯了第二个严重的错误。因为有这两天的缓冲，齐军终于搞明白还有合格投资者这么一个玩意儿，可以比普通散户拥有更多交易资格。以他的个性，自然毫不犹豫就调来资金，申请成为合格投资者。

然后在这一天下午眼看着债券疯涨，从来不服输的他，没有丝毫犹豫，再度勇猛地杀进去，以七十三元的价格成交，而且加倍成交了两千手。

那会儿他还非常得意。看着最后收盘的八十二元七毛，看着当天浮盈的二十万，齐军踌躇满志地相信：明天一开盘，债券肯定高开。他原本已经只有略微亏损的账户，一定会斩获丰厚。

一时间，他忍不住有些飘飘然，像所有在股市里获利的投资者一样，开始相信自己就是财神附体，股神转世。

可惜，当晚就来了一个消息，彻底坐实了公司财务问题，甚至还涉嫌违法，连董事长都被抓了。

第二天，涨回到八十元的Q债，转眼又一头跌破了三十元收盘。这一收盘，等来的就是暂停二级市场的竞价交易，转去股权交易系统交易。

嘿嘿，说得好听。那股权交易系统就是在以前债券正常的时候，偶尔有几笔议定价格的大宗交易，当然都是一百多元的价格。这会儿，不跌到三十块以下，会有哪个傻子成交。可问题是这里同样有10%的涨跌停板。要想从一百多元跌到三十元以下，得有几个跌停板？而且还得是自己买自己卖，明摆着违规操作才能实现。这是冲进去吃牢饭不成？

所以后果就是无论机构还是合格投资者，也都没法交易了，补仓没门，割肉不成。所有债券持有人终于都一样了，只能等着公司破产清算，真正的一地鸡毛。哪怕拿着债券有优先偿还权，奈何那公司几年前就已经一塌糊涂，只是靠着作假维持外表光鲜。如今东窗事发，哪还有多余的资产偿还债券。

……

说到这里，哪怕已经时过境迁，齐军还是咬了咬牙，悻悻地道："看吧，这就是Q债。出了问题的这种公司债，完全不像平时那样一潭死水古井无波。大把的投机者杀进去，利用T+0（一种证券或期货交易制度）交易，利用没有涨跌幅限制，疯狂地豪赌冒险。随时都会涨上天，随时都会跌到地，也随时都会停止交易，完全就是刀尖上的舞蹈。

"唉，这是真惨啊。想想，最终停牌归零。这个过程里面，多少人一夜暴富又一夜倾家荡产？多少人纸面上忽然拥有了好多钱，可这钱都没来得及拿到手摸上一摸，眨眼又没了。先不说这经济上受得了受不了，单单这精神上、心情上的大起大落，也不是正常人能够承受得住的啊！据我所知，当时有人跳楼了，也有人疯了。不过……”

说到这里，齐军猛地话锋一转，神情充满向往和羡慕，但也带了一些眼红嫉妒：“不过几家欢喜几家愁。有人血本无归，有人赚得盆满钵满。当时海鸥论坛上，贴出了一份实盘的交割单。很神奇，居然每一次都在价格下跌的时候逐步加仓，又在价格上涨的时候逐步获利减仓。连续几番操作，将成本降低到了负数。最后，更是顺利在八十元的高位清仓离场。短短几个交易日，就实现了财富的翻倍。”

帅朗惊诧：“网格化交易？”

科班出身的他，当然清楚网格化交易是一种很常见的资产管理模式。具体来说，就是确定一个价格变动的空间。然后将这个变动的空间，划分成一个个网格。下跌的时候逐步加仓降低持有的单位成本，上涨的时候逐步减仓回笼资金，形成一个良性的循环往复。

不过网格化交易一旦破网，损失便会十分严重。即便不破网，如果交易水平不高的话，收益也不会很大。因此对网格的标的要求十分苛刻，一般不会选择Q债这种价格波动如此剧烈，随时有可能停止交易的品种。

此刻听到齐军说到居然有人能够通过网格交易，在Q债上获取极其丰厚的收益，还能全身而退，由不得他不吃惊。

心念电转之际，帅朗目光微微一闪，脱口而出：“蛇猎人？”

意外的是，齐军居然摇头：“不是蛇猎人，是熊法师！”

“熊法师？”齐然诺皱了皱眉，“二叔，怎么又冒出来了一个熊法师？感觉就好像玩游戏一样！”

齐军：“刚才不是说了吗？那些顶尖的交易员，都不太愿意出名，免得被人盯上，尤其是在网络的论坛上，所以都用绰号。熊法师、蛇猎人，还有一个狼战士，都是那时候在海鸥论坛上，最风起云涌的大神。

“据说，熊法师擅长左侧交易。每次投资之前，他都会对想要交易的标的做足功课，沙盘推演各种可能，制定出细致入微的仓位计划。一旦投入资金，就必须一切皆在自己的掌握之中，轻松地承受回撤，轻松地长线持有守住收益，最终获取巨大的利润。就好像我说的那次Q债的投机，普通的投资者杀入那Q债，十之八九就是跳火坑，十死无生。可熊法师就能够稳稳掌控住整个局面，让那行情就好像孙猴子跳不出如来佛祖的手掌心，轻轻松松就火中取栗，捞取丰厚的收益。

“至于蛇猎人，他更加神秘，甚至都没有听说过他什么成名的战例。毕竟，不是每个交易员都喜欢晒出实盘的。只听说蛇猎人擅长右侧搏杀，总会耐心地等待机会，从不轻易出手，可一旦抓住机会，就会一击命中，在极短的时间内收割最丰厚的利益，随即扬长而去。犹如刺客杀手，事了拂衣去，深藏功与名，决不拖泥带水。

“而狼战士也同样存在于传说中。听说单论左侧交易，他不如熊法师，独评右侧搏杀，他逊色于蛇猎人，但是他兼顾了两者之长：左侧中长线，右侧日内T，长线资金和短线资金相辅相成，同样获得了辉煌的战绩。

“他们三个人恰恰代表了交易员们三种截然不同的投资风格。不过和寻常交易员不一样。寻常的交易员，就是一只只海鸥，成天只为了能够从海豚的牙缝里抢到几条沙丁鱼来果腹。而他们当年的那一个个传奇，攻击的目标，已经不再局限于沙丁鱼，甚至锁定了海豚，锁定了大鳄。”

说到这里，齐军摇了摇头，遗憾地叹了一口气：“狼战士、蛇猎人、熊法师最辉煌的时候，我才刚刚接触资本市场，还只是海鸥论坛的新人，也就听人转述过几次他们神话一样的传奇战绩。很久以后，同他们联手创立了海鸥资产，才知道这其中的狼战士，就是一度声名远扬，创造出五年千亿这般财富神话的海鸥资产前任董事长郎杰。”

说到这里，他停顿了一下，似乎在缅怀什么，好一会儿方才继续道：“不过那个时候，郎杰早已经放弃用狼战士的绰号了，一心想要做资本市场上的大鳄。嗯，不仅仅是郎杰，还有那蛇猎人、熊法师，也都已经很久没有出现什么传说了。只有一些老人在私底下偶尔会猜测，他们失手破产了？他们退隐了？又或者像郎杰一样，放弃了这个马甲？当然，这也正常，多少交易员最后不都是这样几个结局？直到海鸥资产快要崩盘的时候，这家赤飑投资也冒出来捣乱。我这才从郎杰那里知道，这个赤飑投资的老总佘道林，居然是曾经和郎杰齐名的投资高手蛇猎人……”

第二十七章 冷汗

蛇猎人和海鸥资产崩盘有关系？这句话帅朗差一点儿就要脱口而出。

齐军这最后半句话，让他的心绷紧了起来。从开始听故事，转变成了极度关注。这个名叫佘道林的蛇猎人，难道和海鸥资产的土崩瓦解，和父亲的死亡有关？

幸好，话刚到嘴边，就听见身旁的齐然诺抢先开口问道："怎么？蛇猎人还狙击了海鸥资产？"

女孩清脆悦耳的声音，顿时把帅朗从关心则乱的紧张里惊醒过来。也就是在这个时候，他忽然感觉到了齐华的目光。这一刻也不知道是有意还是无意，恰好将目光朝帅朗这里投了过来。

帅朗暗暗一惊，总觉得齐华的目光里似乎透着什么莫名的东西。不过他没有闪躲，反而坦荡地迎视，同时皱眉，一脸谈论问题的样子，认真说道："不会吧！赤虺投资实力这么强？居然敢去蹚海鸥资产的浑水？那可是上千亿资产的盘子！"

“哼哼，墙倒众人推呗！”马钧儒哈哈一笑，自觉抓到了贬低帅朗、表现自己的机会，“郎杰妄自尊大，居然想收购咱们长林，结果亏得血本无归。那血腥味，自然引来了无数垂涎。这里面，当然有海豚，有鲨鱼，有虎豹豺狼，但保不准也会有贪婪的鬣狗、不自量力的虾米。是吧，二叔？”

齐军哈哈笑了笑，摸了摸脑袋，站定下来：“蛇猎人肯定不是鬣狗、虾米，不过也肯定不是恐怖到能碾压一切的庞然大物。凭借长林的实力，应该还是能够对付的，但也千万不要掉以轻心！钧儒，接下来就由你全权负责长林这块，应对这次的要约收购！”

能够在齐然诺的面前，得到齐军的肯定，马钧儒连忙应了一声“是”，满脸兴奋，还得意地扫了一眼帅朗。可惜，帅朗根本没有理会这般无聊的斗气。这次赤虺投资的要约收购，是冲着长林集团来的，那么马钧儒的投资部负责应对，本就是题中之义。

帅朗更诧异的是，齐军忽然招手让帅朗和齐然诺跟着他，进入了旁边的隔间，说是有关于东华渔业的事情交代。万没有想到，一进去，齐军便沉声开口：“这段时间，你们要小心叶阑珊！”

叶阑珊？帅朗心头一震。第一个念头，便是自己和叶阑珊针对东华渔业的布局，莫非已经被齐军发现了？

齐然诺也同样诧异，不过她想的却是：“叶阑珊和那个什么蛇猎人是一伙的？”

“哼哼，以前我还真没有把这两个人联系到一起。”齐军冷笑，“不过这次赤虺投资出手，我倒是一下子明白过来了！这赤虺投资和阑珊资本就是一伙的！”

您明白过来什么？帅朗有些目瞪口呆。

阑珊资本目前为止，所有行动和所有即将展开的计划，都是他和叶阑珊一起推动的。他不知道，阑珊资本什么时候和赤虺投资是一伙的。而自己也刚刚才知道赤虺投资的老板是佘道林，代号蛇猎人！

只是齐军似乎也有十分充足的理由："想想海鸥酒吧！盘下海鸥酒吧要多少钱？一般富豪，就算再有钱，会这么为叶阑珊买单吗？但蛇猎人就不一样了，这家伙天生就喜欢剑走偏锋！用这么一大笔钱盘下海鸥酒吧，看上去毫无道理、毫无用处，可是现在呢！哼哼，一下子就把海鸥论坛的老人聚集了起来，一下子就有了阑珊资本，一下子就狠狠咬了我们一大口。更可怕的是，长林和东华是相互交叉持股的。现在，阑珊资本已经拿下东华渔业25%股份了，赤虺投资又开始对长林集团发起要约收购。我不知道他们在打什么鬼主意。可是，一旦赤虺投资当真拿下长林的股份以后呢？这两家看上去风马牛不相及的公司，实际上早有勾结，相互呼应呢？"

帅朗越听越是心惊。一开始，他还只当齐军脑洞大开，可听着听着，竟感觉还真有些道理啊！

之前他也很奇怪，叶阑珊究竟哪来的钱盘下海鸥酒吧。虽然海鸥酒吧不错，也很有保值能力。可这么一大笔钱，对于真正的交易员来说，投资海鸥酒吧肯定性价比太差了。然而现在，套用齐军总结出来的理由，逻辑上居然是如此洽和。

一时间，帅朗也不由有些动摇。

难道叶阑珊当真和蛇猎人早有勾结？真是蛇猎人为叶阑珊盘下了海鸥酒吧？等等……雄厚的资金，出色的投资能力，莫非蛇猎人就是当初毁掉海鸥资产的那股神秘势力？如今，他们依旧怀着某种不可告人的目的，找上了自己？明面上叶阑珊和自己联手算计齐家，实际上却是叶阑珊早已经和蛇猎人联手，同时也在算计着自己？

这般想着，不知不觉，帅朗只觉得自己的后背冒出了冷汗。

此刻，熊猫也是满头大汗。他这个刚刚毕业的穷学生没钱买车，费了一通周折，才来到和老牛约好的地方。

那是一条两旁都栽了法国梧桐树的小路。

这条小路，很多年前曾经属于法租界，栽种的法国梧桐都很有些年头了。茂密的树叶不仅成功地遮挡了烈日的暴晒，让人置身其中不觉酷暑的高温，同时也隔绝了附近车水马龙的都市喧闹。

沿途，十多家颇有艺术气息的茶馆、酒吧、咖啡屋，散布在这样一个闹中取静的环境里，顿时更显格调与高雅，成了中产们休闲聚会的首选。

熊猫很快就找到了老牛在电话里和他约好的茶室。

这茶室，外面看上去一点儿都不起眼，走进去却别有洞天。哪怕熊猫这样的门外汉，步入其中的瞬间，也感受到了它的高雅格调。他就好像进了大观园的刘姥姥，缩手缩脚地被美艳的茶师引入了幽静的包厢。

这时，老牛已经等在茶室内了。他显然是这里的常客，正自斟自饮、自得其乐。

熊猫心里很羡慕。羡慕眼前这位其实曾经也和自己一样，出身三四线小城市，考上大学一头闯入大都市的报社前辈，显然已经在大都市站稳了脚跟，有房有车，有同样在事业上很成功的妻子，还有可爱聪明的女儿，当真是人生的大赢家，自己奋斗的目标……不，是自己未来需要超越的目标!

心中这样想着，面上却是非常恭敬，小心翼翼地迎合老牛，直到茶师离场，最后两人独处，熊猫这才把话题转到了长林集团被要约收购的事情上来。

老牛也是识货的人，立刻有了点儿兴趣:“你从东华渔业那里弄到的消息？可靠吗？”

“应该没问题！”熊猫赶紧保证，“东海渔业和长林集团虽然是两个上市公司，但是关系极为密切。东海渔业的董事长齐然诺，压根就是齐家兄弟精心培养起来的接班人。之前海岸休闲城事件爆发后，齐然诺固然是临危受命，其实也是齐家在给她铺路。可以说，东海渔业和长林集团很大程度上，就是穿一条裤子的。”

老牛漫不经心地“嗯嗯”了两声，对这个不是很感兴趣，直截了当问：“这么说来，你和东华渔业的高层关系很好？”

熊猫坦然点头：“是啊，东华渔业的董事会秘书帅朗，是我发小。我们从小就认识，一起长大，小学中学大学，都在一起。纯死党！”

老牛忍不住诧异地瞥了熊猫一眼：“真的假的？那他不是和你一样，都是才刚刚毕业一年？怎么就成了东海渔业的董事，还担任董事会秘书这么重要的职务？”

熊猫自嘲地撇了撇嘴：“没办法，这世上就是有天才，而且还是运气特别好的天才！”

“是这样啊……”老牛没有纠结在什么天才上，自顾自手指轻叩桌面，沉吟了一会儿，斟酌道：“如果是这样，那么搞一个关于长林集团被要约收购的追踪报道，甚至搞一个深度分析，你有信心完成吗？”

熊猫眼睛一亮，他毫不犹豫，立马中气十足地表态：“没问题！”

老牛也不含糊，点头：“好，回头我就帮你申请！”

熊猫欢喜：“谢谢师父！”

只是他的目的可不止于此。谈完公事，他涎着脸，打蛇随棍，主动为老牛续了茶，然后道：“今天来找师父，除了报道的事情之外，还想请教一下师父，您看这是不是一次好机会？”

“好机会？”老牛皱眉，“你小子不会想买长林的股票吧？且不说你那个死党终究只是东华渔业的董秘，和长林隔了一层。就算他当真混得那么好，可以掌握长林的第一手资料。可死党归死党，泄露内幕消息却是犯罪的。以你俩的交情，我相信他第一时间给你可以报道的资料没问题，甚至给你独家采访都有可能，但是帮你内幕交易……”

“不不不！”熊猫连忙摆手摇头，“我这样的小虾米，哪敢玩内幕交易啊。可是，赚钱也不一定非要内幕交易才能赚钱啊。现在好多人都有一个误区，总觉得只有拿到内幕消息才能赚大钱。实际上……嘿嘿，师父，咱们都是学金融的，应该很清楚，随着金融市场越来越完善，越来越多无风险或者低风险的套利机会，就自然而然会出现。”

说到这里，他挥了挥手，很是激动地道：“比如转债的转股套利啊，比如分级基金的拆分套利啊，比如港股和A股的折价溢价套利啊，根本不需要内幕消息，不需要老鼠仓，完全可以凭借咱们学到的金融知识，堂堂正正地赚钱。恰好，这要约收购也是一种很经典的套利。嗯，当然我没啥经验，就只有些学校里、书本上学到的理论知识，只能纸上谈兵。所以有些拿不准，就想向您请教一下，您看这是不是一次好机会？”

第二十八章
搏一把

年轻，真好！

看着眼前侃侃而谈的熊猫，老牛呵呵一笑。他忍不住有些怀念自己刚毕业的时候了。当年，他也是这样，意气飞扬、自信满满，总觉得凭借自己学到的知识，就可以轻而易举在这资本的海洋里捞足一桶金。

可惜，现实哪有那么美好！

他玩股票的年头不少了，是地道得不能再地道的老股民。

正因为如此，所以他举双手双脚赞同，任何一家被要约收购的公司，都可能有巨大的套利机会。不过，恰恰是老股民，他是绝对不会参与的。因为在过往的投资生涯中，像他这样的人，就算不是亲身经历，也是目睹了身边的亲朋好友信心十足地参与要约收购套利，然后由于各种各样意想不到的原因，输得底朝天。

至于熊猫说他有什么发小是上市公司的高层，说什么有内幕消息。好吧，这点他还是有些兴趣的。不过，股市上的小道消息总是满天乱飞，谁知道是真是假？就算是真的，也难保不会有什么诱多啊逼空的。等你上钩了、入套了，再来一个神转折，让你懊悔不迭，肠子青了也没用。

总之，江湖越老，胆子越小。

现在的他更喜欢轮动银行股、高股息股之类的，把股票拿在手里几个月甚至几年，然后慢慢坐等收益上升，一点儿都不想冒险。

看着此时的熊猫，他甚至有一种前辈高人坐看不怕虎的初生牛犊，横冲直撞最后肯定会撞得一头包的感觉。

当然，聪明人总是看破不说破，他当然不会在这当口给熊猫泼冷水。

老牛矜持地端起茶杯，喝了一口茶，沉吟了一下才道："理论上，要约收购确实有套利机会。尤其像这次长林，还必然会有收购和反收购的斗争。那么市价和要约收购价之间，必定或者扩散或者收敛，这就是赚取差价的机会。只要你有信心算清楚就行。呵呵，师父我这些年也投入了些钱到股市里去，要约收购也玩过两把。这玩意儿确实能套利。当然，有套利的人，肯定就有套套利人的人。利用要约收购的机会，狠狠赚一把的人有，赔惨的人也有。说到底，还是需要八仙过海各显神通。如果……"

话语间，他笑呵呵地瞥了熊猫一眼，笑呵呵地道："如果你真想玩一把，那就放手去玩好了。年轻就是本钱啊，赢了就有更广阔的天地，输了也没关系，就当交学费。你有的是时间，在未来赚回来不是？"

好吧，当真是正话反话，面面俱到。

熊猫也不介意，他本来也没指望能从老牛这里当真得到什么指点。不过神情却很是诚恳，面带微笑、频频点头，一脸虚心受教的样子。大大满足了老牛指点后生晚辈的虚荣心之后，这才开口说道："我也是这么想的。唉，以前是不觉得，可这次我爸生病以后，我算是真正感受到，这世上没有钱绝对是万万不能的。”

“这话在理！”老牛一拍桌面，似乎是被熊猫的话触动到了，连声感慨道，“唉，熊猫啊，这话说得太对了！就拿你师父我说吧。在你眼里，是不是觉得师父我特别成功？愣是凭一己之力，考进了大城市，娶了大城市的姑娘，在这寸土寸金的大城市站住了脚跟。简直就是很多北漂海漂不知道要奋斗多少年，哼哼，奋斗多少年都不一定能实现的梦想啊！我呸！”

说着说着，他忽然爆了一声粗口，明明只是喝茶没有喝酒呢，但看上去两眼已经发红，情绪也激动了起来：“唉，家家都有一本难念的经啊！你嫂子当然不错！可在你嫂子娘家的人眼里，师父我就是攀上了高枝的凤凰男。

“这人啊，就是这么为难。光棍的时候，做梦也想娶上白富美少奋斗人生几十年。真娶上了呢，各种鄙视各种白眼，不当面，不明言，可就是存在，你说你一个大老爷们，难受不难受？

“所以太缺钱了！老婆的包包得买，丈人丈母娘的礼得送，小舅子得巴结。有了孩子，更好像是等于有了祖宗。这年头，孩子养不起啊。从幼儿园开始就要上名校，就要上辅导班，要学声乐。钱啊，怎么挣都不够……”

滔滔不绝，熊猫目瞪口呆地发现自己这个师父，口才真是好，居然一口气扯了半个小时的家长里短。

往好处说，这是真情流露，真把熊猫当自己人。往坏处想，完全就是撇清啊，话里话外，已经把熊猫借钱的可能，给不动声色地堵住了。

熊猫暗自苦笑了一下，面上却不动声色，一个劲儿点头附和：“可不就是这个道理！”

说着，熊猫偷偷瞥了一眼老牛。眼见老牛应该是以为他准备借钱，眉头微微皱起，熊猫多机灵，自然不等老牛开口，便主动解释道:“这次也是巧了。恰好我刚借了一笔钱，虽说借这笔钱是为了给我父亲治病的。不过短时间内挪用一下问题还不大。恰好可以利用这个时间差，好好搏一把。眼下最大的问题就是我还没开过股票账户。听说牛哥您小姨子就是在证券公司做的。能不能请她帮个忙，帮我快点儿开个户。嘿嘿，最好佣金啊、融资融券的费率啊，都优惠点儿！”

“没问题，这肯定没问题！到时候肯定给你一个最优惠的。”发现熊猫真不是找自己借钱以后，老牛顿时松了一口气。只要不借钱，一切都好说。尤其这事儿，等于还是给小姨子拉业绩，求之不得呢。当下他哈哈一笑，很是爽快地一口答应:“这没问题。到时候，肯定帮你争取一个最优惠的费率。”

“谢谢师父！”熊猫赶紧起身为老牛小心翼翼地倒茶。

眼见老牛心情极好，这才仿佛闲话家常一样，说出了他找老牛真正的用意:“对了师父，到时候帮我问问，能不能场外垫资？”

“场外？”老牛狐疑地瞥了熊猫一眼，皱眉，“开通融资账户，正常的融资担保率是300%。也就是说运作得好，可以让你支配的资金翻倍，这还不够吗？信用账户的融资，一般年化8%左右。我帮你想想办法，弄个6%，甚至更低都有可能。如果你要走场外垫资的话，那利息可就高了，简直就是借高利贷。”

“开通信用账户，这不是需要二十个工作日内，账户资金达到日均五十万吗？”熊猫苦笑了一声，“二十个工作日啊，哪怕当中没有国定的长假，也要整整一个自然月。可是这么好的机会不等人，稍纵即逝。不加杠杆，单单用我自己的钱去玩，那就太可惜了。”

熊猫一边说，一边抬头，眼巴巴地看着老牛，认真地道:“您也知道，我来自小地方，在这个大城市根本没有什么人脉关系。这样的机会，对于我来说很可能就是错过了再不会遇到的。要是我父亲没有生病，没有遭遇这么大的事情，那错过就错过，我或许不会这么狠下心来赌这么大。可现在……唉，我这也算是被逼上梁山了！”

老牛不由有些微微动容。毕竟，他也和熊猫一样，是从小地方考入大城市的穷学生，只不过很幸运，几经挣扎在这灯红酒绿中站稳了脚跟而已。

熊猫这番话，当真很让他有些感同身受。

犹豫了一会儿，才终于点头：“你如果确实想好了，场外的事情，我来帮你办！”

“谢谢师父！”熊猫的脸上，顿时绽开了笑容。

既然决定搏一把，这杠杆绝对是他必须搞定的。可正如他所说的，眼下在这人生地不熟的大都市，面前的老牛无疑是最能帮助到他的人。

还好，一切都是那么顺利。

这会儿，他怎么也没有想到，长林集团的股价在接下来的几天里，会涨得那么凶猛。

第二十九章
杠杆

当真太猛了！

周一还好，虽然赤虺投资准备部分要约收购长林集团的消息，已经传了出来，不过毕竟还只是备案阶段，不是正式公布，尚未来得及被二级市场的股民获悉。所以当天的股价，还是很温和的，仅仅在上周五收盘价12.32元附近，上下震荡，依旧维持着之前温和上行的趋势。

第二天一开盘，就大不相同了。估计是消息完全泄露了出去。长林的股价因此疯涨起来。平开之后，一路上冲，3%、4%、5%……就这样到了中午收盘，已经涨到了7%。下午一开盘，更是冲到了涨停板，然后再也没有打开过。

看着这个涨停，熊猫格外难受。

尽管他周二一大早，就跑去了证券公司。老牛的小姨子也很尽心，给他开了快车道，用最短的时间开立了证券账户。可是按照相关规定，属于沪市的长林集团，必须在开立账户的第二天，才能交易。

这一整天，他只能眼睁睁地干看着。

这还不算。更倒霉的是，终于到了可以交易的周三，行情变得更加疯狂了。

九点十五分，集合竞价才刚刚开始，股价就直接又一次跳到了涨停板。

见此情形，熊猫的心中，顿时掠过了一丝不祥，眉头也情不自禁地跳动起来。他不祥的预感，在九点二十五分得到了应验。

开盘就是涨停。整整一天，这个一字板就没有打开过，大笔买单托在了涨停价上。熊猫这样的散户，根本没有一丝一毫买入长林集团股票的机会。于是，他又一次和获利狂欢无缘，成为长林集团股票疯涨的旁观者。

两天，20%！整整四万块钱，就这样擦肩而过了。他明明有足够的把握笃定长林集团的股票会大涨，明明自己也有足够的资金可以建仓。人世间还有什么比这更痛苦的？

而周四……

一大清早，八点都不到，老牛就把熊猫叫去了茶室。

“一百万！”幽静的茶室内，老牛笑呵呵地取出了一叠合同，推到了熊猫的面前：“场外垫资也全都谈妥了。只要签了字，今天钱就可以到账，给你的额度是一百万。算你小子运气，如果严格按照规定，肯定拿不到这么多钱。得亏你师父我面子大。不过……你真下定决心了？这费率可不低。而且还清欠款之前，资方会全程监控你的账户资金，一旦到了警戒线，有权强行平仓。”

“谢谢师父！”熊猫伸出双手，很是郑重地拿起了面前的合同。不过，待到拿起笔准备签字的时候，饶是他之前一直都下定了决心，准备要搏一把，此刻脸上也不由闪过了一丝犹豫，老老实实苦笑道：“师父，你说我想要弄场外资金加杠杆，是不是太激进了一点儿？”

“嗯，确实有些激进！”老牛屈指弹了弹桌面，点头，“稳妥起见，最好不要加杠杆了。加了杠杆，输赢可就全都放大了。真是赢了会所，输了天台。一个不留神，那就万劫不复。不过……”他忽然话锋一转，“不过，如果真有好机会，你不加杠杆，会一辈子后悔的！跟你讲个真实的故事。就在几年前，股市里啊，传出了一个财富神话，传说当时中国银行的转债爆跌到了八十多元。很多人看着这一路下跌的中行转债，哀号一片，恐慌到了极点，大多数人都认为中行转债接下来还会继续下跌，七十、六十、甚至五十元都指日可待。甚至认为中国的银行系统将会崩溃，这样的转债很有可能会无法兑现。买入这样的转债，就跟把钱扔到水里没有什么两样。

“可就在这样的极度恐慌里，却有一个投资者认为八十多元的中行转债，绝对是被市场错误低估了。他不信中国的银行体系会崩溃，不相信堂堂中国银行会破产、会违约。而只要银行不破产，不违约，那有什么好怕的？大不了到期按照票面的一百元兑付好了。这样的话，他八十多元买入中行转债，年化收益也足够客观了，已经超过了银行理财的收益了，还相当于免费送了他一份看涨期权。万一银行股大涨，这转债肯定会水涨船高，重新涨到一百元以上，乃至翻倍，都不足为奇。”

说到这里，老牛稍稍停顿了一下，瞥了熊猫一眼，老神在在地道：“你猜这位投资者做了怎样的选择？”

熊猫不假思索地问道：“买入中行转债？”

他当然知道老牛这么问的话，事情肯定不会这么简单。不过，他何必动脑筋呢？不萌新一点，不表现得愚笨一点，怎么才能衬托出老牛的英明神武。

果然，老牛很高兴熊猫眼下的表现，哈哈大笑道：“他当然毫不犹豫地立刻买入了中行转债。不过，他可不只是简简单单地买入中行转债。”

熊猫继续萌新：“他加杠杆了？”

“当然加杠杆了，而且还不是一般的加杠杆！”老牛最喜欢这样信息、智商各方面占据绝对优势的感觉。

他兴致高涨起来，终于不卖关子了：“那会儿南方的券商玩得很野。正好这个投资者的券商，推出了一个线下活动，可以通过收益互换产品，得到年化7.4%的杠杆。当然，要想拿到这个杠杆可不简单。这种收益互换账户很麻烦的，个人没法开立，必须有一个注册资金五百万以上的公司。

“这里就不得不说这位投资者，真是很有魄力。他当真花了两万元，注册了这么一个皮包公司。每月花钱报税做账，还要反复快递材料去深圳。总之啊，费尽周折，才开立了这么一个账户。

“然后，他用套卡得到的钱，投入这个账户，再用这个账户打上杠杆。一来二去，竟然买入了十倍他本金的中行转债。”

“十倍？”听到这话，熊猫倒吸了一口凉气。他忍不住有些哆嗦，“十倍的杠杆，这每天要多少利息啊！”

老牛嘿嘿一笑：“那个最终成为传奇的投资者事后透露，他总共花了一千万资金买入中行转债。也就是说，单单券商那个收益互换账户的杠杆，就需要一年七十四万的利息，一天就是两千多块。据他说，这两千多块，相当于他老婆当时一个月的工资。你说压力大不大？”

熊猫皱眉：“太冒险了，万一……”

“没有万一！事实是人家成功了！”老牛猛地打断了熊猫的话，“没有多久，银行股开始大涨，中行转债也果然水涨船高，最高涨到了199元。那位投资者在130元开始出货，在160元卖光。虽然没有卖在最高点。不过，也足够完成了人生的财富自由。”

熊猫捧场：“好厉害！”

“是啊，确实牛！当初不是他一个人看到中行转债的机会。不过大多数人都被当时转债的暴跌给吓住了。少部分没有被吓住的，也就是拿出本金买一点儿，敢重仓的都没有几个，更不用说全仓乃至杠杆了。所以啊，大多数人都和这样一个财富神话擦肩而过。少数几个虽然赚了点儿钱，但也赚得有限，至少没有成就自己人生的财富自由。

“你小子还年轻，可能没有师父我的感觉。师父我啊，当年和你一样在风华正茂的年纪，从大学毕业，进入了报社。不知不觉，浑浑噩噩已经在这职场、在这社会折腾了十几快二十年。目睹了咱们国家这些年经济的巨大腾飞，生活的日新月异。

“在这样经济高速发展的岁月里，机会啊，说多真的很多。好多人，甚至就是身边熟悉的人，一个不留神，就抓住了机会一飞冲天了。说少呢，其实也很少。有些机会来到你面前，可你当时没准备好，没注意到，懵懂地错过了，胆小地错过了，犹豫地错过了。不知不觉，两鬓已白、年华渐老，却在这样一个到处都是机会到处都是奇迹的黄金时代，一事无成、庸碌平凡。你甘心不甘心？服气不服气？懊悔不懊悔？”

老牛长篇大论了一番之后，掏出烟盒，抽了一支烟，吸了一口之后，终于把情绪缓和下来，话语的内容也随之变化：“当然，这样的成功也多少算是幸存者偏差。事实上，当年有人比他更早上杠杆，也有人和他同时买，而且还没上杠杆。可这些人，要么倒在黎明前的最黑暗，在即将大涨的前夕割肉离场；要么才赚了一点儿小钱就拿不住了，错过后来最最肥美的大肉。

“总之呢，要不要上杠杆，取决于你对自己能否把握住机会的信心有多大，也取决于你想要改变命运的期望有多强。小心安稳没错！见到了机会，使出浑身解数，抓住机会，努力收获机会，让得到的利益最大化，哈哈，也同样没错！”

“对！师父说得太好了！”熊猫赶紧点头附和。

老牛依旧还是习惯性地正反两面都说，很是滑头。但熊猫此时已经被老牛故事里那个十倍杠杆的财富神话，说得热血沸腾起来。

第三十章
起落

看到机会，抓住机会，坚持收获机会?

熊猫的心里反复想着老牛的话，这显然是一个中年人对于人生的回顾和总结。

飞扬的少年多半不会对机会太过在意，他们总是觉得自己有足够的时间去挥霍，有足够的时间犯错，有足够的时间哪怕错过了机会，最终还是能够功成名就。

大多数人只有到了中年，方才骇然发现自己的人生道路，已经不知不觉走了泰半。不知不觉错过了好多足以改变自己命运的机会。懊悔不迭却已经来不及，似乎只能接受眼前平庸的现实。

如果是获悉父亲重病之前的熊猫，显然不会太过在意老牛的这番话，多半也就表面上唯唯诺诺迎合而已。但如今，他忽然有些感激自己的遭遇。难怪有人说，每个人所承受的任何苦难，其实都是上天赐予他的巨大财富。

若非父亲重病，若非忽然面对经济的窘境，面对支撑整个家庭的压力，他肯定还是浑浑噩噩，整天嘻嘻哈哈地混日子。哪里会警醒到机会的可贵，警醒到若不提升自己，一旦面对危机困难，人生是何等脆弱。

所以，这机会他必须抓住。

问题是沸腾归沸腾，真要买入的时候，熊猫没有鲁莽。相反，他再一次陷入了纠结。

因为，九点二十五分撮合成交的价格是14.85元，只比昨天收盘价高了一分钱。这可不是好事！

“怎么了？”看到熊猫犹豫，一旁的老牛忍不住问。

“有点儿问题！”熊猫沉声道，“昨天前天连续两个涨停板以后，长林集团的股价没有道理这么弱！”

老牛：“你认为会大跌？”

他也是玩了好多年股票的人。很清楚在二级市场，有时候情绪比技术更重要。情绪起来以后，连续跌停板、连续涨停板才是正常现象。一旦做不到，就说明涨势或者跌势难以为继，成了强弩之末。

熊猫皱眉：“这波上涨，完全是赤飑投资部分要约收购长林集团的消息导致的。严格来说，长林集团的基本面、技术面，原本都无法承受这样的强拉。所以按道理，一旦市场消化了消息，股价自然会进行调整。问题是……，齐家不该这么三板斧啊！才涨这么点儿，然后就任由股价下跌。这样的话，还如何抵抗赤飑投资的要约收购！”

就在两人说话的当口，时间走到了九点三十分。

果然，微红的开盘之后，股价立刻好像泻肚子一样，飞流直下，一度下跌了百分之六。

老牛不由失望：看来不行啊！长林估计也就涨这么点儿了！不过也正常，赤飑投资的要约收购，现在还在备案阶段。收购和反收购的交锋，还有的是时间，来日方长。看来这两天的涨停板，就是游资听到了消息以后，试探性的拉升而已，正主恐怕还没有入场呢。咦，熊猫，你……你怎么开始建仓了？嘶，现在这架势，保不齐今天跌停板都有可能啊！”

眼见着熊猫在自己说话的当口，居然下单了，老牛不由倒吸了一口凉气。

熊猫倒是很镇静。他解释道：“就是试探性建仓而已。我总觉得这个时候，长林集团不该这么大跌！”

确实只是试探性的建仓，只用了五万资金，他自有的二十万资金的四分之一，垫资还没有启动。即便后续大跌，他也有足够的资金，在下方补仓，降低成本。

然而神奇的是，他这才买入，便看到长林集团的股价，好像听到了冲锋的号令一般，迅速掉头向上。

起始老牛还不怎么在意。只当是盘中的技术性反抽而已。很快，他笑眯眯的眼睛却情不自禁地瞪大了。因为就算反抽，这涨势也太凶猛了。短短五分钟的时间，连拉了五根一分钟的大阳线。

第一根大阳线，就已经冲到了当日均价附近。第二根突破。然后第三根就开始到了昨日收盘价。屏幕上的股价，由绿变白，再由白变红。第四根、第五根，更是一飞冲天，一下子股价就从下跌6%，变成了上涨7%。

到了7%多点以后，这股涨势才终于缓和了下来。开始在5%到7%之间上下起落横盘。

老牛简直比熊猫还要兴奋，就好像看到了中国男足进了世界杯一样，手舞足蹈：“涨停，看这架势，今天多半涨停了！”

您几分钟前，还信誓旦旦认定长林股价要跌停呢。熊猫心里暗自嘟囔。

不过这会儿老牛的话，还真是神预言。他话音刚落，原本横盘的股价，忽然又好像打了鸡血一般，重新抬头。这一涨，居然还真是直接涨过9%，直奔涨停。

老牛显然没有理会自己刚刚狠狠打了的脸。看着屏幕上，只有寥寥三两个卖方价位，他忍不住啧啧了两声，有些替熊猫遗憾："可惜，你太谨慎，买得少了！如果全仓进去，乖乖，那就有差不多16%的赚了。"

说着说着，老牛不由吃了一惊。

好吧，就算没有全仓。刚才好歹也投入了五万块钱。五万块钱，16%，说话的工夫熊猫就赚了八千块。

这么一想，可把老牛想得眼红羡慕嫉妒恨了。

真是很缺钱！别看他现在是报社的元老，别看他面上家庭美满，好像是一个很成功的中产，可人生总是有不如意的阴暗面。就像他和熊猫说的那样，妻子娘家那边当真给了他很大的压力。女儿读书和声乐方面的投入也非常巨大，巨大到了中产都快承受不了了。

眼见熊猫这么容易赚到钱，他有一种错失了一个亿的感觉。

然而，熊猫的脸上这一刻竟不见半点儿喜悦，反而掠过了一丝疑惑："不对头！"

老牛一愣："怎么了？"

"成交量没有跟上来！"熊猫有些迟疑，毕竟今天才是他第一天进入股市，所有判断都源于书本知识，自己都觉得有些纸上谈兵了。他直觉到有些不妙，总觉得好像是庄家故意引导，让一群韭菜上头，自行将股价强行拉到涨停板。

那么，韭菜清醒过来以后呢？

答案显而易见。没有庄家的后续跟进，上头的韭菜，哪有足够的资金把股价继续维持在涨停。这股价，简直就好像是二战时进攻莫斯科的纳粹，都已经看到克里姆林宫的塔尖了，却后继无力。勉强碰到了涨停下方第三个价位，然后就开始回头。

完全可以用一溃千里来形容。刚才涨得有多快，现在跌得就有多快。

同样是几分钟，一根直线般暴跌下来的股价，很快由红变白，又由白变绿。

“可惜！可惜！”老牛总算不嫉妒了，可又忍不住为熊猫可惜，“可惜，咱们大A偏偏就是T+1的，当天买入当天不能成交。那什么融券也是摆出来给你看着玩的，正常情况下，除了几个ETF，根本融不到券。要不然，你刚才抛一下，入袋为安多好。现在，唉……”

现在，熊猫其实还是赚的。毕竟，他刚才很漂亮的抄底了。哪怕股价如今变成下跌2%，他依旧有四个百分点的盈利。

奈何现在没有卖出平仓啊。照这架势，如果最终收盘时跌停的话，熊猫这五万块钱，只能眼睁睁地看着损失四个点左右。何况当真以阴线收盘，还带着这么一根长长的上影线，可想而知明天会有多少韭菜恐慌抛售。这损失还会扩大许多。

相对而言，明明是真金白银承受实际损益的熊猫，比旁观瞎起劲的老牛冷静了许多。他摇了摇头：“没办法！当初咱们大A也不是一开始就T+1（当日买进的股票，要到下一个交易日才能卖出）的。最早的那八只股票，据说每天这上下起伏……”

“对对对！哈哈，师父告诉你啊，那会儿别说股票，就是认购证……”忆往昔峥嵘岁月稠。说到股市的当年往事，老牛一拍大腿，满脸沧桑、满脸感慨，摆足了老江湖想要教育小青年的架势。

可惜，这会儿熊猫肯定没心情听中国股市的辉煌历史。其实他心里也不好受。任谁看着自己明明赚钱了，却没法平仓，然后由盈利变亏损，心里都不会好受。

可这就是大A。

大A的股民，小白太多了，很多人严重缺乏金融常识。最初没有涨跌停板，带来了太多财富起落的悲喜剧，引发了很大的社会震荡，所以才不得不变成了T+1，还有上下10%的涨跌停板。

这样的制度，放眼全球金融市场是很罕见的。就好像一个金钟罩，保护力十足，无奈也严重影响到了价格的真实有效。

比如这会儿，熊猫就觉得自己好像一个赌徒，唯一能做的就是买定离手。

不过相比起这五万块钱的损益，他更在意的是长林集团的股价后势如何。究竟真的只是这么一波上涨，主力根本不会入场？还是齐家会在战争之初就强势介入，趁机先声夺人，把股价拉上去？毕竟，只有股价上去了，齐家才有更多进退的战略空间，继而让赤虺投资的要约收购失败不是？

奈何，理论上的事情想得再好，没有建仓时，熊猫心态还稳得住，这会儿投了五万块钱，看着账面上盈亏数字还有总资产的变化，他的心态反而起落不定了。

毕竟，这都是真金白银的钱啊。

好像所有股市的小白一样，看着盈利他开心，可一旦股价下跌了，别说转为亏损，就算是盈利减少，他也好像被刀割了一样的难受。

于是，接下来从上午到下午，他一直是惶恐不安，满心纠结，不知道自己该不该在这个时候，投入所有资金。

眼见着股价最终稳定了下来，就在昨天收盘价附近徘徊，熊猫还是无法确定，这个上下影线都很长的十字星，究竟是传说中代表头部的黄昏十字星，还是代表后市大涨的中继十字星。

前者代表接下来会大跌，跌回到上周的价位，甚至还要低。后者则代表着明天继续大涨，一直涨过16.28元的收购价才对。

不同的判断，自然会带来截然不同的选择，也带来截然不同的损益。怎么办？

眼见着手表上的秒针，一点点往前移动。两点半，两点三刻，两点五十……

始终拿不定主意的熊猫，不知不觉间脑门上都出汗了。心烦意乱之下，他随手打开网站，想要浏览一下有没有关于长林集团的新闻，却没有想到，一搜索，还真被他搜到了信息。

好多条。

有门户网站上的文章，也有昨天、今天报纸杂志的刊登。不尽相同，却无一例外，七拐八绕之后，都和长林集团有联系。

比如，有文章刊登在权威杂志上，以非常专业的分析，强烈看好房市的后续发展。尤其重点看好，恰恰是长林集团近来作为重点项目展开的文旅产业。

还比如，有帖子八卦长林集团总裁齐华的人生传奇，顺带也谈到了另一家上市公司东华渔业同样在齐家的控制下。可见齐家实力有多雄厚。

再比如，有深度分析报告，回顾了当初海鸥资产对于长林集团的要约收购。那会儿，长林集团的股价，恰恰因为海鸥资产的要约收购，一度涨到50多元。于是作者在结尾什么也没说，只留给了读者一个问题，历史会不会重演?

看着看着，熊猫的眼睛越来越亮，人也越来越兴奋。他大叫了一声:“我明白了！”

说话间，他毫不犹豫，将自己手里所有的资金，包括垫资来的一百万,一股脑儿全都买入了长林集团的股票。

时间，恰恰在14点56分。

第三十一章
电话

“很漂亮啊！”

晚上，海鸥酒吧。

帅朗避开了这些天越来越多重新聚拢在海鸥酒吧的交易员们，径自来到了酒吧后台的办公室。办公室内，叶阑珊面前正摆放着三个商标完全一样、样式完全一样，只是颜色不同的崭新包包。

她随手拿起其中一只粉色的，放在自己的身前比画了两下，同时说道：“确实漂亮！这一次，长林集团的投资部还真是表现得很出色！”

“确实。亏他想出这么多长林集团的利好来！更高明的是，这些都是擦边球，完全没有涉及敏感的内幕消息。甚至有许多文章，提都没有提到长林集团。偏偏它们又能让二级市场的资金，在自觉和不自觉中关注到长林。”帅朗点头。

他心里也不由有点儿意外，原本不是很看好马钧儒的能力。这一次，倒是让他有些刮目相看了。想想也是，这么大的长林集团，若没有能力，齐华又怎么可能让马钧儒成为投资部总监。

叶阑珊却有些不以为然："很正常啊。这点儿事，对于别人来说要做好很难，对于马钧儒却是举手之劳。"

叶阑珊一边说，一边摇了摇头，显然并不满意这只粉色的包包。犹豫了一下，换了一只咖啡色的，挎在身前，旋转一周，问："这只怎样？"

帅朗一愣，实在有些不适应叶阑珊这么突然地转换话题。不过他当然不会在这当口阻止女人对完美的追求，无奈地撇了撇嘴，敷衍了一句："呃……挺好！"忍不住拉回到原先的对话中，"为什么你认为对于马钧儒来说，只是举手之劳？"

叶阑珊笑了："因为他老爸老妈啊！你不知道他其实是官二代、富二代？家里的长辈不是宣传口子上的，就是传媒方面的大佬。要不然齐华怎么会对他委以重任。"

好吧！投胎才是最牛的技术！

帅朗无语，好半晌方才重新开口："这么一来，市场的情绪确实调动起来了。喜欢价值投资的，会看重长林如今的发展方向。喜欢投机的，也会留意到上次长林被海鸥资产要约收购的先例。那会儿，长林集团涨到了五十多块。对比现在的股价，不流口水才怪！"

刚刚把咖啡色包包放下的叶阑珊忍不住挑了挑眉，笑道："你是说，市场上有人认为，这次长林集团还会因为要约收购，再暴涨到50多块？这韭菜，啧啧，真可爱！"

"资本运作，本来就是画大饼。只要有一个足够可信的大饼，自然会有人飞蛾扑火一般冲过去。"帅朗耸了耸肩，"我现在更好奇的是，赤飑投资会怎么应对？既然是赤飑投资首先发起的战争，按道理，他们不会再这么无动于衷，否则可就丧失战争主动权了！"

说话间，他特意看了一眼叶阑珊，想要看看叶阑珊听到赤飑投资时，神情举止会有什么异常。

可惜，什么都没有发现。

叶阑珊神色如常，正常得让帅朗不觉想要自嘲。毕竟，对于叶阑珊的所有怀疑，目前为止都来自于齐军的推测。齐军是什么人？敌人啊！自己怎么就鬼迷心窍，相信了敌人的猜测，怀疑起自己的盟友了呢？

可是，一想到海鸥资本确实并非叶添锦赠送，而是一笔庞大的神秘资金帮助叶阑珊盘下，帅朗的脑海里，又情不自禁想起了齐军那些听上去逻辑十分合理的话语。

叶阑珊开口道："想来想去，我还是觉得挺不可思议的。真会有那么多人，被这么一个画出来的大饼给迷住了？"

帅朗叹了一口气："交易之所以能够成为交易，还不是恐惧和贪婪在同一时间共同出现？理智地看，这样的历史当然不可能重演。可是资本市场本来就是一个奇迹和神话频繁出现的地方。如果真能够完全理智的话，连这样的历史都不应该出现。所以，总有喜欢富贵险中求的人杀进去，搏一个盆满钵满。"

不过，帅朗并不贪婪。相反，他很冷静。

他皱起眉："其实，这对于长林集团来说，并不是好事！距离要约收购的时间太远了。这会儿暴涨，就会有足够的时间，让疯狂贪婪的人冷静下来。而一旦市场随着情绪冷静而纠正偏差的话，往往就是之前上涨有多猛，下跌就会有多凶。"

叶阑珊眼珠子转了转："这么说来，赤虺投资很可能要约收购成功！"

"这个……目前还无法断言！"帅朗苦笑摇头，"毕竟，这是一次资本和资本之间的正面交锋。无论用了什么技巧，无论前期占据何等优势，只要有足够的资本，劣势的一方都有可能在最后一刻逆转局面。"

叶阑珊有些失望，不甘地道："你觉得赤虺投资有这个实力？哦，对了，这两天齐家应该在动用一切人脉，调查赤虺投资吧。结果怎样？"

帅朗摇头："没有太大进展。赤虺投资隐藏得很好。目前能够确定的只有这家公司，成立大约三年。注册资本一千万，实缴却只有五十万。公司办公用地，也是租的……"

叶阑珊听着、听着，感觉好生熟悉，简直就像是自己为了掩护帅朗，注册的那家广州的贸易公司。当下忍不住惊道："皮包公司？"

"应该不是！"帅朗摇头，"如果没有足够的资金，赤虺投资想要对长林集团发起要约收购，哪怕只是部分股份的要约收购，也没法在证监会备案啊！另外，齐军似乎很了解赤虺投资，他很肯定地说，赤虺投资的老板佘道林，绰号蛇猎人，是和我父亲齐名的顶尖高手。"

他目光微微一闪，凝视着叶阑珊，再次试探道："阑珊姐，你听说过没有？"

叶阑珊依旧还是神色如常。她很坦然面对帅朗投来的目光，摇头道："蛇猎人？我还真没有听说过。你也知道，我是海鸥俱乐部成立以后才跟随老师的。后来在海鸥资产，也只是助理，公司的很多核心机密都没有接触过。所以……也不清楚这个人居然和海鸥资产的崩盘有关！你确定齐军这么说的？"

帅朗点了点头。不得不说，叶阑珊的解释很合情合理。似乎没有听说过蛇猎人，也不知道蛇猎人与海鸥资产崩盘有关，完全说得过去。解释的时候，无论语气还是神情，也都非常平静，没有任何异常。

可是，帅朗还是感觉得到，当自己提及蛇猎人三个字的时候，叶阑珊的身体，其实晃动了一下。这晃动很轻微，轻微到了若非自己正好全神贯注盯着她，恐怕根本察觉不了。

问题是，毕竟晃动了一下。难道……

心中万千思绪闪过，帅朗面上却不露丝毫声色。

理智告诉他，这样没有丝毫证据的质疑根本没有任何作用。所以他甚至强忍住没有把齐军认为叶阑珊和蛇猎人是一伙的猜测说出来。

他很自然地继续话题："以前狼战士、熊法师、蛇猎人齐名，都是交易员中的传奇，我想海鸥论坛上的老人，应该还有不少人知道蛇猎人吧。"

"嗯，有可能！要不，你去问问何哥？何哥入行更久，认识老师也更早。如果是很久以前的人或者事，他肯定知道得更多。"叶阑珊平静地提出了自己的建议，然后将面前的三只包包，全都拿了起来，"阿朗，你帮我看看，下周如果召开董事会的话，我带哪只包包去好啊！"

"都挺好的啊！"

"喂，认真点儿！这样敷衍女孩子可不行哦！"

"真的都挺好！这个……我觉得这三只包包好像都一样吧，除了颜色。"

"就是颜色不同啊！"叶阑珊却理所当然，"今天我去逛商店，发现爱马仕的包包在打折。好便宜，比退税店的还便宜，才一万多一只，所以我就买了三只。"

不知不觉，两人的话题，就从激烈的资本运作，转移到了包包上。这一刻，在帅朗的眼里，叶阑珊完全就是一个精致而又时尚的白骨精。不过，白骨精多半都是月光族啊，肯定没钱盘下海鸥酒吧……

帅朗轻轻叹了一口气，这时一阵手机铃声从他的口袋里响起。帅朗只好抱歉一声，连忙拿起手机走到外面。

手机那头传来了熊猫熟悉的声音:“阿朗，最后确定好了，明天咱们兄弟就在学校的小餐厅包个房间聚会。对了，嘿嘿，可以带家属哦！”

带家属？帅朗愣了一愣，这才想起来之前熊猫跟自己说聚会的时候，齐然诺也在场。正好提到过带家属的问题。不过，带家属个鬼啊！

他当然不会去找齐然诺。

齐然诺对他的款款深情，瞎子都能看出来。问题是，帅朗自己也不知道，自己和齐家的恩怨日后将会如何了结。他下意识地想要拉开和齐然诺的距离，当真不想伤害这样一个认真而又大气的姑娘。

第三十二章
家属

“怎么，你那个发小确定去参加聚会吧？”

电话那头，幽静的茶室内，熊猫刚收起手机，一旁的老牛就忍不住追问，满脸都是关切。

不能不关切啊！老牛感觉自己真是被刺激到了。昨天，他亲眼看到熊猫孤注一掷般，加了杠杆以后满仓长林集团。

那会儿他是不以为然的，感觉熊猫太激进了，在很可能黄昏十字星的位置买入，简直是和自己的钱包过不去。千算万算，他怎么也没有算到，今天一大早开盘，居然就是5%的跳空高开。

很快，一路猛冲到了涨停。大量的买单，封在16.39元这个价格上，纹丝不动，几乎不见抛盘。

这也就意味着，熊猫昨天投入的一百二十万，到了今天，一下子变成了一百三十二万多。将近十三万的盈利。十三万，对于他来说，当然不是什么很了不起的钱。

可是，短短一天，就轻轻松松赚了10%，由不得他不惊诧、羡慕，同时也不得不重新审视自己这个徒弟的赚钱能力。在这个盈利为王的资本市场上，赚钱就是最硬的道理，硬得让老牛甚至都开始怀疑自己了。

他不得不承认，自己似乎老了。

之前，他看着熊猫，很有些抱着看笑话的心态。虽然他理解熊猫急切想要赚钱的心思。这样的心思，曾经在他年轻的时候也有过，也是那么急切。但是怎么说呢？

人总是会变的。随着年龄和阅历的增长，渐渐都会有完全不同的心态，不同到甚至会否定年轻时的自己。比如现在的老牛，就已经不是那么迫切想要一夜暴富了。甚至变得保守了。

看到现在二级市场上，那些“90后”的年轻交易员，喜欢在集合竞价时就挂涨停买、挂跌停出的风格，他就好像老年人一样，发自内心地摇头。

这种抢板的策略确实很赚钱。可是太狠了。割韭菜狠，割自己同样狠。赌的是能够抢到连扳的牛股。如果赌错了，那就干脆利落地割肉走人。赚起来大赚，割肉起来也是狠到极点。一不当心就是20%的天地板损失。

现在的老牛更注重自己奋斗半生的资产，保值第一，增值其次。总觉得那些激进的年轻人，别看今日赚得盆满钵满，过些日子必定他们楼塌了。

可这一切，并不意味着他不喜欢钱啊。既然熊猫能够这么迅速地出色赚钱，他当然要追随，不追随才是傻子呢。

他查过了长林集团的历史股价，吃惊地发现这个股票，前年也被人要约收购过，当时一下子涨到过50多元。现在连20块都不到，万一要是历史重演，再次涨到50块的话……

一想到这个美好的前景，老牛的心就忍不住怦怦直跳起来。

当然，单单熊猫出色的赚钱能力，他还是觉得有些不保险。毕竟没有人敢保证自己永远对，自己的状态永远好。所以，作为一个老派的股民，老牛由衷地觉得，熊猫如果能够再弄到可靠的内幕消息，通过他出色的能力分析那些可靠的内幕消息来赚钱，那才是真正保险，才真正值得自己投入本金，跟着也捞一把。

“放心吧，师父！”熊猫是真没有想到，自己的师父，有这么复杂的心路历程。和所有初次杀入资本市场的小白一样，今天的丰厚盈利给他带来极大的信心，甚至有一种自己天生就是股神的错觉。

所以如今他其实并不太在意帅朗的内幕消息。当然，如果能够从帅朗那里获得更多有用的信息，肯定更好了。而且，他也需要拉近和老牛的关系。不仅为了赚钱，也为了职场更好地发展。

他只当老牛关心报道的事情，便笑呵呵拍了胸脯：“放心吧，师父，这次的追踪报道，我一定会全力以赴，做得漂漂亮亮的！不过，阿朗这边其实也不用盯得太急。毕竟，这场要约收购，现在最多只能算是热身而已。”

周六，下午。

步入校园，看到阔别一年的几个同学，远远地就朝自己挥手示意，熊猫的嘴角泛起了一丝莫名的自嘲，莫名地感觉到，自己似乎和这些家伙成了两个世界的人。

旋即，他咧开嘴，犹如往日般笑了起来，笑着同样回以挥手。挥手间，迅速将心中翻腾的思绪挥去，笑呵呵地跑过去，和这些曾经同窗四年的狐朋狗友，你一拳、我一腿，没心没肺地笑闹到了一起，就好像又回到了学生时代。

也不知道是谁一声提议，一群年轻人欢呼着，跑去了篮球场，占了一个篮球架，就活蹦乱跳地挥洒起汗水和精力来。

熊猫自然如学生时那样融入其中，依旧还是这些家伙里面最活跃的一个。

“阿朗！”看到帅朗，熊猫立即扬声招呼了他一下。

他熟悉帅朗，自然知道帅朗这厮不喜欢打球，确切地说，不是很喜欢所有这类会被围观的体育运动。没办法，人太帅了。无论篮球也好足球也罢，甚至是校运动会的短跑、跳高，只要帅朗出场，一会儿准保会招惹来一大群女生。到时候，不可避免会引来许多意想不到的麻烦。

熊猫自然不会邀请帅朗一起打球，随手把刚刚抢下来的球扔给了身旁的一个队友，笑着道：“我不打了，你们继续！”

他离场来到了帅朗身边，仿佛开玩笑一般道：“不错啊，上市公司的高管，居然肯屈尊来和我们这些职场菜鸟聚会！哦，对了，听说有公司要收购长林集团，东华渔业会不会受到影响？”

“或多或少，肯定会有影响的！”帅朗耸了耸肩，表情很是淡然，“不过，齐氏兄弟都不是吃素的，他们肯定不会坐以待毙。”

熊猫眼睛一亮：“那就是说肯定会反击？拉升股价？促使这次要约收购失败？”

帅朗有些诧异地瞥了熊猫一眼：“你这么关心这件事情干什么？”

熊猫连忙哈哈一笑：“我这不是有报社的业绩指标吗？不弄点儿新闻出来，每个月不好交差啊！”

帅朗才不信：“你以为自己是娱乐版？”

“一样一样，都一样！”熊猫嬉皮笑脸地胡扯。

人有时候真是很奇怪。前两天他向帅朗求助借钱的时候，还非常窘态，感觉拿了钱，自己和帅朗原来铁哥们好兄弟的关系，似乎就要发生翻天覆地的、他绝不愿意出现的变化。

可是这会儿，他旁敲侧击，想要从帅朗这里获悉关于齐家如何应对这次赤飑投资的要约收购时，却不知道为什么，一点儿障碍都没有。

眼见帅朗口风紧，他涎着脸，依旧不气馁地凑上去：“别这么一本正经啊！搞不好我能帮上你呢！别忘了，哥哥我可是财经日报的记者。这要是在关键时刻，哥哥帮你发一篇报道，还不立马逆转乾坤？”

“呸，知不知道什么叫作操纵市场？什么叫作内幕交易？”帅朗没好气地瞪了熊猫一眼，心里却是微微一动，发现熊猫说得还真有些道理。关键时候，如果有自己人在舆论上发声，指不定还真能有逆转乾坤的作用。

马钧儒就是极好的例子。最近长林集团股价的拉升，已经证明了这一套玩法，还真有用武之地。只可惜他嘴唇微动，这才要说话，猛地听见有人欢呼了一声“阿朗”。却是那群之前还在打篮球的同学，也跑了过来，嘻嘻哈哈和帅朗打招呼。

帅朗只好拍了拍熊猫的肩膀，低声说了一句“待会儿再仔细谈”，然后便笑着和这些阔别了一年的老同学寒暄起来。

一群人就这么说说笑笑地离开了篮球场，抄小路去约好聚会的地点——食堂二楼的小餐厅。

毕竟才分别了一年，此刻重见，就好像回到了过去的学生岁月。谈职场、忆校园，这一路走来，气氛着实热闹。

就在一行人从曲折的林荫小道走出，走上了校园的主干道，忽然听见一声清脆的娇呼声传来：“阿朗！”

帅朗愕然抬头，只见就在他们前方不远处的道路旁边，停了一辆眼熟的蓝色兰博基尼。

车窗徐徐落下，果然是齐然诺。

面对帅朗，齐然诺目光闪了闪：“我来找你们学校的陈思教授，有些金融上的问题，想要向他请教。真巧啊，想不到在这里碰到你！”

巧吗？帅朗有些头大，这话显然不能信。

齐然诺也明显并不奢望帅朗能信。所以说话间，她就好像忐忑的兔子，赶紧结束了这个话题。下车之后，恢复了她平日的气场，微笑着向一旁看热闹的熊猫等人自我介绍："大家好，我叫齐然诺。是帅朗的同事！"

好吧，不得不说，齐然诺就是齐然诺。

避开了帅朗的目光，顿时就散发出了强大的气场。帅朗身边那几个同学，虽然已经走出校园步入社会，可此时此刻，还是强烈地感觉到齐然诺的一笑一颦、一举一动，自然而然就彰显出上位者富贵逼人的强大。

好像她天生就是王，目光所及，四周方圆似乎天生便是她的领地。站在她面前的所有人，理所当然，就该对她俯首帖耳，恭恭敬敬。强大得竟让人生不出半点儿反抗的念头——哪怕她都没有说出，自己是上市公司东华渔业的董事长。

可怜这几个年轻人，这一年来在社会上跌打滚爬的人生阅历，在这样强大的气场面前，竟然不堪一击，情不自禁就自惭形秽。一开始见到齐然诺，还多多少少冒出和美女搭讪的蠢蠢欲动，转眼就化作了乌有，反而唯唯诺诺，战战兢兢。哪怕是礼节性地和齐然诺握手，都有些受宠若惊的感觉。

以至于当齐然诺仿佛很不在意地随口问了一句"你们这是准备去干什么"之后，立刻就有人争着抢着回答，他们这是返校同学聚会。

然后齐然诺毫不掩饰，直截了当地问："那么……不介意带个家属吧？"

霎时，好几个年轻人忍不住吹起了口哨。齐然诺没有理会其他任何人。此时此刻，她的眼中只有帅朗一个人，眼睛很认真地看着帅朗，脸上依旧保持着强大的气场。唯有如帅朗这样熟悉她的人，才能够从她眉目间很不经意的细微表情里，看出了她的紧张，她的期待。

简直就好像是在等待着世纪审判。

帅朗迟疑了一下，他自然看得出齐然诺的意思。只是他心中并没忘记青梅竹马的沈涟漪。何况他从一开始，就是为了父亲的死刻意接近齐家的，随着阑珊资本杀入东华渔业，他和叶阑珊很快就要采取针对齐家的行动……

凡此种种，让他下意识地想要和齐然诺拉开距离。

可是看着齐然诺完全是借着这机会，向自己近乎直接的表白，他的脑海里忍不住浮现起了海岸休闲城奠基仪式上的那一幕。那时，是他泄露了长林集团和东华渔业联手打造的海岸休闲城是工业用地的消息。

叶阑珊则具体安排了人去闹事，处心积虑要将事情闹大，破坏齐军、齐华兄弟的计划。

只是帅朗万万没有想到，叶阑珊安排的人里面居然有王大福。更没有想到，当初为了得到齐军信任，他设计让王家父子彻底断了得到东华渔业股份的行动，让王大福对他记恨极深，甚至将父亲王老实的死都算在帅朗的头上。

于是，当时手里拿着石头准备扔出去的王大福，看到帅朗的瞬间，就将石头狠狠扔向了正在冷眼旁观这一场闹剧的帅朗。千钧一发之际，齐然诺却毫不犹豫挡在了帅朗跟前。

娇呼声中，伊人倒下，鲜血四溅。

帅朗心中一软，话到嘴边又暗暗叹了一口气，终究还是点了点头，附和了一声："当然可以！"

刹那，帅朗看到齐然诺笑了。恍若百花绽放，恍若晴天碧空，恍若全世界都在欢唱。

第三十三章
聚会

“CFA 持证人？这个首先要通过所有考试，然后才是推荐的问题。这样吧，我这边正好有几个师兄有资格做推荐。到时候如果你需要的话，我可以帮你联系……”

小餐厅位于大食堂的楼上。

不同于大食堂内几乎所有菜都是在大锅里一通猛炒，小餐厅里的菜是名副其实的小锅菜，都是学生点了以后，放在小锅里烹饪出炉。比如鲜虾滚蛋，比如蚝油牛肉，热腾腾、香喷喷，绝对甩开楼下大锅菜好几条街，相应的价格自然也要更贵一些。

此外，小餐厅两旁还有包厢和卡拉 OK，甚至还放了两桌台球。在衣食住行都有财政补贴的校园内，小餐厅算是高消费的地方了。真正有钱的孩子肯定看不上，家境差些的学生则是望而却步。

不过对于才离开校园一年的毕业生们来说，这倒是一个非常适合的地方。刚刚有收入的他们，未必所有人都消费得起真正高档的场所，却也不至于再像穷学生那样，连小餐厅都要望而却步。

所以之前微信群里面，几乎是全票赞成将毕业后的第一次返校聚会，选择在小餐厅的包厢内。

周五傍晚，当帅朗带着齐然诺过来的时候，已经快三分之二的同学聚在那里了。

还真的有人带来了家属。不过就算是家属，其实也是同校不同班或者不同届而已，多少有认识的朋友，如今有说有笑，非常熟稔地闹成一团。

唯独齐然诺在这里是完完全全的陌生人。好在齐家的公主哪里会怯场，她挽着帅朗的胳膊，毫不在意众人的目光，走了进来。三言两语，就凭借强大的气场，外加广博的见识，征服了这里所有人。

尤其涉及考证啊，金融圈内的事业发展之类，堂堂东华渔业的董事长，又是留学哈佛的研究生，一言一语，都是一针见血。稍稍指点，就让这些刚刚毕业的职场新人茅塞顿开，继而五体投地。不一会儿，就自然而然成了包厢内绝对万众瞩目的焦点。

见此情形，乘着齐然诺在答话的当口，坐在帅朗身边的熊猫忍不住朝帅朗悄悄竖起了大拇指。然后他眼珠子骨碌碌转了一圈，暗自若有所思。

帅朗忍不住瞥了他一眼："你小子在想什么坏水？"

"哪有！"熊猫的眼神，做贼心虚地闪烁了一下，投向帅朗的目光满是同情，"有件事情，别怪兄弟没提醒……"

帅朗看着这欲言又止的家伙，微微皱眉，心中忍不住掠过了一丝不祥："怎么了？"

熊猫捂着头，支支吾吾道："其实也没有什么。只不过……唉，别怪我啊，哥哥我就是想给你一个惊喜，所以刚才有件事情没告诉你！"

帅朗心中的不祥越发浓了，沉声道："什么事情？说！"

“也没什么事情，就是涟漪……”熊猫满脸苦涩，正待老实交代，忽然心中若有所感，下意识地抬头看了一眼包厢门口，然后猛地一拍大腿，很是同情地看着帅朗，叹了一口气：“唉，得了，不用说了！”

确实不用说了。循着熊猫的目光，帅朗看到了沈涟漪。

原本此时此刻，应该已经去国外当交换生的沈涟漪，居然出现在了包厢门口。

依旧还是素雅如兰，只是举手投足间，似乎多了几分成熟，少了几分往昔的青涩，竟让帅朗隐约有些陌生。

很奇怪的感觉。感觉曾经同年同月同日生，曾经一起长大，一起“郎骑竹马来，绕床弄青梅”二十载的伊人，明明才没有见面几个月，如今居然感觉那么陌生，好像相隔了无数光年的陌生。

这时，熊猫还在身边絮絮叨叨：“涟漪是昨晚回来的，大概下周三走。本来，我真是想给你一个惊喜的，谁知道你居然又带来了一个家属。唉，这惊喜怎么就闹成了惊吓……”

惊吓？其实倒真没有惊吓。

因为，很快齐然诺就走了过去，大方地伸出了手，道：“你就是涟漪？嗯，我一直听阿朗说到你！你好，我是齐然诺。”

“齐然诺？”沈涟漪目光微微一闪，闪过了一丝很复杂的神色。只是，这一丝复杂很快，快得几乎没有让任何人察觉，就消逝无踪了。眨眼间，沈涟漪就同样笑着伸手，和齐然诺紧紧相握，同时笑道：“我也听说过你！这么年轻就已经拿到了学位，如今更是东华渔业这么一家上市公司的董事长，真了不起！”

“我也是赶鸭子上架而已。现在想起来，还是读书好啊！尤其去国外读书，不仅开阔了视野，还可以趁着假期去各地旅游，近距离地体会各种不同的风土人情。就是有一点，国外的导师都很严格，最喜欢卡你的论文了。涟漪，你现在适应了吗？”

“还好吧！人的适应能力从来都很强不是？”

俩姑娘你一言我一语，谈得热乎。至少表面上根本没有想象中的唇枪舌剑，火星撞地球。反而在和风细雨的聊天中，双双落座，不一会儿就热络起来，好像一见如故的朋友。

这样的友情，一直维系到了聚会结束。

齐然诺没有霸占帅朗。她笑着摇头：“好了，我先走了。涟漪这次回来才几天工夫，你还不去和她好好叙叙旧！”

说着，她很齐然诺地离开。只是今天注定了她气运不佳，上了自家蓝色的兰博基尼之后，齐然诺这才发现，汽车出了故障，怎么都打不着火了。无奈，她只好下车步行穿过校园，走出了校门。

校门外，此刻倒是灯火通明，路上车水马龙。道路两旁的小摊、店铺，也全都处于生意兴隆的旺时，正是大学生们跑出来消费的当口。

然而，齐然诺走在这么热闹的道路上，双手却下意识地抱住自己的胳膊，感到有些冷。

一定是五月的夜风吧！齐然诺用力摇了摇头，她才不会伤春悲秋呢！

驱赶走似有若无的一些莫名情绪，东华渔业的年轻董事长拿出手机准备叫车。

却在这时，帅朗的那辆奔驰越野车无声地滑到了跟前。

齐然诺抬头，微微张开了嘴，先是诧异，继而从嘴角到眉眼，都情不自禁绽放出灿烂的欢喜，尤其是在看到车内除了帅朗之外，再无第二个人之后。不过旋即她又收敛了欢喜，目光掠过了一丝疑惑，方才小心翼翼地探问：“怎么……”

“涟漪住学校里。她这次回来，有很多事情要处理。”帅朗一边开车，一边随手给自己点燃了一支香烟，心里莫名地有些烦乱。

就在刚才，他真是体会了一把什么叫作相顾无言。明明和沈涟漪咫尺对面，却好像相隔了千山万水。明明有一肚子的话要说，可是开口，居然就是客套的寒暄，毫无内容的问好。跟着便只能强作镇定，保持风度的告别再见。

转身离去的瞬间，感觉似乎舍弃了很多很多弥足珍贵的东西。

正自神伤之际，忽然手机振动了一下。帅朗随意地瞥了一眼放在驾驶位前方的手机，立刻眼睛睁大了起来。手机的屏幕上，来了一条微信。

沈涟漪发来的微信。

莫名的激动之下，帅朗点击微信的手，都不觉有些颤抖了。

“怎么了？”女人神奇的第六感觉，让此刻站在车外的齐然诺虽然没有看到帅朗手机上的内容，却还是第一时间直觉到微信来自沈涟漪。

她原本已经荡漾出欢喜的脸上，瞬间掠过了一丝黯淡，原本已经伸出来准备打开车门的手，也旋即停顿在了车把手上。

不过就在她缓缓放开车把手的当口，只见帅朗抬头，有些失神：“上车，出大事了！”

第三十四章 反击

确实出大事了。

车停到了路边，帅朗和齐然诺，一起凑在了打开的笔记本电脑前。电脑屏幕上是一个网页，股吧的网页。

股吧可以说是散户们的集散地。几乎每只股票，都有大量散户跑去讨论涨跌走势，和基本面的变化。长林集团这只股票，自然也不例外。

只是此刻，帅朗才瞥了一眼，就吃惊地看到，长林集团的股吧内，不知何时竟然出现了许多看衰长林股价的帖子——

下周长林必定连续跌停！

主力已经拉高出货！

赶紧逃命！

珍惜生命远离长林！

林林总总，足足二十多条标题极其夸张，无一例外全都是极度看空长林集团股价的帖子，此刻几乎占据了整个屏幕。

傻子都能看出来，明显是有人在制造空头的恐慌情绪。

齐然诺皱了皱眉，瞥了一眼帅朗，似乎是自语，又像是在寻求确认："赤虺投资出手了？"

帅朗却有些走神。自从接到沈涟漪的这一条微信之后，他就一直有些走神。

沈涟漪发来的微信很简单，就是提醒他赶紧去看股吧。

正是在沈涟漪的提醒下，他方才留意到，长林集团的股吧上，从大约半个小时前，忽然就冒出了这么多看空的言论。

不过此时，帅朗平静不下来。他根本不想理会这些看空的帖子，脑袋里翻来覆去只有一件念头——涟漪其实一直都在默默关注他。否则，长林集团的股价涨跌，要约收购成败与否，和沈涟漪没有一丝一毫关系，她又怎会在第一时间，留意到长林集团股吧内出现这些看空的帖子?

如此想着，帅朗的心中不由涌起了一丝暖意，还有无与伦比的欢喜和幸福。

"阿朗、阿朗……"齐然诺的连声呼唤，终究还是将帅朗惊醒回了现实。

现实，终究还是自己和沈涟漪这些日子渐渐隔阂起来，终究还是不得不和齐家周旋，终究明知眼前这齐家的公主，是极好的姑娘，但他注定还是会辜负这样的好姑娘，甚至在不久的将来，会极大地伤害到她。

面对齐然诺发现自己走神而投来有些疑惑又有些关切的目光，帅朗深深吸了一口气，迅速将心头的这些杂绪，驱赶干净。

回过神来的他，立刻努力让自己进入了冷静理智的状态，直奔正题："不错，赤虺出手了。或者，更确切地说，是反击！"

一边说话，帅朗一边“噼里啪啦”操作键盘，打开股票软件，将长林集团股票的K线图呈现了出来。

指着K线图，继续说道：“很显然，前年海鸥资产邀约收购长林集团时的那波暴涨，本身就有十分强烈的示范效应。而最近，连续三个涨停板，更是让长林的股价一下子就到了16.39元，超过了16.28元的要约收购价。

“赤虺投资如果想要要约收购长林集团，肯定就不会坐视长林集团的股价继续这么涨上去。再这么涨上去，搞不好都能一口气上20元。就算接下来后继无力回调，也很难再跌回到16.28元。哦不，如果想要成功要约收购的话，还必须远远低于16.28元才行。想一想吧，一旦长林集团站上20元，再跌回去的难度有多大？”

“可是……”齐然诺皱了皱眉，倒不是不信帅朗的推论。事实都摆在眼前了，没什么可不信的。不过学院派出身的她，一旦有什么想不明白的事情，难免会钻牛角尖来较真。

此刻就是如此。哪怕已经看到了这些看空的帖子，齐家大小姐还是提出异议：“市场情绪对价格的波动，向来影响很大。比如现在，既然市场普遍看好长林的股价会涨到20元以上，如果要把长林集团的股价强行压在20元以下，绝对是一件吃力不讨好的事。虽然我也觉得赤虺投资肯定会出手，但多半会在长林集团的股价冲过20元之后。嗯，我估算了一下，至少要到20.78元这里，才有技术上的强阻力位。”

“市场情绪的确很重要。”帅朗点头，并不反对，“说来很神奇。大股东、实际控制人或者基金等机构投资者，他们的股份占比固然有绝对的优势。但偏偏在资本市场上，他们却没有长时间的定价能力。

“事实上，股份占比可能只有10%的中小投资者，在定价方面的能力，远远强于这些大股东。股票的价格，实际上是大量无序的个体买卖，通过连续竞价形成的。而这些无序的个体，很容易被市场情绪所左右。

“问题是，水能载舟亦能覆舟啊。市场情绪虽然会诱导中小投资者亢奋地追涨，可是又何尝不能诱导他们恐惧地杀跌？马钧儒可以通过门户网站还有媒体，炮制出一篇篇利好长林的文章来，赤飑投资当然也可以散布这些利空的帖子，来抵消长林的利好，甚至逆转市场的情绪不是？”

还真是以牙还牙、以眼还眼。

赤飑投资这一招，针锋相对，恰好是以其人之道还治其人之身。而且相比于权威媒体和门户网站，股吧发帖子似乎更加接地气，成本也更小。

唯一的问题是——

“阿朗，你真觉得这些帖子，能够逆转市场那么强烈的看多情绪吗？”齐然诺有些不甘。

帅朗并没有盲目地迎合齐然诺。而是冷静地将股吧内所有看空的帖子都认真看了一遍之后，方才开口：“其实单单就这些注水的帖子，在长林集团股价连续上冲的当下，显然是不可能逆转多空情绪的。看，这个帖子！这才是重磅炸弹！”

只能说高颜值下冷静睿智的男人，当真很有吸引力。

至少，齐然诺这一刻是被深深吸引了。她抛下之前的疑惑和关切，下意识地将目光转向了笔记本的电脑屏幕。帅朗已经双击点开了其中一个帖子。

那帖子第一行，粗体黑字的标题“论前年海鸥资产和今年赤飑投资两次要约收购的致命区别”。

看得出，这个帖子的作者是股吧内的活跃分子，本身就自带了许多人气。要命的是，他也确实抓住了关键点，一针见血地指出：

当年海鸥资产的野心很大。摆明车马炮，是收购长林集团全部股份，准备百分百全控长林集团，然后就可以按照相关规定，停牌、定向增发、重新上市交易，达到海鸥资产乌鸦飞上枝头变凤凰，从三板摇身变成主板，继而大幅扩大资本规模的目的。

现在赤飑投资的胃口却显然很小，看上去似乎仅仅只是想要得到长林集团的部分控股权，所以是部分要约收购，只准备收购长林集团25%的股份。而且，在这份要约收购的公告里面，还特地注明了，如果到时候选择要约收购的股份，不超过15%的话，此次要约收购自动作废。

“这帖子果然有问题！”毕竟是海归的高才生，齐然诺也立刻意识到了事情的严重性。

她皱起了好看的眉：“这个帖子，就相当于有人揭穿了皇帝的新装。相当于给一心觉得长林集团股价还要再创新高的股民，当头一盆冷水。无情地告诉了他们一个很可怕的事实——按照这次要约收购公告的内容，别说长林的股价已经涨到现在这样的高位，哪怕跌下去，低于16.28元的收购价，只要低得不是很多，吸引不到足够的股民选择要约收购，那么赤飑投资的这次要约收购，也完全可以在最后一刻自动作废。到时候，股价怎么升上来就怎么跌下去，甚至跌得更多。如今高位买入长林的股民，都会被狠狠地套住。”

帅朗叹了一口气，冷静地道：“偏偏，这样的要约收购完全合理合法。部分要约收购是可以设置前提条件的。”

说话的工夫，他迅速拿起鼠标，点击笔记本电脑的屏幕。将长林集团股吧内那些唱空长林的帖子一一点击开，看到了这些帖子发布的时间。

时间无一例外，都是最近半个多小时里的，很明显绝对有备而来。

每当有买了长林集团股票的股民，气恼地驳斥这些唱空言论，就立刻有帖主，或者捧场的马甲，交替出场，或者长篇大论或者漫天叫骂，回击对方。

于是，你来我往，激烈的争论，迅速将这些帖子推到了顶部，霸占了眼球。

理所当然，也就让长林集团的股价可能涨不上去，甚至可能马上就要暴跌的消息，成了股吧内的热点。

“很毒辣啊！”看着股吧内如此闹腾的情形，帅朗悚然，“又是周末，又是晚上。这些帖子发出来以后，长林集团投资部的人都已经下班了，根本没法做出及时反应。而这些刻意散播出来的利空消息，正好可以经过周六周日两天的充分发酵，最大程度上刺激股民们的恐慌情绪。然后，周一……”

齐然诺紧张：“这么说，周一要大跌了？”

齐家现在正全力以赴拉升股价，一旦大跌，很有可能之前的努力就要前功尽弃了。

齐然诺断然说道：“走，回家。这事情肯定要和爸爸还有二叔好好商议！”

帅朗安慰：“你也不用太紧张。毕竟眼下市场的情绪普遍看好，股价也是涨势如虹。赤飑投资如果没有其他手段跟上，想要扭转大众的情绪，从亢奋变成恐慌，成功的概率不会很大！”

说话间，他已经启动引擎，朝着齐家的方向疾驰而去。

第三十五章
示警

半路上，帅朗就接到了叶阑珊的电话，因为齐然诺也在车上，帅朗没有接。

直到黑色的奔驰越野车在齐家别墅门前停下，帅朗方才不动声色地道：“然诺，你先上去。我接个电话就来！”

齐然诺不疑有他，点头下车。帅朗不慌不忙停好车，这才回拨了叶阑珊的手机。

叶阑珊几乎在第一时间接通了手机，根本不问帅朗刚才为什么没有接电话，此刻又是在干什么，立刻直奔主题：“看到股吧里的那些帖子了吗？现在去找齐军齐华，向他们示警。”

帅朗刚刚“嗯”了一声，正想要告诉叶阑珊自己也是这么想，甚至已经这么做了。叶阑珊的话语，再次如同连珠炮一般抛过来：“我不知道齐家现在有没有察觉到危机。如果已经注意到股吧的这些帖子，察觉到了危机，那么你现在跑去齐家，就是锦上添花，自己损失不了什么，却能够进一步赢得齐家的信任和赏识，何乐而不为？

“如果没有注意到……呵呵，那也没有什么，虽然会因此让齐家减少一部分损失。不过这本来就是一次接触战。就算齐家没有得到你的示警，没有提前应对，损失也不会太大。风物长宜放眼量。你这算不算投名状？

“关键，你不觉得这样的表现，可以让齐家那位公主对你更加满眼放光，死心塌地啊？”

“阿朗！”帅朗才走入齐家，就听到齐华的声音从楼梯上传来。

帅朗看到齐华穿了一身睡袍，缓缓走了下来。他赶紧上前打招呼：“齐先生！对不起，这么晚了，我还……”

“没事！”齐华笑眯眯地摆了摆手，“哈哈，如果所有员工都能像你这么上心公司的事情，那才是天大的好事！”说着，他转头就对身后跟他一起下楼的齐然诺斥道，“诺诺，阿朗来了，你怎么连茶水都不准备？还不快去！”

齐然诺才不在意老爸的训斥，嘻嘻笑了一声：“知道了！”

朝帅朗吐了吐舌头，便跑去准备茶水了。

齐华则伸手示意帅朗坐到客厅的沙发上。

他一边拿出雪茄，一边说道：“事情诺诺都跟我说了。既然你看出了问题，那么，你觉得周一开盘以后，我们应该如何应对？”

帅朗这段时间早就是齐家的常客，此刻也不客气，接过齐华递来的雪茄，一边用刚刚学会抽雪茄的方法，处理手上的雪茄，一边毫不犹豫地道：“刚才我在来的路上，反复想了想，个人建议周一开盘，甚至是集合竞价的时候，我们最好就把手上最近为了推动长林股价上涨而收集来的长林集团股票，全部以跌停板的价格扔出去！”

“跌停板？”齐华的眼睛眯了一下。

帅朗明显感觉到，对方投向自己的目光，瞬间犀利起来。

不过，齐华的声音却依旧还是很温和，不带一丝火气，好像那种政府机关里面的办公室主任，在接待处理群众的投诉，平平静静地问：“这是不是有点儿过激了？阿朗啊，可能你不清楚。这个星期，长林为了拉升股价，其实付出的代价不小。虽然吸纳了一点儿筹码，不过成本非常高。算了一下，最近这段时间，长林集团投资部出手的平均成本，在十五块五左右。如果以跌停板的价格抛出，那可就要损失很大一笔钱了！”

“但是，至少避免了更大的损失！”帅朗不假思索地回答，“毕竟，一旦长林股价真的由此转折下跌的话，区区一个跌停板，绝对不可能就是长林股价的底部。散户们如果意识到赤飑投资的要约收购未必会执行，那么他们之前有多狂热，之后就会有多恐惧。恐惧之下，16.28元的收购价，都必定会跌破，甚至都不一定会止步于原先12元的价格上。所以，如果不及时抛售，投资部的损失恐怕会更大吧？”

他顿了一顿，缓和了一下语气，继续道：“另外一个方面，如果上来就以跌停板的价格抛售，我们实际上的损失并不会那么大。因为周一开盘，肯定还有股民心存幻想，还有人犹犹豫豫，甚至还有人惯性拉高。但是集合竞价却是以当时最大可成交的价格来成交的。换而言之，抛售的长林集团股票，有一大部分会在跌停板之上，甚至有可能在今天的收盘价之上成交。”

“咦？二叔也是这么想的！”就在帅朗侃侃而谈的时候，齐然诺端着热气腾腾的茶，走了过来。

她将茶杯分别递给了帅朗和齐华以后，就坐在了帅朗身旁，面对帅朗探询的目光，主动解释道：“刚才我回来才发现，二叔也在第一时间注意到了股吧里面出现这些唱空的帖子。他经验丰富，立刻确定事情不对头。你们两个居然想到一块去了。他可是老交易员了！你……呃，我不是小觑你，但事实求是地说，你毕竟才刚刚大学毕业，也没有太多二级市场的投资经验，却同样能够迅速发现端倪，这说明什么？说明你拥有一个优秀交易员所必需的敏锐！”

姑娘欢喜的笑颜里，毫不掩饰对心上人的赞叹，唯独这话语未免有些太过直接。虽然刚刚大学毕业，没有什么投资经验，但若是一个心胸小一些的凤凰男，只怕这会儿可就要暗生狐疑，狐疑家世好的女方可能看不起自己。

好在帅朗才没有这种无聊的念头。他同样也没有因为齐然诺的赞叹喜形于色、得意忘形。不卑不亢的样子，反而更显稳重，荣辱不惊地道：“既然二叔也这么想，那么想必已经有应对之策了吧？”

齐然诺一点儿都不隐瞒，使劲儿点头：“二叔在发现了股吧内这些唱空的帖子以后，就立刻通知了爸爸，然后又和马钧儒他们投资部的操盘手视频会议上商议了一番，最后定下的策略就是开盘以跌停板的价格抛售。无论如何都要以最快的速度把这段时间拿下的股票抛掉。这样的话，说不定还能有盈利，至少也是止损。而且等长林暴跌之后，我们也才可以有足够的资金，底部买回来！”

说罢，她看着帅朗，两眼放光，欢喜地道：“不错啊，阿朗，看来你真是有投资的天赋！嘻嘻，可惜二叔不在这里！否则，他肯定会狠狠拍着大腿，大叫一声英雄所见略同！”

帅朗赶紧谦虚：“我这是自己瞎琢磨的！而且就想着怎么止损，丝毫没想到咱们止损以后，还可以在低位买回股票！二叔才是真厉害！”

他说话的同时伸手拿起茶几上的茶杯，接着低头喝茶，掩饰住了自己眼角的抽动以及心头的震惊。

因为这一刻，他忍不住想起了过来之前，叶阑珊刚才在电话里的一番话——

第三十六章
前夜

“不要小觑齐军的能力。他毕竟是玩了几十年的交易员了，所以他有极大的概率已经发现了股吧内那些唱空的帖子。

“他肯定不会像普通的投资者那样，因为自己手中的股票亏损或者盈利没有达到预期目标，就犹豫不决，拿在手里舍不得抛掉。他绝对有很大的概率，会选择在周一开盘的时候清仓走人。

“这样做，可绝不仅仅只是为了止损，也绝对不仅仅只是为了最近几天买入的长林集团股票的损益。别忘了，齐家兄弟手里本来就有长林集团的股票。虽然按照相关规定，他们能够在短期内坚持的股票很有限，可毕竟也是一大笔钱。而这些钱，接下来可以让他们在长林集团股价暴跌之后，以低价买回来。

“其实这些都不是最重要的。最重要的是，阿朗，你要放眼全局。现在的全局，就是赤飑投资的要约收购，和齐家兄弟的反要约收购。这样的收购和反收购，注定了要持续三十天。是一场持久的战争。之前的暴涨和周一的暴跌，仅仅是这场战争的前戏而已。

“要想赢得战争的胜利，自然需要打好每一次接触战。顺利的时候扩大战果，而不利的时候，就要尽最大努力减少损失，尽可能保留自己手中的筹码，坚持到可以出手的时候，全力反击！

“我准备把何哥叫回来。周一开盘之后，由他负责操盘，将这几天咱们阑珊资本手里的长林集团股票全都抛掉。你不妨也这样建议齐家。相信有极大概率，会让他们认为英雄所见略同。”

见鬼！所有这些话，居然全都说对了！

帅朗低头喝着热茶，这一刻，手里仿佛完全感觉不到茶水的热度，反而心头掠过了一丝冰寒。

其实自己远没有表现出来的那么胸有成竹、那么深思熟虑。刚才所说的那么一大堆长篇大论，不过是将叶阑珊的话稍加整理之后，转述出来而已。

原本只是想看看有没有机会赢得齐华的信任。更重要的是，借这个机会刺探一下齐家究竟准备如何应对这次赤飑投资的要约收购，万没想到这效果出乎预料的好。

叶阑珊的推断、分析和预测，居然全是对的。同样是在第一时间，从股吧的帖子里面发现了端倪，在第一时间，毫不犹豫地选择了和齐军一样的应对！包括周一开盘的抛售止损，以及计划未来在低位买回来，继续阻击赤飑投资的要约收购！

好大的魄力！

自家事自家知。帅朗很清楚，自己虽然在发现股吧那些唱空的帖子之后，立刻判断出赤飑投资要反击了。可如果他真有那么多钱买入了长林集团，在如今涨势如虹的情况下，以跌停板的价格挂出去抛售清仓，他真的做不到如此果断。

若说齐军有这般本领，倒也说得过去。毕竟，齐二爷可不仅仅是白手起家的亿万富豪，当初更是被父亲郎杰所看重的海鸥俱乐部元老、海鸥资产联合创始人。

可是叶阑珊呢？她怎么也这样厉害？当真是前些年跟随在父亲身边耳闻目染之下锻炼出来的本领？还是……

不知不觉，帅朗的耳畔不由回荡起齐军的猜测：这赤虺投资和阑珊资本就是一伙的！就是蛇猎人帮叶阑珊盘下了海鸥酒吧！

真是这样吗？叶阑珊不会当真是蛇猎人推在前方的棋子吧？那么自己呢？自己被叶阑珊一步步引导着卷入这漩涡，又充当了什么角色？躲在幕后的蛇猎人又到底是想要怎样的谋划？

如此念头，忽然在帅朗的心中翻腾起来，寒意油然而生。

好在如此这般思绪虽然曲折繁多，实则也就是帅朗趁着拿起茶杯喝茶的工夫，在脑海里飞速闪过。待到他放下茶杯，已经重新定下神来，平静如常，又和齐华、齐然诺闲聊了一会儿，便彬彬有礼地起身告辞。

走出齐家，四顾左右。夏季的夜，黑得并不快，哪怕现在已经是快晚上九点了。然而远处的天际居然依旧还有些白，都市的霓虹早已亮起，道路上车来车往，不远处的广场更是人声鼎沸。

那里，大妈们早早就圈了地，放着音乐，跳起了广场舞。小商贩也摆起了地摊。地摊上的商品，琳琅满目，有玩具，有碗盘，有衣服，还有挂画、饰品。

更有几个年轻人穿着旱冰鞋，带领一群孩子在嬉笑声中穿梭来往，练习各种或简单或复杂的技术动作，父母们多半就在旁边围观。

好一番热闹的景象，平常中透着温馨。

看着眼前这熟悉的生活景象，帅朗微微愣了一愣。他这才恍惚发现，最近一年多来，自己似乎都牵扯在父亲自杀的漩涡里，牵扯在动辄上亿、钩心斗角的资本运作中，不知不觉，竟然已经好久没有像平常人这样悠闲、惬意了，不知何时已经远离了这样的日子。

恰在此时，送帅朗出门的齐然诺有些不舍地提议：“走走？”

“好！”帅朗毫不犹豫点头。

齐然诺顿时满脸欢喜，恍若云蝶般挽住了帅朗的胳膊。

两人一起走去了广场。虽然那些小地摊都是一些非常便宜的小玩意儿，可堂堂上市公司东华渔业的董事长，却好像在淘换珍宝一样，拿起又放下，乐此不疲。偶尔，还笑着指指点点那些穿了旱冰鞋、玩闹得极其欢腾的孩子，嘴角泛起了幸福的憧憬。

就在此时，一个看上去应该是勤工俭学的女生，怯怯地跑来，怯怯地推销她手中的鲜花：“先生，给你女朋友！”

齐然诺不由“啊”了一声，有心想要解释自己还不是帅朗的女朋友，又心有不甘，于是就在犹豫中，有些无措地将目光投向了帅朗。帅朗这当口才不会煞风景呢，凭借他过往无数次应对这般情形的经验，没有丝毫犹豫，就掏钱买下了一束鲜红的玫瑰，转手递给了齐然诺。

齐然诺红晕飞上了脸颊，绽放出来的欢乐，又随即覆盖了红晕。

唯一可惜的是，这般快乐的时光并没有持续多久，忽然就听见轰隆隆的雷声，自远处滚滚而来。

“哎呀，下雨了！”也不知道是谁，惊呼了一声。

伴随着惊呼，一滴、两滴，越来越大的雨点，从天而降。原本喧嚣的人群，立刻就作了鸟兽散。广场很快不见了人影。只留下来不及收拾走的满地狼藉，被“噼里啪啦”倾泻而下的大雨冲去。

祥和的夜，由此迎来了电闪雷鸣。

第三十七章 集合竞价

"轰——"

周一上午，昨晚的雷雨，竟似仍然没有停歇的样子。时不时，犹有轰隆的雷声从遥远的天际隐隐传来。雨，更是哗啦啦地下个不休。

东华渔业总部的办公室内。

"嘀嗒""嘀嗒"……挂在墙上的时钟，指针刚刚转到了九点一刻。手机上的闹铃，也恰在这一刻，准时响起。

顿时惊醒了正在埋头办公的帅朗。他一边关掉手机的闹铃，一边将电脑屏幕切换到了证券交易软件上。瞥了一眼，便诧异地扬了扬眉。

只见面前的电脑屏幕上，所展现出来的长林集团股票的集合竞价，居然是鲜红、鲜红的数字：18.03。涨停板啊！而且下面堆了好多单子，分明是要封一字板的架势！

完全不是周末自己向齐华建议，齐然诺也确认长林集团准备实行的，集合竞价就跌停板抛售的策略。

“太好了！”同样是在九点一刻，老牛看着手机屏幕上的股票行情，忍不住轻轻欢呼了一声。

这样的兴奋，让熊猫忍不住看了他一眼。

老牛嘿嘿一笑，看着面前鲜红的股价，终于不隐瞒了：“周五的时候……唉，我这不是看你赚得好开心吗？没有忍住，也买了一点点。可惜还是出手晚了，追得有一点儿高，就赚了四个多点。”

这四个多点，是周五收盘的时候赚的。现在，如果又一个涨停的话，就是14%了。一念及此，老牛的身体都情不自禁颤抖起来。虽然他投入的不是很多，仅仅投入了二十万。可是14%，也有两万八了。这才多大会儿工夫啊！

“可是……”一旁的熊猫却欲言又止。如果长林集团今天当真涨停，他当然也会高兴。因为他投得更多。这意味着，只要这个价格持续到九点二十五分集合竞价结束，他又可以多赚十多万。父亲看病的钱，越来越没问题了。而且是不需要求人，不需要向帅朗借，完全是他自己挣出来的钱！

这一点，不知为何，熊猫觉得很重要。

而且，真这么强势的话，想必明天、后天都会继续阳线上攻。他可看过了，长林集团上次被要约收购，足足涨到了五十多元啊！他不贪心，真不贪心！根本不需要涨到五十多元，只要再来几个涨停板，他甚至就可以实现人生的财务自由了。

到时候，他一定有机会大展拳脚，一定不会比……帅朗差！

如此美好的前景，让他很理解眼前老牛此刻激动的心情。可他还是忍不住担心，周末他也留意到了股吧里那些唱空长林集团股价的帖子。同样意识到，赤虺投资很可能要动手了。

老牛不以为然：“你不会以为，这么几个丢在股吧里的帖子，就能逆转市场的情绪？哼哼，大家伙情绪都起来了，哪有这么容易逆转。我告诉你啊，但凡利好在熊市里都涨不了，但凡利空在牛市里都跌不下去。惯性的力量大着呢，这么多年都这样。”

熊猫却还是担心：“关键是目前的价格有些微妙。16.39元的收盘价，才刚刚高出16.28元的要约收购价一点点。这个位置真是可上可下。齐家确实有理由继续拉升股价。一旦冲上20元，再要跌下来支撑线就会在20元附近，很难再跌到16.28元下方。但同样，师父，你不觉得在这个价位，赤虺投资也是志在必得？他们要想保证要约收购顺利完成，就必须把股价打压在16.28元下方，那么在这里阻击长林集团的拉升，就是必须的选择。”

“这个……”正在兴头上的老牛，有些不悦地皱了皱眉，不过毕竟关系到自家的钱包，他也不敢大意，纠结地道，“那……再看看？”

这一看，就更加纠结了。只见长林集团的股价，从18.03不一会儿跳到了18.02，然后18.01、18……虽然很快又回到了18.03元。但是18.03元依旧没有固定住，价格再次下跌，然后又上来。

如此这般，周而复始。

尽管价格的变动并不大，最低也只是17.98，相差不过5分钱。而且每次下落，最后总是又会跳回到18.03元。更重要的是，不管在哪个价格，下面都有天文数字般的买单，稳稳地拖着价格不往下掉。

奈何这样的来回跳动，很折磨人啊！看得熊猫和老牛心惊肉跳，两张脸全都在不知不觉中扭曲了起来。每当价格往下掉的时候，他们就忍不住伸出手指，点击手机的屏幕，想要减仓一部分，好歹也是落袋为安，顺带还能降低持有成本。

只是每次当他俩调整好了价格、股数，就看到长林集团的股价，又跳回到了21.78元，他们立刻又舍不得就这样抛掉了。

最后熊猫实在按捺不住了，小心翼翼地建议道：“我觉得有些不对劲儿！师父，要不，咱们见好就收了吧？”

“别慌！”老牛咬了咬牙。

他入场晚，投入大，还远远没有赚够呢。当下皱着眉头，与其说是在给熊猫分析，倒更像是在说服自己道：“现在不该抛，你没看到集合竞价开得这么高吗？说明长林的多头占据了绝对优势的力量。哪怕有获利盘想要中途下车，照样有更多的踏空者前赴后继地冲上来。而齐家资本实力雄厚，更是需要将价格继续拉高，狠狠回击周末那些唱空的谣言。所以哪怕不是一字板，后面也肯定还会继续大涨……”说着，他咬咬牙，狠狠嘀咕了一声，“人死鸟朝天，不死万万年！丫丫个呸，老子赌了！”

不得不说，前年海鸥资产收购长林集团时，那一波暴涨到50元上方的行情，无疑就是所有多头心中最大的支撑。

“嘀嗒”“嘀嗒”……

指针，一点一点地挪动。时间，在时钟的走动声中徐徐前行，来到了九点二十分。

“不对劲啊！”阑珊资本的工作室内，何哥皱眉。

他本来坐镇广州，应对齐军的调查，但周六，却被叶阑珊一个电话叫了回来。

毕竟上个星期传出赤虺投资准备部分要约收购长林集团以后，阑珊资本投入了大量资金，拿下了不少长林集团的股票。如今，行情面临重大变故，他身为阑珊资本的首席操盘手，自然责无旁贷，需要奋战于第一线。

只是何哥万万没有想到，集合竞价开始之后，完全没有出现说好的跌停板砸盘，反而一出来就跳到涨停板。见此情形，他不由和帅朗一样吃惊、疑惑。但却也如同老牛一样兴奋。

毕竟，上周借助长林集团拉升股价的东风，阑珊资本原本就赚了不少。这会儿如果再来一个涨停板，自然越发锦上添花，终归是一件好事情。然而随着时间一点点过去，同样看到长林集团股票的集合竞价跳动个不休，何哥却越来越觉得不对头。

直觉，完全一个经验丰富的老交易员的直觉。

于是，甚至都无暇去细想究竟哪里不对、哪里危险，何哥便毫不犹豫，选择了全部卖出，而且在今天规则允许的最低成交价——跌停板的价格，14.75元。

这时，时间已经到了九点二十二分。长林集团股票的集合竞价，依旧在17.98元到18.03元之间不断跳上跳下。

一口气全部挂了卖单之后，何哥又患得患失起来。也许……自己过度敏感了？这一单抛出去，就会错过好几个涨停板？

算了！算了！何哥意识到自己心态有些不对头。赶紧深深吸了一口气，将这些念头全都驱散干净，随即安慰自己："郎先生说过，既然事先做好了交易策略，盘中就要坚定执行下去。有决断的交易，永远比犹豫着不交易好！总之，买定离手！都已经下单了，再想也没用。反正是集合竞价，如果真是强势上冲，至少还是赚了一个涨停板……咦？"

说话间，何哥忍不住瞪大了眼睛，难以置信地看到，电脑屏幕上，长林集团股票的集合竞价，跳动得更快了。

17.9、17.7、17.6、17.3、17.85、17.4、16.98……

价格，已经不再只是在五分钱里面变动了。虽然还是忽上忽下，可明显越来越低。原先在下面狠狠托住的那笔天文数字般的买单，也早就不见了踪影。

何哥下意识地瞥了一眼电脑右下角的时间。

时间是九点二十二分。

价格已经到了17.13。

然后，17.05、16.98、17.07、16.92、16.78，16.5，16.3……

见鬼，居然由红翻绿了。更可怕的是价格还在继续往下掉。一口气，一直掉到了14.75元，跌停板的价格。顿时，上面就出现了天文数字般的卖单，狠狠压住了价格的反弹。

“怎、怎么忽然跌停了？”

这时，看到集合竞价居然出现跌停板的价格，老牛的脸色顿时煞白，没有了一丝血色。人也在摇摇晃晃，差点儿站不住脚。

他血红了眼睛，瞪着熊猫道：“这个股票不是很强的吗？上次被要约收购的时候，它不是一下子涨到了五十多块吗？现、现在才三个涨停，二十块都没有到，怎……怎么就这样了？会……会不会出什么大事了？熊……熊猫，你……你不是说你的同学，是上市公司的高管！你你……要不赶紧打个电话，问问他，看他有没有消息？”

“这会儿哪能问出什么来？我早就说了，我只能探听到长林和东华那边的动静。刚才我不就是在担心赤飑投资动手吗？”

此刻，这该死的集合竞价，显出了如此刺眼的14.75元这么可恶、恐怖的价格，而且在这个价格上，还有这么大的卖单。

看着如此情形，熊猫的心情也不觉烦闷起来，不知不觉，话语里透出了焦躁，还有些许懊悔。不经意间，已经顾不上再巴结老牛了。眼下他只有一个念头，那便是刚才就不该听老牛的，否则，他这会儿完全应该获利离场了。

在老牛的催逼之下，他不由没好气地道：“就算真有什么事情，现在才问哪还来得及。”

这话顿时让老牛急眼了。他一把拉住了熊猫，急吼吼地道：“你……你怎么能这么说？当初，可是你信誓旦旦……”

“别吵！”老牛正说着，熊猫猛地打断了他的话，“快看，价格起来了！”

果然起来了！

14.75元，这个惨绿、惨绿的恐怖价格，仅仅在屏幕上出现了大约30秒钟都不到，就连同压在它上面的，那天文数字般的卖单一起消失了。

九点二十三分，长林集团股票的集合竞价，忽然又从14.75元，这个规则允许范围内的当天最低可以成交价，迅速往上猛冲。

14.98、15.03、15.55、15.38、15.76、16.01、16.48……

居然又翻红了。

由红变绿之后，又由绿变红了。变红了的价格，一度再次冲过了17.5元，这才又慢慢往下掉。当九点二十五分到来的瞬间，电脑屏幕迅速发生了变化。

有股票成交了。

出现了涨停和跌停板的集合竞价，在这上下20%的价格区间里，疯狂舞蹈了一番之后，最终成交于17.34元这个价位，涨幅5.8%。

第三十八章
开盘

“太好了！”看到这样的价格，老牛欢呼了一声。

熊猫也如释重负般松了一口气，随即又摇摇头：“可惜啊，没有一字板。”

真是有些遗憾，还有些不甘。毕竟，一开始长林集团股票的集合竞价已经到18.03元，涨停板的价格上了，现在却是17.34元成交，差了足足四个百分点还多的利润啊。

“哈哈，不是一字板也不一定是坏事啊！”这会儿，老牛的心情也好了起来。

看着屏幕上的股价走势，他摆出了前辈的姿态，乐呵呵地指点江山道：“总是恨不得股票一夜之间就涨到天上去，师父我告诉你，这绝对是大错特错。量价、量价，知道什么叫作量价吗？有量才有价啊！没有量的价都是空中楼阁，转眼就会灰飞烟灭。只有配合成交量上去了，才会有资金坚决地防守，阻止下跌。”

说到这里，老牛抿了一口茶，老神在在道：“为什么总说急涨往往会急跌？就因为涨得太快，没有什么套牢盘，只有获利盘。到了高位，自然会有越来越多的人获利减仓，甚至是清仓，入袋为安。到时候，哼哼，涨得有多快，跌得就有多猛。所以啊，我倒是觉得，长林集团的股价，如果每次都是一根根实体阳线往上冲，那就会留出了足够的时间让人上车。嘿嘿，这一上车，人越多，大家就越容易抱团取暖，越会抵抗暴跌。无形之中，长林集团就找到了足够多的盟友，坚决维护股价，反而会冲得更高、更稳。”

熊猫摆出了受教的姿态，谦恭地连连点头，然而眉宇间却闪过了一丝忐忑：“可是，师父，这股价毕竟已经超过了16.28元的要约收购价。现在……咱们是不是应该减仓了？毕竟咱们的初衷只是套利啊！低风险乃至无风险的套利。但一旦超过了这16.28元，当然不排除这股价会一飞冲天，涨到难以想象的高度。问题是，万一下跌呢？这可就没了保底啊！”

“开什么玩笑！”老牛的勇气显然随着股价的上涨满血复活了。没有了刚才的紧张暴躁，反而不屑地瞥了熊猫一眼，斥道，“没看到涨得这么猛？在这样确定的大涨行情里，怎么可以抛？晚买一分钟都是巨大损失！”

“保底不就是这16.28元吗？当然，股价如果在16.28元下方折腾，那就是收益的保底。至少可以卖到16.28元不是？现在到了16.28元上方，那就是风险的保底！万一当真出现最糟糕的情况，我们也可以在16.28元出手离场，损失极其有限。用这么有限的风险，博取无限的获利空间，何乐不为？”他点了一根烟，狠狠吸了一口，“怎么，这点儿钱就满足了？你以为这点儿钱，就够给你爸治病了吗？知不知道进口药、进口的医疗器材，大多数都是不能报销的？知不知道很多医疗器材啊、药品啊，都是每天持续不断的消耗品？到时候钱用完了怎么办？看着你爸在痛苦中等死，却不能用上最好的医疗资源，减缓痛苦，延长生命？反正要抛你抛！我啊，还得拼一把，给女儿继续请出色的音乐老师，让她在喜欢的音乐路上继续向前！哼哼，你小子啊，太年轻了，没当过爹娘，不知道为人父母，最大的痛苦，就是自己没本事，眼睁睁看着孩子本来可以灿烂的天赋，白白浪费掉！”

“可是……”熊猫的年纪，确实还无法理解老牛这般为人父母的心。不过父亲所需要的治疗费，确实是冷冰冰的现实，于是他又动摇了自己刚才的念头。

熊猫沉默半晌，嗓音沙哑至极：“真……真会继续上涨？”

“当然！你没看这股票现在正在涨吗？”老牛再一次变得胜券在握的样子，“这是跳空高开啊！高开了将近六个百分点，足以说明长林集团的股价，依旧走势强劲。其实跳空高开5.9个百分点也好。九点三十分正式交易开始后，股价应该会先诱空下探，然后迅速上拉，估计，最多十五分钟，股价就会封在涨停板上。相比起一字板，这样的走势，洗盘更加充分，上冲的持久力应该会更加强大。总之啊，相信我，接下来长林的股价还会涨，继续涨，大涨特涨，你就等着数钱吧！”

“数钱？”熊猫心动了。他下意识地瞥了一眼手机上的时间。看着手机上代表时间的数字，正一点点向九点三十分靠近。

心里面充满了希望。

“嘀嗒”“嘀嗒”……

时间依旧在继续，指针依旧在挪动。

东华渔业总部，帅朗的办公室内。

看着眼前电脑屏幕上的股价，帅朗忍不住赞叹了一声：“漂亮！姜还是老的辣！二叔这一手玩得太高明了！”

“是啊！”集合竞价开始不久，就来到帅朗办公室的齐然诺点头，“二叔做交易，实战方面绝对比我们这些科班出身的年轻人厉害得多。他在集合竞价的时候，放单子、撤单子，无论时间还是节奏都把握得很好。”

帅朗也认同：“这样一来，成功营造出了长林集团股价依旧坚挺的假象。这会诱使看多的股民继续投入进来。看空的股民犹豫动摇，乃至改变立场。然后……”

齐然诺眉开眼笑地道：“然后，马钧儒那边就会把所有股票抛出去。一次性，直接以跌停板的价格抛出去，把上面所有想要接盘的买单，全都砸掉。这样一来，我们就能够以相对更高一些的价格出货了。”

帅朗点了点头。如此操作，整体上一点儿问题都没有，不过……

看着眼前这鲜红、鲜红的17.34元，他还是忍不住皱了皱眉，犹豫地道：“不过，然诺，你不觉得这个开盘价未免太高了一些？按道理，既然赤飑投资已经处心积虑在上周末发出那么多唱空的帖子，今天集合竞价，他们就一点儿都没有出手打压一下吗？”

被帅朗这么一说，齐然诺也顿时醒悟过来：“哎呀，还真有些奇怪。按说，赤飑投资今天应该狠命打压股价才对，没道理开盘会这么高啊！”

说话的工夫，她已经忍不住拿出手机，打给了齐军。

手机开着免提，很快，帅朗就听到齐军的声音传了过来：“嗯，阿朗不错，想得挺缜密的。我也留意到这个问题了，确实有些奇怪。感觉赤飑投资只是在股吧里面丢了一些唱空的文章，其它什么都没做，这完全不合乎常理了。奶奶的，要说这些孙子没有憋着什么坏水，鬼才信！”

齐然诺赶紧问：“二叔，那怎么办？”

“凉拌！”齐军，反倒不以为然，霸气地道：“兵来将挡水来土掩。事情都到这地步了，咱们也没必要太慌。反正，就按照原计划，等会儿正式开始交易以后，我们就先砸一波，把资金收拢回来再说。至于他们憋什么坏水？哼哼，等他们出手之后，再来考虑如何应对也不迟！”

九点三十分？听到齐军的话，帅朗心中一动。他的目光下意识地转向电脑屏幕上的股票行情。

很快，九点三十分到了。

瞬间，股价就从17.34元，直线下降。眨眼间，当真是上眼皮碰了一碰下眼皮的工夫里，这股价就一下子到了14.75元的跌停价。

跌停板了。

好大一根阴线。从涨幅5.9%开盘，到直接跌停，一下子吞没了前面好几天的小阳线。当真就犹如一把断头铡刀出现在了屏幕上，怎么看怎么瘆人。

“跌停板？”这一刻，何哥也在看行情。

和帅朗、熊猫不同，做为老交易员的他，把电脑屏幕上的股票行情从日K线，切换到了一分钟线。

20.97元开盘的一分钟线，居然直接跌到了17.82元。

看着这格外恐怖的一幕，何哥第一反应就是深深吐了一口气，暗自嘀咕了一声：“好险啊！”

这真是死里逃生的感觉。

就在刚才，九点二十五分，出现集合竞价成交的时候，他还有些后悔呢。万没有想到，股吧内已经一片唱空的长林集团股价，今天居然会依旧跳空高开。

从盘面上看，当时何哥真的怀疑叶阑珊是不是错了。而自己匆忙卖出，那么很大概率，会踏空今天乃至后面几天的大涨啊。

好在这么多年的交易下来，他的心态倒是很平稳。以往无数次交易的成功经验和失败教训，早已让他能够非常平淡地面对得失成败，本能地遏制住自己想要弥补错误的冲动。本能地强迫自己在发现错误之后，冷静地接受错误，绝不慌乱追单高价买回来，而是宁可选择放弃离场。

毫无疑问，这良好的交易习惯，今天救命了。

当然，这一切也说明了叶阑珊的预判是正确的。何哥忍不住将目光投向了坐在自己隔壁办公桌前的叶阑珊，满是钦佩。

熊猫投向老牛的目光，却满是绝望。

他绝望地看着老牛，绝望地问："怎……怎么办？你、你不是说，九点三十分开始交易以后，只是诱空的下探，马上就会拉上来的吗？可……可是怎么会跌这么多？"

"别急！再看一看……"老牛也有些傻眼了。

真是几家欢喜几家愁。何哥庆幸自己死里逃生的时候，熊猫和老牛却感到要命了。

他怎么也没有想到，九点二十五分的时候，长林集团的股价，还高开了5.8%。怎么过了五分钟，到了九点三十分，股价一下子变成了惨绿的跌停板？

"是不是软件出了问题？对，一定是软件出问题了！"熊猫好像溺水的人抓住救命稻草一般，努力说服自己，这不是真的。是系统出了问题，是手机出了问题，是自己的眼睛出了问题。

可是，股价真的就掉到了跌停板上。

问题是，怎么会这样？不该这样啊！

熊猫忍不住查看了一下成交明细。痛苦地发现，一笔又一笔，从17.34元一直到14.75元的交易，都在九点三十分以后，真实地发生了。

成交量很大，怎么看都不像是诱空。这一切无情地粉碎了他所有的幻想。

同样幻想被粉碎的还有老牛。老牛如同行尸走肉般，傻傻地看着手机上的行情。好久方才嚅动了一下嘴唇，却怎么也说不出一句话，甚至是一个字来。

他真的不知道究竟出了什么问题。无论是理论知识还是股市的实践经验，都无法为他解释，现在到底是怎么回事！

第三十九章
砸盘

“怎么回事？”帅朗同样疑惑。

他同样在第一时间，将长林集团股票的成交明细，调了出来。和熊猫看到的一样，确实成交了。而且成交了好多笔，有一两手的小单，也有几百、几千的大单。

正如齐军刚才所说的，就是把股票一口气砸下去，把所有14.75元上方的买单，全都砸掉了。一开始，他以为是长林集团那边的砸单。可是很快，就发现不对了。瞬间封在跌停板上的卖单很大，这么大的卖单，显然不可能单单只是长林集团的抛单。

毕竟，无论是董、监、高还是大股东，他们每年能够减持的股票数量都是有限的，而且超过一定数量还需要公告。

所以，齐家这边手里能够调动的筹码其实并不多，至少不足以砸出这样天量的卖单来。总不至于这么巧，正好和赤卼投资想到一块了，双方居然在同一时间用跌停板的价格，抛售了手里的股票？

这个念头迅速在他脑海里掠过。嗯，不得不说，这还真不是不可能。

既然赤飑投资在周末抛出那么多唱空的帖子，酝酿出这么好的恐慌情绪，今天自然会找机会砸盘。而他们没有在集合竞价的时候动手脚，那么正常情况下，最好的选择时机，要么开盘要么尾盘。和准备在九点三十分砸盘的齐家撞车，概率实在很大。

不过此刻，帅朗很快又想到了另外一个更加糟糕的可能——

果然，他心中一丝不祥的预感这才闪过，身旁正在和齐军通电话的齐然诺娇呼了一声："不好了！"

帅朗目光一凝，转头看向齐然诺："怎么了？"

"砸盘，赤飑投资也在九点三十分砸盘了！"齐然诺紧蹙双眉，"而且很奇怪，他们的操盘手手速更快！居然比我们的单子先成交！"

"先成交？"帅朗拍了拍额头，神情不由凝重起来，"你的意思是，长林那边本来准备抛售的股票，全都没有抛出去？"

"几乎没有！"齐然诺郁闷地哀叹了一声，继而愤怒，"马钧儒是怎么搞的？长林集团这么大的上市公司，居然招了一批菜鸟操盘手吗？"

"应该……和操盘手没太大关系！"帅朗迟疑了一下。他这段时间，时常向叶阑珊、何哥他们请教，对于交易手段倒也不再是初出茅庐时的一无所知了。此刻摇了摇头，猜测道，"我怀疑，赤飑投资那边占用了更好的通道！"

齐然诺疑惑："通道？"

帅朗解释："很多券商都会给资产在百万以上的客户提供 VIP 通道。说穿了，就是可以将指定的卖单插队，让这些客户在大规模交易时，提高成交的可能。"

看到齐然诺不解地扬了扬眉，满脸质疑地想要说话，他挥了挥手，抢先说道："其实也不是那么神奇。主要就是减少了券商内部指令交易单的周转环节，第一时间直接递交给交易所而已。以前在不能合法融资融券的年代，还曾经有券商大户室里的客户经理，偷偷借用券商的跑道做空股票，只要能够三点收盘以前，补回股票，让交易结算中心的轧差结算对上账就行了。"

说到这里，他发现跑题了，苦笑了一下，赶紧言归正传："总之，赤飑投资如果是专门在二级市场玩的，肯定有关系很好的券商，给他们快速通道。二叔这边……"

确实啊！

帅朗说话的这会儿工夫里，齐然诺不信邪地问了齐军。不一会儿，她有些沮丧地叹气道："唉，你说对了！二叔刚才也说了，他老人家这次是阴沟里翻船了。没办法，长林集团的投资部，毕竟主要业务是管理长林集团的金融资产。这次为了便于操作，还用了不少临时的散户账号，确实比不上赤飑投资那边。结果，明明是二十五分以后，一秒也不差，立刻就以跌停板的价格，挂了卖单，可还是没赤飑投资出得快。"

一边说，她一边看着电脑屏幕上的股价，愁眉苦脸："这下可就麻烦了。看这样子，今天这跌停板恐怕是别想打开了。明天……唉，明天就算不是跌停板，也肯定是下跌。而且还不知道什么价位才能抛完呢！"

"该死，这长林会……会跌到什么价位啊？"

就在帅朗和齐然诺说话的时候，财经日报僻静的角落里，老牛又一次慌了。他的额头，冒出了冷汗："可恶！这一跌，市场情绪就完全从亢奋变成恐惧了。下方……下方，唉，这下明显要跌破五日线了。可是，十日均线、二十日均线，还远着呢。"

"远或者近，有什么关系吗？"熊猫的眼角微微颤抖了一下，不过此刻，他反倒镇定下来，耸了耸肩道，“既然没有抓住刚才的机会获利离场，现在也只有坚持下去了！总不至于现在这个价位抛？”

现在这个价位抛？

看了看股价，老牛的眉眼都苦到了极点。14.75元脱手的话，损失已经不小了。更可怕的是，现在跌停板，就算现价想出手也不可能啊！

思来想去，不再有之前指点江山神采的老牛，犹犹豫豫道：“你觉得还会涨上去？”

“应该还是有机会的！”熊猫沉吟了一会儿，分析道，“至少，16.28元的要约收购价是摆在明面上的。明天就算继续下跌，下跌的底部其实并不会太远。不会距离16.28元太多，太低的话，大家一股脑儿扫货，然后选择要约收购，扔给赤飑投资，就等于是捡钱了。”

“16.28？”老牛终于没了前辈高人的架势，为了避免被人听见，他刻意压低了嗓音，却依旧掩饰不住心浮气躁，“那还要一个月才能要约收购啊。资本市场从来都是瞬息万变的。这一个月里面，鬼知道会冒出什么变化？”

熊猫叹了一口气：“那也没办法！”

有一句说一句，这要说不埋怨老牛之前盲目自信，坚持不肯抛掉股票，那肯定是假的。不过事已至此，埋怨显然毫无用处，反而还平白得罪了他原本想要巴结的前辈。所以只好按捺住心中的烦闷，稳定了一下情绪，耐心分析道：“这只是长林和赤飑投资斗法的第一回合！知道第一回合是什么意思吗？事情还差老远呢！两家一个多、一个空，还不知道会斗多久呢！跌下来以后，长林那边一定会想办法让股票再拉上来的。”

说着说着，熊猫眼睛一亮，还真是被自己给说服了：“师父，你想啊，齐家最近出了好多事情，东华渔业那里差点儿失去了控制。这会儿如果再让赤瓟投资杀进来，搅和长林集团那边的控股权，这还不得崩盘了？所以啊，齐家无论如何都不会让赤瓟投资这么顺顺利利要约收购成功的。要想阻止赤瓟投资要约收购怎么办？当然就是拉高股价，让赤瓟投资的要约收购价变得没有吸引力不是？股价，无论如何都要高出16.28元的！”

“可、可……”老牛现如今反倒成了犹犹豫豫，进退维谷的主儿，忐忑地道，“如果只是以16.28元收购部分股份，算下来，如果股价不拉上去，损失可能不会小。尤其，你……唉，你这还是场外垫资，每一天都在烧钱。”

知道要付利息，早干吗去了！

熊猫忽然发现，自己这位职场前辈，并没有自己想的那么厉害，其实就是一个平平庸庸的人，见小利而逐，遇大害而慌。难怪人到中年，也就如此而已。

无奈之下，他只好撑起大梁：“一个月，就坚持一个月的时间！要约收购又不是无限期进行下去的。最多也就一个月。等到要约收购日，你想玩下去都不带你玩了。至于价格，就更不用担心了。价格主要还是被市场情绪左右的。16.28元，就是一个参考价位。但实际上，做空情绪上来了就会暴跌，做多情绪沸腾了就会大涨。到时候涨到哪、跌到哪，可就不是赤瓟投资，也不是齐家能够决定的了！”

说到这里，熊猫狠狠吸了一口烟，斩钉截铁道：“总之，师父啊，这股票最近一个月肯定会翻来覆去折腾，咱们肯定还有机会！不管怎么说，16.28元的收购价摆在这里，下面的风险有保底，上面的利润有无限想象空间。值得赌一把！没事的！”

第四十章
价格

有事！

帅朗拿起笔，在面前的白纸上开始计算，一边计算，一边低声自语："事情有些麻烦啊！16.28元，肯定不是能够放心的保底价。"

齐然诺有些痴迷地看着帅朗，眼前这男人认真的神情，分外吸引人。看得她不知不觉，脸颊飞起了一丝红晕。

她不好意思地捂了捂脸，随口问道："为什么？"

"因为这是部分要约收购啊！赤飑投资只要约收购25%的股份。就假设到时候二级市场上，股民们有50%的股份选择回购，满足这要约收购的条件好了！"

帅朗叹了一口气。这事情还是昨天晚上，叶阑珊提醒他的。

那时，叶阑珊同样也是拿着笔，在白纸上写了一个又一个算式，结果——

"12.86元！"

"什么？"齐然诺一愣，继而醒悟，"你是说，至少要在12.86

元以下，选择要约收购才有利可图？”

“也不是有利可图！”帅朗摇头，纠正道，“这么说吧。股民手里的股票，只能有一半能够以16.28元的价格卖给赤飑投资，还剩下一半的股票就得留在自己手里。如果没有足够的安全垫，到时候万一股价大跌，岂不是要被套住？所以12.86元是安全可以买入长林集团的股票，然后选择要约收购的极限。”

齐然诺顿时理解，不由雀跃：“要是这样的话，那二叔他们岂不是根本不用把股票拉升到这么高？只要把股票拉到12.86元上方，就可以破解赤飑投资这次要约收购了。”

“不是这样的！”没有想到，帅朗居然又摇头，“二级市场上的散户，可不会算得这么仔细。如果后市看空的话，他们很可能会在16.28元以下买入，然后选择16.28元的要约收购。所以，长林集团想要破坏这次赤飑投资的要约收购，就必须把股价拉升到16.28元上方。而我说的12.86元，则是指赤飑投资必须要把股价打压到12.86元下方。唯有如此，才能避免精打细算的机构，或者散户里面的高手，通过要约收购来套利。”

“也就是说，我们做多和赤飑投资做空的目标价位，并不一样？”齐然诺若有所思。帅朗说的这些，她之前还真没有想到，此刻，方才警觉到事情的严重，忍不住挑了挑眉，肃然道，“这么一来，赤飑投资想要打压的力度会更大，股价的下跌也会更剧烈？”

帅朗点头：“嗯……不过这只是我个人的估计，也不知道对不对。二叔经验丰富，应该看得更准。”

“二叔？”齐然诺皱了皱眉，有些不确定，“那可真不一定啊！二叔交易经验丰富是丰富，不过你也知道，他是半路出家，又没有系统地学过金融方面的知识，投资很多时候都是凭经验、凭直觉，可不一定能像你这么精确地算准价格！”

说这话的时候，她忍不住再次拨通了电话，三言两语，就把帅朗的话，转述给了齐军听。

看着齐然诺和齐军在电话里的讨论，帅朗目光微微闪了一下，随即走到窗口，抽出一支烟点燃，脑海里汹涌翻腾的，却是昨天晚上叶阑珊和自己的一席对话——

那时，外面还下着大雨。

海鸥酒吧内略微有些昏黄的光线下，帅朗拿了一支圆珠笔，在一张空白的A4纸上，写写画画。

12.86元，就是他计算出来的结果。

“不错！明天你就把这些东西，照搬给我们那位齐家公主看，准保她更加百倍、千倍地欣赏你！”

叶阑珊慵懒地靠在椅背上，随手点燃了一支烟，吸了一口气，又吐出，眼睛好像猫咪一样微微眯起，嘴角泛起了一丝戏谑。

帅朗没有理会叶阑珊的调侃，只是对叶阑珊的建议皱眉，有些怀疑道：“齐军是老交易员了，长林集团更是用高薪打造出了一支很专业的投资团队，他们应该也能算出来。”

“无所谓啊！他们没有注意到这点最好，更加能突出你的厉害。注意到了这一点，你通过齐然诺去提醒一下，不也显得你和他们英雄所见略同？总之，就是让你多表现一下。”

帅朗才不信：“就这么简单？”

“当然不会就这么简单！”叶阑珊叹了一口气，看了帅朗一眼，满眼都是你很无趣的样子，幽幽地道，“其实这就是一招投石问路。”

“投石问路？”

叶阑珊耸了耸肩：“是啊！你看，现在这机会多难得啊！齐家要做多，恰好赤虺投资有足够的实力，要做空和齐家斗。我们阑珊资本呢？是不是正好可以再次坐山观虎斗，然后找到出手的机会？”

帅朗目光微微一凝，瞬间明白了叶阑珊的意思:“你也想利用这次赤虺投资要约收购的机会，高抛低吸，来回赚差价？”

叶阑珊微微欠身，夹着烟的手拿起了红酒杯:“嗯，如果有更大的机会，肯定不会放过。如果没有，高抛低吸多赚点儿钱也没错啊。阿朗，你要想和齐家斗，总归还是要抓住眼前的每一次机会，慢慢把自身实力积攒起来不是？资本市场上，最有发言权的，定然是资本！”

帅朗可没有她这么信心十足:“不可能每次都像上回那么顺利的。看看这两天的股价走势，先是股价被齐家那么干脆利落地拉起来，现在赤虺投资又轻轻松松制造了看空的情绪。你来我往，单单这一个来回地出招，就可以看出无论齐家还是赤虺投资，全都不好惹啊！”

叶阑珊惬意地抿了一口红酒，抬头看了帅朗一眼，满脸幽怨，看上去很是楚楚可怜地问:“你不会怕了吧？”

如果换成其他任何一个血气方刚的年轻人，被叶阑珊如此挑逗，肯定会满脸通红，热血上头，哇呀呀叫着“当然不怕”，恨不得立刻表现出自己的英勇无畏来。

可惜帅朗才不会这样做。

他无视叶阑珊刻意表现出来的幽怨和可怜，很坦然地道:“是有点儿怕。我们无论和齐家还是赤虺投资比，力量都悬殊啊。一个不好，是会玩火自焚的！”

“所以才需要帅总你出马啊！阿朗，听我的不会有错！虽然对于交易，我远远没有你那么有才华，不过对于人心的算计，我还是有点儿信心的。”叶阑珊嘻嘻一笑，站起身来。这尤物，忽然就贴近到了帅朗跟前，一手还拿着红酒杯，另一手抬起为帅朗温柔地理了理领口。

很撩人！很旖旎！

这一刻，帅朗发现自己的心，忍不住加快了跳动，嘴里莫名地干渴起来。但有些恍惚的迷醉，仅仅持续了刹那。刹那之后，帅朗立刻清醒过来。

他听得出，叶阑珊这不紧不慢的话语里，分明蕴藏了一个十分庞大缜密的计划。他必须保持足够的冷静和理智，理解叶阑珊话语中的每个字，进而揣测出她可能在话语中没有直接透露出来的图谋。

帅朗没有丝毫犹豫，微微后退了半步，想要拉开与叶阑珊的距离。哪里想到，叶阑珊多擅长把握气氛和时机，就是在帅朗后退的同时，仿佛心有灵犀一般的默契，也同样收回了手。整个人犹如灵动的蝴蝶，在一声若有若无的轻笑中转身，不着痕迹地远离了帅朗，缓步走到了旁边的吧台。

做这些动作的同时，她的嘴倒是一刻也没有停下："你现在最主要的任务，就是想办法真正参与进去，探问出齐家这一次反要约收购的具体计划。最好，能够第一时间知道齐家在二级市场上如何展开行动。"

帅朗微微皱了皱眉。做到这点有困难，但也不是做不到，只是要想做到，肯定不可避免地要利用到齐然诺，这多少让他有些抗拒。

他没有表露出来，只是看着叶阑珊："然后，你要跟着齐家一起抄底，再抢在齐家前面出货？"

"是啊！"走到吧台前的叶阑珊，熟门熟路地又拿了一个空酒杯，倒了红酒。随即一手一杯红酒，走到帅朗面前，将新倒了红酒的酒杯递给帅朗，笑着道："不然呢？你总不会以为，就凭阑珊资本的实力，就能火中取栗，解决掉长林这么一个庞然大物？呵呵，虽然如果有机会的话，我肯定愿意试一试！"

帅朗耸了耸肩。如果叶阑珊当真是父亲郎杰的弟子，当真是为了给父亲郎杰报仇，那么这些话再对不过了。眼下的阑珊资本，当然没有实力去对付长林集团，哪怕有赤虺投资搅局，也依旧机会渺茫。

然而，蛇猎人……

想起齐军的那些话，想起海鸥酒吧，帅朗却又忍不住觉得，叶阑珊内心真实的想法，当真就好像在海鸥酒吧昏暗光线下她的人一样，分外朦胧、分外模糊。

当然，这并不妨碍他举起酒杯，和叶阑珊手中的酒杯，轻轻地碰了一下。哪怕清脆的碰杯声中，恰好一声闷雷自遥远的外面，“轰隆隆”地滚滚而来，帅朗依旧很平静。

第四十一章
第一次

熊猫可就一点儿都不平静了。

13.28元!

手机屏幕上惨绿的价格，刺得他眼皮一阵又一阵地抽搐。他怎么也没想到，第二天开盘还不如周一，居然直接就是一字板跌停。从集合竞价开始，长林集团股票的价格，就钉死在了13.28元上面。

天文数字般的卖单，封杀了所有上冲的可能。整整一天，几乎就没有什么成交量。哪怕想要割肉，都割不出去。惨败!

更惨的是他眼下的处境。要知道，他买入长林集团的平均成本在14.8左右。偏偏还是初生牛犊不怕虎，竟然来了一个满仓满杠杆投入。昨天的跌停板就已经让他亏损了，今天再来一个跌停，已经距离强平的警戒线很近了。

还好老牛不知是纯粹仗义，还是愧疚自个儿昨天劝阻了熊猫抛掉股票，总之借给熊猫十万块钱，这才暂时解了燃眉之急。

可惜这一切都只是暂时的，如果明天还是跌停的话，熊猫真不知道自己该怎么办好了。

再来个跌停，不仅帅朗借给他的二十万，输干净了，老牛借给他的十万，也要赔掉一些。到时候他认输清仓？这几十万的钱该怎么还？父亲的病还怎么治？不认输死扛？万一后天继续跌呢？嗯……还有一种情况更可怕，万一明天后天都是一字跌停的话，他想清仓都清不了，那可就要穿仓了。

敢场外垫资的，肯定不是善男信女。熊猫实在不敢想象，到时候自己将会怎样收场！

当然，以后的事情以后再说。眼下他却还不得不强自按捺住内心的不安，给老牛打气道："事到如今，只有熬下去了！不管怎么说，还有16.28元这个安全阀门！"

输了钱的老牛叹了一口气，这一刻，甚至连说话的精气神也没有了。呆呆地看着熊猫，好半天，这才说话，就好像垂死之人抓住了救命稻草："你……你要不赶紧去问问你发小？"

熊猫无奈地点了点头，拿出了手机。

"……嗯，我也注意到长林集团的股价了。没办法，一方面上个星期，长林的股价确实涨得很猛，有不少获利盘需要回吐；另一方面，赤虺投资出手，也让市场情绪一下子悲观绝望了起来。"

当熊猫的电话打过来的时候，帅朗已经离开东华渔业总部，赶到了海鸥酒吧。

他可不知道熊猫不但将借来的二十万全都重仓买了长林，还场外垫资了一百万。听到熊猫在手机那头有些颓丧的语气，帅朗还只当熊猫也就是输个万儿八千。

他没有太过在意，随口安慰道："我觉得看这情形，再怎样也要惯性下跌几天，不过没有太大关系，长林集团这边肯定不会坐以待毙的，很快就会出手。呃……好吧，我帮你留意一下。不过我毕竟只是东华渔业的董秘，不是长林的董秘，未必准确及时地得到消息；就算得到了消息，如果涉密也不一定全都能告诉你……”

不一会儿，他终于挂了电话，将车停在了海鸥酒吧门口。

说实话，这一次他也被赤虺投资的出手给惊住了。这次砸盘，玩得实在太漂亮了。

不仅收割了大堆韭菜，连齐军齐二爷这样交易员中的高手，居然也被玩得找不着北。感慨之余，帅朗忍不住想要更多了解那位能够和自己父亲郎杰相提并论的蛇猎人。所以他才会急匆匆赶来海鸥酒吧，想要问问何哥他们这些海鸥论坛的老人。

“蛇猎人？我知道啊！”让帅朗没有想到的是，一听帅朗提及蛇猎人，何哥立刻就点头。

说着，他微微停顿了一下，似乎是在回忆，又似乎是在沉思，好一会儿方才继续：“唉，这年头知道蛇猎人的人可真是不多了！算你运气，哥哥我恰好就是其中一个。”

听到这话，帅朗眼睛顿时一亮。

“太好了！”还没等帅朗开口，就听到叶阑珊欢呼了一声。看上去，她竟似比帅朗还要兴奋，睁大了眼睛，满脸真诚地赞道：“我就说，何哥您这样一等一的顶级交易员，肯定什么都知道！”

帅朗飞快瞥了叶阑珊一眼。

他真心看不出这姑娘脸上有分毫表演的痕迹，看不出这姑娘和蛇猎人有任何联系。这让他又不由有些动摇，有些愧疚，感觉自己是不是太过疑神疑鬼了？毕竟齐军那边所谓“蛇的女人”也只是很不靠谱的猜测，不见半点儿证据。

就在他心念电转之际，只见何哥谦虚地摆了摆手：“唉，哪里哪里！哪里是什么顶级交易员，这话说出去，还不被人笑掉了大牙！”

不过谦虚归谦虚，面对叶阑珊这样一个大美人、这样认真的夸赞，但凡正常的男人哪有不高兴的，何哥自然也不例外。不知不觉，他已经笑容满面：“好在何哥我入行早，正好遇上了许多人！”

说到这里，何哥目光逐渐飘忽。思绪，似乎已经飞到了久远的过去。脸上显出的神情，有苦有甜，有辣有酸又有咸，天晓得他想到了些什么，五味杂陈。赫然是当真经历了好多风风雨雨的沧海桑田。

好一会儿，他方才叹了一口气，继续开口说道：“这事儿啊，真是隔了好多年了。那会儿，何哥我就和阿朗你差不多大。也是刚刚从大学毕业，正是血气方刚的年纪啊！

“嗯，说来真不是自夸，何哥我天生就命好，生在堪称改革开放急先锋的南方。老爸很早就下海创业了。等到大学毕业，家里已经拥有了五六套房子，十几个商铺，还有一家规模上亿的大厂。

“只是那会儿心气高啊。哪里愿意做混吃等死的出租公，又觉得搞实业好累好烦，反正就是不愿意接手老爸的产业。为了这事儿啊，三天两头都要和老爸大吵一通。

“结果有一天，和老爸又吵了一架之后，我便赌气跑去了澳门赌场。原本是想发笔横财，让老爸刮目相看。可惜，这世上哪有这么好的事情。赌了整整三天三夜，最后把所有卡上能拿出来的钱都输光了，输得差点儿就要被扣在了赌场。

“这当然好没面子啊！所以离开赌场以后，就一个人跑去了广州。脑袋里也没有什么计划，就是不好意思回家，更不想被老爸教训。当然，多多少少还抱着能找到翻身机会的希望。

“总之，就是整天在广州的街面上晃荡。看着路上滚滚车流，四周的茫茫人海发呆。住在最便宜的、整夜都被蚊子叮的破旅馆。没钱吃饭，只有每天中午，才跑去旅馆附近一家又脏又破，但确实很便宜的饭馆吃一顿面。”

何哥说到这里的时候，脑海中忍不住浮现起那个炎热的中午。

那一年广州的六月，格外炎热，甚至远远超过了上海七八月份的酷暑。尤其到了中午，简直像蒸笼一样。

该死的饭馆，偏偏又没有空调。别说空调，连仅有的三台电扇，还坏了一台。

何哥穿着背心、裤衩，坐在这饭馆内，不一会儿就已经热得全身都湿透了，好像刚刚从水里捞出来的落汤鸡。可就在他拿起筷子，准备三口两口，把面前拌了花生酱的冷面吃掉，然后赶紧跑去商场蹭空调的当口，当真恍若冥冥之中有所感应，他下意识地瞥了一眼旁边那张空着的餐桌。

他看到了一张应该是前一个客人落下的报纸。

完全是下意识地，何哥伸手将这报纸拿了过来，一目十行扫过去。结果无巧不成书，他恰好看到报纸上刊登了一份招聘黄金外汇交易员的启事。

不需要特别高的学历，也不要求过往的职业经历，更没有其他什么高不可攀的门槛，只要年龄在四十岁以下就行了。招聘启事上还写明，第一轮面试通过，公司就会给予免费培训。培训结束通过考核，公司就会提供资金操盘。

“丫丫个呸！哪怕过了这么多年，老子还清清楚楚记得当时报纸上的每一个字！”提及这份招聘启事，何哥忽然有些激动起来，手舞足蹈地道，“多好的工作啊！自由、体面，有底薪，更有无限想象空间的盈利分红。最重要的是，黄金和外汇交易啊，投入国际资本市场，和全世界的交易员厮杀，想想都刺激！当时，我感觉这简直就是给自己量身定做的，完全就是自己的梦想啊！”

帅朗却皱了皱眉，迟疑地喃喃了一声：“可是……”

声音虽然轻，但是何哥还是注意到了，目光投向了帅朗。

帅朗摸了摸鼻子，在何哥的注视下，他不得不老实坦白道：“我说了，何哥您别生气啊。黄金外汇这一行，我不太懂。不过我有个叫熊猫的铁哥们……嗯，阑珊也认识，他毕业了以后去了财经日报当记者。他曾经做过一篇这方面的跟踪报道，后来跟我说啊，这种公司大多都是骗人的，提供的都是那种一百倍杠杆的黑平台。

“实际上，真正规范的公司，操盘手从来都是内部培养出来的，根本不可能外部招聘，培训几个星期就给你一大笔资金操盘。他们只是忽悠年轻人过去，然后忽悠年轻人拿出钱来开户。好一点儿的，也就是赚取你的佣金费；坏的，更是连本金都要骗走。”

“不错，不错，现在的年轻人，可比我们那会儿强多了！一眼就看出了问题来。”何哥倒没有生气，反而朝帅朗竖起了大拇指，呵呵笑道，“可惜那会儿，何哥我可没有这么好的眼光。再说了，当时真是很窘迫，已经到走投无路的地步了。如果不想回家向老爸认输，那这份工作就是救命的稻草！”

说话间，何哥喝了一口茶，摇了摇头，感慨地叹了一口气：“所以啊，看到这份招聘启事，不怕你们笑话，何哥我都顾不上吃饭了。扔下饭碗，立马跑去投简历。然后非常顺利，很简单的面试过后，就被安排去参加为期一周的培训。

“好在何哥我找的这家公司，属于阿朗你说的好的那种，应该只是想赚点儿佣金和回扣。他们真的安排了培训，很实在的培训，倒没有糊弄人！

“每天早上，正式上课之前，公司就会给我们播放华尔街、大空头这样的纪录片，让我们感受一下国际资本市场的跌宕起伏。然后，又找来实战经验十分丰富的交易员给我们上课。确实是实打实的关于黄金和外汇交易的各项规则。此外，还有各种技术指标、K线形态的运用。更有许许多多鲜活的实战案例。下午收盘之后，见多识广的培训老师，常常会来几段让人听了热血沸腾，忍不住羡慕眼红嫉妒恨的财富神话。

“嗯，我印象最深的一个段子，就是当时培训老师眉飞色舞地告诉我们，曾经有一个交易员，喜欢做日元。日元嘛，有个好处，那就是不像黄金或者其他外汇品种，只有欧市和美股开盘以后才有行情。日本和我们只有一个小时的时差，日本的太太炒汇团又是特别有名的，所以早上也有不小的行情。

“那个交易员于是就养成了一个习惯。每天早上起来，顺手开一张最小手数的单子。目标也就是赚个早茶的钱。可是有一天，他开了单以后就去刷牙。刷到一半时，不太放心，跑回电脑前去看了一眼行情。

“结果，你猜怎样？跌了，一根好大的大阴线。后来才知道，那一天正是索罗斯偷袭日元的决战日。赶巧，黑平台嘛，还有滑点，呵呵，几秒钟，这家伙就赚了十万美金。十万美金啊！一张原本只是想赚个早茶钱的小单子，用了刷牙都不到的时间，就赚了十万美金！”

言及于此，何哥又是一声感慨：“总之啊，当时教室里的学员，一片沸腾，都被培训老师的这个故事，调动起了情绪，几乎每一个人都好羡慕、好向往。也正因为这样，在这个时候忽然有一个人在老子耳边，轻轻嘀咕了一声‘骗人的’，你说老子是不是应该很吃惊？

“反正，那会儿哥哥我第一时间就转过头去，看到了说这话的人。那是一个小年轻，估计才十七八岁，还没成年的样子。瘦瘦的，好像电线杆一样。感觉哥哥我一伸手，就能把他推倒。

“这家伙也是这次一起接受培训的学员。不过之前几天，他从来没有说过什么话，做过什么事情。每天来了，就自动选择教室里最偏僻的角落坐下，一声不响地听课，也不和任何人交流。

“别说哥哥我了，估计整个教室包括培训老师，都没有人注意过他的。就好像是他完全不存在一样。直到当时他说了这么一句话，惹得哥哥我转过头去，才发现这家伙的眼神，好阴、好冷，丫丫个呸，就好像一条毒蛇。

“不，他就是蛇。哈哈，想不到吧，阿朗，那么神秘厉害的蛇猎人，居然和哥哥我同时入这一行。算起来，居然还是同门师兄弟呢！那句话，应该算是我第一次听到他说话。”

第四十二章
第一战

“同门……师兄弟？”

海鸥酒吧内，有那么几秒钟很安静。帅朗和叶阑珊相互看了一眼，彼此都看到了对方眼睛里的诧异。尤其是帅朗，他有点儿难以置信，何哥居然多年前，就认识了刚刚出道的蛇猎人。

“何哥！”很快，叶阑珊打破了沉默。她很好奇，叽叽喳喳地娇声问道，“这么说，你和那个蛇猎人很熟悉，是老朋友咯？”

“这个……我和他可不熟。这世上，估计也没什么人能和他成为朋友！”何哥的脸皮微微抽搐了一下。似乎叶阑珊的话，触及了他什么非常不好的回忆。好在美女就是美女，尤其是叶阑珊这样的美女，娇滴滴的、满心好奇的柔声，但凡正常的男人，哪里能够抵挡得住。

何哥干咳了一声，很快说道：“你们别急，听我慢慢说下去。总之，那会儿的蛇，就是个初出茅庐，什么都不是的毛头小伙子。他那句‘骗人的’，说得也很轻，就当时正好坐在他旁边的老子听见了，其他人压根儿就没有留意到他在说什么，自然也就没有引起什么波折。唉……”

说到这里，何哥忽然顿了一顿，叹了一口气，脸上现出了些许懊恼和遗憾，摇头道：“可惜，那会儿老子也太年轻了，根本没有看穿这类公司的底细，自然也就不可能认同蛇的话。反而在听到他说的这些以后，还很气恼地拉住他，质问他。”

叶阑珊吐了吐舌头，嘻嘻笑道：“那他跟您解释了？”

何哥沉默了好一会，悻悻然地撇了撇嘴，骂了一声：“丫丫个呸！”

他可忘不了那天的情形。面对他的质问，蛇就好像看白痴一样看了他一眼。根本不说话，拿起笔，抢过何哥面前的笔记本，在空白处刷刷刷地写了几个数字。

莫名其妙！这是何哥当时的感觉。

很久以后，认识了帅朗的父亲郎杰，在一次闲谈中他无意提及了此事，方才从郎杰那里得到了答案。

同样是天才的郎杰，听到何哥报出的那几个数字，立刻就告诉何哥，那些数字中，有一串是年月日，就是索罗斯偷袭日元，引发日元震动最剧烈的那一天。另一个数字，则是那一天日元的振幅。

听到这里，帅朗脸上闪过一丝惊异，轻轻地“咦”了一声。

叶阑珊不由转头看了他一眼，问：“怎么了？”

“你不觉得很惊人吗？”帅朗揉了揉鼻子，叹道，“这个振幅决定了，哪怕有一百倍杠杆，哪怕当真刷牙的工夫里，日元从那一天最高点跌到最低点，那位交易员也绝不可能用一张最小手数，只准备赚取早茶钱的小单子，一下子赚到十万美金。所以培训老师的故事，要么子虚乌有；要么，那位交易员确实赚到了十万美金，却绝不是这么小的小单子，绝没有这么惊人的收益回报。”

叶阑珊眨了眨眼睛，想了想方才消化了帅朗言语中的意思：“所以，蛇就是通过这样的数字计算，得出了这个故事不是真的，嗯，至少不全是真的。”

帅朗沉声道：“这不是关键！如果是一个经验丰富的交易员，或许可以很容易查找到那一天日元的行情，然后很容易就通过查找到的数据，计算出那一天投资回报率。可是，何哥刚才说了，蛇当时就是一个刚刚开始学习如何交易的菜鸟。一个菜鸟，能够在第一时间，想到如何验证的办法，又在第一时间去验证出结果，那就惊人了。”

帅朗话音刚落，何哥蓦然开口，没头没脑地说了一句：“锥处囊中，其末立见！”

在帅朗和叶阑珊地注视下，他扇了扇折扇，呵呵笑着：“这可是阿朗的父亲，当时给出的评价。天才啊，啧啧，哪怕混杂于草莽微末，也终究掩不住光芒。可惜……，那会儿老子哪懂这些！”

说话间，何哥的脑海中不由浮现出当年的情形——

当时的他，只觉得眼前这个在自己的笔记本上，刷刷刷写了几个数字，就自顾自扬长而去的家伙挺讨厌的。

“踱什么踱！真把自己当成股神了？”嘀咕着，何哥收拾了桌上的笔记本，离开。

接下来的日子很正常，正常地参加培训，正常地尝试用模拟盘交易。

何哥惊喜地发现，培训老师教授给他们的技巧非常管用，无论是K线形态，还是技术指标，又或者是均线，仅仅只是改变了几个参数，立刻便能敏锐地预判出交易标的的涨跌趋势。然后根据这样的预判进行模拟交易，胜率大大提高。

简直就好像是捡钱一样！

如此顺利的模拟交易，让何哥忍不住狂热地期待培训结束，期待通过考核，期待成为操盘手，进行真金白银的交易。

然而到了培训的最后一天，早已经熟悉了的培训老师，将他叫去办公室一对一单独面谈时，却很委婉地告诉他，公司认为他很有天赋，参加培训也很认真刻苦。总之，很看好他能够成长为一个出色的交易员。

接着，却来了“但是”。

但是交易员的世界是残酷的，胜败完全是用金钱来衡量的，公司有公司的原则和规范。所以，公司的考核，实际上就是学员出一笔资金开户，用自己的资金进行交易，用真实交易的真实战绩，来证明自己能够胜任公司的操盘手职位。

好吧，很有道理！

何哥不得不承认，培训老师的每一句话都非常有道理。

公司当然要为自己的资金安全负责。而用真实交易的成绩，作为考核通过与否的标准，实在太公平了，公平得让人无话可说。

最重要的是，如果自己当真对自己交易能力那么有信心，为什么不呢？如果真的能够像模拟盘表现得那么好，他在用公司资金操盘的同时，必然会用自己的钱，赚取更多的钱不是？

何哥找不出任何反驳那位培训老师的理由。

他点头同意了老师的话。咬了咬牙，从自己银行卡里，转出了已经为数不多，堪堪达到开户最低标准的一千美金，在公司提供的交易平台上，注册开立了资金账户。

虽然，这意味着他手里的钱彻底捉襟见肘，如果不能迅速赚到钱的话，只怕已经维系不了一个星期了。不过这有什么关系。

开户的那一刻，何哥一点儿都不在意自己糟糕的经济状况。相反，他斗志昂扬，信心十足，就如同所有第一次踏入赌场的初哥，自信自己就是天命之子，自信自己接下来一定会去收割金钱，赢得荣耀。

开头也确实不错。

何哥轻轻摇着折扇，一边回想着那些尘封了多年的往事，一边缓缓说道："其实，培训老师教授的技巧，现在回过头来再看，真的很简单。就是看一分钟K线、五分钟K线。尤其五分钟K线，如果MACD在零轴上金叉，便是可以考虑的买入点；在零轴下死叉，则可以做空；如果五分钟能够和其他周期共振，那就可以重仓。"

帅朗不由疑惑地扬了扬眉："就这样？"

尽管迄今为止，他其实还没有做过任何一次交易。无论股票期权期货，或者外盘的黄金外汇。可没吃过猪肉也见过猪跑不是？毕竟是财经专业的科班出身，好歹也知道那什么MACD，什么布林线，都是交易中最基本的技术指标。

"不然呢？"何哥哈哈笑着，"你以为真会教你多么高深的本领？左右不过是MACD、布林线之类的大路货。不过你也别看不起这些大路货，很多时候，大道至简啊，反正老子当时就这样轻轻松松地赚钱了！"

不错，确实很轻松就赚钱了！

时不时喜欢跑去澳门赌一两把的何哥，赌性早就深入骨髓。所以他自然而然就比一般的学员胆子更大。开立了账户之后，当天下午看到五分钟MACD金叉了，就想也不想，立刻就买入了黄金。

也是他运气好。眨眼，黄金的五分钟K线，就立马暴涨成了一根大阳线。一根不够，接下来半小时内，这阳线是一根连着一根，接二连三往上突破。

在一百倍杠杆的放大效应下，何哥惊喜地发现，自己投入的一千美金，居然一下子变成了一千六百美金还多。短短半个小时，赚了60%的利润。

那一刻的欣喜若狂，哪怕隔了这么多年，何哥依旧记忆犹新，恍若昨日。

脑海里回味着当年的欢喜，何哥忍不住"啧啧"了两声，就好像咀嚼着人间美味，颊齿留香，意犹未尽。

好半天，待他终于再度开口，却是叹了一口气：“可惜，人比人气死人啊！哥哥我原本以为自己已经很了不起了。可是，你们绝对想象不到，蛇猎人成为交易员后的第一战，究竟有多惊艳！”

第四十三章
非农夜

“知道什么叫作非农行情吗？”

“每月第一个星期五晚上，嗯，当然，也就是美国的早上，美国都会公布一份非农数据。”

“什么叫作非农数据？让我想想，怎么说呢？非农数据包含三个数值，分别是非农业就业人数、就业率，还有失业率，数据来源于美国劳工部劳动统计局。每次公布出来的数据，都极大地影响货币市场的美元价值。一份生机勃勃的就业形势报告能够驱动利率上升，使得美元对外国的投资者更有吸引力。非农数据客观地反映了美国经济的兴衰。在近期汇率中美元对该数据极为敏感：高于预期，利好美元；低于预期，利空美元。”

“所以非农数据，和每月中旬周四凌晨发布的美联储会议纪要，对于玩黄金和外汇的交易员来说，就是每月固定的两场资本盛宴。据说真正的高手，每月光做这两次交易就足够了。做得好，一笔交易的收益就足以保证你一年衣食无忧。”

海鸥酒吧内，何哥下意识地挥舞起了手臂，脸上满是兴奋。

曾经的往事，越来越清晰地浮现在他的心头。很巧合的好运！他开户之后的第二天，正好就是当月的第一个星期五，他平生第一次，见识到了非农行情。

疯狂、激烈、亢奋的非农行情。

那时，美国已经是夏令时。按照惯例，美股将在九点半开盘。同样按照惯例，非农数据是在美股开盘前一个小时，也就是八点半公布。不过早在公布之前，黄金的价格就开始不安分地上下跳动起来。

这样的不安分，其实早在周三小非农——私营部门非农数据公布前就已经开始了。意念盘预测着数据的好坏，时而看多，时而看空，让黄金的价格在一个宽幅的箱体里极其活跃地震荡，就好像过山车一样。

投身其中的交易员，尤其是像何哥那样初出茅庐的菜鸟，自然也会随着行情的起伏，心情同样如同过山车一样，忽上忽下。因为获利而欣喜若狂，因为做错方向而沮丧绝望。

更多的时候，正自高兴自己斩获颇丰，还没有来得及斩仓，忽然行情急转直下，顿时从盈利变成了亏损。也有可能原本已经准备割肉了，一忽儿，却绝处逢生，扭亏为盈。当然最痛苦的，莫过于刚刚割肉，就看着黄金拉出了一根反向的大 K 线。那时候，肯定满是恨不得剁手的懊恼。

就在这样的煎熬中，何哥眼睁睁看着自己账户上的数字不断变化。一千六百美金、一千八百美金、一千两百美金、八百美金，一千一百美金……

当八点半，非农数据准时公布时，他账户里的钱，又回到了一千五百美金。折腾了两三天，反而亏了一百美金。当然和开户时启动资金相比，依旧还有50%的盈利。

然后，八点半的一分钟 K 线一出现，瞬间就是一个极大的跳空低开。低开之后，继续一泻千里，拉出了一根大阴线。

“可恶！”那一刻，何哥忍不住怒骂了一声。

那时，他还不知道自己进入的是一个很不靠谱的黑平台。他只知道，或许是在这一分钟里太多人抢着交易的缘故，交易软件卡得简直就好像崩溃了一样。这是前几天交易时从未遭遇过的。

菜鸟的他又不知道提前下单，结果没有在第一时间成功发布交易指令。看着这如火如荼的行情，何哥的眼睛不知不觉红了。如同一个被赌场的气氛刺激到了的赌徒，失去了思考的能力，完全被眼前这暴跌的行情给吸引住了。

哪怕隔了这么多年，坐在幽静的海鸥酒吧内，重新诉说起当初的事情，何哥还是忍不住懊恼：“阿朗，你没做过黄金外汇，可能不知道，黄金外汇和国内的股票不一样，是可以做空的，做空同样可以赚钱。而且，哥哥我当时在非农数据出来之前，也确实是看空，并且准备做空的。

“哪里想到这该死的软件，在这么关键的时候，忽然变得这么卡，没法成交。唉，你能想象得到我当时的心情吗？啧啧，如果不是身临其境，你真的无法理解那是一种怎样的懊恼、怎样的煎熬、怎样的痛苦。简直……简直就是好像一百亿在你的面前飘过。你明明伸手就能够到了，可等你伸出手，它们却没了！”

说着，何哥忍不住狠狠拍了一下自己的大腿，满脸都是怒气，咬牙切齿地道：“所以，没有任何犹豫，当时我就忍不住下单追，用的是市价成交。唉，我当时哪里知道，这种黑平台会有滑点，非常恐怖的滑点。知道滑点吗？就是比如正常的市场上，黄金才1300每盎司，可是黑平台或者因为技术的问题或者是人为的设计，或者是投机客的疯狂，就会在黄金1300每盎司的时候，出现1200每盎司，或者1400每盎司。

“这种不正常的价格，当然会在瞬间迅速恢复。很快很快，快到了可能只有一两秒。可是这么一两秒的时间里，如果你运气好出货了当然大赚特赚，如果倒霉买到了天花板，或者卖到了地板上，嘿嘿，那说不定就是瞬间爆仓！”

何哥当时就爆仓了。

市价追空单才刚刚追到了地板价，黄金的一分钟 K 线，就迅速从光头光脚的大阴线变成了带着下影线的中阴线，又变成了带着下影线的 T 字线，然后是带了长长下影线的十字星、带了长长下影线的小阳线、带了长长的下影线的大阳线。

一分钟，短短的一分钟，黄金价格上下波动起伏了足足三十多美金。

就在这一分钟里面，从跳空低开触底，再到反弹补回缺口，跟着一柱擎天，冲过了八点二十九分的收盘价，继续势不可挡地往上冲。

当然，后面的事情就已经和何哥完全无关了。

八点二十九分的时候，账上还有一千五百美金的他，在八点三十一分还未到来的时候，就只剩下了三百二十五美金。

盘中的行情，变化得实在太快太剧烈。以至于他的资金触及红线之后，虽然立刻被执行了强平，可是在如此变动剧烈的行情中，还是不可避免地以更高的价格平仓。也就意味着他的空单，承受了更大的损失。

即便何哥反应极快，在第一时间立马将手里仅剩的这些资金，继续投入反向操作，奈何他的本金毕竟已经损失太多了。而他反向追多，也必然已经吃不到相对安全和地位的价格。更重要的是，这个月的非农行情，仅仅持续了五分钟。

五分钟后，市场上的多空能量，显然都在这激荡起伏中消耗殆尽，开始了无聊的震荡。直到一个小时后美盘开市，方才又走了一波。

结果，折腾了一个晚上，何哥最后只剩下五百美金不到。不仅将之前的利润全都赔进去了，还折损了一半的本金。

好在接下来周六周日外盘也休息没有行情，亏吐血的何哥这才调整好了心情。可是他万万没有想到，周一上午他刚刚踏入公司，准备递交这次操盘总结的时候，却惊讶地听说，蛇被正式录取了。

这样的录取速度，不仅是他们这一期学员里面最快的，据说还破了公司成立以来，正式录取交易员的记录。

一切，全都来自蛇在非农行情中惊艳的表现。

“据说他和我一样，都只转了一千美金开户。不过不同的是，非农行情以前，他居然一次都没有出手。”

提及蛇，何哥脸上的神色很有些复杂。有佩服，有不甘，更有羡慕，甚至崇拜。

他从口袋里掏出烟点燃，吸了一口，随即摇了摇头，苦笑道：“阿朗没有真正做过交易员，恐怕还没有太深的体会。小阑珊，你有什么评价？”

“耐心！”叶阑珊想了想，望了何哥一眼，试探着说道，“我首先想到的就是耐心，很好的耐心。记得以前我第一次交易的时候，那兴奋、那期待，真是非常强烈，非常迫不及待。事实上，大多数新手应该都是这样的状态。小心、忐忑的同时，又忍不住跃跃欲试，忍不住想要出手交易获取利润，生怕错过机会。殊不知，这恰恰是交易的大忌。如果没有完善的交易系统，如果不能够寻找捕捉到完美的入场点，轻易出手只会是越做越错。”

“不错！”何哥颔首，“所以，一个第一次踏入资本市场的交易员，居然能够忍住自己的冲动，一忍就忍三四天的时间，一直忍到非农行情开始，当真很难得。不过更难得的是，事实证明他的忍耐并非胆小，而是理智、冷静。因为他第一次出手，居然就是非农行情开始之后，第一分钟的最低价。”

“最低价？”之前没怎么说话，始终都在静听的帅朗，终于忍不住扬了扬眉，“您刚才不是说过，最低价其实就是平台滑点才出现的异常价格？”

何哥点了点头：“这种黑平台，每月遇到这样的大行情时，常常会出现滑点。只不过别人都是踩踏中，被动地滑点交易。谁也没有想到，蛇居然会事先埋伏在那个价位上。就好像他有未卜先知的能力，事先就已经预知到这个时间点上，会出现这样一个价格。

“更惊人的是，同样是在那一天晚上，他很快又在最高点抛掉了手里的多单。一次！整个非农夜，只做了一次交易，却让他的一千美金，变成了将近一万。一个晚上，就是足足十倍的利润！”

第四十四章
短线

“怎么可能？”原本只有何哥一人说话，显得分外幽静的海鸥酒吧内，很快爆发出了惊呼。帅朗和叶阑珊不约而同地惊呼。

确实太惊人了。

谁都知道在资本市场上，就是应该高抛低吸才能赚钱。可现实是有几个人能够做到高抛低吸的。甚至还有笑话，那些玩可转债、黄金 ETF 之类可以 T+0 品种的投资者，时常会被券商警告。因为他们总是在日内高吸低抛，以至于被怀疑是人为操纵市场。

结果这些被警告的投资者，真是呼天抢地，直叫自己比窦娥还冤。但凡能够避免，谁愿意高吸低抛啊，这是硬生生把白花花的银子打水漂呀。

奈何，这就是资本市场的残酷。

交易之所以成为交易，就是在同一个时间、同一个价位，总是有人看空，有人看多。有人买下来觉得捡到便宜，有人卖掉感觉高位逃顶，于是就在这一时间这一价位你卖我买完成交换。若能相见，肯定呵呵笑着暗地里互道一声“傻逼”。

问题的关键在于，多方和空方总归有错的一方。偏偏市场上总是百分之八十以上的人会错。真理永远掌握在少数人手里。多数，难逃成为韭菜被收割的命运。

所以，精确捕捉到了最低点，然后在最高点顺利离场，说起来容易，实际上抛开极少数走运的，基本都是天方夜谭。

第一时间，帅朗下意识地觉得何哥应该是夸大其词了。

然而何哥脸上却分明是发自内心的认真，认真地确认：“真的！千真万确！这真是我亲身经历、目睹。当时，好多人都很眼红嫉妒蛇的，私下里都说这家伙是走了狗屎运。可惜，后来蛇用一次又一次奇迹般的成功，证明了他绝不是单纯的好运。他的出手，显然来自于非常出色、非常精准的判断。”

帅朗皱眉，何哥的这番话，让他不由想起了前几天齐军对蛇猎人的评价：

蛇猎人擅长右侧搏杀，每次都会耐心地等待机会，从不轻易出手，可一旦抓住机会，就会一击命中，在极短的时间内收割最丰厚的利益，随即扬长而去。犹如刺客杀手，事了拂衣去，深藏功与名，绝不拖泥带水。

相比起熊法师的网格交易，这样的操作容错更小，对精准的要求更大。敢这么玩，而且还能赚到钱的，当然都是顶尖里面的顶尖。

帅朗对这位蛇猎人越发好奇，忍不住问：“那么，何哥后来您应该也加入了那家公司，和蛇猎人成了同事？”

“哪能呢！”却不想何哥摇了摇头，“那种黑平台，一百倍的杠杆，嘿嘿，看上去好像谈笑间就能让你发财，实际上真能发财的能有几个。更多的人都是一头栽入坑里根本爬不出来。至少……哥哥我当年就是爬不出来的大多数。后来又充了几次钱，每次都是赚多少最后又都赔回去，最终爆仓走人。至于蛇猎人……”

说到这里，何哥顿了一顿，迟疑了一下，带着不怎么确定的口吻说道：“蛇猎人，大概是极少数能够赚到钱的那种吧？至少，在我离开那家公司的时候，这货已经成为公司最火、最红的金牌交易员了。我离开公司以后，又飘了几个平台，输了不少钱，直到在海鸥论坛上认识你的老爸，得到了你老爸的指点，这才真正入了交易员的门。

“这个蛇猎人后来在那家公司究竟又待了多久，后来有什么际遇，那我可就不知道了。本来就是萍水相逢，离开了公司之后自然更是成了陌路人。

“只不过当时都还在公司的时候，大家相互加了一个QQ群。蛇猎人那会儿不是还年轻吗？虽然不怎么喜欢聊天说话，但也没有后来那么神秘莫测。他最初还是贴了不少实盘，算是用来炫耀吧。QQ上的昵称也一直是‘蛇猎人’没改。嘿嘿，所以我后来才无比震惊地确定，自己居然和这么一个厉害的家伙，有这样的渊源。”

听着何哥的回忆，帅朗的脑海里，渐渐浮现出这样一个身影：瘦削，孤独，沉默寡言，却头脑聪明，目光锐利，擅长从细微处捕捉到机会。一旦捕捉到机会，便会果断出手，让收获最大化。

帅朗不知道，自己想象中的蛇猎人是否和现实一致。但是有一点已经确定无疑，这次要约收购的第一回交手，胜利显然已经属于蛇猎人了。他轻轻松松一出手，就稳稳占据了上风，把握了主动。

那么，齐家接下来将会如何应对？

就在帅朗暗自沉思之际，忽然，手机响了。他拿起手机，却只说了两句，便有些诧异地挂了电话。

坐在他旁边的叶阑珊，笑吟吟地调侃道：“齐然诺打来的？咱们这位齐家公主，好像越来越看紧你了！”

“别闹！”面对叶阑珊的调侃，帅朗无奈地耸了耸肩，解释道，

"她打电话过来，是要我准备再次召开董事会！"

"再次召开董事会？"叶阑珊立刻扬起了她那一双诱人的眉，"怎么？她想要进一步加强对东华渔业的控制？"

"不是！"帅朗却摇了摇头，"齐家应该是准备让东华渔业也加入到这场收购和反收购的争斗中来？"

何哥一愣："什么意思？"

叶阑珊同样来了兴趣，跟着问："具体怎么说？"

"刚才电话里，齐然诺也没有和我仔细说。不过听她的话语，应该是齐军的意思。"帅朗一五一十回答，"眼下赤飑投资都已经把长林的股价打压到了十三块多，来势汹汹啊！齐家应该是坐不住了，准备调动一切可以调动的资源，全力以赴去应对。作为齐家基本盘的东华渔业肯定不会置身事外。我猜想，可能是准备让东华渔业出资购买长林集团的股份。这些股份对于齐家来说，就是左手转右手。可是这样一来就能够名正言顺、合理合法地将东华渔业的资金转给长林集团，增强长林集团在反收购中的实力。算是一个很大的利好。运作好的话，是可以引起一波大涨的，正好化解如今赤飑投资的砸盘！"

叶阑珊眼珠子骨碌碌转了两圈："出资？购买长林集团的股份？怎么样的出资？"

帅朗："如果我没有料错，东华渔业能够有的选择不多，基本上就是二选一，成为白衣骑士，还是白衣卫士？"

叶阑珊愣了一愣。她毕竟不是科班出身，一时间有些懵懂，下意识地重复了一声："白衣骑士？白衣卫士？"

"嗯，这是并购和反并购案中的金融术语。"帅朗耐心地解释道，"资本时代，公司上市之后，固然可以获取更多的资金，却也不可避免会出现股权分散的问题。同时，公司运营状况，也被放置在公众的视线中。于是，一旦有个风吹草动，就会有无数逐利资金闻风而动。

“这些逐利资金，就如同资本世界的狼群，最喜欢那些陷入麻烦之中的上市公司了。而上市公司为了避免遭人恶意并购，也必然会未雨绸缪，预备了各种防御方案来应对。

“比较有名的，比如断尾求生的焦土战略，暗藏杀机的毒丸计划，大幅提高高管待遇的金降落伞，还有溢价收购的绿票讹诈。不过在中国，这些措施虽然都可以用变通的方法实施出来，可很容易在法律上产生争议，继而被对方诉讼。

“唯独白衣骑士、白衣护卫，是绝对被法律允许的，不会有这样的麻烦。前者有广发证券联合辽宁成大和吉林敖东反击中信证券，后者有鄂武商反击银泰系的收购，都是很有名的反收购案例。

“所谓白衣骑士，就是将自己的股份以一个比较优惠的价格，或者以换股的方式，出售给友好公司。而白衣护卫，也同样是寻找到一个友好公司。和白衣骑士不同的是，在白衣护卫方案中，友好公司只是收购一部分股份，而非追求控股权。”

说到这里，帅朗略微停顿了一下，留出一些时间给叶阑珊消化。

过了好一会儿，他方才说道：“不管是白衣卫士，还是白衣骑士方案，其实都很适合如今东华渔业和长林集团的关系。只不过采取白衣骑士方案有利于东华的股东，采取白衣卫士的方案有利于长林的股东。

“现在的东华渔业，已经不是齐军一手遮天的东华渔业。而长林集团的股权结构更加复杂，同样没有被齐华完全控制。在这样的情况下对于在东华和长林都有股份的齐家来说，采取哪个方案反倒是差别不大。”

“所以……”帅朗这里话音刚落，正自把玩着酒杯的叶阑珊，眼珠子微微一转，会意地笑道，“齐家虽然肯定会发起董事会决议，强行通过东华渔业出资援助长林集团，对抗这次要约收购的决议，但是应该并不会执着于必须是白衣护卫方案，还是白衣骑士方案？”

帅朗点头：“是的，我觉得对齐华来说，东华渔业如果在这次反并购中，成为只出钱获得红利的白衣护卫，自然有利于他持有的长林集团股份。但是如果东华渔业的股东和董事们反对激烈，那么让东华渔业成为出资获得一定控股权的白衣骑士，同样也能接受。毕竟齐家持有的东华渔业股份将因此受益。”

叶阑珊默契地接下去说道：“齐家肯定会召开董事会，甚至可能是股东大会，把东华渔业出资援助长林的事情确定下来。那么我们……呵呵，我们阻止东华渔业出手估计很难做到，不过促使东华渔业成为白衣骑士，而非白衣护卫，并非难事，对不对？”

帅朗微微愣了一愣，皱眉：“你想在董事会上反对齐然诺的提案？”

“不行吗？”叶阑珊嗔了他一眼，“你觉得这么做，成功把握大不大？”

“嗯……概率还是很高的。”帅朗沉吟了一下，斟酌道，“一则齐家当下更需要拉拢东华渔业，稳定后院。二则，东华渔业的股东可不一定是长林集团的股东。通过东华渔业间接获得长林集团的部分控股权，而不是简单的股息分红，显然更符合他们的利益。可是……”

“没什么可是的！敌人想要的，自然就该是我们必须阻挠的！”叶阑珊无比坚决，“阑珊资本实际掌控的股权远远少于齐家，所以非常有必要在董事会上发出我们的声音，显示我们的能量，唯有如此才能争取到更多的董事支持。何况，如果实行白衣骑士方案，也就意味着东华渔业将会持有更多的长林集团股份。你说，万一哪天咱们控制了东华渔业，是不是可以把东华渔业当桥头堡，进一步掌控长林？”

“好吧，理论上确实没错！”帅朗哈哈笑着，故意举起双手作投降状。

梦想确实很美好。可惜，目前阑珊资本才拥有25%的股份，使尽手段拉到盟友，也最多只是勉强拥有防御控制权，距离控股东华渔业，那还真是遥远到了极点。更不用说，以东华渔业作为桥头堡，进而掌控长林了。

与其这样白日做梦，他更在意东华渔业的这次董事会会议，将会对正处于收购和反收购激战中的长林集团股价，产生怎样的影响。

第四十五章
表决

“董事会？东华渔业马上要再次召开董事会，议案可能和这次长林集团的收购和反收购有关？”

毕竟是死党，熊猫很快就从帅朗那里得到了消息。

老牛听了也不由眼睛一亮：“具体什么议案？打听到了没有？”

熊猫摇头：“阿朗也是刚刚接到通知，没有说详情。不过这不是什么机密，应该就在这一两天里，东华渔业会发布公告的。”

老牛不关心这个，他急切地问：“是不是利好？会大涨吗？”

“利好肯定是利好！这当口，齐家弄出任何动静，目的都是为了把股价提升上去的。”熊猫迟疑了一下，摇头，“不过东华渔业毕竟不是长林。隔了一层，想要立刻大涨行情反转，我看有点儿悬。东华渔业召开董事会会议的公告出来以后，市场应该会选择观望，等待东华渔业的董事会会议，会通过怎样的议案。至少最近这一个星期，很难完全逆转市场如今对长林的看空情绪。”

眼见老牛失望，他连忙补充道：“当然，不管怎么说，东华渔业的这次董事会会议，至少显示了齐家对长林的股价暴跌没有无动于衷。再加上16.28元的收购价摆在明面上，接下来几天，股价下跌的空间应该不会太大了！”

事实也确实如此。

很快，帅朗就以东华渔业董事会秘书的身份，披露了东华渔业将在下周三召开董事会会议的公告。这个公告在市场上并没有引起太多波澜。

绝大多数散户，对于这种充满了官方语气的公告，都不是很感兴趣。他们甚至都不会按下“F10”（指在股票分析软件中F10快捷键查看股票资料），看一眼是否有新的信息更新。就算少数人去看了，也往往只是瞥一眼公告的标题而已，基本上是不会去仔细阅读公告的内容，更不用说品味里面的含义。

真正关注的往往都是那些经验丰富的交易员。

不过他们显然也并不觉得这次东华渔业的董事会会议，能够对长林的收购和反收购起到决定性的作用。

小幅反抽之后，长林集团的股价就开始在14元左右上下徘徊起来。

这样的横盘，持续了一个星期，直到东华渔业董事会会议召开。

“东华渔业有限公司，第二届董事会第六次会议，现在开始！应到董事十三名，实到十三名。列席本次会议的监事会成员有……”

周三，下午。

东华渔业总部会议室。

齐然诺照例将董事会会议开启的程序走完之后，朝财务总监老万瞥了一眼。

老万会意，干咳了一声，发言：“由于赤虺投资忽然宣布要约收购长林集团25%的股份，长林集团方面希望东华渔业能够履行一致行动人的义务，一起阻击这次恶意收购。为此他们提出了一个方案——东华渔业可以在达成协议后，前二十天均价的基础上，折价10%，购入长林集团10%的股份。不过这10%的股份只有分红，没有表决权。”

白衣卫士！叶阑珊瞥了帅朗一眼。

她自然早就从帅朗那里获悉了这个方案，知道这实际上就是一次白衣卫士计划。

相当于东华渔业增持长林集团的股份，而长林集团获得足够的资金，来对抗赤飑投资的这次要约收购。

此刻听到老万提出，事先已经有了准备的她，立刻开口：“我觉得这个方案有些不妥。”

齐然诺扬了扬眉，瞥了叶阑珊一眼，不过并没有太在意。她才不怕叶阑珊反对，毕竟，长林集团本身就是东华渔业的大股东，还拥有东华渔业的董事席位。何况，帮助长林集团阻击这次恶意收购，同样也符合东华渔业股东们的利益。加上齐家在东华渔业的影响，她有绝对把握强行通过这个议案。

此刻见到叶阑珊开口提出异议，她甚至有些欢喜，巴不得利用这个机会，狠狠打压一下叶阑珊。当下，不动声色地问：“叶董反对？”

“也不能说完全反对！”叶阑珊摇了摇头，“东华渔业和长林集团守望相助，当然不能坐视赤飑投资这一次明显的恶意收购得逞。”

齐然诺心里“咯噔”了一下，隐隐感觉到叶阑珊似乎要闹出什么幺蛾子。奈何此时此刻，她也不好阻止身为东华渔业董事的叶阑珊在董事会上发言，只好抱着见招拆招的想法，问：“叶董，你的意思是……”

“我建议稍稍修改一下这个方案。”叶阑珊成竹在胸地笑了笑，“比如，我们完全可以不需要折价，就以二十天均价来收购长林集团的股份。当然，这些股份就必须是有表决权的，而不能只有分红。至于理由呢，主要有这么几方面。”

说到这里，她微微停顿了一下，扫视了四周一遍，方才不慌不忙地竖起一根手指：“第一，既然长林集团需要大量资金来应对这次恶意收购，那么自然资金越多越好不是？东华渔业既然要出手相助，何不索性增加足够的支援力度。不然的话，万一就差这么点儿钱，功亏一篑，岂不是很冤枉？！”

说着，她又竖起了第二根手指：“第二，这样的调整，其实也是对东华渔业，对在场各位董事，对所有东华渔业的股东，相对更好的保护。毕竟，谁也不能保证这次肯定能够成功阻击赤飑投资的要约收购吧。万一不成功呢？东华渔业增加10%可以表决的股份，总比花了钱却没有表决的股份，能够在股权结构发生了重大变化的长林集团股东大会上，更好地保护好自己的利益吧？”

此言一出，会场内顿时响起了窃窃私语。

齐然诺也不由暗暗震惊。毕业于常青藤名校的她，自然不像半路出家的叶阑珊那样无知。她第一时间就明白，叶阑珊提出的实际上就是白衣骑士的方案。

白衣卫士和白衣骑士方案，实质上都是东华渔业对长林集团的支持，对赤飑投资要约收购的反击。最大的区别就在于收购来的股份，有没有表决权。

可以说，白衣骑士其实更有利于东华渔业。

只是东华渔业和长林集团如今都在齐家的掌控之中，为了避免股权结构发生重大变动，所以齐然诺和父亲齐华商量再三，还是决定选择白衣卫士方案。

而且，白衣卫士可以折价获取长林集团的股份，这在表面上也更容易获得东华渔业股东们的支持。毕竟，东华渔业本身又没有控股长林的实力。那么不参与经营，却坐享分红，当然也是一个不错的选择。

千算万算，怎么也没有算到，叶阑珊居然会提出白衣骑士方案，提出的理由还这么充分，很成功地提醒了在场董事们，白衣骑士看似没有占到便宜，实际上却更保险。在反收购未必成功，未来长林集团股权结构可能会很复杂的情况下，白衣骑士能够更好地保障东华渔业的利益。这样一来……

就在齐然诺心念电转之际，会议室内的争吵声越来越大。

有人支持老万的白衣卫士方案，对叶阑珊的担心嗤之以鼻，觉得能够折价获得长林集团的分红很不错。有人则支持白衣骑士方案，觉得谨慎小心为好，莫要贪了小便宜结果吃大亏。

各有各的道理，各自争执不下。

这时，叶阑珊笑眯眯地道:“那么不如大家表决一下吧，请赞同我这个议案的举手！”

说罢，她自己就举起了右手。

何哥毫不犹豫地举起手跟上:“赞同！”

齐然诺微微皱了皱眉。她才是董事长，严格意义上，如果要表决，也理应由她这个董事长宣布表决才对。只是叶阑珊终究是董事，也确实有提出议案的权利。此刻谈笑间提议举手表决，也是自然而然地发生。

齐然诺自觉可以控盘，这一刻倒是不太好强行阻止，斤斤计较这样的程序，白白失了自家的气度。也就是这么一个犹豫的工夫里，紧跟着就听到接二连三的“赞同”“赞同”。

部分是因为白衣骑士方案，确实更加维护了东华渔业股东的利益，部分则是从众的心理。转眼间，那四个中立的董事居然一个个接连选择举手支持。

“六票了哦！”叶阑珊眼波微微流转，数了数人头，笑道:“看来这个议案算是多数通过了！”

“多数通过？”一旁的獭子顿时叫了起来，“你的数学是体育老师教的吗？我们有十三名董事，六票哪来的多数通过。”

叶阑珊才不怕，不慌不忙道：“您不知道还有董事回避制度吗？《公司法》第一百二十四条规定，写得明明白白：上市公司董事与董事会决议事项所涉及的企业有关联关系的，不得对该项决议行使表决权，也不得代理其他董事行使表决权。所以，代表长林集团的两位董事，难道不应该回避吗？”

獭子呆了一呆。他就一个初中文化的渔民，哪懂这个啊？忍不住将目光投向了帅朗。在他看来，东华渔业最有学问的，除了齐然诺，自然就是帅朗了。

一直低头做记录的帅朗，没有避讳，暂时放下手中的笔，诚实地点头：“确实有这样的规定，如果涉及长林集团的表决，两位董事必须回避。所以董事会只能由剩下的十一名董事来决定议案通过与否！”

他这么一说，所有人的目光，都不由转向了齐然诺。

齐然诺蹙眉。这节骨眼上，她当然可以借口程序不对，否定眼下的表决，然后表明态度，凭借齐家在东华渔业的影响力，还是有很大把握，可以强行推动老万的议案通过。

只是如此做法，太过霸道，属于原子弹级别的杀手锏，最好当然是悬而不发，只在关键的时候使用。太过频繁的话，引发中立董事的反感，可就有些得不偿失了。

尤其叶阑珊的方案，在战略上并未对齐家有根本性的损失。白衣骑士方案，确实能够让长林集团获得更多的资金，更有把握反击赤虺投资的要约收购。在齐家同时掌控长林集团和东华渔业两家上市公司的情况下，将10%股份的表决权，转给东华渔业，无异于左口袋换右口袋。

所以……就在她犹豫的当口，忽然手机振动了一下。

帅朗发来了短信:“小不忍则乱大谋。”

这话，顿时好像天平上押上了最后一根稻草。齐然诺深深吸了一口气，开口:“现在我宣布，叶董的议案六票赞成，通过！”

第四十六章
网格

“我犯错了！”

晚上，齐家。看到父亲，齐然诺立刻检讨了自己。

这姑娘懊悔地拍了拍额头：“我就不该让叶阑珊有机会提议表决。如果是我来宣布表决，并且亮明态度的话，肯定就能让万叔的议案顺利通过。”

“其实是我的责任！”和齐然诺一起进来的帅朗，态度很端正地揽责。

自打海岸休闲城奠基仪式上，齐然诺受伤之后，他一次次过来探望。不仅和齐然诺的关系在不知不觉中越来越亲密起来，在齐家也越来越放开，浑然不像客人，倒像是自己家一样。

此刻他毫不见外地帮家里的保姆，把一个砂锅端了过来。

揭开锅盖，只见里面有牛肉，有番茄，有土豆，有粉丝，赫然是老上海的罗宋汤。只不过和经典的罗宋汤相比，汤多了一些，更加清爽。光是闻一闻，就让人忍不住垂涎三尺。

帅朗一边盛了一碗汤递给齐华，一边比齐然诺更加认真地深刻检讨："那时候，如果诺诺咬定叶阑珊这样做程序不对，其实完全可以让这个表决作废的。是我发短信，劝然诺通过了叶阑珊提出的这个议案。"

齐华不动声色地瞥了帅朗一眼，问："为什么？"

"不要怪阿朗！"不等帅朗开口，齐然诺抢着解释道，"多亏阿朗提醒，我才冷静下来，发现等叶阑珊引导其他几个董事举手赞同以后，我再推翻这个表决确实就不太合适了。毕竟通过叶阑珊的方案并不影响大局，甚至还可以筹措更多的资金来支援长林集团。而如果为了这点儿事情，恶化了和其他几位董事的关系，只怕就正中叶阑珊下怀了！"

齐华缓缓喝了一口汤："阿朗，你也这么认为？"

"我……"帅朗犹豫了一下。不过这并不妨碍他盛了第二碗汤，体贴地递给了齐然诺。

齐然诺的脸上顿时绽放出满满的幸福。她开心地接过了汤，迫不及待地帮帅朗说道："刚才我们在回家的路上，讨论过这件事情了。无论白衣骑士还是白衣卫士，本质上都一样，一样都是要把东华渔业的钱，名正言顺地拿出来，支援长林集团的反要约收购不是？"

齐华没有理会自家女儿，他将目光投向了帅朗。

帅朗自然不会回避。他沉吟着，组织了一下言语，从容道："我个人认为，公司上市，说到底就是放弃一部分股份……嗯，更确切地说，是放弃了一部分控股权，获得资本市场的融资。这样一来，好处是公司拥有了更多的资金，坏处是削弱了对公司的控制权。"

说到这里，他稍微停顿了一下，偷眼看了看齐华的神情，可惜根本看不出任何东西来。

这老狐狸慢慢悠悠喝着汤，脸上不露半点儿端倪。

帅朗无法，只好继续说下去："就拿东华渔业来说吧，如果不上市，肯定是二叔一言九鼎，一个人说了算。可是不上市的东华渔业，显然也根本拿不出足够的资金来购入长林集团10%的股份。而一旦上市，资金就充裕了。然而这些资金是二级市场上募集来的，自然就不可能随便调度和支配，必须由董事会通过认可之后才能使用。"

齐然诺点头："所以，不管是通过白衣骑士方案也好，还是通过白衣卫士方案也罢，关键就是要走完这个程序，让东华渔业的资金，合理合法地站到长林这一边来。"

帅朗默契地接话："这就是为什么我当时建议然诺通过白衣骑士方案，兵贵神速。我们最需要的是走完这个程序，让东华渔业的资金，名正言顺投入到这场要约收购和反要约收购的争斗中去。适当做一点儿让步，避免夜长梦多和节外生枝，并不亏！"

齐华呵呵一笑，慢慢悠悠地将嘴里的饭菜嚼完，这才抬头，笑呵呵地看着帅朗，笑呵呵地问："你考虑的，就是这些？"

说实话，齐华态度很是亲切，语气也非常祥和，完全就像是家里面闲话家常的长辈。可不知是否心虚的缘故，帅朗莫名地感到一阵心悸，总觉得齐华看着自己的目光，似乎另有深意。只是眼下这般情景，他也只好硬着头皮咬定自己就是这么想的。

齐华呵呵一笑，倒也没有穷追猛打，反而主动岔开话题，聊起了家常琐事。

饭后，短暂的休息后，帅朗告辞，照例是齐然诺有些依依不舍地送帅朗出去。

看到帅朗始终一脸若有所思的样子，齐然诺忍不住跺了跺脚，抱怨道："爸爸也真是，这有什么好追问的。不知道需要随机应变吗？哼，我看多半是马钧儒这个家伙在背地里挑拨离间。"她又安慰帅朗道，“阿朗，你不要多想了，我觉得董事会上你考虑得很对。咱们最主要的目标是让东华渔业的资金，顺利投入到这场收购和反收购的争夺中去，帮助爸爸打败赤虺投资。这种情况下，确实没有必要另生枝节。反正白衣卫士方案和白衣骑士方案的差别，又不影响大局。另外，也是最重要的，二叔那边其实另有安排。哼哼，只要咱们这里通过了议案，到时候和二叔相互配合，就胜券在握了！”

“另有安排？”帅朗目光微微一凝，第一时间捕捉到了最为重要的信息，“二叔准备怎么安排啊？”

“不知道啊！”齐然诺对帅朗是真的没有任何戒心。不过她确实是不知道，坦然摇了摇头，皱着眉头，不是很感兴趣地道，“反正二叔神神秘秘，鬼鬼祟祟，特意避开我，和马钧儒还有獭子他们商议。不用想也知道，肯定是些上不了台面的盘外招。”

盘外招？言者无心，听者有意。

帅朗顿时暗地里百念千转，猜测起齐军到底能使出什么见不得光的盘外招来，脸上却不动声色，笑道：“二叔在金融市场上玩了这么多年的交易，那经验是没得说的。这会儿出手，恐怕咱们长林集团的股价，很快就要大涨了！”

“那当然！”齐然诺骄傲地仰起头。

她虽然不是很喜欢二叔齐军那种见不得光的盘外招，不过对自家二叔的信心却绝对充足，毫不犹豫地道：“看着吧，用不了几天，咱们肯定能把长林集团的股价拉上去！”

“赚了！赚了！”

证券公司，大户室内。老牛激动地猛拍了一下桌子。

因为面前的电脑屏幕上，长林集团的股价经历了整整一个星期小阴小阳，令人昏昏欲睡的横盘行情之后，终于来了一根中阳线。

此刻涨幅已经到了5.3%。

虽然远没有之前涨停板那么爽利，老牛却也已经颇为满意，哈哈笑道："熊猫，你小子倒还真是有两下。亏得听了你的话，前两天在低位补了仓，这会儿算是解套了！"

熊猫推了推眼镜，嘴角尴尬地抽搐了一下，神情远远没有老牛那么兴奋。

当真兴奋不起来啊！

他不像老牛。老牛虽然炒股的水平不怎么样，可毕竟是老股民，吃过亏，输过钱，玩起来很谨慎。之前只是拿出一小笔钱建仓，这会儿补仓起来，自然轻轻松松就将成本降低了。稍微一涨，就是妥妥的盈利。

他却是初生牛犊不怕虎，傻头傻脑，居然全仓买入。上个星期，连续两个跌停板，真的很伤元气。更要命的是，惶恐不安于强平线跌破都来不及，根本没钱再补仓了。以至于就算这会儿上涨，他也依旧还处于亏损中。

只是在老牛面前，他还只能强装成竹在胸："意料之中！东华渔业通过了白衣骑士方案，等于让长林一下子多了一大笔钱。齐家现在手里兵强马壮，借着这样的利好，拉一把股价并非难事！"

老牛顿时越发兴奋："那你看这股价会涨到什么价位？"

熊猫摇头："现在后势如何，真不好说。按理，长林集团增加了这么一大笔钱，肯定就有了拉升股价的可能。再怎么说，也应该拉到16.28元的要约收购价上方，这样才能阻止赤飑投资的要约收购。否则东华渔业的这份董事会决议，还有长林集团如今的拉升股价，都毫无意义。"

老牛顿时笑逐颜开，狠狠地拍了一下大腿："是啊，就是这个理！那你的意思是，咱们继续留着手里的股票，坐等股价再上一个台阶？"

熊猫却无奈地摇了摇头，果断地泼了一盆凉水："问题是赤虺投资正在要约收购长林的股票。它会眼睁睁看着长林集团再次把股价拉上去吗？谁能说得准，它这会儿不是已经磨刀霍霍，正准备在某个时候，忽然出击，就像上周一那样，一棍子把拉上来的股价，再度狠狠地打下去？"

被熊猫这么一说，老牛终于回想起了上周一那么可怕的大跌，顿时脸色白了几分。可仅仅保本就走，又实在不甘心。拿不定主意的情况下，他不耻下问："我现在该怎么处理手里的这些股票？"

熊猫再次推了推眼镜，迅速想了想自己学到过的各种金融知识，最终还真被他想到了一个不错的方案："要不网格吧！"

"网格？"

"对，网格！您将手里的股票分成……嗯，比如十份。然后，咱们预测一个股价上涨的高度，同样将这高度分成十格。每涨一格，咱们就抛掉一份股票。如果下跌呢，咱们再把股票买回来。"熊猫越说越顺，"师父，您看，您之所以现在犹豫不决，关键还不是您的成本高了一点儿。在现在这个价位，正好处于盈亏的临界点。不抛呢，害怕跌下来重新亏损。抛了呢，又害怕涨上去，白白错过了大把利润！"

"对！对！对！"老牛连忙点头如捣蒜，这话还真是说到他心里去了。

但凡成本再低一点儿，他赚到了钱，说不定就抛了，入袋为安。如果成本高出很多，亏损很多，那么就和大多数韭菜一样，此刻他就索性咬咬牙，闭起眼睛当鸵鸟。虽然就像熊猫这样很被动，不过至少不用选择了。

唯独眼下这般刚刚到了保本线，就很有些为难人。又想拿着继续赚钱，又害怕这波反弹只是昙花一现，眨眼又跌回去，甚至跌得更凶。如果是这样的话，他之前的加仓，就会导致更大的亏本了。

“所以啊，咱们通过网格来降低成本，控制风险！”这时，熊猫再次开口，“毕竟咱们都不是股神，鬼知道这股票会涨到什么程度。那么通过网格，大涨确实会少赚一点儿钱，可毕竟还是能赚到不是？以损失部分盈利的代价，换来的则是成本的降低，风险的减少。比如师父你现在不是保本了吗？减掉部分加仓的钱，那就等于你的成本相比你第一次建仓的时候降低了很多，持有的股份却增加了很多。其实就已经赚到了不是？接下来，同样和第一次建仓相比较，上涨会赚更多。下跌呢，则有足够的资金补仓继续降低成本。进退攻防，完全游刃有余。”

说着说着，熊猫自己都心动了，哪怕此刻他还亏损了不少钱。不过再等等……等再涨上去一些，自己也不妨这么做，来降低风险。毕竟……想到自己的亏损，还有每天都要承受的杠杆的利息，熊猫又舍不得现在就减仓。

倒是老牛因为已经开始保本盈利，反而更容易接受熊猫的建议，点头：“对对对，熊猫你说得对！所以，咱们还是网格？不过……”为了保险起见，老牛不客气地又加了一句，“熊猫，你要不再去征询一下你那个发小的意见。”

熊猫皱了皱眉，下意识地排斥老牛的这个建议。都是学金融的大学毕业生，熊猫一点儿都不觉得自己比帅朗差。而且他也更希望，这次的投资是凭借他自己的能力赚到钱，不要和帅朗扯上一丁点儿的关系。

奈何毫无疑问，老牛显然对帅朗更有信心。偏偏自己无论职场，还是眼下应对场外垫资的风险，都必须老牛帮忙。

不得已，熊猫只好暗自深呼吸了一下，调整好情绪，点头应了一声“好”。

第四十七章
开会

“网格？你准备对手里的长林集团股票，进行网格化处理？”

海鸥酒吧后面的办公室内。

当帅朗接到熊猫电话的时候，叶阑珊正夹着烟的右手，同时也拿着红酒酒杯，浅浅品了一口以后，放到桌上，眼睛还是盯着面前的电脑屏幕。

屏幕上，自然是长林集团的股价K线图。

帅朗和叶阑珊并排而坐，同样看着行情。

他们本来就在讨论长林集团股票的后势如何发展，面对熊猫的询问，帅朗不假思索，就肯定道：“不错啊，我也很看好长林集团会涨一波。不过考虑到毕竟是一场收购和反收购的争斗，赤虺投资也随时都会再次出手打压股价，所以长林集团的股价，暂时有可能在一个箱体内反复震荡拉锯，确实比较适合网格化交易。”

说着，他犹豫了一下，却没有把齐军还有盘外招的消息透露给熊猫。

毕竟在他看来，熊猫这会儿也就是小打小闹赚点儿外快而已，自然没必要将齐家可能的秘密行动泄露出去。而且就算齐家使出了盘外招，也难保赤飑投资不会立刻反击。长林集团的股价，大概率还是会做箱体震荡，网格化交易本身并没有错。

他和熊猫闲聊了几句，便挂了电话。

叶阑珊在一旁听了，笑道："网格？你认为咱们手里的长林集团股票，应该用网格交易来处理？呵呵，阿朗，这可不是老师的风格哦！"

帅朗耸了耸肩："风格？我父亲的风格是什么？"

叶阑珊侃侃而谈道："这些天，我从海鸥论坛的那些交易员口中，打听来了不少关于熊法师、狼战士、蛇猎人的事情。虽然只是零星半点，不过已经可以确认，网格是熊法师最喜欢玩的投资风格。蛇猎人就像何哥说的那样，永远就好像刺客，快进快出，博取短线利润。而狼战士，也就是老师，他没有蛇猎人那样激进，也没有熊法师那样保守。

"老师总是耐心地去寻找机会。一旦找到机会，则会像蛇猎人一样，在认定的低点，重仓进入。而不是像熊法师那样，分批进入。当然，我这里不是说网格不好。网格会更安全一些，同时也更加能够容错。交易员用网格，就好像拥有千军万马的统帅，无论战斗如何激烈，总是有一支战略预备队可以供他调遣，也就有了随时随地补救战局的机会。

"但是不可否认，对于判断更加精准的交易员来说，只要他们的投资正确，那么网格反而会减少他们的收益，而一次性重仓进入，一旦判断正确，则收益明显会更高。尤其老师的投资风格，是重仓之后，如熊法师那样中长线投资，而非蛇猎人的短线操作，所以才会有五年千亿那么神奇的财富传说。"

听到叶阑珊如此推崇自己的父亲，帅朗自然有一种与有荣焉的骄傲感。

他下意识地瞥了一眼挂在墙壁上的监控。不得不说，自打阑珊资本成立以后，海鸥酒吧一下子又热闹了许多。好些个海鸥论坛的老人，纷纷又成了海鸥酒吧的常客。

可惜，他现在的身份不好暴露。所以如今每次来海鸥酒吧，都只能躲在这里和叶阑珊见面。最多也只是看几眼监控，想象一下当年父亲一手创办的海鸥俱乐部，曾经是何等鼎盛的局面。只是现在……

“你也看出来了？”仿佛是帅朗肚子里的蛔虫，帅朗这才瞥了监控一眼，叶阑珊便立刻开口，“齐军已经把手伸进来了。这几天，咱们阑珊资本的这些注资人，哼哼，就在海鸥酒吧里面开始上下串联，蠢蠢欲动了！”

帅朗皱眉，他刚才看了一眼监控里面的画面，也直觉到有些不对头。

此刻跑到海鸥酒吧来消费的人比往日多了不少。更重要的是，那些交易员往日都是三三两两，形成一个个很小的、相对固定的圈子来彼此交流。毕竟他们都是海鸥，在这资本的汪洋里，奉行的就是灵活机动船小好掉头的策略，自然不怎么需要团队合作，多半还是喜欢和相交已久、知根知底的朋友一起探讨。人多了，对自己的操作并没有太大的帮助，反而会因为意见相左，形成无谓的争吵乃至结仇，有害无益。

可是现在，交易员们却凑到了一起，十几个，乃至二三十个人，聚成一堆。自然非常反常。

帅朗顿时心中一紧，不安地道：“怎么，又有人想要撤资了？”

“没办法，阑珊资本从成立那一天起，就必然会遭遇这样的危机！”叶阑珊放下酒杯，抽了一口烟，叹道，“交易员们喜欢独来独往也不是没有道理。人一多啊，心思也就多了。亏钱了，有人担心资金安全，会吵着闹着撤资。赚钱了，同样有人想要入袋为安，同样会吵着闹着撤资。再加上，齐军齐二爷……”

说到齐军，叶阑珊顿了一顿。这段时间，齐军对阑珊资本施展出了各种手段，真是层出不穷防不胜防。叶阑珊明显有些恼了，简直可以说是咬牙切齿：“我真是小瞧了齐二爷的手段，也小瞧了他的号召力。他摆明是要把阑珊资本折腾得四分五裂烟消云散才肯罢休！”

帅朗一惊。为了提防齐军，他自从阑珊资本正式成立以来，就刻意和那些交易员保持距离，什么事情都是通过叶阑珊来间接操控阑珊资本的运作，所以对于阑珊资本当下的情况，终究隔了一层。他忍不住问道：“已经这么严重了？”

不等叶阑珊回答，办公室的门“吱呀”一声，被人从外面推开。何哥当先走了进来。

走进来的，不仅是他，还有一胖一瘦两个中年人，和一个须发皆白的老汉。

“赵哥、于总、任老……”帅朗赶紧站起来，和来人一一握手。

这几位和何哥一样，都是以前混迹于海鸥论坛，并且受过帅朗父亲郎杰恩惠的交易员。而且还是当初和郎杰走得最近的几个。在帅朗号召集资成立阑珊资本的时候，他们投入的资金也是最多的。

故而阑珊资本成立以后，他们顺势和帅朗一起成为阑珊资本投资人监督委员会的委员。根据阑珊资本成立时和投资人签订的投资协议，叶阑珊作为阑珊资本的法人代表，最多只能调动阑珊资本20%以内的资金，进行日常的投资运作。如果有什么投资项目，需要动用超过20%以上的资金，就必须在得到投资人监督委员会的一致通过才行。

如此规定，原本是为了让投资人放心他们的资金安全。毕竟，那会儿无论帅朗还是叶阑珊，都没有拿得出手的投资战绩，属于粉嫩的新人小白。单单父亲郎杰生前的人脉和威望，想要筹集针对齐家出手的足够资金，还是差了一些。阑珊资本的投资协议，不得不对投资人做出了很大的让步。

不过，由于阑珊资本第一笔投资，就是利用海岸休闲城事件爆发，出手以极低的价格获得了东华渔业的股份。继而短短三个月，获利丰厚。叶阑珊算是一战成名。足够的盈利，也打消了投资人对于资金安全的顾虑。以至于这投资人监督委员会，也就在阑珊资本成立之初开过一次会，后来都是线上联系，还真是再没有这么济济一堂过。

此时看到何哥他们出现在自己面前，帅朗第一个念头便是：这么巧?

“不是巧！是阑珊打电话把我们约来的！”何哥是真不跟帅朗客气，他瞪了帅朗一眼，悻悻地抱怨道，“你这小子当甩手掌柜倒是痛快！可是，大名鼎鼎的齐二爷，可不是吃素的。哼哼，这家伙当年在海鸥论坛上，就是很四海的主。”

“是啊！是啊！”坐在何哥左手边的，是被帅朗称作于总的中年人。

他是个生意人，穿金戴银，满脸都是亲切的乐和。

他接了何哥的话：“齐二爷不单单能拉下面子，在郎先生面前俯首做小，甚至还号称自己是郎先生门下的走狗。对于海鸥论坛上咱们这些交易员们也很豪爽大方，但凡遇到什么为难的事情，只要找到齐二爷，那都是二话不说，需要出钱就出钱，需要出力就出力，完全就是江湖大哥的派头。想当年，我家餐馆得罪了人，三天两头不是工商就是消防，反正什么牛鬼蛇神都跑过来折腾，多亏了齐二爷帮忙这才解决。”

一听这话，何哥顿时警觉：“我说于总，你这该不会是人在曹营心在汉，跑来卧底了！”

“我呸，老子是这号人吗？”于总顿时激动起来，怒道，“齐军帮过我忙，我当然认。不过那是小忙。我更不会忘掉当初亏得郎先生伸手指点，这才让我差点儿血本无归的投资最后翻回本来。否则，那一遭搞不好真是会妻离子散、家破人亡。哼哼，孰轻孰重，老子自然懂，用不着你这王八羔子来提醒！”

他又转头对帅朗认真地道：“齐军那厮就是江湖做派，用些小恩小惠收拢人心而已。问题是你别说，这一套很管用。很多人都承过他的人情，念着他的好的人，一点儿都不比念着郎先生好的人少。所以啊，阿朗，你可千万不要大意，更不能小觑，只要给他时间，齐军真是有能力把咱们阑珊资本给弄散掉的！”

帅朗连忙点头：“多谢于总提醒！”

从何哥他们的话语里可以听出来，齐军对于阑珊资本的威胁，竟然比他预料的还要大很多。这让他不能不重视和紧张起来。他的目光不由转向了叶阑珊。

今晚，何哥他们都是叶阑珊拉来的。

他所了解的叶阑珊，从来都是目的性非常强，不会做什么没用的事情。她今天忽然召开这一直没有召开过的投资人监督会议，显然是心中有了预案。

在帅朗的注视下，叶阑珊嫣然一笑：“齐二爷的手段当然了得！现在咱们阑珊资本的情况，说严重也确实是有些严重，不过真要解决，其实也很好解决！”

“怎么解决？”

“钱！”

第四十八章 劝说

“呵呵，记得有人说过，军队就是一个不断吞噬胜利的怪物，只要不断胜利，军队就会越战越强。套用到投资人身上，他们吞噬的那肯定就是钱了。”叶阑珊的回答，言简意赅，又斩钉截铁，顿时成功引起了帅朗、何哥他们的注意。

在所有人的注视下，叶阑珊反倒缓和了下来。她不慌不忙，随手捋了捋鬓角的散发。甭管鬓角到底有没有散乱的头发，这动作着实很妩媚、很女人。

别说其他人，哪怕向来冷静的帅朗，刹那间也忽然有一种血脉愤张的感觉。这时叶阑珊笑了笑。

这尤物，当真是在一笑一颦间，自然而然就把红颜祸水给演绎得淋漓尽致。

偏偏把男人们的魂儿勾起来以后，她反而严肃起来，一本正经，俨然就是职场的精英，条理清楚地侃侃而谈：“虽然有些人脑路实在不可理喻，不过总的来说，只要我们阑珊资本能够源源不断地赚钱，让注资人感觉不把钱放在阑珊资本，就是他们的损失，那么你就算想赶也赶不走！”

何哥皱眉，有些愁苦地道：“说是这么说！能赚到钱，赚到大把的钱，当然什么问题都没有了。问题是赚钱哪有那么容易。怎么赚啊？哼哼，外行才会觉得资本市场上分分秒秒都能够翻倍暴利，要真这样，人人都能成世界首富了。”

叶阑珊娇笑道：“这就是阿朗的事情了！”她将目光投向了帅朗，“反正，我已经把大家都召集起了。阿朗，如果你真有什么赚钱的办法，说出来，只要这房间里的各位都同意，阑珊资本的所有资金就可以完全听凭你的调度！”

帅朗无奈地揉了揉眉头，苦笑：“你这是要把我架起来吗？”

何哥不耐烦地打断：“阿朗，大家都是自己人，用不着这么谦虚客套。说吧，你真有什么赚钱的点子，就快点儿说出来。这里所有人都受过郎先生恩惠，相信只要可行，大家都会举双手双脚赞成的！”

帅朗只好赶紧道谢：“谢谢何哥！”

目光扫了一眼叶阑珊，恰好和叶阑珊投来的目光在半空相撞。

响鼓不用重锤。大家都是聪明人，帅朗如今已经明白叶阑珊把何哥他们叫过来的用意了——自己之前和叶阑珊透露过，齐军有可能用盘外招对付赤飑投资。现在，叶阑珊分明是希望自己利用这个消息，在长林集团的股票上狠狠赚钱。

真要这样做吗？想归想，嘴里却没有片刻停顿，迅速将情况告知了众人。

待他讲完，所有人都忍不住倒吸了一口凉气。

何哥最沉不住气，立马叫了起来：“难道你想把阑珊资本所有能够调集的资金，全都买入长林？”

确实，如果只是小笔资金的话，也就不需要征求所有投资监督委员会的委员同意了。

帅朗有些生气地再次看了叶阑珊一眼。天地良心，他最初向叶阑珊透露这个消息的时候，只是觉得这是一个赚钱的机会，但是风险也很大。所以他最多也就是和叶阑珊商量，要不要拿一笔钱来建个轻仓，当真从来没有想过要重仓介入。

无奈，何哥他们已经告诉了他，阑珊资本人心不稳的情况。在这样的情形下，他显然需要拿出最自信、最强势的态度来解决这个问题。

毕竟，阑珊资本能够成立，父亲郎杰的人情固然重要，归根结底还是他给了投资者们足够的信心。这是每一个筹资人必须具备的素质和能力。必须随时随地，都能够让投资人相信他们画的大饼真实可行。

如果此时此刻，他显露出丝毫的犹豫、畏缩和软弱，何哥这些最坚定支持自己的人，在自身利益面前，恐怕也会打退堂鼓，考虑是否将自家已经赚了不少利润的本金拿回去，更别说其他和自己关系生疏的投资人了。

这所有的想法，说来话长，实际上也就是帅朗低头拿起酒杯，喝了一口酒的刹那。

喝酒的当口，帅朗的目光微微闪烁了一下。待放下酒杯抬头，他依旧恢复平常，不慌不忙，一字一句，从容自信地开口："嗯，我建议将阑珊资本目前所有的资产都进行质押。七成质押，大约15个亿。把质押来的所有资金，全都买入长林集团的股票！"

此言一出，顿时何哥惊叫起来："什么？"

开什么玩笑！这简直是把整个阑珊资本孤注一掷地豪赌啊！

一直没有怎么说话的赵哥，忍不住皱眉，坚定表态："不行！你也只是听说齐军会搞什么盘外招，可是根本不知道他搞什么盘外招，更不知道会有怎样的效果。这不过就是一个道听途说的消息。

何况，赤飑投资也不是白痴，他们能够出手一次，肯定还会出手第二次、第三次。防不胜防，绝对是这笔投资最大的不可控因素。”

于总挠了挠头，也笑不起来了，愁眉苦脸道：“太冒险了吧！别忘了，叶总，按照协议，一旦投资出现重大损失，且亏损超过30%，投资人有权立刻终止投资。你……你这当口买入长林，完全就是刀尖上舞蹈啊，稍稍一个疏忽，就是鸡飞蛋打，全部完蛋的命……”

任老也跟着唉声叹气：“这事情要是传出去，外面那些出资的海鸥们还不得闹翻天！”

不料，叶阑珊一改往日的温和，寸步不让：“不告诉他们不就行了？就算传出来，按照协议，他们也必须一个月以后才能拿到钱。一个月时间，足够了！我们拖不起了，齐家迟早会发现阿朗的。我们必须分秒必争，让阑珊资本尽最大可能地强大起来！”

“不错，我也认同赤飑投资肯定会出手，但是我更相信，齐家既然出手想要拉升长林的股价，不会考虑不到这样的因素。最后他们两方鹿死谁手我不知道。但可以确信的是，齐家绝对不是省油的灯。他们肯定会考虑到赤飑投资再次出手的因素，肯定会想办法抵消赤飑投资出手的负面影响，然后将股价拉到16.28元上方。毕竟，赤飑投资能出手一次，就会出手第二次。所以如果要拉升，当然最好是借助市场情绪高涨的时候，一鼓作气，拉到足够高，这样哪怕赤飑投资再出手让股价下跌，齐家也有了回旋的空间不是？

“另外，我之所以坚持，还有一个重要的原因，那就是我们输得起。别忘了，这次我们几乎是在最高价卖掉了手里所有的长林集团股票，又在低位重新捡了回来，本来就赚了不少钱，也拉低了成本。

“所以，现在就算重仓投入，就算之后出现股价大跌也没关系。因为股价跌下去，赤飑投资就会以16.28元的价格，部分要约收购长林集团股票。有这样的安全垫在，阑珊资本的这次投资注定不会有太大亏损。可万一我的判断正确，这其中的盈利却相当可观。如此风险收益率，不赌简直对不起自己的钱包哦！

“当然，投资有风险。买入股票之后，不排除赤飑投资再次出手，不排除股价大跌。不过我们的投资协议早就事先规定好了，超过30%损失时，投资人可以强行终止投资。这恰好就是一道防火墙。以阑珊资本目前的巨大盈利，就算止损也不会危及投资人的本金，所以有什么好担心的！”

一句又一句话，一个又一个理由，从叶阑珊的嘴里说出来。一个不落，反驳了所有人的反对。这些反驳，居然还很有道理！渐渐地，何哥他们居然都被叶阑珊说服了。

毕竟，今时不同往日。这段时间，阑珊资本漂亮的业绩，让一直在台前负责的叶阑珊远比当初阑珊资本成立的时候，更有说服力了。

毕竟，交易员的本质，就是承受风险，追逐利益。

若是风险可以控制在承受范围之内，那么冒一下这样的风险，去追求利益，绝对是每一个合格的投资者毫不犹豫的选择。

看着叶阑珊的坚持，看着帅朗一脸的镇定自信，想到阑珊资本成立以后两人确实足够傲人的战绩，慢慢地，何哥他们一个个都举起了手，表示同意。

投资人监督委员会的五个委员，有四个同意了，唯有帅朗没有举手。

按照阑珊资本的投资协议，这样重大的投资，需要投资人监督委员会全票通过才行。帅朗也是投资监督委员会的一员，他是可以一票否决的。不过，这个投资方案就是他发起的。

帅朗咬了咬牙，气恼地发现，似乎在场的所有人，华丽丽地无视了他，在根本没有征求他意见的情况下，宣布一致通过。

第四十九章
干杯

静，很静！

在表决通过后，何哥他们纷纷离开了。办公室重新陷入了静寂中。

直到叶阑珊晃动着手中的红酒杯，笑着开口：“不用谢我哦！更不用太感动！”

“你觉得我应该感动吗？”帅朗皱眉。

一直以来，阑珊资本是以叶阑珊的名义注册成立的，也是叶阑珊在台前代表阑珊资本，但是当初海鸥论坛上的老人，完全是他帅朗打着父亲郎杰的旗号，方才召集过来，筹措到了阑珊资本的启动资金。也是在他的谋划下，阑珊资本方才借助海岸休闲城事件的大好机会，获取了惊人的收益。注资人也都把帅朗当作真正的主导者。

正是做了这些事情，所以帅朗早在阑珊资本成立伊始，就通过参与制定投资人协议的机会，不动声色地埋下了各种伏笔，确保自己对阑珊资本的控制力。倒不是对叶阑珊不信任，只是本能地防患于未然而已。

可以说，投资监督委员会一直以来都是他落下的一个闲子，确保自己对阑珊资本控制力的闲子。

这样的闲子，显然轻易是不该动用的。他更愿意让叶阑珊动用阑珊资本很小一部分资金，来进行日常投资。而他则在幕后辅助，二人共同协商掌控阑珊资本的运作，然后等真正出现有十足把握又能丰厚盈利的机会，他才会亲自出马。唯有如此，才能确保自己在阑珊资本的地位。

当然，这些话不好直接说出口，帅朗只好沉声道："你应该清楚，之前我将齐军可能会使出盘外招的消息告诉你，只是建议你轻仓买入长林，投机一把，有必要下这么大的注吗？"

"有必要！"叶阑珊的回答一点儿都不含糊，"我们快没有时间了。知道吗？不仅仅是阑珊资本这里，已经快被齐军搅得人心涣散，广州那边也快撑不住了。齐军派去调查的人，已经把我们部署在广州的众多烟雾弹都破解了。他们应该很快杀回来，很快就会把你的真正身份查清楚。"

帅朗呆了一呆，嘴硬道："那又怎样？阑珊资本已经不是成立之初的阑珊资本了，我们……"

"你是不是想说，我们拥有东华渔业25%的股份？我们拉拢了中立的董事，实际上已经可以在董事会拥有三分之一的表决权，获得了防御控制权？"叶阑珊猛地打断了帅朗的话语。

帅朗真是吃了一惊。这很少见，在帅朗的印象里，眼前的美女更喜欢发挥女性的魅力，谈笑间不动声色地推动她的意见。

叶阑珊继续说道："可是你知不知道，你这个董事兼董事会秘书，是被齐家推举出来的？要想免去你的董事会秘书职务，不是什么难事。哪怕有在证监会备案，也只需要走个程序，花点儿时间而已。而你的董事席位……如果阑珊资本散了，不仅是你，连同我和何哥这两个董事，都可以被齐家轻而易举地发起临时股东大会罢免！散了的阑珊资本，可就再没有25%的股份控制在我们的手里了！没有了股权，就算阑珊资本借着海岸休闲城事件，从齐家那里狠狠斩获了一大笔收益，可是最终分到你和我手里的，能有多少钱？这点儿钱，面对齐家这样的庞然大物，能支撑多久？”

“我……”帅朗语塞。

资本之所以为资本，重点就在于通过四两拨千斤，获得控股权。有了控股权，就可以将手中的资金、股份，成倍地扩大。而没有控股权，单单只是现金，再多的钱也无法匹配股权所带来的地位、权势还有影响力。

这些他不是不知道。只是……

仿佛洞悉人心一样，帅朗的念头这才掠过脑海，就听到叶阑珊的声音再次传来。

依旧还是那么悦耳动听，此时此刻，却偏偏好似锋利的匕首，剖开了他的皮肤，暴露出了他的内心——

“帅朗，你应该照照镜子去了。镜子里的你，真的已经不再是一年前我们刚认识时候的你了。”

胡说！帅朗扬眉，很想咆哮着驳斥叶阑珊的话。简直一派胡言，他怎么会不是他。

可是叶阑珊的话，根本不受阻挠，持续不断地钻入了他的耳中：“你满足了！满足于年纪轻轻，就成为上市公司的高管。满足于年纪轻轻，就拥有了别墅名车。满足于你远远超过同龄人的年薪，远远超过同龄人的地位、荣耀、权力。满足于海岸休闲城事件之后那次漂亮的出击，以及之后丰厚的收获。”

……是吗？帅朗想否认。可他张了张嘴，硬是发不出一丁点儿声音，嗓子好像被灌了铅一般。冷汗不知不觉渗满了额头，渗满了背心。

好像还真是如此！

帅朗反省，惊恐地发现，叶阑珊并没有说错。

他毕竟还只是一个刚刚大学毕业的年轻人。凭借自己的能力，完美地捕捉到机会，然后拥有这样的财富权势和地位，怎会不飘然，怎会不满足，怎会不沾沾自喜。

只不过，平日里他一贯冷静沉稳的个性，很好地掩盖住内心的雀跃，没有像大多数同龄人那样，情不自禁地轻浮跳格罢了。唯有此刻扪心自问，帅朗方才惊恐地承认，自己当真懈怠了，甚至都有些不想报仇了，有些希望这样的日子长久下去。

逆水行舟，不进则退吗？这样的懈怠，在面对齐华齐军这样的大敌时，还真有些自寻死路的样子！

一时间，帅朗不由冷汗淋漓，无言以对。

叶阑珊柔滑温暖的手轻轻握住了帅朗的手。

原本犀利质问的声音，忽然也柔和了起来："阿朗，要振作啊！振作起来，我相信你能战胜齐家的！其实我们现在面临的机会真的很好。只要资金再雄厚一些，不管这次要约收购谁胜谁负，我们都有机会再多收购一些东华渔业的股份。只要能够掌控东华渔业，我们就有机会以东华渔业为桥头堡，杀入交叉持股的长林集团。那时候我们才真正站立于不败之地。"

你……帅朗很想说，你疯了！

这是他第二次听到叶阑珊如此说，第一次他只当叶阑珊在说笑话。但是现在，他却听出了叶阑珊话语里的认真。问题是——姑娘，你不觉得这难度太大了吗？

虽然金融的魅力，就是通过杠杆，用小资金撬动大资本。可是一年前，他帅朗还是不名一文的穷小子，哪怕现在有了阑珊资本，如果和长林……不，不用长林，单单一个东华渔业，都能将他华丽地碾压成泥。

他再敢想，也从未想过这么激进地扳倒齐家。

可是，就在他对叶阑珊的话不以为然的当口，叶阑珊忽然将一叠文件和一张银行卡，推到了帅朗的面前。

帅朗诧异："这是……"

"海鸥酒吧质押的证明，以及质押换来的资金！"叶阑珊说得云淡风轻，就好像在说一件吃饭睡觉一样平常的事情。

帅朗却顿时像针扎了屁股一样跳了起来，睁大眼睛，瞪着叶阑珊，满脸都是难以置信。

叶阑珊却轻轻地道："拿去吧！你需要战斗，需要在战斗中获胜。交易员的获胜，就是赚取金钱，用雄厚的资本去获取更加丰厚的收益。"

"你……我……你……你疯了！"帅朗酝酿了好半天，终于吼了出来，"你知不知道，利用齐军那个盘外招赚取收益，完全就是刀尖上的舞蹈，随时都有可能把自己玩死。你……你凭什么认为我能赢？"

"因为你是郎杰的儿子。因为要想为老师报仇，你现在必须争分夺秒让自己强大起来，哪怕是利用刀尖上舞蹈的机会！"叶阑珊看着帅朗，很认真地道，"我相信你，相信老师的儿子，一定会胜利的！"

"我……他妈的自己都不相信自己啊！"帅朗难得地爆了一句粗口。

一贯冷静如他，这一刻真的冷静不了了。他可以用自信和冷静，用郎杰儿子的招牌，用自己能够获取齐家第一手信息的理由，去说服何哥他们信任自己，说服他们同意自己的投资。可是他真的说服不了自己啊！

现在买入长林，他最多只有三成把握获利。他不喜欢这样的冒险，更不喜欢被叶阑珊逼着冒险。

可是看到海鸥酒吧的质押文件，以及质押文件上的那张银行卡，帅朗却不得不闭嘴，说不出任何抱怨了。1.15亿！这是叶阑珊的全副身家了！面对一个女人将她所有财产押到自己身上，抱怨的话还怎么说出口。

非但没法抱怨，甚至他忍不住愧疚。愧疚自己之前居然怀疑叶阑珊别有用心，怀疑是蛇猎人花钱盘下的海鸥酒吧。如今，拿着海鸥酒吧的质押文件，他为自己之前的疑神疑鬼感到无地自容。

“来，干杯，为了我们的胜利！为了我们越来越强大！”叶阑珊举起了酒杯。

帅朗赶紧举起酒杯回应：“干杯！”

酒杯的碰撞声中，屋子里的气氛重新欢乐起来了。

第五十章
上涨

“涨了，哇，又涨了！”老牛也很欢乐。

他怎么也没有想到，自打东华渔业董事会的公告披露之后，这长林集团的股价，忽然好像打了鸡血一样来劲儿了。

短短两周时间，先是小阴小阳退二进三地往上爬，继而猛地拉了一根放量大阳线。再然后，盘整了两天，又是一根中阳，终于在昨天以18.64元报收，越来越靠近20元的整数关口了。

更没有想到的是，今天集合竞价一开始，就是鲜红的高开，上来股价就到了19.99元。明晃晃地冲着20元来啊。

虽然从九点十五分到九点二十五分期间，这电脑屏幕上报出的价格常常不靠谱。

就比如前段时间那一次，长林集团股价在集合竞价一开始就跳出了涨停板的价格，然后上蹿下跳，一度甚至出现跌停，恍若群魔乱舞，完全就是主力机构借助他们的通道优势欺负人——他们可以在这集合竞价期间任意撤单。而散户撤单却要到集合竞价以后才能真正撤销，如果价格上下猛蹿一下，不当心就会悲惨地成交。

不过不管怎么说，19.99元的高价出现，终究是很喜庆的开门红啊！怎么看都让人感觉舒坦欢喜！

再算一算自己的收益，老牛就更欢喜了。哪怕按照昨天的收盘价算，他十万的投入，也有小两万的收入了。可惜，当初胆子太小，投入太少。更可惜的是，他怎么就网格了？

按照网格交易的规则，股价一路上涨，他就一路减仓。

结果，这段时间股价涨得太猛了，根本没逮到太多下跌补仓的机会。这一来，就T飞了，等于在低位持续不断地减仓，自然也就少赚好多钱。

老牛不由就忧伤了起来，后悔不迭，眼巴巴地看着屏幕上的股票行情，唉声叹气道："熊猫，你说咱们要不别继续网格了，咬咬牙，死死地拿在手里。照我看，这架势肯定要冲上20元。冲上20元以后，多半还会涨上去很多！"

"这个……师父，我倒是觉得，真要冲上20元之后，咱们是不是考虑清仓了！"熊猫倒是冷静。他比老牛胆子大多了，仓位也重多了。这一波涨势，不知不觉已经赚了二十多万，等于把帅朗借给他的钱翻了个倍。

这会儿，是真心考虑如何见好就收、入袋为安了。

他看到老牛还是恋战不休的样子，不由劝道："咱们之所以做长林集团，主要还不是因为有要约收购。因为要约收购的16.28元，就是妥妥的安全垫。在这下方买入，就有机会套利。可现在，都已经快20元了，高出收购价太多，再拿着就是纯粹赌运气了。"

"话可不能这么说啊！"老牛摇了摇头，居然也整出了他的一套理由，"我仔细看过之前海鸥资产要约收购长林集团的行情了。当时，海鸥资产的要约收购价才15.6元。可你看长林集团的股价，愣是从12元一路涨到50元。"

熊猫挠了挠头，苦笑道："这不能简单类比啊！大盘的行情不一样，收购方不一样。海鸥资产还是全部要约收购呢。最重要的是，收购和反收购方的情况也大不相同。我觉得当时应该有什么特殊情况吧！像那样因为要约收购，让股价涨得那么离谱，导致要约收购失败的事情，还真是很少见的。您看，后来宣布要约收购失败以后，长林的股价不就一路跌回来，甚至还一度跌破十元，变成个位数呢。"

"我当然知道，历史肯定不会完全重复。"老牛瞪起眼来，"师父我没那么傻，肯定不会真蠢到以为还会涨回50元。那个价格太离谱了，完全是人为炒作上去的。唉，我就是觉得啊，这钱应该还能多赚点儿！"

老牛重重叹了一口气，叹得荡气回肠。只是他才叹了一半，猛地听见熊猫"啊"地一声大叫起来。顿时把老牛吓得呛住了，狠狠咳嗽了好一会儿，方才稳定下来。气得他吹胡子瞪眼，恨不能狠狠揍一顿熊猫。

熊猫委屈地推了推眼镜："师父，不怪我啊！真出大事了！"

"大事？什么大事？"

"你看帖子！嗯，这个帖子。看，上面说齐家出手了，居然举报了赤飑投资的秘密账户！"

"秘密账户？"老牛好歹也是财经媒体人，当然知道老鼠仓，狐疑道，"真的假的？赤飑投资的秘密账户，还能被齐家找出来？"

熊猫也犹豫："好像是挺玄乎的，不过也不是不可能啊！要知道，按照相关规定，要约收购方是不能在要约收购期间买卖股票的。所以上次砸盘，赤飑投资砸出来的股票，肯定源于他们的秘密账户，反正都是马甲。据说在三四线城市都是暗地买卖身份证，也不知道是真是假。"

"嗯，以前还真有这样的事情。"说到这个，老牛立刻摆起了前辈的谱，“你师父我当年有一个同学，在投资公司做事，老板派他去西南收身份证，还差点儿被人抢劫。亏得他机灵，看到情形不妙，撒腿就往人多的地方跑，才得以脱身。总之啊，主要是以前申购新股的规定太奇葩，一个股东账户只能申购一千股新股。所以，可不仅仅是投资公司，稍微有点儿钱的大户都喜欢一个资金账户，挂几百、几千账户，这就叫作子母账。这样的子母账，作用当然不仅仅是申购新股，或者拖拉机深股的可转债，它可以避免大资金不当心变成前十大股东，也可以让大资金规避股权到达一定百分比以后必须公布披露的义务……”

说着说着，感觉到自己把话题扯远了，老牛赶紧拉回来：“你是说上次砸盘时赤飑投资用的秘密账户，或者说是马甲账户，被齐家顺藤摸瓜找到了？”

“谁知道？也有可能是其他手段！反正不管赤飑投资也好，齐家也罢，都是神通广大的大佬！”熊猫耸了耸肩，“反正我就知道，这个帖子就算不是真的，也好像真的影响到长林集团的股价了！”

老牛一惊，赶紧转头朝电脑屏幕上的股市行情看去。

果然，这么说话的工夫，时间已经到了9点24分，股价居然已经过了20块。不仅过了20块，而且一路往上跳。一忽儿的工夫，就20.03、20.14、20.21、20.32……

涨幅越来越大，价格越来越朝涨停板20.5靠近。真要涨停了？一字涨停板？

老牛激动得几乎都不能呼吸了。这架势，说明帖子上说的事情极大概率是真的。如果赤飑投资的秘密账户被举报暴露了出来，肯定会被证监会查封。这就是民不告官不究，民一告就麻烦的事情。

赤飑投资倒霉不倒霉，他不管，但是赤飑投资的马甲账户如果被查封了，那意味着什么？意味着赤飑投资没法砸盘了啊！没有做空的大佬砸盘，那股价还不得冲上天。

“买！买！买！”想明白这些逻辑，老牛几乎声嘶力竭道，“捡钱的行情啊！唉，不对！该死！居然涨停了！还给不给人喝点儿汤的机会！”

9点25分，集合竞价最终当真以涨停板20.5元撮合成交。没机会了！

看着屏幕上，一大堆单子封死在了下面，老牛遗憾地叹了一口气。他越发后悔了，后悔做网格，后悔之前的减仓。这股价越往上涨，网格中T飞的那些股票，就让他少赚到的钱越来越多，多到了他都快要窒息了。

当然，总的来说还是好事。毕竟，他手里的仓位会随着股价的上涨，让他的资金越来越多。比如现在，这一个涨停板，他的钱顿时就多了一万多。最重要的是——

“明天肯定还会涨！封一字板的股票，最强了！尤其第一个一字板出现，大概率会带动股价连续再来几个一字板，或者至少也是中阳、大阳！”老牛斩钉截铁地说。

与其说是在推断股价后市的涨跌，倒更像是在言出法随的断定。

说话的同时，他在心中同样认真坚定地发誓：“一定要拿住股票，再也不网格，再也不愚蠢地减仓了。至少也要赚个十万……不，二十万……嗯，最好三十万再出手！”

老牛如是说。

第五十一章
抛售

好像有点儿不对头！

就在老牛欢喜欲狂的时候，同样在看行情的帅朗，眉头皱了起来。

自从被叶阑珊那天当头棒喝之后，帅朗不得不承认，自己前段时间确实有些不思进取了，也认识到，时间对自己越来越珍贵了。他必须尽快让阑珊资本的实力更上一层楼，让阑珊资本能够抵抗住不远的将来齐家对自己的碾压。

这绝对是一个足以绝望到窒息的地狱级难度开局，可他别无选择！

就如同叶阑珊说的那样，如果做不到，他分分秒秒就会被齐家打回原形。不，想要打回原形都是美好的梦想。强大的齐家，绝对可以轻轻松松断掉自己所有的前程，让自己再也翻不了身。

想要避免这样的悲剧，绝不是单单赚钱就有用的。能够对抗资本的，只有资本。拥有控股权的资本！

醒悟到这点之后，帅朗迅速行动起来。他将阑珊资本名下的股权、资产，全都想办法质押出去换取现金。然后义无反顾地买入了长林集团的股票。甚至都顾不上齐家的怀疑和不满，连续请了三天假，亲自坐镇指挥股票的建仓。

他在赌。赌老谋深算又实力强横的齐家兄弟，一定会让股价凶猛地拉升起来。如今，他应该算是赌对了。

这段时间，长林集团的股价果然在持续不断地上涨。他平均成本在15.7元的股票，不知不觉，已经赚了20%多了。问题是，上方的压力位也快到了。

帅朗凝视着面前的电脑屏幕。屏幕上，自然是长林集团的股价走势，不过和熊猫老牛他们的电脑屏幕不同，帅朗面前的电脑屏幕上，股价走势可不仅仅只有K线和均线。

屏幕一分为八。有均线图，有布林图，有黄金分割，有波浪线，还有不同周期的K线。

电脑旁边的办公桌上，堆满了和长林集团相关的许多资料。有基本面信息，有财务报表，有各种数据模型的计算结果。一切都好像正在展开一场激烈的战役，无数情报汇集到了帅朗的面前。

这还不算，叶阑珊很快也走了过来。她打开了一旁的投影仪，将事先准备好的PPT放映出来。

随着一张张幻灯片切换的同时，她开口介绍："阿朗，我和何哥商量过了，一致认为，上方20.64元，就是黄金分割线0.382，同时也是曾经的成交密集区。当初海鸥资产要约收购，导致长林集团股价暴涨时，就是在20.5至21元这一个区域，成为多空双方争夺最激烈的战场。破了21元以后，股价就一飞冲天了。后来从50元暴跌下来，也同样在这个区域，成为最后的支撑。跌破20.5元以后，长林集团的股价，下跌时就再也没有像样的阻挡了。一口气跌到了个位数。"

“所以……”听着叶阑珊的分析，帅朗的神情越来越凝重，“现在的股价，其实已经到了一个相当危险的位置了？”

叶阑珊沉吟了一下，斟酌了措辞道：“也不能说是很危险，更确切地说是到了阻力位。按照眼下的走势，明天十有八九就会碰到阻力位。到时候确实有可能受阻回落，但更大的可能只是涨速减缓。还有可能则是股价太强了，索性一举突破阻力位。那么到时候空间会一下子打开，股价会以更加迅猛的速度，冲到难以想象的高位。”

“总之，减仓、清仓乃至加仓，其实都有道理了？”帅朗耸了耸肩，然后他随手拿起不知是谁在什么时候落在办公桌上的一枚硬币。拿在手里，仿佛魔术戏法一般，时而旋转如花，时而翻腾化影，时而凭空出现，时而莫名消失。

帅朗玩着硬币，看了一眼电脑屏幕右下方代表时间的数字。

时间，正定格在九点二十七分。还有三分钟，就是正式开盘了。

正式开盘前，帅朗毫不犹豫地下令：“20.5元，抛一万股。”

叶阑珊没有丝毫犹豫，立刻双手上下起落，将键盘按得“噼啪”作响，迅速将卖出的指令输入之后，这才挑了挑眉，疑惑地问：“只抛一万股？现在？不等明天？”

帅朗的嘴角泛起了一丝嘲弄：“抛一万股探探情况。至于……明天？呵呵，我怕明天就来不及了！”

叶阑珊诧异地抬头，看了帅朗一眼。

不等她开口问，帅朗默契地领会了美女的意思，主动解释道：“说不出具体理由来，就是直觉，直觉这两天的量价有些问题。直觉今天会出事。”

仿佛是专门为了印证帅朗的话。他的话说完没有多久，电脑屏幕右下角的时间，终于跳到了九点三十分。股市开始运转了。资本的海洋，浪涛汹涌。

长林集团的股价……跌了！

开盘前那天文数字般的托单，就好像潮水一样，退却得无影无踪。股价一路下跌。

见此情形，帅朗目光微微一闪，嘴角却挂起了一丝微笑："果然！"

见此情形，叶阑珊则惊呼了一声："不好！"惊呼过后，她的神情有些慌张，"我们的抛单没有成交！"

真是该死！明明九点二十五分的时候，下面还有一大堆托单。可是九点三十分刚刚到，这些托单就不见了。成交的其实并不多，更多的是在第一时间撤单了。明显是主力庄家误导市场的刻意为之。

问题是，这样一来，涨停板的卖出价，就找不到可以撮合的买家了。

买价迅速跌落，远离了20.5，很快就跌到了20.07。紧接着，就以依旧十分迅捷的速度，跌破20元。一眨眼，电脑屏幕上的成交价，竟然已经是19.77元了。

上面的抛单都是五位数、六位数，下面的托单则只有寥寥的两位数、三位数。怎么看都不像是能够撑住的样子，怎么看都应该是还会继续往下暴跌的样子。

"怎么办？"叶阑珊急忙问，"撤掉刚才的抛单？追单？"

A股的委托成交方式有好几种。限价委托只是最常见、最常用的而已，还可以买一价卖出，五档成交，全额成交。

尤其是随着越来越多"90后"年轻人成为交易员，现在还流行直接跌停板价格卖出，涨停板价格买入，最适合不计成本地抛售离场了。

叶阑珊惦记着股票，问话的同时，已经自作主张撤了抛单。撤掉抛单的刹那，就听见帅朗不慌不忙道："先撤了，但是不要追！"

嗯？叶阑珊大惑不解，下意识地再次抬头，看了帅朗一眼。

帅朗很镇定："等一等！"

叶阑珊忍不住想问：等什么？

不过话到嘴边，又强行咽了回去。因为她看到两眼认真注视着电脑屏幕上行情变化的帅朗，双手都在动。

右手拇指专点左手拇指，右手食指专点左手食指，右手中指专点左手中指，右手无名指专点左手无名指，右手小指专点左手小指。手掌时不时张开，手指时常弯曲。总之就是以一种很古怪，又偏偏看多了就感觉很有韵律，暗藏了深意的节奏在动。

手心算法！叶阑珊识货，立刻认出来了。

手心算是一种速算方法，是一种不用算盘进行数学运算的方法。采用心算办法利用大脑形象再现指算计算过程而求出结果的方法。把左手当作一架五档的小算盘板，用右手五指点按这个小算盘来进行计算。记数时要用右手的手指点相对应的左手手指。

据说这种手心算法，可以不借助于任何计算工具，不列运算程序，只需两手轻轻一合，便知答数，可进行十万位以内任意数的加减乘除四则运算。

叶阑珊不知道手心算法是否真如此神奇，她只知道，帅朗很认真地看着面前的电脑屏幕。他的手心算法，也算得很认真、很认真。

第五十二章
完美

行情在跌，跌得很凶猛。

代表股价的数字，很快就从鲜红，变成了白色，回到了昨天的收盘价。然后又从白色，变成了绿色，跌破了昨天的收盘价。很熟悉的既视感！

难道……历史要重演了？

看着眼前的行情，老牛不由打了一个寒战，立刻想到了上上个周一那天，长林集团的股价走势。很像啊！不，不能说很像，简直就是一样。

一样高开，一样高开之后低走。上次瞬间到了跌停，封死在跌停，接下来的日子依旧还是跌停。这次呢？

想想就非常吓人。老牛庆幸起来，庆幸自己之前使用了网格交易法，所以他已经不是满仓。他的仓位不算太重，而且还赚了钱。他毫不犹豫，噼里啪啦一通键盘，顺利卖掉了手里所有的股票。

哪怕此刻已经跌到 -2% 点多，距离之前开盘的涨停价，等于少掉了12%。不过老牛不在乎，反正他的成本价比这低很多，就算如此现价卖出，他还是赚的。

卖完了以后，一身轻松的老牛，忍不住看了一眼身旁的熊猫。却见熊猫居然没有操作，没有像自己这样及时清仓，而是好像傻子一样呆呆站立在原地，呆呆看着屏幕上的行情走势，双眉紧皱，鬼知道在发什么呆。

老牛想也不想，立马狠狠拍了熊猫一下："你在干什么？还不赶紧把手里的股票扔掉！难道想吃跌停板？奶奶的，上次可是连续跌停啊！"

"不！"熊猫却摇头，"我觉得不会跌停！"

"什么？"

"这行情走得诡异！不像是会跌停的样子！"

"你还能看出来不成！"

熊猫皱眉，犹豫了一下，依旧坚持："感觉！我就是这么感觉的。你看它的下跌速度。你看这下跌时的成交量。现在，也才只有跌了两个百分点，好像下面的做多力量很给力……"

他话音未落，但见这股价还真是上涨了。上涨的幅度并不大，但是上涨的态度显然非常坚决。一点一点，大约用了十五分钟，就回到了昨天收盘价的附近，再一点一点翻红。

半个多小时后，涨幅已经到了2%。

等于四十五分钟左右的时间，一上一下四个百分点。

老牛顿时又坐不住了，他犹豫着问道："熊猫，你说我们是不是要再加点儿仓？"

熊猫有些不确定。老牛这心态，真是标准的韭菜心态：看到跌了就恐慌不已，忙不迭地割肉；看到涨了就兴奋雀跃，不顾一切地加仓追涨。很容易被两头打脸的。

还好熊猫自己的操作并没有问题。他坚持了网格化交易，刚才下跌的时候补了一点儿仓位，现在看到上涨，犹豫了一下，抛掉了一部分。

一来一去，做了一次很成功的T。

他想了想，谨慎地建议道：“师父，我觉得现在股价已经远远超过了16.28元的安全垫。现在已经不存在套利空间了。所以……”

犹豫了一下，他其实更想建议老牛不如索性空仓观望。毕竟现在的价位其实已经有点儿高了。不过他也知道这个建议绝对是不讨好。只要股价还上涨，老牛一定会埋怨他一辈子。如果还有什么比踏空更让人恼火的，那一定是听人空仓，却眼睁睁看着股价猛涨。

熊猫自然不愿意承受这样的怒火和责任，只好干笑道：“如果您一定要买长林，不如还是网格吧！”

“网格？”老牛有点儿咬牙。

这会儿他全空仓了，网格不了啊！只是看着股价依旧还是那么顽强执着地一点点往上爬。K线图也是怎么看都觉得上升的空间很大。越看，老牛越是有一种自己似乎错过了一个亿的悲伤。

最终，他实在忍不住了，咬了咬牙，以19.03元的价位，全仓买入，价格却比刚才抛售的价位，高了将近一块钱。这叫什么事？

郁闷之下，老牛不由想到了股民中间一直流传的一个笑话——某君通过保留底仓，专门T+0做短线。只是此君能力不足，每次都是买在高价，卖在低价，结果被券商警告涉嫌操纵股价……

老牛只觉得这样的操作再来两次，只怕他也会成为笑话里的主角。

幸好，行情还是很给力的。并没有出现一买就跌，反而在老牛买入之后，行情继续这样温和地震荡上行。等到中午十一点半收盘，已经是19.57元了。而且还大有直冲20元，乃至涨停板的架势。

“哈哈，这就叫作果断纠错！”老牛顿时高兴了起来，洋洋得意地指着电脑屏幕上的股价行情，“虽然一来一回，折腾掉了不少钱，不过之前卖出那是预防暴跌，现在追高买入则是为了避免踏空。事实上还是值得的。付出一点代价，规避了暴跌的风险，如今则享受了大涨的红利。照我看，今天就算没有涨停，明天也会大涨。这一单买入，绝对买对了！”

“我也觉得！”熊猫也承认。

他甚至都有些后悔自己执行网格减仓了，减了仓位之后，确实少赚了不少钱。

人心不足啊！

“19.63，抛售一千股！”

下午，一点。

股市刚刚开盘，股价果然又往上蹿了一下，最高一度到达19.72元。然后，在股价小幅回落，看上去应该接下来还会继续以更大力度上涨时，帅朗却果断地下达了卖出指令。

阑珊资本手里的股份，同样是分散在众多账户里的。随着帅朗一声令下，自有操盘手开始操作。

叶阑珊并没有阻止帅朗的命令。不过在执行之后，她皱了皱眉，只见眼前的长林集团股价虽然因为阑珊资本的抛售，迅速回落到19.54元，随即却又再度凶猛上涨回来，涨到了19.69元。

眼看着就要突破19.7元，甚至因为上方抛单稀少，一鼓作气冲过20元都大有可能，叶阑珊终于忍不住开口：“这个价位减仓，是不是早了点儿！”

帅朗没有回答。这一刻，他的眼睛紧紧盯着电脑屏幕上的股价行情，双手始终都在迅速变动，执行手心算法，过了一会儿开口：

“19.74，两千股！卖出！

“19.69，一千股！卖出！

“19.64，一千股！卖出！

“19.62，五百股！卖出！”

股票在他的命令下纷纷卖出，初始无论叶阑珊还是何哥都有些丈二和尚摸不着头脑，但是很快他们的目光里面流露出了惊讶。尤其是何哥，他是做交易的老人了。

看着屏幕上一个又一个成交手数，看着股价在分时图上的起伏波动，不一会儿就明白过来，帅朗这是努力避免自己这边抛出的股票，引起市场的恐慌。

不对，绝非仅止于此！不仅仅只是避免引起市场的恐慌！

何哥越看越是吃惊。他发现，在帅朗抛售股票的同时，股价竟然走得非常温和。

似乎正有一股力量，坚决地将股价压制在19.8元下方，不让股价上冲威胁到20元的心理价位。但是一旦股价跌落，对方又会果断地出手吸纳托盘，守住了19.5元的支撑价位。

股价于是就在这样的区间内温和地震荡。

在这样的震荡中，多方的情绪始终高昂，有散户更有明显是主力机构的买单不断出现。他们似乎认可了这样的区间震荡，开开心心地区间下边沿买入，又耐心等到区间上边沿抛出。不断地做T，恐怕会有人还在暗笑股市总有钱多人傻的韭菜，居然非要在低位割肉，高位接盘。

问题是成交量好大啊！短短半个小时，换手率竟然已经达到了恐怖的17%。

这样的换手率，肯定不是阑珊资本抛售股票能够做到的，也绝对不是一群短线客能够做到的。显然，在这段时间里还有人在抛售股票，抛售的股票远远多于阑珊资本的抛售。

海豚！

何哥想到了海豚，犹如庞然大物无情狩猎沙丁鱼的海豚。和这样的空方主力比较起来，阑珊资本就如同海鸥一般弱小娇巧。

然而帅朗的操作太出色了！他依附在海豚的身边，如影随形，丝毫没有破坏海豚狩猎的节奏。仅仅在如影随形般跟随海豚的同时，守株待兔，顺手吞噬了自动撞上来的沙丁鱼。

整个过程，海豚没有警觉，沙丁鱼也同样没有警觉。甚至连同样实力强大的做多主力，也没有警觉。就这么不显山不露水地抛光了手里所有的股票。

完美！不可思议的完美！

何哥完全无法想象，帅朗是怎么做到的。

而此刻，帅朗却有些进入了物我两忘的境界。他一边计算着、命令着，迅速计算出准确的结果，迅速做出最适合的命令；另一边，他感觉自己的灵魂仿佛出体，仿佛穿越了时空，仿佛回到了很多年以前。

那时，在那个别墅三楼，书架上方各种金融类书籍、墙壁上挂了好多台屏幕显示股票行情的工作室内，父亲总是把年幼的他抱在膝盖上，总是滔滔不绝教授他各种交易的本领。其中，就有如何用手心算法，计算盘中的行情。

可惜那时的他太过年幼，懵懵懂懂地学会了，却只知其然不知其所以然。后来，因为父亲和母亲离婚，母亲又极度严厉地禁止他接触父亲的任何信息，于是，这一段回忆就这么尘封在了脑海里。

真是造化弄人。原本他的人生，如果遵循正常的轨迹前行，这尘封的记忆，恐怕将永远尘封。谁能想到，若干年后，他却背负起了父亲被杀的仇恨，一头撞入了这激烈残酷的证券市场。

在这波涛汹涌的资本海洋里扑腾的他，福至心灵，竟不知不觉，唤醒了这段记忆，忽然犹如神助般领悟到如何发挥这样的本领，开始在资本的汪洋里忘我地畅游。

直到掌声入耳。

四周也不知道是谁带了头，“啪啪啪”的掌声响起。起始零星的掌声，很快带起了节奏。不一会儿工夫，阑珊资本在场的交易员，接二连三，纷纷都满心佩服地跟着鼓起掌来。

第五十三章
机会

纸总是包不住火！成交量是骗不了人的，换手率是随时都能查到的。再温和的收割，时间长了，也终究避免不了会引起市场的注意。

半个小时，仅仅半个小时！温和的箱体震荡结束了。终于，一根带量的一分钟K线，率先跌破了19.5元。紧跟着连续五六根一分钟K线，全都是中阴、大阴，一泻千里。

显然，多方放弃了19.5元一线的防守。

下一道防线，暂时谁也不知道。

打酱油的投机客，终于恐慌起来，踩踏起来。眨眼工夫，股价跌破了19元。

“怎么会这样？”老牛看得目瞪口呆，眼皮子情不自禁地连连抽搐。

同样抽搐的，还有心脏。心疼啊！

刚才他是19.03元追高买的，这会儿已经亏本了，而且看上去好像还要往下跌。偏偏按照A股的交易规则，今天买入的股票是不能今天卖出的，得等到下一个交易日。所以如果继续往下大跌，哪怕跌到跌停板，他也只能乖乖地看着，束手待毙。

同样心疼的还有熊猫。虽然他没有老牛那么莽撞地出了昏招，一直严格按照网格交易规则来增仓减仓。可毕竟手里的股票多啊。这么一跌，他当然就少赚了好多钱。

“还好，还好！这下面的买单好多啊！”熊猫指了指盘面。

盘面上的股价虽然瞬间跌破了19元，但是随后下跌的速度明显放缓了，一直持续到下午收盘，股价竟然始终没有泛绿过，始终都在昨日收盘价18.64元上方，最后以18.88元这么一个十分吉利的数字报收，形成了一根看似长阴实则小阳的K线。

老牛眼睛一亮：“要发发发啊！这是盘中暗示？”

熊猫迟疑地附和了一声：“可能吧……”

好多老股民都深信不疑，主力庄家的操盘手，会用特殊的数字，作为股价来开盘或者收盘，从而暗示出后市的走向。刚刚才大学毕业，刚刚才一头杀入股市的熊猫，其实并不怎么相信。在他看来，要真是这样的话，岂不是明目张胆地表态自个正在操纵股价？

世上哪有这样嚣张又愚蠢的庄家？

也许股市出现之始，因为配套的规章制度不完善，会有人这么玩，显示自己的实力，同时也吓唬对家。而到了日趋完善的今天，这就完全是想不开自寻死路了。只要一被举报，政策分分秒秒教你怎么做人。

不过，眼前的数字确实让人欢喜。更让人欢喜的是，最后这段时间的行情怎么看都应该是多方十分顽强，固守了最后的阵地，随时都有可能发动致命的反攻。

“所以，明天会大涨吧？”熊猫暗暗祈祷。

“肯定会的！”老牛斩钉截铁。

现如今，他绝对比前两个星期刚刚买入长林集团的股票就惨遭巨大亏损时，还要紧张长林集团股票的涨跌。只因为报社最近要做人事调动了，他抽空也走动了一下几位比较熟悉的上级领导。

中国人嘛，见面之后，自然离不开烟酒佳肴。酒酣耳热之际，他随口把自己已经开始赚钱的长林集团推荐了出去，还真有两个领导买了。所以，天灵灵地灵灵，太上老君急急如律令，这当口一定要大涨啊！

偷偷祷告了一番，老牛又看了一眼收盘后的走势图，越看越是笃定接下来几天，长林集团一定会突破二十元，涨势如虹。

“你难道认为长林会崩盘？”同样是收盘后，何哥却皱起了眉。

看着眼前电脑屏幕上的行情，他也同样觉得，长林集团的股票在接下来的几天内，有很大概率会迎来一波大涨。

问题是……帅朗今天一番操作，居然将阑珊资本前些天分段买入的长林集团股票，全都抛售完了。比狗舔的盆子还干净。

如果不是预判长林集团的股价将要崩盘，何哥想不出帅朗这么做还会有其他什么理由。

帅朗摇了摇头："我哪有本领判断出长林集团的股价会崩盘，现在最多也就只能确定，今天盘面上有人正在竭力压制股价上冲20元。"

何哥一惊："你是说赤飑投资要出手了？"

"赤飑投资接下来会出手是大概率的事情！"帅朗一边看着电脑屏幕上的行情，进行复盘，一边说道，"齐家举报的那些账户都是用别人的身份证，是否真是赤飑投资暗中操控，绝对是一笔扯皮的官司。更何况，谁也无法保证，赤飑投资手里就这么点儿账户不是？不过究竟怎么出手，什么时候出手，呵呵，我又不是赤飑投资的老板，肯定猜不到啊！好在也不用猜，反正不管赤飑投资如何动作，都不是我今天抛售长林集团股票的原因。”

何哥不由更加疑惑了：“那你为什么啊？”

“钱赚够了呗！”帅朗呵呵一笑。

叶阑珊听见这句话，皱着眉将目光投过来，帅朗赶忙摇了摇手，解释：“别担心，阑珊姐，我真是被你当头棒喝醒了，肯定不会再那么小富即安，不思进取。事实上，我今天抛售股票，就是为了实现你说的那个计划！”

“什么计划？”叶阑珊呆了一呆，随即反应过来，捂着额头，“等等，你不会真的觉得，我们现在有机会掌控东华渔业什么的？就这点儿钱？咳咳，帅朗同学，之前我这么说，只是给你树立一个值得奋斗的目标而已！”

帅朗看着眼前电脑屏幕上的股票行情，却一脸认真：“可是现在真的有机会了！”

“机会？”何哥和叶阑珊忍不住相互看了一眼，有些兴奋，但是更多怀疑，异口同声问，“什么机会？”

帅朗想了一想，开口：“这么说吧，何哥、阑珊姐，我们先做一个假设，假设赤飑投资真的就这点儿能耐，被齐家的盘外招整垮了，要约收购失败，那么你们认为长林集团的股价，会上涨到什么程度？”

“这个……”何哥犹豫了一下，谨慎地道，“我觉得冲过20元应该没有太大问题吧。毕竟现在市场情绪很好，惯性带一下，到21元也很正常。再然后……”

“再然后，就有点儿困难了。”叶阑珊紧接着何哥的话分析，“都已经涨了那么多，而且技术上的压力线就摆在那里。遵循技术的投资者，肯定会在20.64元附近选择获利减仓。而长林集团目前的基本面，也没有什么特大利好支持股价继续上涨。成功阻击了赤飑投资的要约收购后，齐家兄弟更是没有动力付出巨大成本来拉动长林集团的股价。”

“所以啊，哪怕是最乐观的预测，我们手里的长林集团股票，也不过是再多赚一两块而已。而想要在最高点大把出货，代价肯定比现在更大吧。那么扣除逃顶的成本，我认为现在持有股票所多赚到的钱，绝对不会超过5%，却要面对顶部出逃时踩踏的风险，更要面对赤虺投资更大概率出手反击，股价暴跌的损失。这么一比较，你们说现在出货，是不是性价比更高？”

何哥不得不点头。

叶阑珊却不甘地追问：“那和你说的机会有什么关系？”

“当然有关了！这几天我需要现金，越多越好，这样才能抓住机会！”帅朗耸了耸肩，也不管何哥和叶阑珊受不了这样绕圈子的话语，不耐烦地瞪着他，爆发出了逼问他究竟是什么机会的架势，自顾自不慌不忙地继续说道，“我说的机会，来自于赤虺投资要约收购成功。如果要约收购失败，没什么好说的，根本不存在那样的机会。但是如果要约收购成功，那么我觉得可以好好利用一下上交所关于要约收购的一个规则……”

何哥实在沉不住气了，追问：“什么规则？”

帅朗正待回答，忽然手机响了，是齐然诺打来的。

帅朗只好站起身来，将手机朝何哥和叶阑珊两人晃了一下，然后自己走到门外接通了电话。

第五十四章
照片

“阿朗，你的培训还没有结束？”

“大概还有两三天吧。”

“现在下课了吧？”

“是啊！”

医院，顶层的豪华病房内，齐然诺缓缓放下手机，怔怔出神。

坐在她对面的二叔齐军，冷冷地道：“怎么，是不是说他还在参加那个什么封闭式的企业高管培训班？”

齐然诺没有回答。这是前几天帅朗向她请假的理由，当时她虽然有些舍不得帅朗要离开公司一个多星期，不过还是很高兴帅朗主动学习、充实自我的进取心。

可是现在，看着自己面前的那一叠照片，齐然诺只觉得自己的心正在一阵阵地痛。

照片明显是偷拍的。不同的角度，不同的时间段。照片上的人主要是叶阑珊，也有两三张拍到了帅朗。

帅朗和叶阑珊在同一张照片上，地点却是在一家酒吧。海鸥酒吧！

本来应该只有在东华渔业公司事务上才会有交集的两人，出现在酒吧，尤其还是海鸥酒吧这个敏感的地方，不能不耐人寻味。

如果仅仅如此，那也就罢了。毕竟都是东华渔业的董事，彼此认识也是自然。在工作之余，碰巧相遇也还说得过去。但问题是，这照片拍摄的时间恰好是这两天。

两相对照，毫无疑问，帅朗说谎了，对她齐然诺说谎了。这让她分外难受。

而就在齐然诺的心阵阵绞痛之际，齐军的声音无情地传来："哼哼，这也算是意外收获！本来是让獭子去监视叶阑珊，看看这女人到底是不是和蛇猎人一伙的。结果这方面还没调查出个子丑寅卯来，反倒是无意中拍到了帅朗这小子和叶阑珊在一起。别说，这对狗男女还真够小心的，几乎没有在公共场合一起出现过。要不是獭子机灵，扮作清洁工混入海鸥酒吧，还真不知道，什么时候才能揭露他们的真面目。"

齐然诺皱了皱眉。

她下意识地不愿意相信自家二叔说的话，想要给帅朗找理由。她目光闪烁了一下，结结巴巴地道："也……也许，阿朗只是有什么事情找叶阑珊。不对，我……我觉得，说不定是叶阑珊故意设计，把阿朗引到海鸥酒吧，故意让獭子哥拍到这照片……"

齐军气笑了。

他摸了摸自己好不容易又长出了短发的脑袋："这话你自己信吗？有这么巧的事情？叶阑珊有这么大的本领？来这么一个离间计，又有什么用？咱们齐家家大业大，帅朗是被我们齐家一手捧上来的。我们也有能力分分秒秒把他一手灭了，需要离间这么一个小白脸……"

“老二！”一直没有作声的齐华，忽然打断了他的话。

齐华干咳了一声，挥了挥手，不容置疑地道：“你们都先出去！我和诺诺单独说几句话。”

“大哥！”齐军不服气地梗了梗脖子。大名鼎鼎的齐二爷，一旦脾气上来了，是不会给任何人面子的。

奈何，他这才叫了一声，眼角的余光瞥见齐然诺好像雕像般笔直地坐着，嘴唇紧紧闭合，泪却不知道什么时候无声无息地淌满脸庞。顿时齐二爷满肚子的话都堵在了喉咙口，说不出来。

好一会儿，他这才“啊”的一声大叫，一拳狠狠砸在了面前的茶几上，愣是将玻璃茶几砸得粉碎，然后头也不回，气呼呼地走了出去。

在场的獭子他们哪里还敢逗留，赶紧跟随在齐二爷身后迅速离开。

房间顿时安静了下来。死一般的安静。

好一会儿，齐华方才叹了一口气：“阿朗的事情很严重，可不仅仅只是和叶阑珊有关，我还有一个更加可怕的怀疑。我怀疑他从一开始接近你就带着可怕的阴谋。我怀疑他是最近咱们齐家一系列倒霉事件的幕后元凶。我更怀疑他是郎杰的……”

“不！”齐然诺叫了起来。

她泪流满面，猛烈地摇头，声嘶力竭地尖叫：“别说了，爸爸！不是这样，一定不是这样的！”

那悲伤的样子，任谁看了都会心碎。

“你还要糊涂到什么时候！之所以怀疑帅朗，可不仅仅只是这几张照片。你二叔已经收集到的所有关于帅朗的信息，都在证实这个怀疑。也只有这样怀疑，才能解释这一年来，咱们齐家遇到的这一堆事情是怎么发生的！”齐华怒了。

他看着女儿，目光里闪过了一丝痛苦，旋即又冰冷坚硬起来，一字一句，毫不留情地道:“诺诺，你是齐家的女儿！我和你二叔就你这么一个孩子。齐家这么大的家业，终有一天是要交给你的！你注定是一个上位者。上位者，就要拥有狐狸的智慧来识破陷阱，拥有狮子的凶猛去粉碎敌人！所以……”

说到这里，他顿了一顿，站起身来，站到女儿面前，拍了拍齐然诺的肩膀，沉声道:“所以，坚强一点儿。明天就召开董事会，罢免帅朗的一切职务，罢免他的董事席位。”

“再……再等等！”齐然诺用力摇头，就好像溺水之人抓住一根救命稻草一样，一边抓住自己父亲的手，希冀地道，“再等等！爸爸，你也说是怀疑啊！你不是说，还有几份证据，这两天就能拿到，就可以确定这怀疑到底对不对吗？那就……再等两天……”

齐华皱眉，脸上闪过了失望。

只是看着女儿祈求的目光，他否定的话终究还是咽了回去，沉默半晌道:“你这只是自己不切实际的幻想。獭子已经派人重新去帅朗的老家调查了，用不了一两天，结果就会出来。根本没有必要等……”他摇了摇头，终于露出了父亲的无奈，“算了，你一定要等的话，就再给这小子一两天的时间。诺诺，希望到时候你真的能够好好决断！”

帅朗这一刻也面临决断。

刚才和齐然诺通话的时候，他隐隐感觉有些不同寻常，总觉得齐然诺好像和往日大不一样。直觉到一种似乎有什么大事即将发生的不安。

帅朗顿时觉得这里好闷——这几天，他始终窝在海鸥酒吧后面的办公室内，指挥阑珊资本的运作。虽然在海鸥酒吧内，衣食住行，叶阑珊一直都安排得很好，可毕竟只是弹丸之地，整天待在那里，时间久了，感觉就好像是坐牢一样。

好在今天终于将所有股票都清仓了，其实明天开始，他就不需要再窝在这里了。念及于此，帅朗心中一动，决定走出去，在附近转悠一下散散心。

他刚刚离开海鸥酒吧，走到了旁边的一条僻静些的支路上，就听见“嘎吱”一声，几辆黑色的汽车从后面疾驰而来。其中一辆汽车拦在了他的前面，另外几辆也挡住了旁边和后面的道路。

车门打开，每辆汽车内都出来了黑色西装黑色墨镜的壮汉。

其中一人走到帅朗面前，彬彬有礼，却不容拒绝地道：“帅朗先生是吧？我们老总想见您一面！”

齐军？第一时间，帅朗想到了齐军。第二个念头，便是自己暴露了？

不过好像有点儿不对啊！若是自己没有暴露，齐军没道理这么粗暴地对待自己。若是自己暴露了，也根本不用这样大动干戈。齐然诺、齐军、齐华，甚至是獭子他们随便哪一个打来电话约个时间地点，自己都肯定会过去。

一则自己和齐家走得太近了，太熟了，很难有防备。二则不去，岂不是不打自招、自我暴露。

就算他们害怕自己心虚不去见齐军，非要搞这么一出戏，以齐军的为人风格，多半会把事情交给獭子这个头号大将来见自己，也肯定会报出齐二爷他老人家的名号，绝不会遮遮掩掩。

如此多的念头只在瞬间闪过。

面对对方这般强势的邀请，帅朗皱了皱眉，看看四周没有什么人，大叫救命恐怕一点儿用都没有，反而会让自己处境更糟糕。他好汉不吃眼前亏，很明智地放弃了无谓的反抗，甚至都懒得问对方来历，不慌不忙，在眼前西装墨镜男的指引下，走向一辆没有参与围堵，只是远远停在后面的黑色加长林肯。

一上车，帅朗就看到后排的座位上有一个人。

一个男人。戴着墨镜、穿着风衣，竖起的风衣领子，配合漆黑的墨镜，恰遮挡住了面容，根本辨别不出年纪样貌。

唯一醒目的，是他右手手背上显露出来的刺青。刺青的主角就是一条蛇。那蛇隐在树丛中，蛇尾犹自盘着，蛇身已经人立。鲜红的信子吐出，看上去似乎锁定了猎物，正剑拔弩张，只等着猎物暴露出破绽的最佳时机到来，发动最致命的攻击。

蛇猎人?

不需要任何介绍，帅朗立刻想到了蛇猎人。赤虺投资的老板，佘道林。

第五十五章
往事

“认识你父亲的时候，他刚刚离婚，没了老婆孩子，重新变成光棍一条。我呢，刚刚被一个黑平台坑掉了身上所有的钱，再次成了不名一文的穷光蛋。总之就是一对难兄难弟！”

帅朗完全没有想到，自己居然会在这样的情形下见到蛇猎人，这个传说中的绝顶交易高手。

蛇猎人看到帅朗上车，伸手示意帅朗坐下，示意帅朗自己动手调制车上的咖啡喝，而他则缓缓开口。声音，阴阴的、冷冷的，恍惚毒蛇不断吞吐信子时发出的“丝丝”声响，有些瘆人。

他一口就道破了帅朗的身世，说的则是多年以前的事：

你父亲推荐我去了老熊的公司。老熊知道吗？曾经很有名气的熊法师。圈子里把他和我还有你父亲三人齐名。实际上，他比我们年纪都大，是我们的前辈。

当年，我和你父亲还是小白的时候，他就已经是海鸥论坛上的大神了，教了我们很多东西。后来熟悉了才知道，他的人生也够传奇的。

原本他是一个去城市找机会的农民工，大约二十出头，就跟着老乡进入了灯红酒绿的都市。略微有些不同的是，他没有像大多数同乡那样跑去工地卖苦力。因为机缘巧合，再加上祖上传下来的几手独辟蹊径的厨艺，让他混入了一个地级市驻京城的办事处。

在“跑部前进”的年代里，这样的办事处不可避免成为官员们时常光顾的宝地。

熊有财那几手独辟蹊径的祖传厨艺里面，其中有一手就是现场宰杀、烤炙活鱼。可以在众多宾客面前，用行云流水一般的刀法，将鲜活的鱼肉，一片片，大小厚薄完全一样的切下来，然后浇灌上熊家独门秘制的调料，再被熊法师用犹如魔术一般的手法，不断在熊熊烈火之上起落。最终，盛放在精致的盘子里，成为望之垂涎、闻之不舍、食之咬舌的绝佳美味。

如此集观赏、品尝于一体的厨艺，很快就成为这家外观看上去毫不起眼的办事处，独有的一道亮丽风景，引得宾客如云。也让独此一家的熊法师没有像一般的大厨那样，整日在后面的厨房内忙碌，而是有机会出现在宾客的宴席上。展现他那些拿手的厨艺同时，他便旁听到了官员们在不经意的闲谈中透露出来的许多信息——在那个信息落后的年代里，普通人根本接触不到、想象不到，却关系到时代发展脉络的许多信息。

言者无心听者有意。闲谈的达官贵人们并没有把这么一个厨子放在心上，甚至多半不会认为这样一个没有文化，很可能是文盲的厨子，能够听懂他们的谈话。

奈何熊法师却是一个面带猪相心中嘹亮的主儿。他在为宾客尽心尽力服务的同时，一直竖起耳朵，抓紧分分秒秒，记住宴席上宾客们的交谈。

听不懂，就先记住，然后自己在空闲时买书慢慢摸索领悟。

这一幕，真的很有点儿像国外某位商界传奇，在年轻时通过接听电话获悉重要的商业信息，成功赚取第一桶金，从此走上发家致富的康庄大道。

熊法师的第一桶金，也是来自宾客们关于股市的一个消息。那个消息是一个已经从最高价跌下来，跌了足足70%，如今正在底部半死不活横盘了足足一年多，被普遍认为是垃圾股的股票，很有可能会被重组。

于是，他请假跑去旁边的证券营业部，在被当作“土包子”的白眼围观中，义无反顾地把当时辛辛苦苦攒下的所有身家都拿出来，买了那个股票。

然后，发财了！

短短一个月，那个股票就从11块多一下子涨到了48块多。熊法师的财产一下子翻了四倍有余。

虽然受制于那点儿可怜的初始资金，实际上他也就只是赚了三五万块而已。在汹涌的资本大海中，这点儿钱连沧海一粟都算不上。可毫无疑问，这次大胆的投资，为他的人生开启了一扇大门。

渐渐地，这个名叫熊有财的厨师离开了厨房，离开了那些食材和油烟。就和那个时代许多穷怕了，不愿意再穷下去，野心勃勃渴望财富的开拓者一样，一头扎入了股市，成了资本市场上的熊法师。

老熊混得比我和你父亲早好几年，他发财也比我们早几年。所以也就比我们早几年开了一家投资公司。那会儿还没有什么阳光私募。老熊那公司，说是投资公司，包装得高大上，实际上也就是雇了几个小姑娘当前台充门面的代客理财工作室，整天干的就是去忽悠人傻钱多的客户进来。

钱进来以后就帮客户操盘，拿着客户的资金一头杀入二级市场开干，拼了命地赚钱。为了让客户满意，赚的钱少了都不行。

毕竟，这些客户投钱过来，谁不是冲着丰厚回报来的。他们或许没脑子，但绝对够贪心，全都是不顾风险，疯狂追求收益的主儿。所以做权证啊，追板啊，套卡开杠杆啊，都是家常便饭，时时刻刻都在刀尖上舞蹈。真是大起大落，这钱一会儿翻倍，一会儿又回撤得你怀疑人生。

说实在，这样的投资公司，或者说代客理财的工作室，就好像韭菜，每次熊市来了就被收割一拨又一拨，到了牛市就会春风吹又生。

当然，老熊的投资公司显然是同行中挣扎着活下来，乃至活得风光滋润的佼佼者。

想要不风光滋润都不可能啊！老熊本身就是从原始股玩起来的第一流的交易员。等你父亲离了婚去投奔他以后，就更加如虎添翼了。

说来，你父亲还真的很男人，离婚的时候，不但将房产，还将手里几乎所有钱财都留给了你们母子。

加长的黑色林肯内，蛇猎人一边缓缓说着，一边悠闲地品着咖啡。坐在蛇猎人对面的帅朗，很快就感觉得到，蛇猎人分明是在回顾他自己的人生。曾经年轻、贫困，却又充满了激情、热血，挣扎着，拼搏着，走向日后辉煌成功的人生。

他不由一头雾水，实在不明白蛇猎人今天是怎么回事。吃饱了撑着，把他叫来就是让他听故事吗?

帅朗满心疑惑，完全猜不出蛇猎人葫芦里卖的什么药。不过他始终忍着没有主动开口，这当口拼的就是耐心。谁耐心不够，就肯定会很被动。

“等等！”直至此刻，听到父亲离婚的时候居然是净身出户，帅朗终于忍不住了，“什么？”

“你不知道？”一直盯着自己手中咖啡的蛇猎人，终于抬头看了帅朗一眼。

哪怕隔着墨镜，帅朗还是忍不住微微战栗了一下。感觉那隐藏在墨镜后面的目光，很是阴冷，当真就好像是一条蛇，隐在树丛中，正在冷冷地注视自己。

那注视直指他内心最深处。他仿佛被剥去了所有衣服、所有掩饰，将一切赤裸裸地暴露在对方的目光下，完全无法隐匿，当真很不舒服。

帅朗下意识地眨了眨眼睛，头微微侧了一下，避开蛇猎人的注视，含糊道："那时……我还小，不是很清楚！"

确实，当时他年纪太小，真不清楚父母离婚的时候财产是如何分割的。后来跟着母亲，最大的感受就是母亲对父亲当真很恨，恨到了骨子里去。一离婚，就带着他离开了原本温馨的家，在他的生活里，抹去了所有和父亲有关的痕迹。

以至于在他的印象里，父亲更像是负心的渣男，抛妻弃子追求富贵，还真没有听说过这样一个版本。

不过这些话，他自然不愿意和蛇猎人细说，当下把话题又转了过去："当时，他没有钱了？"

蛇猎人点头："嗯，一开始那段日子，你父亲确实很狼狈，好像无家可归的流浪狗，没钱也没地方住，所以就被老熊招揽去了。老熊给郎杰开了十万的年薪，在当时绝对算是高薪了。那会儿国企两千万资金的操盘手，一个月的基本工资才八百块。你父亲拿了这样的高薪，就成了老熊手下的打工仔。负责帮老熊拉客户，拉来客户又负责操盘。反正，这样的皮包小公司，没有什么各司其职的说法。从老板到伙计全都一个样，但凡有什么活儿都得卷起袖子拼命干。"

说到这里，蛇猎人停顿了一下，喝了一口咖啡，这才继续："好在郎杰就是郎杰。区区十万年薪，自然不可能让他就这样一辈子当个打工仔。很快，他就找到了属于自己的发迹机会！"

第五十六章
发迹

“我父亲……他怎么发迹的？”

帅朗犹豫了一下，终究忍不住再次开口。

天底下所有的儿子，对于自己的父亲肯定都暗藏了崇拜，也肯定怀揣好奇，好奇父亲曾经的人生轨迹。这样的人生轨迹，是孩子们想要模仿的，追寻的，同时也是想要超越的。自然非常想要知道，知道得一清二楚。

好在蛇猎人不知道出于什么目的，对帅朗有问必答：“你父亲毕竟是读过书的人，脑子活，接受新鲜的东西也快。于是，在券商终于可以融资融券以后，你父亲毫不犹豫玩起了绕标。”

“知道绕标吗？就是用融资融券账户融资买入 ETF（一种开放式基金），然后融券卖出ETF，用买入的ETF还了融券的ETF以后，多出来的钱可以通过普通买入，投资你想要的标的。

“之所以这么做，是因为融资融券有极其严格的限制。不是任何标的都可以融资或者融券的。尤其是融券，标的很有限，基本只能融券上证50、300和500的ETF。融资也有范围限制，比如债券，分级，申购新股都不行。

“绕标就能完美地解决这个问题。尽管那会儿绕标要承受融资的年化8%点多的利率，可在当时那么好的行情下，即便是普通人也能利用绕标出来的钱，轻松实现年化10%以上的收益。等于空手套白狼，一分钱不出，白赚当中两个点的利差。

“你父亲可不是普通人。他玩得更狠，他把绕标出来的钱，去博分级基金。上涨的时候，买入分级B加倍获利。又在折价的时候通过拆分母基套利，溢价的时候通过合并母基套利。哦，对了，还有那什么下折套利。就是分级B净值低于阈值时下折，为保证原有配对关系，分级A高于阈值的部分按净值折算成母基金。这个时候若分级A本身是折价交易的，就可以将折价部分兑现。

“总之，分级基金的花样很多，说到规则的复杂和难度，就仅次于期权了。和分级相比，什么权证，什么股指期货，都弱爆了。所以掌握了其中玩法的人，那些年真是赚得盆满钵满。那些什么都不懂，也没有耐心好好研究其中规则的人，一头扎入分级基金，多半还没明白怎么回事，账上的钱就没了。唯一能做的，嘿嘿，只好跑去证监会拉横幅，要求取消分级。

“很显然，你父亲就是前一种，掌握了规则玩法的人。更让人眼红的是，他的运气还好。那一年，正好股市崩盘暴跌，甚至有一天分级A居然还跌停了。可是紧跟着国家队宣布救市，大盘反弹，所有基金份额全都得以顺利赎回。

“你父亲抓住了机会。单单那一天，全仓抄底分级A的他，就赚了35%的利润。半年折腾下来，愣是空手套白狼，借用客户资金绕标出来的钱，赚了足足两千万。两千万，嘿嘿，原本他薪水加分红差不多能有三五十万，却耐不住大手大脚开销大，常常吃了这顿没下顿的，一下子就变成了身价千万的富翁了！

“也就是经过这一战，你父亲才算是真正混出头，很快就在交易员的圈子里名声大噪，成了能够和熊法师相提并论的狼战士！”

就如同郎杰在离婚落魄的时候投奔正自红红火火的熊有财一样。

佘道林遇到郎杰的时候，郎杰已经身价不菲了，而他刚刚被该死的黑平台坑了。那黑平台卷钱跑路，可怜他辛辛苦苦三年时间，狠赚来的三百多万，连拿出来摸一摸的机会都没有，就这么不明不白地没了。

无奈之下，他只好跟着郎杰，去了熊有财的公司。

那是一个大雨滂沱的傍晚。

“老熊！”郎杰一头闯入了办公室，全然不顾自己全身上下都湿透了。熊有财第一时间注意到，他眼睛闪闪发光，就好像找到了黄金宝藏一样。他兴奋不已地道：“运气，天大的好运气！我发现了一个天才！”

“天才？”熊有财根本不为所动，下意识地对“天才”两字嗤之以鼻。

嘿嘿，玩交易的人谁不觉得自己是天才？要不是坚信自己能够赢得全世界，谁敢把辛辛苦苦赚来的钱，投入这风云变幻的资本市场？

可惜大浪淘沙啊！

这年头，交易员里面有的是夭折的天才。每年每月，都不乏走了狗屎运一下子赚个几万、几十万、几百万，然后过度膨胀，在下一次投资中输得倾家荡产的个例。熊有财自己都没有把握能够常胜不败。像他这样代客理财的工作室，每次熊市都会像韭菜一样，被收割掉一大把，然后在牛市里又生龙活虎，如同雨后春笋般冒出一大片。

总之一句话，投资和投机本就容易混淆。交易员和赌徒其实也就是一线之隔。真正能够克服心中的贪婪和恐惧，做大做强，成就投资神话的，古往今来能有几个？

熊有财对郎杰这么兴致勃勃推荐的天才，自然没有什么兴趣。

只不过他们这公司，说是投资公司，主要还是由他和郎杰几个老鸟，忽悠来一大批傻冒客户，通过帮这些客户操盘投资来赚钱分账。彼此间与其说是老板和雇员，倒更像是合伙人。

犹豫了一下，他还是给郎杰足够的面子，问了一声："怎样的天才？"

"绝顶天才！"郎杰的回答，斩钉截铁。

这倒是让熊有财多了几分好奇。

毕竟，他和郎杰算是忘年交，因为投资而认识，彼此意气相投，本领相当，在事业上也算配合默契，搭档了好些年。在他的印象里，郎杰属于那种骨子里特别清高的书生。能被他这么推崇的，可真是很少见。

好奇之下，他终于开始关注起郎杰推荐的天才来。

结果却发现，这所谓的天才，居然只是一个高中肄业的年轻人。据说是偏科偏得太厉害。就数学一门功课还不错，其他功课全都拖后腿不及格，莫说高考，连毕业证书都拿不到。

这样一个人自然不可能指望他有什么在正儿八经，如券商银行之类金融机构的工作经历，也不可能有金融从业人员方面的资格证书。

嗯，投资方面的资历倒挺丰富。投资过黄金和外汇，玩过期货，简历上牛皮烘烘地罗列了很多辉煌的战绩。可有屁用？

在交易员里面，有一个很奇怪的鄙视链。玩股票的看不起玩期货的，总觉得玩期货的不靠谱。更何况，真有这么辉煌的战绩，不早就发财了？怎么就屈尊跑来他这座草台班子搭成的小庙？

事实上，按照郎杰的说法，这位所谓的天才确实赚了不少钱，可架不住他总是喜欢做短线，总是喜欢冒险和激进。结果就是赚了六七次，一次失误就可能把前面赚得全都输光光。

嘿嘿，这样的交易员，谁敢放心把钱给他啊！

尤其当熊有财在郎杰好说歹说之下，勉为其难地跑出去看了看本尊，就越发失望了。

在他眼里，佘道林就是一个浑身上下瘦得只剩下骨头架子的落汤鸡，蜷缩在外面公司会客室的角落里，脸色苍白得没有一丝血色，活像一个吸了毒的鬼，看着都晦气。这样的形象，谁愿意投钱给他啊！

好吧，权且当他是英雄落难，形象的问题到时候收拾一下总是能够解决的。熊有财耐住性子，面试了一下这个所谓的天才，顿时更加失望。

真是一个闷葫芦，问了半天就吐露一两个字算是回答。

哼哼，这么沉默如金，你还怎么去忽悠那些人傻钱多的客户？你不把客户的钱忽悠来，公司怎么代客理财，赚取分红？

下意识地，熊有财就想要拒绝这个年轻人的加入。奈何郎杰真是很看重蛇，他拍着胸脯作保，信誓旦旦说这主儿经过了曾经失败的磨砺，已经真正磨砺成绝世宝剑了，就等着一次机会，一次展现锋芒的机会。

碍于郎杰的面子，熊有财这才勉为其难聘用了佘道林。

好在是金子总会发光。这话不仅适合熊有财，适合郎杰，也适合佘道林。熊有财靠着达官贵人茶余饭后偶尔吐露出来的信息发了财。郎杰起家于绕标。而佘道林真正开始出彩人生的，是权证。

第五十七章
合作

“权证？”当蛇猎人说到这里的时候，帅朗轻轻喃喃了一声。

作为一个就读于金融专业的大学生，他当然知道什么是权证。

这是一种金融衍生品种。学术上的定义就是由基础证券发行人或其以外的第三人发行的，约定持有人在规定期间内或特定到期日，有权按约定价格向发行人购买或出售标的证券，或以现金结算方式收取结算差价的有价证券。

最早由美国人搞出来，现在交易最活跃的则是香港的牛熊涡轮。

至于大陆，权证的发展之路就很有些古怪了。1992年那会儿就有了大飞配股权证，可惜后来玩脱了。

没办法，当时在国内，权证真是一个很陌生、很神奇的东西，大多数投资者其实都不懂。事实上别说权证了，就是证券，20世纪90年代的中国也才刚刚处于启蒙的阶段。1996年以前，会个KDJ（随机指标）都能号称是技术派分析大师。至今沪上第一代股民都会津津乐道，当年号称大陆证券教父的管金生，曾经骑着老坦克自行车，挨家挨户宣传证券的基础知识。

所以，那会儿很多人都把证券市场等同于赌场。真正对证券有所了解的文化人，有几个敢义无反顾投入进去。多半还待在机关事业单位里拿铁饭碗呢。

股民们普遍匮乏金融基础知识的结果，导致连股票都曾经闹出过不少笑话。至于权证？这玩意儿真是太复杂了。至少对最初的股民来说，更加没法理解。

帅朗清楚地记得，大二的时候，陈思教授就比较特别，不喜欢照本宣读教科书，更喜欢讲一些过往的实例。有一堂课上他就讲过上海机场的沽证，说当时上海机场股价12元，沽证1元，沽证行权价14元。

因为是实例，自然比教科书上枯燥的理论知识有趣。所以课堂上还真有不少学生认真在听。虽然很多人只当是在听故事，却也有少数几个头脑聪明的，立刻惊呼起来，大叫不可能。

有人在底下立刻开始计算：按照这个价格，如果投资者买入一份机场股票加一份沽证成本为13元，股票暴跌，投资者稳赚1元。股票上涨但不超过13元，投资者股票和沽证的收益加起来，还是稳赚1元。股票暴涨超过13元，沽证归零，股票超过13元的部分，全是你的盈利。

总之就是稳赚不赔，简直就是送钱！理论上，市场绝不可能出现这样的价格。

然而，陈思却斩钉截铁地告诉大家，这样的价格真的出现过。他还特意找来了上海机场当年的股价K线图，以及上海机场权证出现这样不可思议的价格之后，媒体的分析和报道。

让帅朗目瞪口呆的是，最后不仅上海机场股票暴涨近一倍，更让人目瞪口呆的是沽证同时也暴涨了。

按照陈思教授的结论：这就是当时的市场！一群根本不理解什么叫作权证的投机者，为了暴利一股脑儿冲进来。甚至还出现过钾肥认沽权证到期不归零的“肥姑奇案”。疯狂、扭曲，完全无法用常理来度量，就是当时权证交易的最好注释。偏偏权证交易还是T+0（即时清算交割），没有涨跌幅限制的，其中的震荡之剧烈，可想而知。

所以随着南航权证终结交易，大陆的证券市场就再也没有出现过权证了。

不过，彼之砒霜我之蜜糖。佘道林却还是在权证存续的疯狂年代里，挖掘到了让他一飞冲天的财富。

他似乎天生有一种敏锐的嗅觉，能够从瞬息万变的价格波动中，嗅到牟利的机会。寻找这样的机会，对他来说就好像嗅觉灵敏的猎犬，寻找着香喷喷的肉骨头，一找一个准。

恰好，权证交易和A股不一样，它是T+0交易，涨跌幅限制虽然有，计算方式却不同，并非死板的百分比。尤其疯狂的末日轮中，时常会狂涨80%多、狂跌80%多，相比之下A股的涨跌停10%，简直就是温柔的羔羊。

于是，在如此这般大涨大跌，当日换手率可以高达400%～500%，乃至1000%多，买入卖出次数又不受限制的交易中，佘道林简直如鱼得水。每一分每一秒，都在剧烈的价格波动中，迅速捕捉到转瞬即逝的交易机会，犹如神灵一般收割财富。

“可惜，没什么用！”就这样没头没脑把帅朗找来，好像长辈一般回忆往事之后，蛇猎人忽然轻轻慨叹了一声。

帅朗不解地看了他一眼。他又一次浅浅地喝了一口咖啡，淡淡地道：“其实，赚的钱再多，充其量也就是从一只瘦小的海鸥，变成一头庞大的海豚而已。可是在二级市场上捞钱，这辈子的成就也就只能这样了。这一点，还是你父亲最先醒悟过来。”

帅朗默然，他明白蛇猎人的意思。

二级市场上的血雨腥风确实很刺激。二级市场上的财富神话确实很容易出现，很容易让人从一穷二白，一夜之间腰缠万贯。但是如果仅限于二级市场，那么这辈子的人生成就，也就是一个厉害的交易员而已。

不是说交易员不好，金字塔顶部的交易员都是令人敬畏的大师。他们可以轻轻松松召集来巨额的资金，随时随地向那些露出破绽的资产，发动致命而犀利的攻击。谈笑间，无数商业帝国，乃至真正的国家政权都会被他们搅得满地狼藉，纵然没有灰飞烟灭，也会元气大伤。

可是真正要把这惊人的财富，转化为实在的地位、权势，肯定远不如成为上游的鳄鱼。那才是真正扼住了财富命脉咽喉的存在。

帅朗有了一丝明悟：“所以，有了海鸥资产？”

蛇猎人点头：“你父亲啊，在大多数交易员还沉迷于如何赚钱的时候，他就好像凶狠的乡下人，一头闯入了PE（私募股权投资）业。真的很野蛮，通过一次又一次疯狂地收购，一次又一次成功收购后的疯狂增发，迅速将资产膨胀了起来。而名下的海鸥保险、海鸥期货、海鸥地产，又全都是可以拿出高额现金流的产业，反过来又进一步支撑了海鸥资产商业帝国版图的扩张。”

听到蛇猎人如此述说父亲生前的事业，帅朗忍不住悄悄地深呼吸了一口气，有些激动。

那个男人只用了短短五年时间，就创造了千亿财富的神话，就从海鸥华丽地转变成了大鳄！古往今来，有多少人能够做到？身为这样一个男人的儿子，他怎能不自豪、骄傲？

不过自豪归自豪，骄傲归骄傲，帅朗的头脑始终都很清醒。

他冷静地看着蛇猎人，冷不丁开口：“可惜，他终究还是失败了。是你下的手？”

蛇猎人根本不回避，淡淡地道：“很平常的一件事情。所谓秦失其鹿，群雄逐之。资本市场上，本来就是有利可图便四面八方逐利而来，无利可获则七零八落四散而去。你父亲露出了破绽，让海鸥资产就好像一头大象忽然倒在荒原上奄奄一息。大家自然要把握住这个机会，如同鬣狗、秃鹫一样蜂拥而上，尽最大可能从你父亲身上狠狠撕咬下一大口肉。”

听着这话，帅朗的手忍不住悄然握紧成拳。若是一年前的他，此刻肯定会忍不住挥拳相向。不过现在，他都很惊讶于自己的镇定。居然，没有怒，甚至还有一丝认同。只当是听了一个事不关己的故事，理智如故，冷静如故。

他淡淡地问：“佘总今天见我，就是想要在我面前显耀这些吗？”

蛇猎人似乎也没有料到帅朗竟然会这样冷静。他第二次抬头，瞥了帅朗一眼。如果说第一次是走马观花一样的瞥视，这一次则是审视了。目光停留在帅朗脸上的时间明显比第一次长了一些。然后摇头，平淡的话语里透露出来的，却是惊人的内容：“我没有那么无聊。今天来是想和你合作！接下来，我就会出手。到时候，长林集团的股价将会暴跌到收购价16.28元以下……”

第五十八章 巨坑

还真是出手了！

和蛇猎人见面以后的第二天，帅朗就结束了请假，重新回东华渔业上班。

进入总部，他首先直奔齐然诺的办公室准备销假。结果他却惊讶地发现，以往一直很认真敬业，从不请假，总是会提前来上班的齐然诺，今天居然没有在办公室内。

“帅总！”就在他疑惑之际，齐然诺的秘书小声禀告道，“董事长刚刚打电话来，说是要去医院看望二爷。”

“医院？”帅朗一愣。素来生龙活虎的齐军齐二爷，会得什么重病，以至于要到让人探望的地步？莫非齐家的人汇集到齐军那里去商议，准备展开什么行动吗？

只可惜，前几天帅朗为了盯盘而请假，和齐然诺的联系减少了许多。这会儿既然来上班了，自然不好马上离开公司赶过去。

当下他只能回到自己的办公室，看了看时间，正想着要不要马上打个电话给齐然诺。忽然，作为自己主要助手的证券事务代表，慌慌张张敲门进来，提醒帅朗赶紧看一下今天的热搜。

很快，帅朗就在电脑上看到：

“法制之殇——所谓的保外就医，却犹如干部疗养。”

“巨额的财富，当真可以让人逃脱法律的约束吗？”

“古有刑不上大夫，今遭罚不及巨贾！”

一批吸引人眼球的标题，纷纷上了热搜。无一例外，全都是剑指齐军。

尤其让帅朗震惊的是，这些帖子可谓图文并茂，竟然真的流传出了齐军目前所处的病房。

富丽堂皇的装饰，泳池、桑拿、网球场、健身房等应有尽有的配套设施，占据了整个顶层的面积，扑面而来的都是让普通百姓们高山仰止，望而却步的富贵气息。

偏偏另一组照片，却是法庭上受审的齐军，监狱里服刑的齐军，文件上允许保外就医的齐军……

顿时，形成了鲜明的对比。

这时候，叶阑珊显然也注意到了这些。

她忍不住打了电话过来，幸灾乐祸地笑道：“真是高手啊！蛇猎人看来是高价聘请了公关的高手。一针见血，触及了公众对于司法公正的关切，对于富豪仗势欺人、无法无天的愤恨，还有自身会不会哪天也被富贵权势碾压成渣的忧虑。舆论肯定会爆发。唉，齐家真是流年不利，又涉及公共事件，又要有大麻烦了！”

帅朗的脸色有些凝重。毫无疑问，这些帖子预示着，蛇猎人昨天的那些话正开始一点点地应验。

他沉默良久，方才深深吸了一口气，一字一句沉声道：“看吧，估计开盘长林集团的股价就要大跌了！”

果然大跌了！

熊猫手足冰冷地看到，今天一开盘，股价就毫不留情地停留在了跌停板16.99元上面。就好像钉子一样，纹丝不动。上面全是天文数字般，巨大得让人绝望的抛单。

该死！说好的昨天收盘价18.88元，这么吉利暗示着后市要大涨的数字，是假的吗？明明昨天盘面还是那么温和。明明昨天只是上攻试探20元的小幅回调、蓄势待发。哪里想到，今天就直接一个跌停板。

一字跌停！整整一天，都没有波动过。

手里大把股票没有一丝一毫机会卖掉。原本丰厚的盈利也一下子缩水了好几万。这还亏得他这些天，一直坚持网格，已经减了不少仓。

相比之下，老牛就更倒霉了。他昨天低价抛掉，19.03元又高价接回。现在股价一下子跌到16.99元，当真是双重暴击，格外难受。

此刻，他呆呆地看着盘面，嘴里一个劲儿地咕噜着给自己打气："洗盘，对，这一定是洗盘，庄家在洗盘！"

可惜，墨菲定律总是好的不灵，坏的灵。接下来几天，事情完全没有顺着老牛的心意来。

蛇猎人的出手，无比犀利。

网上的帖子可不仅仅是曝光了齐军名为保外就医实则享受的生活，还把齐军从最早起家到最近海岸休闲城事件爆发，涉嫌各种违法犯罪的黑历史，全都又扒了一遍。另外，齐家的商业版图也一遍又一遍，被不厌其烦地拿出来炒作。

这些虽然都是旧闻，并且之前就被媒体报道过，不过现在搭配了豪华保外就医的新闻一起出来，依旧还是助燃了公众的怒火。

于是这把火，不仅东华渔业再度被烧得不得安宁，长林集团也不可避免地被波及。

最要命的是，越来越多的舆论开始怀疑齐华才是这些罪恶的幕后元凶，齐军平时只是冲锋陷阵的大将。一旦有事，齐军就站出来，壮士断腕，丢车保帅，一人承担下所有罪责，背下所有黑锅，力求保住齐华。只要齐华没事，齐家的财富人脉就安然无恙，齐军就可以轻轻松松利用法律的漏洞，逃脱法律的严惩。

在这样的情形下，网上越来越多的声音，怒涛汹涌地要求调查齐华。

面对如此舆情，相关部门也坐不住了，出面宣布将展开调查，调查齐军保外就医的每一个环节。齐华被约谈。顿时，长林集团也成了众矢之的。股价自然不可避免地跟着如多米诺骨牌一样崩塌。

第二天，接踵而来的就是又一个一字跌停：15.29元。跟着，是13.76元、12.38元。

连续四个毫不讲理的跌停板以后，第五天，依旧还是跌停板11.14元开盘。

好在这时，终于开始反弹了。盘中一度上攻到13元，最终回落至12.25元。

可惜，这样的价格对于熊猫和老牛来说，根本没有用。他们都被深深套住了。现在割肉，简直就是断臂残肢，惨不忍睹。与其这般，还不如索性死死拿在手里，等待赤飑投资16.28元的要约收购。

反正，从赤飑投资宣布要约收购到现在，不知不觉已经二十多天了。

数一数日子，居然只剩下五六个交易日。

在这样的情绪影响下，终于止跌的长林集团股价，这五六个交易日，就开始有气无力地等死。股价上上下下小幅震荡，始终突破不了13元的关卡，却也一步步，渐渐站稳到了12.7元的上方。

然后，在最后一天12.86元的报收后，终于迎来了要约收购。

12.86元！

这些天，哪怕清仓了也依旧在关注长林集团股价行情的帅朗，看着眼前的收盘价，神色惊疑不定。

这个数字，正是当初他们算出来的极限值。迫使二级市场上所有股民，不得不选择要约收购的极限值。

巧合？还是蛇猎人对于交易的把控，已经到了如此出神入化的地步？帅朗无法确定。

他脑海里更多徘徊的，是那天蛇猎人和他对话的场景——

“……如果没有意外，到时候大多数股民应该都会选择接受要约收购。唯有这样，才能最大程度地挽回他们的损失。不过，呵呵，这些可怜的韭菜，总是怀揣一夜暴富的美好梦想，一头扎入资本的汪洋。投入辛苦赚来的血汗钱，却始终不肯多花点儿时间学习投资的基础知识。所以，他们中的大多数肯定不知道，选择接受要约收购，就会跳入一个巨坑，很可能会要了他们命的巨坑。”

第五十九章
来者不善

熊猫感觉到要命了。

到期日，他理所当然选择了同意被要约收购。原本想着，不管怎样，16.28元出售手里的股票，哪怕这只是部分要约收购，只能出售部分股票，也肯定能够弥补不少损失。所以直到今天开盘以前，他其实是很平静的，一点儿都不慌。

毕竟他之前采用网格化交易，上涨的时候不断减仓。因此现在只有五成的仓位，成本也已经压低到了13.7元左右。如果运气好，选择接受要约收购的股份少，他就可以在16.28元的价位上多出售点儿股票，那么说不定还能盈利。

……好吧，这只是一个美好的愿望。实际上随着股价大幅下跌，除非想要争夺控股权，或者长期投资者，或者就是传说中的僵尸账户，其余股民基本上肯定选择接受要约收购。这样至少可以将一部分股票，以16.28元卖掉，大幅降低持有成本。

于是，熊猫按下F10，查阅了相关信息，很快痛苦地发现，选择接受要约收购的股份，差不多占据了长林集团大约70%的股份。而赤虺投资的部分要约收购，只是收购长林集团25%的股份。

“也就是说，我们选择要约收购的话，只有大约36%不到的股份可以按照16.28元的价格售出，剩下六成多的股份，只能按照市价来正常交易？”这时，老牛也醒悟过来了。

他比熊猫更惨。他是19.03的价格全仓买入的，跌到现在13块下面，已经损失了三分之一的资金。哪怕有之前盈利可以抵消，算下来也亏掉了四分之一。如果自己手里的股票，有65%只能按照现价抛售的话，这要损失多少钱啊！

老牛投向熊猫的目光，不由有些犀利起来。

这可不仅仅是钱的问题。之前为了在报社人事调整时往上挪挪位子，他走了走关系。走关系的时候，顺带推荐了长林集团这个股票。现在好了！非但没有赚，反而大赔特赔，这还不把那些领导得罪死。可想而知，往上挪位子的可能是别想指望了。别被人穿小鞋就已经阿弥陀佛了。

而这一切全都源于熊猫。要不是熊猫推荐，他怎么可能掉入这么一个大坑里？

面对老牛已经掩饰不住恼怒的目光，熊猫的脸不由一阵红一阵白。这段时间，他算是被资本狠狠地吊打一番了。明明自己学的是金融专业，明明理论上要约收购是可以套利的，谁能想到，这些天来，自己完全就成了被收割的韭菜。

偏偏此刻还只能按下心酸、委屈，干咳了一声，强行岔开话题道：“快要开盘了。现在要约收购已经确定，我想股价说不定会有一个触底反弹……”

说话间，他猛地卡住了。睁大了的眼睛，难以置信地看着眼前的电脑屏幕。屏幕上，出现的竟然是一个跌停价：11.57元。一字跌停！

万没有想到，居然是一个一字跌停板。

老牛不由惊叫了起来："怎……怎么还在跌？不是都选择接受要约收购了？这赤虺投资干吗还要打压股价？"

"也许是诱空？"熊猫皱了皱眉，不是很确定。

这会儿的行情确实有些古怪。虽然出现了跌停板，可是和以往相比，这次压在上方的抛单真的很少。只有以往跌停时抛单的十分之一都不到。看上去，似乎多方只要稍稍发力，就能反弹上去。

"不对头！"就在熊猫暗自思考的当口，老牛再次惊叫起来，"奇怪！为什么我可出售的股票变成零股了？不是说，我们只有不到36%的股份可以被要约收购，剩余的股票为什么不能卖出？"

熊猫一愣，他看了一眼自己的账户。果然和老牛说的一模一样，可出售股票，不知道什么时候变成了零。如果不是证券软件出错的话，那么……冻结？

一个可怕的念头，在熊猫的脑海里掠过。

"……长林是沪市发行的股票。按照上交所的规定，选择部分要约收购的股民，手中所有长林集团的股票，都会在结算期间自动冻结，无法交易，直到结算完成。整个过程，大约需要持续三到四个工作日。

"这段时间，长林集团的成交量势必会极度萎缩。于是，没有选择要约收购，手中股票没有被冻结依然可以自由交易的齐家，完全可以乘这个机会，以极小的代价将股价继续打压下去。哼哼，他们肯定觉得自己在打一个很如意的算盘。"

东华渔业总部，办公室内。

帅朗眼睛看着电脑屏幕上的股票行情，拿着手机正在通话，心里忍不住想起了蛇猎人的话。

“你是说，齐家会打压长林集团的股价？”手机那头的叶阑珊忍不住挑了挑眉，不可思议地道，“他们疯了？打压长林集团的股价，不就等于让他们自己的资产缩水？何况，现在赤虺投资已经拿下了25%的股份，他们这个时候抛售长林集团的股票，就不怕控股权旁落？”

“是有点儿风险，但是值得！”帅朗继续盯着面前的股票行情，看着长林集团居然只有三位数的卖单，就轻轻松松把股价压在了跌停板上，摇头道，“毕竟，现在市场上能够交易的股票几乎都集中在齐家的手里。而赤虺投资的资金则因为要约收购，暂时被冻结了。所以，除非这几天有第三方势力携带大量资金入场，否则根本不可能挡住齐家的疯狂砸盘。”

说到这里，帅朗感觉嗓子有些干涸。他顺手拿起旁边的杯子，喝了一口水，眼角的余光不经意间，恰好扫过窗外。

一辆蓝色的兰博基尼，正从远处疾驰而来，很快就来到了东华渔业总部的楼下。

这车太熟悉了，正是齐然诺。帅朗的瞳孔微微收缩了一下。

这两天，因为蛇猎人的出手，保外就医的齐军齐二爷已经被重新控制，齐华也被约谈。别说长林集团了，就连东华渔业也是人心惶惶，一片兵荒马乱的样子。

在这样的情况下，齐然诺一直都在长林集团那边坐镇，就算是帅朗也只是每天和她通过手机、网络，远程联系。自从他结束请假，重新回到东华渔业，还没有机会和齐然诺见上一面呢。

不知道为什么，线上联络的时候，他总觉得齐然诺的语气似乎有些疏远，再不复以往那般亲密。而今天，看到齐然诺终于重新出现在东华渔业，帅朗更是莫名地心头一跳，掠过了一丝不祥。

心中如此想着，他和叶阑珊说话的声音却没有丝毫波动，依旧平静沉稳：“事实上，无论谁，就算再有钱，只消有点儿脑子，这两天都不会买入长林集团的股票。因为再过几天，要约收购的结算一旦完毕，那些选择接受要约收购的股民，手里多余的股票都会解冻。到时候，他们恐慌也好，加了杠杆被迫平仓也罢，惯例都会有一波抛售套现。到时候以更低的价格买入，不是更开心吗？何必在这个价位买入，承受可能的浮亏？”

“可是……”叶阑珊还是有些无法理解，“这对齐家有什么好处？”

“好处大了！股价暴跌，最起码意味着以16.28元收购了长林集团股票的赤虺投资，短时间内承受了巨大浮亏，无法将手中的股票质押出更多的资金。而资金相对更充裕的齐家，却可以在更低的价位吸纳更多的股票，应对赤虺投资在控股权方面的挑战！”

说话的当口，蓝色兰博基尼已经停住。很快，齐然诺下车走入了东华渔业总部。

帅朗站在窗口静静地目睹这一切，嘴角则泛起了一丝嘲弄：“当初，海鸥资产要约收购长林集团的时候，齐华不就通过这么做，顺利掌控了长林集团？玩这些，他是轻车熟路！”

他话音刚落，敲门声起。

帅朗看到齐然诺板着脸，不带一丝表情，肃然推门而入，用力将手中的文件夹，扔到了帅朗面前的办公桌上。

果然来者不善。

第六十章
决裂

“不错，我就是郎杰的儿子！”

看着齐然诺扔到自己面前的文件夹，散落出了一大叠照片、档案，帅朗皱了皱眉。

他没有分辩，很坦然地承认了：“你既然调查了我，就应该知道，很小的时候，爸爸和妈妈就离婚了。我改成了妈妈的姓，再也没有和爸爸有任何联系。等我再次听说郎杰这个名字的时候，得到的消息却是他从高楼的平台跳了下去，告别了人世，也告别了他一手创建的市值千亿的商业帝国。而他人生的滑铁卢，就源于要约收购长林集团。”

“阿朗……”齐然诺幽幽叹了一声。

她原本是带着满腔怒火过来的。但是，调查了帅朗身世，她自然也非常清楚齐家和帅朗父亲郎杰之间的恩怨。听到帅朗的坦承，她那满腔的怒火，忽然消散了，反倒闪过了一丝愧疚。

毕竟，当初若非自己的父亲和二叔设局，市值千亿的海鸥资产也就不会在一夜之间垮掉，帅朗的父亲郎杰也不会丢失性命。

从这个角度，齐家确实欠了帅朗。

只是她终究不甘，不甘地问：“所以，从一开始，你就故意隐瞒了身世，故意来应聘，就是为了报仇？”

帅朗没有掩饰，沉声：“是！”

“我……也一直被你当成仇人？”

“你……”帅朗抬头，恰看到齐然诺正在注释他。那一双清澈明亮的眼睛里，分明已经波动了泪，却偏偏又坚强地忍住。

刹那间，帅朗的脑海里，不觉浮现出一年前，他进入长林集团应聘时，第一次遇见齐然诺的情形：那时，眼前这位齐家公主，穿了一身中规中矩的职业套装，不施粉黛，素面朝天，还刻意戴了一副很老气的平光眼镜。好像马列老太的样子，让她显得格外严肃。凶得……很可爱。

她招聘了他，和他一起面对股东们一波又一波电话质问；带他去食堂，遭遇了炒股失败的员工袭击；鼓励他去考董秘证；自己调去东华渔业的时候，还推荐他从证券事务专员，升职为证券事务代表。

他去东华看她，挺身而出，帮她镇住了东华渔业那些没有文化的元老。他们一起出海，一起吃当地特色佳肴；一起努力，加班加点，推动了东华渔业的上市。

不知道从什么时候开始，他们就成了最为默契的搭档。从证券事务代表和证券事务专员，到董事长和董事会秘书，他和她始终都应付自如。无论大事小情，常常不需要言语，一个眼色、一个细微的身体动作，就能洞悉对方所思所想，就能立刻奉上最及时、最恰当的配合。

更何况，在海岸休闲城奠基仪式上，她那么毫不犹豫地为他挡住了飞来的石头。他看到她流血倒下的那一刻，也是那么发自内心地紧张和关切。

这样的女孩，他怎么可能一直只是当成敌人。

帅朗暗暗叹了一口气，从嘴里说出的话却变得分外冰冷："是！"

"好……那么……"齐然诺转身。她不想让他看到，泪悄悄从她的眼眶淌出。

她同样从嘴里吐出冰冷的话语："那么，请你辞职吧！"

"辞职？"

"对！"

"如果我不辞职呢？"

"我会罢免你在东华的所有职务，并追究你的法律责任！"

齐然诺抛下冰冷的话语，没有一丝一毫犹豫，坚定有力地走出了帅朗的办公室。

"董事会？罢免？"帅朗伸手取出了烟，叼在嘴里。"啪嗒"一声，打火机顿时蹿出了蓝色的火焰，烟被点燃。

吸了一口吐出，烟雾随即在眼前缭绕。缭绕的烟雾里，帅朗忍不住又想起了那天自己和蛇猎人的对话。

"如果齐家当真打压股价，想要捡这个便宜的话，恭喜你，阿朗，你的机会来了！"

加长的黑色林肯内，蛇猎人提及"机会"两字，瞬间让帅朗心头一跳，感觉自己似乎被蛇猎人洞悉了内心。

果然，蛇猎人继续说出来的话，每一个字，都仿佛利剑："不要装傻。我相信你肯定注意到上交所关于部分要约收购的相关规定了。我更相信你能够预测到，齐家会打压长林集团股价的动作。而你偏偏在今天选择全部清仓，把手里所有长林集团的股票清仓离场，换成了现金。那么，接下来你会怎么做呢？"

帅朗努力让自己镇定，不以为意地笑道："我会怎么做？"

"长林集团的股价虽然会暴跌，可惜长林的盘子太大，以你手里那点儿资金，根本没有资格加入到针对长林的这场资本盛宴里来。不过没关系，长林股价的暴跌，必然会牵连东华渔业的股价同样下挫。

“这个时候你拥有大把现金，岂不是正好可以逢低吸纳大量东华渔业的股份？或者，直接用溢价买下大股东、董事们手里的股票。连横合纵之下，在如今股东和董事成分复杂的东华渔业，你就算拿不到绝对控股权，至少拿下一半以上的相对控股权，应该不难吧。”

“所以，爸爸你认为阿朗……帅朗在发现自己身份暴露以后，一定会加紧行动，使出各种手段来拿下东华渔业？”齐然诺一回来，就进入了父亲的书房。

书房内，齐华坐在电脑前。电脑屏幕上，赫然是长林集团最近的股价走势。

不同于女儿的犹疑，齐华斩钉截铁：“既然帅朗是郎杰的儿子，他处心积虑隐瞒身份接近你，接近我们齐家，那么他的目的显而易见，就是要给郎杰报仇。这样一个人，绝对不会放过这样的机会。就好像之前，哪怕有暴露的风险，他还是出头组建了阑珊资本。必须承认，这小子果然不愧是郎杰的儿子，胆大心狠，而且对于如何利用资本市场的规则，也确实很有一套。”

“可是……”齐然诺皱了皱眉，“爸爸，你是不是太高看他了？再怎么擅长利用规则，也终究需要实力来推动。阑珊资本之前的成功，更多源于他当时隐在暗处，渔翁得利而已。现在他都已经暴露了，正面交锋的话，我保证，单单东华渔业的力量就足以将阑珊资本死死压制住。”

“压制住？哈哈，为什么要压制住？”齐华却忽然笑了起来，笑着挥了挥手道，“不，不要压制。只有千日做贼哪有千日防贼的道理。所以，非但不要压制，我还要给他机会，增加他吞下东华渔业的可能。”

齐然诺诧异：“什么？”

诧异之余，她隐隐有些不安。虽然还不知道自己父亲究竟酝酿着什么计划。可是她已经强烈地预感到，这个计划恐怕会很冒险。

“你还不明白吗？现在对我们齐家虎视眈眈的，可不只是一个帅朗。又有资金，又擅长资本运作的蛇猎人，才是咱们齐家眼下真正的生死大敌。”

齐华完全没有理会女儿的关切和担忧。

他给自己切了一支雪茄，点燃，指了指面前的电脑，冷冷地道：“看，赤飑投资简简单单一个部分要约收购，就已经把长林集团搅得翻天覆地。更要命的是，蛇猎人不知道从哪里弄到了你二叔保外就医的详情，还将之热炒起来，弄得现在你二叔又被关入了监狱，暂时无法和外面联系。这样一来，长林集团在资本市场上完全无法和蛇猎人交锋了。阑珊资本那边，也因为没有你二叔出面，原本挑拨分化的计划，同样很难继续下去。既然这样……”

说话间，齐华吸了一口雪茄，微微的火光乍现又隐。

烟雾缭绕中，齐然诺听到了齐华竟略微透着丝丝亢奋的声音传来：“既然这样，我们何不兵行险招？索性放弃争夺一些我们已经处于下风，获胜把握并不大的东西，把他们引诱到我们占据优势的战场上，充分发挥我们的优势，来和他们一决雌雄！”

说这番话的时候，齐华并没有转头看自己的女儿，而是将目光，始终死死地盯着面前的电脑屏幕，盯着电脑屏幕上，长林集团股价恍若银河落九天一般地暴跌。

第六十一章 电话

10.41元！

9.37元！

8.43元！

三天，三个跌停！

海鸥酒吧内，看着长林集团跌成这样，何哥不由咂舌："阿朗，果然不出你所料，长林这波跌得可真够猛啊！"

帅朗一脸理所当然，冷静地道："很正常，现在市场上主要就只有齐家手里的股票可以交易。而有资金愿意做多购买的人，也肯定要等到明天，赤飑投资针对长林集团部分要约收购的结算完成以后才会出手。毕竟，明天长林集团的所有股票都会恢复正常交易。这几天被冻结了股票的股民，到时候肯定会恐慌性抛售。嗯，还有人会因为股价大跌，被迫强平。明天才是真正抄底的时候。"

"可惜……"何哥有些遗憾地摇了摇头，"这么低的价格，我们如果也插一手，肯定能赚很多啊！"

“没有必要！”帅朗很果断，“明天盯着长林的人会很多。而真正的主角，也必然是赤飑投资和齐家。阑珊资本这点儿家底，凑上去只能当炮灰。何况，就算抢到一些筹码，也不过是赚点儿差价。但是东华渔业……”

说话间，他操作键盘，迅速将电脑屏幕上的股票行情，从长林集团切换到了东华渔业。

受到长林集团股价的拖累，作为高度关联企业的东华渔业也同样连连下跌，和之前的高位相比，跌幅达到了30%。

看着这样的巨大跌幅，帅朗深深吸了一口气，断然决定道：“趁现在东华渔业价格这么低的当口，立刻和中立的那三位董事联系。我们一人负责一个，争取这两天就把他们拿下。就跟他们说，只要他们在董事会上配合，阑珊资本愿意以30%的溢价，协议收购他们手中的股份。”

听到这话，何哥有些肉痛：“溢价30%？这么高！”

“不算高！”帅朗摇头，“其实就等于按照东华渔业之前正常的市价协议收购而已。当然，他们也不亏。毕竟这股价跌了30%以后，再要涨回去，就等于要上涨40%多，天晓得需要多少时间。而点对点的协议收购不同于点对面的要约收购，一旦谈妥就可以立刻成交。他们等于赚回了大把时间成本。这是双赢。”

“道理是这个道理！”何哥看着盘面上正处于低位的东华渔业股价，悻悻地道，“问题是我们现在明明可以这么低的价位扫货……”

帅朗苦笑：“时间啊！我们也需要时间！我也好想在这么低的价格慢慢扫货，拿到足够的股份，获得控股权。问题是，齐家已经不会再给我们太多时间了。他们明显要在董事会上罢免我的董事会秘书职务，还要在股东大会上，免去我的董事席位。这种情况下，我们显然没有时间再在二级市场慢慢吸筹了！”

一旁的叶阑珊咯咯笑道："何哥，你现在可是堂堂上市公司的董事了，咱们不要再斤斤计较一时一地的损益。如果从交易员的角度出发，现在这么低的价位拿到股票，肯定稳赚不赔。可是如果要从控制股权的角度看，我们就必须争分夺秒，哪怕多付出一些，只要最后控股了，也绝对值得！"

"就是这个道理！"帅朗很满意叶阑珊的表态，点头道，"所以溢价30%只是我们的开价。我心里的底线……底线是溢价50%。"

何哥再度惊叫起来："50%？"

这一下，他更加肉痛了。这得多花多少钱啊！

帅朗却十分坚决："这是必须的。现在我一票，你和阑珊姐各一票，还有之前拿下的那个董事一票，一共有四票。只有再拿下剩下三个中立董事，我们才能在十三个人的董事会中，拥有超过半数的七票，才能够获得相对控股权，左右董事会的决议，进而决定东华渔业的日常运行。这就是一次突袭战，是拿下东华渔业代价最小、速度最快的唯一方案。只要能成功，花多少钱都值得。我们现在唯一要做的，就是用钱砸下去，砸出董事会的支持票来！"

正说着，手机铃声响起。帅朗拿起来一看，是熊猫打来的。

"阿朗……"电话那头，脸色灰白，犹如行尸走肉般的熊猫，很艰难地开口。

他输了。从来没有想到，自己会输得那么惨。一个接一个的跌停，让他连割肉的机会都没有。现在，他已经彻底绝望了。

就算今天能够开板，或者明天当真会触底反弹，显然也已经和他没有关系了。因为，他的场外垫资早就过了强平警戒线，一旦可以交易，就必然是被垫资方强行平仓，而且还是穿仓的那种。

换而言之，辛辛苦苦一个月，全都成了一场梦，可怕的噩梦。

钱，全没了。

不仅帅朗借给他的钱输光了，老牛借给他的钱也输光了。输光了以后，还倒欠了垫资方好几十万。这钱赖不掉。

当初借钱的时候，他就复印了身份证、房产证，填写了工作地址。

如果不赶紧还钱，对方多半会去单位和家里闹事。单位里，这次算是狠狠坑了一把老牛。如果再有什么风波的话，保不齐自己这份工作都干不下去了。家里就更麻烦了，父亲看病还等着钱救急呢，如果再被爸妈知道自己欠下这么多钱……

熊猫完全不敢想下去了。

现在他唯一能想到的，只有找帅朗了。虽然他把帅朗借给他医治父亲的钱，拿去炒股还输掉了，现在又要再借钱，实在不地道，可这会儿他真是顾不上了。

却不想，他这边才开口，帅朗在电话那头仿佛未卜先知一般，抢先道："输钱了吧？"

熊猫一惊："你……你知道了？"

"多新鲜！这段日子，我可一直都在盯着长林集团的股票。而且和你不同，我也参与到了这场收购和反收购的激战。这分明是一场决战紫禁之巅的顶级交锋。在这样的交锋中，像你这样的小白肯定死无葬身之地。"

帅朗一边说，一边走出了海鸥酒吧，上了他的奔驰越野车。

正如他刚才说的，今天他要和叶阑珊、何哥他们分头行动，务必拿下东华渔业那三个中立的董事。

车很快疾驰于公路上。

帅朗的心情不错。从去年应聘长林集团证券事务专员，从最底层做起，到今时今日，他终于有了足够的筹码，真正威胁到齐家了。一路走来，很不容易。但正是这样的不容易，值此胜利在望之际，他越发有些意气飞扬。

他笑道：“你也别怪我一直没提醒你。每一个杀入股市的股民，一开始肯定都是信心满怀、斗志昂扬，坚定不移地相信别人都是傻子，唯独自己最聪明，股市里的钱是注定要被自己收割的。哎，一心想要做梦的人，是怎么叫都叫不醒的！”

明显的玩笑话。

若在平时，不过是兄弟间很正常的打趣，可这会儿手机那头的熊猫，忍不住嘴角抽搐了一下。怎么听怎么感觉不舒服，不由皱眉道：“所以你看着哥哥我亏钱啊！”

“花点儿钱买个教训，值啊！”帅朗一边看导航，一边耸了耸肩，“反正这会儿你手里也没有几个钱，输光了也无关紧要。来日方长嘛。总比以后你奋斗半生的血汗钱，被人当作韭菜收割掉划算吧！”

熊猫十万个不服气：“等等！凭什么老子就注定是韭菜被收割？”

“不然呢！你以为自己是谁？股神？”帅朗冷笑，“你这是有信息优势，还是有技术优势，又或者有资本优势？你什么都没有，谁给你的勇气，让你笃定自己会成为最后的赢家？梁静茹吗？”

熊猫哑然，沉默半晌，方才悻悻地说：“你的意思是，我们这些散户，活该要被当成韭菜收割？”

帅朗耸了耸肩：“在股市里积累出丰厚身家的小散，不是没有，不过成为传奇的肯定是少数，更多人就是无名的尸骨。我一贯的态度就是绝不羡慕那些传奇。成为传奇是你运气，是你的本领，但如果成为尸骨，我也绝不同情，成为尸骨才是日常。既然心怀贪婪，就要做好承受被贪婪反噬的后果。”

说着，帅朗的脑海里，不觉浮现出了父亲郎杰的身影。从风光到死亡。

他把着方向盘的手不由紧了几分，心情激荡之下，不经大脑，又加了一句：“所以，确实活该！”

听到这话，熊猫不由铁青了脸。

倒是帅朗，最后这句话说出口后，便开始后悔了。只是拉不下脸来，又觉得郑重其事道歉，可能反而会伤到熊猫的自尊。犹豫了一会儿，哈哈干笑一声，强硬地岔开了话题："喂，我说你这次到底输了多少钱？不会把我借给你爸看病的钱都输光了吧？好了好了，别伤心了。需要的话，我再转钱给你……"

"不用！"熊猫忍不住吼了一声。

其实，吼完他就后悔了。毕竟，无情的现实，确实需要他向帅朗借钱。只是刚才帅朗的那句活该，不知为何真的刺痛了他，让他感觉自己就好像卑微的蝼蚁，而帅朗却是拥有了资本优势、信息优势、技术优势，高高在上的大鳄，冷酷无情地看着蝼蚁挣扎，谈笑间挥挥手就可以决定蝼蚁生死荣辱。这样的感觉，真是糟透了。他真是一句话都不想和帅朗再说了，冲动之下，就猛地挂掉了电话。

"嘟、嘟、嘟……"那一头，听着手机传来的忙音，帅朗也是愣了一愣。

他认识的熊猫，向来嬉皮笑脸的，不该这么小气啊！有心想要拨打回去，只是不凑巧，恰在这时又有电话进来了，正是他要找的那位董事。

"嗯……常董你好！我这就到了！哈哈，好，今天我们不醉不归……"

接通手机，寒暄中，帅朗的车很快就疾驰到了约好见面的咖啡馆门前。

第六十二章
扫货

“30%的溢价啊？”

咖啡馆内，和帅朗约好的常董是一个精明的中年人。面对帅朗的条件，他不动声色地喝了一口咖啡，笑呵呵道：“这条件，倒不能说差。不过帅总啊，明人不说暗话，你应该清楚东华渔业的估值，其实并不低。它目前只是受到了长林集团的牵累而已。你这个价格，我这边可真是赚不到什么钱啊！”

“常董说笑话了吧？”帅朗不慌不忙，“常董您可是PE，拿的是上市前的原始股。别说溢价30%，就算以市场价出手，也早就赚得盆满钵满了吧？”

常董哈哈笑着摇头：“帅总你也说我是做PE的。如果需要，公司真的并不介意把东华渔业的股票多拿在手里一些日子。”

“这时间成本可就大了去！”帅朗才不信常董的话，“对于常董来说，及时套现，寻找下一个目标，难道不是更好的选择吗？毕竟，现在齐二爷已经再次入狱，长林集团那边，又和赤虺投资斗得不可开交。东华渔业再好，短时间内，常董真有把握让这股价上涨超过30%吗？而这段时间，常董如果把这笔钱，投资下一家即将上市的公司，获得的利润，岂止30%？”

“这个……”

“35%！”眼见常董微微有些犹豫，帅朗立刻趁热打铁，“35%足够表明我的诚意了。常董给句实在话吧，有没有得谈？”

“35%……可不行啊！”常董咬了咬牙，“实在没法交代！除非……”

帅朗目光微微一凝：“常董请说！”

“第一，至少40%。第二，我也不瞒你，我这边啊，也带一些朋友弄了点儿东华渔业的股票。呵呵，人啊，难免三姑六婆的人情往来不是？可这会儿，谁想到运气这么差，齐家名下这两家上市公司接二连三闹出事情来。我自己倒无所谓，可架不住那些朋友，全都是股市上的小白。他们……”

帅朗了然，毫不犹豫地断然道：“没问题，我只和常董您过手。不管多少，阑珊资本都以40%的溢价拿下。”

“这就好，哈哈，这就好！”常董满意地笑了起来，笑着和帅朗握手。

交易，达成。

半个小时后，咖啡店门口。

常董已经和帅朗熟络得好像好多年的老朋友一样，带着满意的笑容和帅朗挥手道别，一同驱车离开。

只是两人的车，在第一个路口就分别转向了相反的方向。待后视镜内再看不到帅朗的那辆黑色奔驰越野之后，常董立刻一打方向盘，找了一处合适的地方，停下了车。他没有下车，就这么坐在车上拿出了手机。

拨打号码，接通电话，他依旧还是笑呵呵地道：“齐董事长，幸不辱命！我已经按照您的吩咐，将股份出售给了帅朗。”

“辛苦常董了！”

电话那头，东华渔业总部的董事长办公室内。齐然诺听到常董的汇报，唯有目光微微闪烁了一下，脸上的表情却没有一丝波动，声音也始终淡然：“放心！东华渔业将信守承诺，以90%的折价，出售给常董同等数量的股票。”

常董顿时笑逐颜开：“哈哈，和东华渔业合作，我当然放一百个心！”

自然高兴了。因为这么一来，他实际上就是转了转手，将齐家掌握的股份卖给了帅朗。没有承担一丝一毫的风险，却躺赚了10%的利润。

“不过……”高兴归高兴，常董随即眼珠子骨碌碌转了一圈，试探着道，“不过，帅朗也不是吃素的。他和我签订协议认购的同时，也要求我和他另外签了一份一致行动人协议。要求我在担任董事期间，在董事会上的表决必须和他保持一致，否则将以此次收购股份款项的三倍，作为违约金赔偿给他。这个……”

“嗯，我知道了！”齐然诺对这个消息，显然早有准备，听到常董这么说出来，没有一丝一毫惊讶，平静地道，“东华渔业并不干涉常董您个人的决定。我们这次交易中，也没有任何涉及董事表决权方面的约定不是？”

“对！对！对！”常董连忙如释重负地点头。东华渔业这笔交易，如果不干涉他和帅朗在董事表决权方面达成的约定，那是最好不过的了。否则这趟转手的差价虽然诱人，但是三倍收购款项的违约金，他可背负不起。

只是松了一口气之余，他又忍不住有些疑惑：“帅朗明显企图掌控董事会。当真不要紧？”

齐然诺的回答异常果断：“不要紧！我这里早有准备了！”

寒暄了几句，齐然诺就和暗地里依旧疑神疑鬼的常董结束了通话。

然后她拨通了齐华的电话：“搞定了。我抛售给了帅朗大约10%的东华渔业股份。如果二叔留下的人脉传递来的情报确切无误，阑珊资本这次仅仅是通过质押手中股份换来借款的话，他们的流动资金应该差不多被榨干了。”

电话那头，长林集团董事长办公室内的齐华双眉一扬：“很好！”

“可是……”齐然诺却不再有面对常董时的淡然，脸上掠过了一丝担忧，“可是，爸爸，我总觉得这一步，我们走得太险了！”

“没问题的！”齐华根本不为所动，“你按照我吩咐的去做就是！相信爸爸，这么多年来，爸爸什么风浪没有经历过。我有分寸！”

他一把挂掉了电话，抬头看着坐在自己面前的马钧儒道：“你也听到了。待会儿，我把手头所有能够调动来的钱，都转到投资部账上去。明天，就看你的了！”

“齐董放心！”马钧儒连忙站起身来。帅朗居然是反骨仔的消息，对他来说真是天大的意外之喜，此刻他斗志昂扬，“我已经准备好了！明天，您就等着好消息！”

翌日。

当时钟嘀嗒、嘀嗒，终于走到九点十五分的那一瞬间，早就守候在电脑前面的马钧儒立刻一声令下：“7.59，十万手抛单。”

随着他的声音落下，“噼里啪啦”，键盘声顿时此起彼伏响起。长林集团投资部的操盘手，立刻忠实执行了他的命令。通过众多分散的账户，将十万手——一千万股长林集团的股票，以当天跌停板的价格，抛售出去。

顿时，集合竞价上，一如前三天那样显出了一字跌停的架势。

这个架势，一直维持到了九点二十五分。集合竞价，最终以跌停板7.59成交。

日K线上，结结实实地再次出现了一字跌停。

看上去，长林集团的股价，似乎将会和之前一样，依旧还是无可救药地继续暴跌。这显然彻底打击了所有观望者的信心，引起了股民们的恐慌，市场上哀鸿一片。

好多股民血红了双眼，有人捶胸顿足，有人破口大骂。很多人心有不甘，却还是不得不纷纷将手里那些今天才解冻了的股票，以7.59跌停板的价格，挂了出去。

他们怕了。放弃了长林集团股票今天会触底反弹的幻想，选择了止损。他们希望自己的单子挂早一点儿，也许能够卖掉，这样就能够避免明天有极大概率出现的继续跌停。

一时间，电脑屏幕上，长林集团的股价越发被死死地钉在了跌停板上。

等到九点三十分，正式交易开始的时候，在这个价位上方，狠狠压了将近百万手的抛单。

然而就在这时，马钧儒忽然再次下令："全部撤单，扫货。"

键盘声再次响起。他们自己之前抛出去的抛单，迅速撤走了，紧跟着却是大笔买单开始横扫压在跌停板上的抛单。扫得非常快！只是一瞬间，就吞掉了跌停板上所有的抛单。

然后，刚才还是纹丝不动钉在跌停板上的股价，居然动了，居然打开了跌停板，一路向上。

7.63、7.85、7.98、8.12……

由于刚才看空的情绪实在太浓厚了，大多数股民要么就做了鸵鸟，要么就索性在跌停板的价位悲伤地挂单，期望能够成交止损。上方的抛单反而很少，只有零碎的几手、几十手，所以股价上冲得飞快，很快就已经逼近了昨日收盘价。

触底反弹了？

价速的快速波动，第一时间将机灵的投机资金吸引了过来。越来越多的资金加入。越来越多的买单，进一步推动了本就上涨迅速的股价。

8.34、8.43、8.67、8.89……

眨眼，涨幅就到了5.5%。

可就在这时，马钧儒再次下令："抛！五千手！"

键盘声起。非常突然，毫无预兆，五千手——五十万股，就这么在上涨正欢的中途，狠狠砸下去。犹如当头棒喝，一下子就把高高昂起了头的股价，毫不留情地砸回到了绿色。

不，何止是绿色。说实在，区区五千手，对于长林集团这样的盘子，真是不算太多。架不住这一大笔抛单，对于人气的损害啊！

这一波上涨，本就是投机资金的拉升。股民们经历了连续跌停之后，其实早就成了惊弓之鸟。眼见得自己手中这倒霉催的股票，终于有机会抛掉了，转眼却又有抛不掉的危险，怎能不慌。

更有甚者，刚才看到长林集团的股价跌停，还觉得已经太低了，自己的损失也太大了，不如索性做个鸵鸟，赌长林股价日后的反弹。如今终于开板，顿时觉得翻红了的股价，似乎已经挺高了。自己在这样的价位抛掉，似乎再不是不可接受的损失。

于是，还不赶紧？

心急忙慌中，一路杀跌，可就一点儿都止不住了。哪怕从红变白，从白变绿，都不管不顾了，反正就是市价挂单抛售。结果，这股价还不立马暴跌？

简直就是从哪里来，回哪里去。不一会儿，居然又到了跌停板。

马钧儒冷静地看着这一切，直到跌停板上的抛单，终于越来越多，又在七位数了。他这才又一次冷冷地开口："扫货！"

第六十三章
决战前夕

“也就是说，我们现在手里，已经掌握了长林集团37%的股份了？”

长林集团办公室内，齐华深深吸了一口气。

今天一整天，他都没有过问投资部的操盘。毕竟，他以前一直在体制内打拼，没有做过交易员，如何操盘完全就是外行。在齐军再次入狱之后，他只能相信投资部的专业能力。

好在马钧儒没有让他失望，收盘的时候，投资部传来的消息完全符合他的预期。

“太好了，爸爸！”齐然诺也同样高兴。

今天，她匆匆吃了午饭，就早早离开东华渔业，赶来长林大厦，为的就是第一时间获悉长林集团投资部吸筹的情况。

如今结果出来了，她不由大大松了一口气：“37%的股份，再加上东华渔业掌控的15%股份，以及长林集团内部职工和周边合作企业占有的股份，我们已经很容易就可以获得三分之二以上的绝对控制权了！”

“不错，三分之二以上的绝对控制权，接下来足够我们做很多事情了！”齐华点了点头，目光若有所思。

就在这时，齐然诺的手机忽然响了起来。她拿起手机，走到办公室外面接听。不一会儿，等她走回来的时候，脸色已经变得有些凝重了。

齐华自然立刻注意到这点，问：“出什么事了？”

“叶阑珊出手了，刚才她提议召开临时股东大会。理由是这段时间来，东华渔业因为执行白马骑士方案，持有了长林集团15%的股份，以至于随着长林股价的暴跌，损失惨重。所以……哼，她要追究董事会，尤其是我的责任。目前已经有三分之一的董事联署同意，她的提议通过了。”

齐华神色不动，平静地吸了一口雪茄：“怎么，她想要罢免你这个董事长？”

齐然诺咬了咬牙：“看来，他们最近上蹿下跳，拉拢了那几个中立董事之后，当真觉得胜券在握了！对不起，是我的错！如果不是我坚持要拿到确切的证据再去面对帅朗，东华渔业本来或许可以赶在她出手之前，召开临时股东大会，免去帅朗董事职务的。这样的话，董事会表决就更没有问题了。”

齐华倒是无所谓：“临时股东大会不仅要走一整套流程，还需要提前十五天公示，时间上也未必能来得及。而且叶阑珊如果没有胜算，也不会提议召开董事会。嗯，对了，她提议东华渔业的董事会，什么时候召开？”

“后天！”齐然诺回答的同时，目光下意识地转移到齐华办公桌上的日历本，“也就是周四上午召开。”

“周四上午？”听了齐然诺的话，齐华的目光同样也转向了日历本。

日历本上，唯独就是周四这一天，恰好被圆珠笔圈了一个醒目的圆圈。

“周四上午，正好是长林集团一年一度的股东年会啊！”看着这个圆圈，齐华的嘴角不由泛起了一丝嘲弄。

上市公司的股东大会，其实分为两种。

一种是股东或者个人，或者联名，只要达到10%以上股权，又或者三分之一以上董事同意，就可以召开的临时股东大会。

还有一种，则是按照公司章程，一年一度，在规定时间固定召开的定期股东大会。

周四，正好是早就定下日期，雷打不动的长林集团定期股东大会。

意识到这点，齐华云淡风轻地笑了笑：“也好，既然他们处心积虑，那么我们就在这一天，真正决出生死来！诺诺，我只担心你，到时候可千万不要心软！”

“……不会的！”齐然诺目光里透出了坚决。

周四，清晨。

海鸥酒吧内。

“戴这条领带好！”叶阑珊笑吟吟地给帅朗选了一条咖啡色的领带，一边帮他戴好，一边笑道，“不错，看上去这才像是要拿下上市公司的大佬哦！”

帅朗的目光却瞥向了酒吧外面：“拿下上市公司？恐怕我们得先过眼前这一关！”

叶阑珊一愣，循着他的目光望去，这才发现，不知道什么时候开始，海鸥酒吧外面忽然就多了好几辆车，好多个人。

这些人一看就知道不是正经人。他们三三两两，散在周围，恰好堵住了海鸥酒吧内出来之后的各个方向。

“齐家的人？他们想要阻拦我们去东华渔业参加董事会。这样的话，我们就会缺席无法对议案表决了。”叶阑珊忍不住微微蹙眉。

齐军当年在黑道上也是响当当的大人物。最早就是带着一群渔民，在海上杀出来的天下，所以齐家能够驱动那种混混痞子过来，并不足为奇。

只是现如今，舆情哗然之下，齐军已经再次入狱。齐华这老奸巨猾的家伙，原本一直都在经营长林集团，并不插手东华渔业这一块。难道真的已经被逼急了，不顾脸面了？还是现在实际负责东华渔业的那位齐然诺齐大小姐，因爱成恨，爱之深恨之切？

叶阑珊提到了齐然诺，帅朗的目光微微闪烁了一下。

他不愿继续这个话题，只是挽着叶阑珊，大步朝门口走去，一边走，一边平静地说：“好了，没必要胡乱猜疑。不过是一群跳梁小丑，没有什么的！”

没有什么？叶阑珊一愣，眉头微微扬起，看了帅朗一眼，很是好奇他哪来的信心。然而很快她便惊讶地发现，还真是没有什么的。

根本不等门口那些混混围拢过来，帅朗和叶阑珊这才出门，就听见轮胎和地面刺耳的摩擦声中，五六辆面包车疾驰过来，恰好将叶阑珊、帅朗和那些混混隔开。

有了这些突如其来的援兵阻挡，帅朗带着叶阑珊，从容不迫地上了他的那辆黑色奔驰越野车，顺顺利利地扬长而去。

叶阑珊不笨，立刻醒悟过来：“你找了余道林？”

“敌人的敌人就是朋友。”帅朗并不否认，“既然大家都要对付齐家，这点儿忙，那位余总自然还是愿意帮的。”

就在他说话的当口，一辆黑色加长林肯从后面渐渐追赶过来。

眼看要超过帅朗的奔驰越野车时，黑色加长林肯后车窗玻璃徐徐落下，车窗后面露出了蛇猎人那张阴鸷的脸。正在驾车的帅朗转头望去，和蛇猎人的目光在半空交错。

很快，黑色加长林肯便超车过去，在下一个路口左转，正是驶向长林大厦那边。

帅朗驾车右转，是东华市方向。

第六十四章
反对

“哈哈，佘总，久仰大名，幸会！幸会！”

长林大厦，二十三层，会议中心。

齐华一脸和煦地微笑着，大步迎向走出了电梯的蛇猎人。两人面对面握手的刹那，只听见“咔嚓”“咔嚓”快门声起，立刻成为在场所有媒体关注的焦点。

不同于齐华的谈笑风生，蛇猎人始终都面无表情，不苟言笑，勉强和齐华做了一个面上的寒暄之后，就带着随从步入会议室。

齐华也不在意，引着这位长林集团当下的第二大股东，一同落座，位置自然是一起被安排在了主席台上。公司的董事会秘书上台，负责主持股东大会召开，并且宣读了此次股东大会的会议流程。

主要是对董事会的两个提案表决。

一个提案是公司下年度将同时在全国三十多个二线城市圈地，将之改造成时下正在兴起的短租公寓。

另一个提案，则是将目前公司盈利能力最好的几个房产项目合并，引入战略级投资者，共同成立一家新的子公司，从而达到甩开包袱、飞速发展的目的。

总之，理由花团锦簇，动作却是惊天动地。

“怎么样？”待董事会秘书将这些事项一一宣布之后，齐华好整以暇地将目光投向坐在身边的蛇猎人，笑道，“佘总以为如何？”

正当长林集团股东大会召开的时候，帅朗也已经赶到了东华渔业。

才步入东华渔业总部，便明显感觉到四周的气氛都完全不一样了。

这世上就没有不透风的墙。董事长和董事会秘书闹翻的小道消息，这三天里早就成为公司内部最热门的八卦。此刻看到帅朗竟挽着叶阑珊并肩出现，职员们纷纷四散开去，就好像帅朗是恐怖的毒源，避之唯恐不及。

当然，这其中有人是幸灾乐祸，有人只是单纯的明哲保身。嗯，也有前台小姐姐这样的粉丝，虽然不敢明目张胆凑到帅朗跟前，却努力睁大了眼睛，试图用她那双明亮美丽的大眼睛，表达对帅朗的支持。

帅朗丝毫没有在意这些。在这场公司控制权的争夺中，寻常职员真的只是无关紧要的路人甲。他现在的敌人只有一个，齐然诺。

也不知道是巧合，还是刻意为之，走到会议室门口，恰好和同样走过来的齐然诺，迎头撞见。两人不约而同止住脚步。

看到帅朗，齐然诺的眼中迅速闪过了一丝惊讶，显然是没有想到，帅朗居然会准时出席董事会。不过很快，她的目光挪向了叶阑珊，扫了一眼挽着帅朗胳膊的叶阑珊。齐然诺的眉，不经意间微微皱了一下。

随后，目光又再次转回到了帅朗这里，板着脸，满脸的严肃，目光里却没有了情感的波动，唯有愤怒和杀气：“有意思吗？你现在再如何死赖着不肯辞职，也避免不了被免去所有职务的结果。最后丢掉的，只能是你自己的颜面。”

“话可不能这么说！”齐然诺话音刚落，叶阑珊笑吟吟地插嘴，“首先，阿朗是证监会备案的董事会秘书。只要他一天不被罢免，行使他高管的职责何错之有？另外，根据相关规定，临时股东大会召开，至少需要提前十五天公告披露。所以，姑且不论临时股东大会上，你是否能罢免阿朗的董事职务，他至少现在也完全有权利行使他的董事表决权。齐家再霸道，也不能否认这两点吧？”

“好，那么今天就罢免你的董秘职务！不过很遗憾，根据董事回避原则，这次董事会表决，你无权行使董事的表决权。”齐然诺根本没有去看叶阑珊，冷冷看了一眼帅朗，就头也不回地走入了会议室。

帅朗没有回应，同样坚决地走入了会议室，坐到了自己的座位上。

在这个会议室，他参与了东华渔业成立以来每一次董事会，最初只是作为证券事务代表旁听，后来作为董事会秘书列席。还有两次，是拥有了董事席位，可以表决。而今天……

“东华渔业股份有限公司，第二届董事会第七次会议，现在开始！应到董事十三名，实到十三名。列席本次会议的监事会成员有……”

主席位上，齐然诺照例将董事会会议开启的程序走完，没有丝毫停顿去理会叶阑珊的提案，立刻利用她董事长的权限，单刀直入宣布：“现在，我提议罢免帅朗先生东华渔业董事会秘书职务！”

她这才说罢，叶阑珊毫不犹豫，旗帜鲜明地表态：“我反对！”

“我反对！”长林大厦的会议室内，蛇猎人也同样反对。

股东大会的提案，哪怕是临时提案，也必须在股东大会召开的十日前，书面递交董事会。再由董事会于提案后的二日内，通知其他股东。

所以，他早在前几日就知道了这次将要表决怎样的提案。此刻，更是懒得说话，手轻轻叩了一下面前的桌面。

一直紧随在他身边的助手便立刻会意，站起来侃侃而谈道："本人谨代表赤虺投资和佘道林先生，严正抗议长林集团董事会的这两个提案。任何明眼人都可以看出，这是长林集团董事会的焦土战略。所谓的商业扩张，其实就是焦土战略的虚胖术。如果通过，必然会让公司背负沉重的财务负担，恶化财务状况，并且导致原本良好的资产质量下降。而成立子公司，则是标准的售卖冠珠，目的更是险恶，分明就是想要剥离优质资产。两者结合起来，就是要把债务和劣质资产扔给全体股东，而董事会和一小撮大股东，则乘机将公司良好资产转移，中饱私囊……"

"不错啊！"当蛇猎人的助手在台上义愤填膺反对的时候，齐华犹如稳坐钓鱼台，甚至还很有风度地轻轻鼓掌，"果然是强将手下无弱兵！"

蛇猎人冷冷地看了齐华一眼。

大家都是明白人。他自然体会到齐华浓浓的恶意——要知道，正常情况下，反收购方都是在收购完成之前使用焦土战略，用力逼退收购方。现在，齐华在赤虺投资成功部分要约收购之后，才准备强行通过，这就不仅仅是反收购策略了，而是赤裸裸地想要请君入瓮，吃掉他赤虺投资的这次资金注入。

这种情况下，蛇猎人才不会有好语气："齐董也不错，很有大将风度！不过，据我所知，但凡增资、减资，以及公司合并、分立之类事项，想要在股东大会上通过，都必须获得三分之二以上的支持吧！"

“哈哈，果然不愧是大名鼎鼎的蛇猎人！”齐华笑着，竖起了大拇指，“不错，这就是绝对控制权。虽然大多数提案都只需要半数以上通过就行了，但是真正重大的事项，如果不能掌控绝对控制权的话，呵呵，常常就会出现变数。尤其在公司出现恶意争权的大股东以后，更是会让公司的发展陷入没必要的内耗中！”

蛇猎人完全没有理会齐华明显的意有所指，淡淡地道：“齐董这么有自信，能够拿下三分之二的支持？”

“佘总不信吗？不妨拭目以待！”

“我自然会看着，是不是有人会乐极生悲！”

两人你言我语，火药味越来越浓。

“反对！”

这边，东华渔业董事会，同样也是战鼓隆隆。紧随叶阑珊提出反对的是何哥。

阑珊资本的两票反对，意料之中。

“我……我也反对！”前两天刚刚和帅朗做了交易的常董，目光闪烁了一下，犹犹豫豫中，终究还是决定履行约定——站在了叶阑珊这一边。

随着他这一表态，另外两个中立的董事，也不再犹豫，紧随其后，同样表示了反对。

帅朗不由暗地里松了一口气。东华渔业董事会一共有十三位董事，虽然根据董事回避原则，在涉及他是否应该被罢免的问题上，他这一票不能被记入。但是现在这三位中立董事没有违约，他这一边就一下子多了三票，加上叶阑珊和何哥两票，还有前些日子东华渔业临时股东大会刚刚重选董事时，被何哥拉拢的李董，他就有六票反对齐然诺的罢免提议。

这样一来，哪怕其他所有董事都支持齐然诺，也只能是六票对六票打平，没有超过半数，也就无法罢免他这个董事会秘书。

如此想着，帅朗的嘴角，不由泛起了一丝胜券在握的微笑。然而，他的目光不经意间瞥了一眼李董，心顿时咯噔了一下。因为这位李董居然没有在第一时间跟上，他没有旗帜鲜明地表态站队支持叶阑珊的反对。

出问题了！帅朗的反应很快。

他第一时间就反应过来，自己大意了。

不错，李董也和阑珊资本签过合约，成了阑珊资本的战略合作者。

但是和另外三位中立董事不同，拉拢这位李董的时候，东华渔业的股价可没有现在这样暴跌，所以，阑珊资本自然不可能拿出现在这样优厚的条件。由此带来的结果，便是和李董的合作彼此间更加平等，更像是君子协议，至少违约方面的惩罚，远没有如今和常董他们签订时那么严厉。

这也就意味着，齐家并不需要太大代价，就可以把李董拉回到他们那一边。于是，阑珊资本这一边失去了本来笃定的一票，齐家却多了计算之外的一票。

此消彼长，形势顿时恶化。

第六十五章
通过

“我赞成……”

“我反对……”

“长林现在最需要的是大刀阔斧地把业务开展起来，牢牢抓住时代的红利！”

“哼，少来这一套冠冕堂皇的假大空糊弄人。你当老子看不明白，实际上就是转移资产，把我们散户当傻子宰！”

不同于新上市的东华渔业，长林集团历史很悠久，最初是国有企业，后来改制上市，因此股权几番变化，小股东人数很多，而且还各有背景，派系复杂，利益冲突十分激烈。当这两个议案提出来以后，长林集团的股东大会上，很快就吵作一团。

主席台上，无论蛇猎人还是齐华对这样的争吵却毫不在意。

毕竟，不管长林集团历史遗留了多少恩怨纠葛，此刻他们两家就是最大的势力，决定了长林集团究竟鹿死谁手。其他人不过就是龙套而已。无足轻重，完全可以忽视不计。

直到一个笑呵呵，好像弥勒佛一样亲和的老汉站起来，笑呵呵地道："我也说两句。嗯，有一说一，实事求是，我个人觉得这两个议案确实有些不妥！"

看到这人，饶是素来沉稳的齐华也不由失声惊呼："程子华，你疯了！"

几乎在他惊呼的同时，长林集团这边好几个人也不约而同叫了起来："程董……"

不能不惊啊！

这位程董，家里的长辈曾经参与了长林集团的创立。他本人则子承父业，一直都在长林集团内部任职，一步步升到副总的高位。若说实力有多强，那真是谈不上。这些年长林几次易主，他都只是旁观的角色。但另一方面，他性子圆滑随和，在长林集团人缘极好，经营多年又提携了许多亲友故旧，根基十分扎实。

就好比现在……

程董一站出来，很快就有原本一直沉默旁观的十几二十人，紧随其后。这些人不是长林的中层干部，就是和长林有关联的合作方，且或多或少都持有一些长林集团的股份。

说实话，这些人包括程董在内，他们所持有的股份加起来也并不是很多。若是平时敢跳出来，齐华绝对可以轻轻松松将之碾压，眼睛都不带眨上一眨。

唯独现在，这厮配合着蛇猎人发难，却一下子将人心搅动，将局面搅乱。

齐华忍不住看着坐在旁边的蛇猎人，一字一句，迸发出了无尽的怒火："佘、道、林！"

蛇猎人保持原先的坐姿，一动不动，冷冷道："怎么，齐董认输了？"

齐华迅速冷静了下来，言语重新恢复了平静，笑道："认输？

哈哈，笑话！你收买了区区一个程子华，就以为可以打乱我的布局吗？”

“那么，加上东华渔业呢？”

“东华渔业？”

齐华心头一震，这话正中他的心病。看到这程子华出现，他最大的担忧，便是东华渔业。

东华渔业总部，会议室内。

齐然诺的脸上渐渐显出了笑意，似乎胜券在握。

就在何哥等人迅速开口支持叶阑珊的同时，獭子、老万这些东华系的董事，自然毫不犹豫地大声喊道：“同意！”

不管他们之前和帅朗交情如何，这一刻站队肯定毫不含糊。紧跟着，已经被帅朗看出异样的李董，果然也叹了一口气，摇了摇头，却是非常坚决果断：“同意！”

这一下，东华渔业一系除了帅朗外，包括齐然诺在内一共四票支持罢免。再加上李董这一票，就是五票了。恰好和叶阑珊这边表态反对的董事票数相等。

五比五！

剩下的，就只有代表长林集团的两个董事了。还有悬念吗？

这个念头刚刚在齐然诺的心中掠过，却听见代表长林集团的那两个董事同时开口，表达的却是截然不同的两个态度：

“同意！”

“反对！”

刹那间，整个会议室都沉寂了下来。所有人都被这个变故惊得目瞪口呆。

好一会儿，獭子最先打破沉默，怒视着选择反对的董事：“林董，你什么意思！”

那位林董耸了耸肩，微笑道:“没什么意思！我就是觉得，帅总能力很强，工作也一直都很尽职尽责，就这么无缘无故罢免，说不过去啊！”

“放屁！什么无缘无故？”獭子怒了。他双目几欲喷火，如果眼神可以杀人的话，此刻这林董绝对已经被他灰飞烟灭了，“别忘了，你是代表长林集团的……”

“是啊，我代表的是长林集团。不过长林集团既然选择我代表集团出席东华渔业董事会，行使董事职权，自然相信我能够做出最准确的判断，来维护长林集团的利益，同时当然也维护东华渔业的利益。”

林董一脸笑容，和和气气地拿出最义正词严的理由。不过，谁都知道他在胡说八道。

只因为——

“我大意了！”

长林集团。

看着忽然跳出来的程董，齐华轻轻叹了一口气，摇了摇头道:“程家可以说见证了长林从诞生到壮大至今的所有历史，根基太深了。其实我早该铲除掉他。只是此人的才能很平庸，长林集团这些年几经变更，他都没有抓住机会。就好比白白拿了一手王炸，却硬是打成了糨糊。正因为如此，我对他虽然有戒备，却一直没有重视。始终都没有腾出手来，清除掉他的影响。”

“很正常！”蛇猎人虽然亮出了一张王牌，却没有太过得意，依旧还是很沉稳，“从家国到企业，时间久了，就难免会人浮于事，难免就有些尾大不掉的存在。”

“是啊，有些人成事不足，败事却很拿手。”齐华自嘲地笑了笑，“我千算万算都没有算到，你居然会收买了他。”其实单单一个程子华并不可怕，可怕的是程家在长林集团枝繁叶茂的人脉。更糟糕的是，之前长林和东华同气连枝，犹如一体，关系太密切了，密切到了不需要相互提防。所以，代表长林集团的东华渔业董事职位，就成了安置关系户的职位。这样，既可以化解东华和长林有利益输送的嫌疑，又可以妥善处理好长林集团内部的人脉关系。反正，这些关系户就算扮猪吃老虎，正常情况下，也没办法坏事。唯独这一次……

这一次，麻烦大了！

就在这位林董侃侃而谈的时候，齐然诺的手机“嘟”的一声响了，她收到了一条长林集团董事长秘书的微信。微信告诉她，长林集团董事程子华被蛇猎人收买了。还告诉她，代表长林集团的东华渔业董事林骏，恰好就是程子华的表侄。

可惜，这份提醒显然来得太晚了。随着这位林董表态反对，支持和反对的票数再次持平。

六票对六票。

帅朗无法投票参与罢免他自己的表决。所以，十三个董事组成的董事会，在这次表决中反对和支持的票数旗鼓相当，没有达到超过半数通过的目的。

可恶！齐然诺握着笔的手不由抓紧了几分。无奈大局已定，纵然齐家在东华渔业家大业大，这一刻，至少在这次表决中，败了。

“散会！”没有丝毫犹豫，齐然诺立刻做出决断。

既然形势不利，自然暂且回避，择机再战为上。

就在这时，忽然听见帅朗开口：“等等！”

齐然诺瞳孔微微收缩了一下，转头冷冷地看着帅朗，看着他毫不留情，趁势追击：“董事长似乎忘了，今天之所以开董事会，是因为叶董提议董事会应该对今日东华渔业的损失负责。所以……”

帅朗同样看着她。不过不同于前几天在帅朗办公室内摊牌时，帅朗的表情再没有了丝毫波动，一字一句道："我提议罢免齐然诺女士董事长职务。"

很直接！没有任何理由，直接就逼宫、将军。

此言一出，獭子等人立刻就气得跳了起来。

可是没用！帅朗举手毫不犹豫同意他自己的表决，叶阑珊、何哥紧跟，三个原本应该中立的董事，还有代表长林集团如今却反水的林董，再次附议。

七票，通过。哪怕齐然诺不回避都没用。

这还没完，帅朗跟着又道："我提议选举叶阑珊女士为新任董事长……"

"我提议，罢免东华渔业总经理……"

"我提议，罢免东华渔业财务总监……"

"我提议增加临时股东大会议案如下……延期召开临时股东大会……"

一连串提议，一连串通过。华丽丽地政变，华丽丽地变天！

看着齐然诺紧绷的脸，帅朗目光微微一闪，有那么一丝愧疚出现，又迅速闪过。他的脑海里想到的，却是曾经和佘道林的约定——

"拿下了东华渔业之后，来找我。间接拥有长林集团15%股份的你，那时就有资格和我合作了。我们一起拿下长林，击垮齐家！"

时间，略微提前了十几分钟。

"你以为拿下东华渔业，就胜局已定吗？"

长林集团，齐华看着蛇猎人，忽然笑了起来。他长身而起，伸手接过了秘书递来的麦克风，轻轻咳嗽了一声，立刻就镇住了所有正在争吵不休的股东。

这里毕竟是他齐华的地盘。犹如百兽之王，扫眼四周，无论之前如何张牙舞爪，无论立场是站在哪一边，这时，竟然无一例外，全都情不自禁地俯首帖耳，潜伏爪牙，静静地听齐华平静地宣布:“现在表决！”

表决？一直都很镇定平静的蛇猎人，这一刻终于坐不住了。聪明如他，自然在第一时间就明白了齐华的意图——

在帅朗拿下东华渔业之前，赤飑投资和程董加起来的票数很难超过三分之一。在这种情况下，齐华哪怕意外遭到程董的反水，也有很大概率，利用大家的从众和惯性心理，获得三分之二票数的通过。

不错，事后赤飑投资完全可以借口程序不规范向证监会申诉，要求这次表决作废。问题是这样的申诉，需要走一整套流程，需要很多时间。有这样的时间，齐华便可以足够从容，重新将只是被帅朗偷袭得手的东华渔业夺回来。

到时候就算申诉成功，重新表决，依然会被齐华大概率通过。

总之，齐华现在提前表决，目的就是避开帅朗偷袭拿下东华渔业的这段时间，只要避开了，一切便又重新在他的掌控之下。

想明白这一切之后，蛇猎人猛地站了起来:“等等，按照流程，表决是在下午，你没有权力擅自更改！”

“我有！”齐华笑了笑，朝蛇猎人低声道，“别忘了，这里是我的地盘，我是第一大股东。我可以轻轻松松得到50%以上的表决权。所以，我说了算！就算帅朗这小兔崽子拿下了东华渔业，你也没有机会和他联手捣鬼了！”

说着，他再次对着麦克风，不容置疑地扬声:“表决！”

表决自然没有悬念，在帅朗还没有掌握东华渔业董事会的时刻，东华渔业的表决权毫无疑问支持了齐华。

两个方案的表决，虽然需要分别统计在线和网上才能最终得出，不过傻子都能看出来，通过是毫无疑问的。长林集团的焦土战略，成功施展开来。蛇猎人不惜重金注入拿下的长林集团股权，价值顿时缩水了一大截，甚至有可能成为他人嫁衣。

第六十六章
栽倒

中午。

刚刚拿下东华渔业董事会的帅朗，都没有顾上吃饭就匆匆赶去了长林大厦。

在长林大厦斜对面的饭馆里，他见到了程董和蛇猎人。两人摆好了饭局，就等帅朗入座。看到帅朗，程董立刻笑呵呵地翘了大拇指，赞了一声："漂亮！"

够圆滑！很会做人！

帅朗不动声色地谦虚："过奖，过奖，主要还是多亏了林董的帮忙！"

"哈哈，帅总如此年轻有为，还这么谦虚。小林这孩子啊，就是个没出息的，只能出傻力气。以后可要请帅总多多关照！"程董笑着，不要钱的好话一套接一套送过来，分外热情地寒暄。

帅朗才没心情浪费时间，他客套了几声，便将目光投向一旁的蛇猎人，直截了当："这只是一次取巧的偷袭而已，改变不了阑珊资本在东华渔业依旧处于弱势的事实。齐家随时都可以通过临时股东大会，重选董事，重新掌控董事会。”

蛇猎人说道：“所以我们合作，直接对长林下手，斩断齐家的根基，才是彻底解决一切问题的唯一选择。”

“是啊！是啊！”程董连连点头，“好在眼下状况还不算太差。虽然齐华这老狐狸上午蛮不讲理地强行表决了他的两个议案，但是也因此浪费了很多时间，所以还有好几个议案，需要下午继续表决。其中就有佘总提议的，改选董事会的议案。亏得阿朗拿下了东华渔业，这一下咱们胜算可就大了不少！”

胜算很大吗？帅朗暗暗摇了摇头。

此刻，他坐在窗口的位置，恰好可以看到长林大厦。

看了一眼很熟悉的长林大厦，帅朗面上不动声色：“虽然我控制了东华渔业，顺带间接掌控了长林集团15%的股份投票权。但是就算有这15%的股权，再加上佘总您的25%股权，也只能达到百分之四十。就算有程董，我们……”

程董多机灵，立刻笑呵呵接话，把姿态放得很低：“我就是摇摇旗帜喊喊加油的龙套。估计，我这里能铁定拿下的也就3%不到的股份。”

3%？帅朗的眼中，迅速掠过了一丝失望，太少了。加起来他们笃定掌控的，只有43%的股份，连相对控股权都没有。

“确实很麻烦！”蛇猎人也为难，“估计齐华直接掌控的股权，就算不比我们多，也不会少到哪里去。那么剩下摇摆不定的股份，最多也不会超过10%。”

顺着蛇猎人的话，帅朗不假思索地接口：“长林集团预定的董事，一共七位。按照如今的股权分布，我们和齐华应该能够确定分别拿下三票。剩下这一票……”

他摇了摇头，脸上浮现出了一丝忧虑。第七票，不确定性太大了。可以说他们这边和齐华那边的可能性在五五开。

嗯，严格来说，齐华应该更有可能。

毕竟，他一直掌权长林集团，凭借以往的威势和人们的惯性，就像上午通过那两个议案一样，选出倾向于齐华的董事可能性显然更大。

除非……心念电转之际，帅朗脑海里灵光一闪，蓦然想到了一个办法。

蛇猎人和程董看着他的神情，都涌起一股期待，谁也没有干扰他。帅朗思忖片刻，下定决心："佘总，借你的人用用。"

蛇猎人毫不犹豫，一招手，一个西装革履的年轻人，匆匆过来："佘总。"

帅朗把他叫了过来，低声在他耳边说了几句，那年轻人顿时瞪大了眼睛，迟疑地看着蛇猎人，似乎想征求他的意见。

蛇猎人厉声道："帅总的命令就是我的命令，不需要问我的意见，马上执行。"

那年轻人答应一声，迅速奔跑了出去。

"帅总，"程董怀着期待，"有把握吗？"

帅朗淡淡的："生死之间的事，谁有绝对的把握足以一搏呢？"

"走！"听到这话，蛇猎人毫不犹豫，长身而起，"阿朗，程董，一起去见见齐华！成败得失就看这一遭。"

帅朗毫不犹豫地紧随在蛇猎人身后，一起走出了饭馆，走向马路对面的长林大厦。

这还真是一个熟悉的地方。一年前刚刚大学毕业、刚刚惊闻父亲自杀身亡噩耗的他，就是在这里正式踏上职场。

那时，他只能像蝼蚁般仰望齐家。

谁能想到，今时今日，他却已经夺取了齐家的东华渔业，携长林集团15%的股份，联合盟友杀了过来，准备彻底击垮齐家。

蛇猎人走得很快，也很稳。在那一大群黑色西装男的开路下，蛇猎人简直势如破竹，径自来到长林大厦二十三层的会议中心，径自走入了长林集团正在召开的股东大会现场。

一路上，哪怕有长林集团的员工注意到了蛇猎人和帅朗这一行，但不是被蛇猎人的气势给震慑住，便是被蛇猎人的手下给挤开了，完全没有迟滞到蛇猎人的步伐。

蛇猎人可以说是畅行无阻，顺利走到了股东大会现场的主席台上。

“哈哈，佘总吃好饭了！”已经坐在主席台上的齐华，看到蛇猎人，微微一笑。他似乎已经自觉胜券在握，甚至还有余暇，瞥了一眼帅朗，对帅朗偷袭东华渔业董事会的行为也不动怒，居然还问候了一声：“阿朗，你也来了！”

“齐董！”帅朗点头致意。

说话的当口，他感受到了齐然诺的目光。这一刻，他心里有些虚，目光下意识地躲闪了一下。

齐华好整以暇道：“怎么样？开始继续表决吧？”

蛇猎人冷冷地道：“看来齐董已经觉得大局已定了？”

齐然诺抢着道：“不然呢？佘总难道还有逆转乾坤的手段？”

蛇猎人不理会齐然诺，微笑地望着帅朗。齐然诺和齐华都有些诧异，盯着帅朗。

帅朗淡淡地道：“齐董前些日子，为了给二爷保外就医，上下打点应该费了不少心思吧？”

齐华脸色一变，隐隐闪过了一丝不好的预感：“你这话什么意思？”

“这事情引发了公众对于司法系统廉洁公正的关注。听说您被传唤过去一段时间，不过没有找到有效证据，最后不了了之了。”帅朗盯着他的眼睛，“不过很凑巧啊，正好最近一段日子，有个强奸犯服刑期限未满，实际上却保外就医出来了，而他恰好是您当年的老领导、长林一位卸任董事的儿子……”

帅朗一字一句，说得很慢。

也不知道是刻意安排，还是纯粹巧合，就在他说话的当口，长林集团会议室门口，传来了一阵喧嚣，却是几个警察闯了进来。

齐华心头一震，立刻明白了帅朗的用意：“你……你无耻！居然诬陷我！”

“谈不上诬陷，”帅朗摇摇头，“真的假不了，假的真不了，问句话而已，解释清楚您就出来了！”

齐华怒视着他，两只眼睛仿佛要喷出火来。两人就在这主席台上对峙，仿佛有风雷涌动。

齐然诺还有些不解，一边的马钧儒低声解释。

单单一个上下活动，为齐军争取保外就医，当然不会对他这位堂堂上市公司老总，产生太大的负面影响。但是，如果在这个节骨眼上，在赤飑投资成为第二大股东后重选董事会的当口，帅朗让司法人员到来，当着所有股东的面将齐华带走，事情可就大大不同了。

谁也不知道齐华到底是什么原因被带走，资本市场原本赌的就是情绪，就是人心，齐华一被带走，不用想也知道改选董事会将会是怎样的结局。而同时丢掉了东华和长林之后，齐家再想要夺回曾经的一切，可就难上加难了。

齐然诺听得目瞪口呆，怔怔地望着帅朗，没想到自己深爱了一年的男人，竟然会如此不择手段，愤怒不已：“帅朗，你还是不是人？”

“你问问他！”帅朗指着齐华，直视着齐然诺的眼睛，森然道，“当初谋算我父亲，逼他跳下天台的时候，所作所为难道都是光明正大的吗？”

“所以……”齐然诺望着他，眼睛里流淌出了泪水，“你也要变成这样的人，你也要用这样的手段来战胜你的对手？”

帅朗心中猛然一阵揪痛，想要说什么，却终于没说出口，偏了偏眼神，避开了齐然诺的目光，望着面前的齐华。

就在这瞬息间，齐华似乎猛然苍老，精气神一下子被抽空，他两眼空蒙地扫视着主席台下，扫视着自己掌控多年的王国，目光中无限眷恋。

“齐董，”帅朗的脸上波纹不生，“这就是资本。作为大鳄，您看似强大无比，其实也脆弱无比。当您强大的时候，所有人都围绕在您身边，没有人敢于冒犯，可是当您露出一丝虚弱，他们眨眼间就会弃你而去。这就是我父亲当年的境况，我想让您亲身尝尝。”

“好小子！好小子！你……你……”齐华哈哈大笑着，伸出颤抖的手指朝四周指着，先是指了指程董，继而移向蛇猎人，最终定格在帅朗身上，两眼盯着他，牙齿忽然咯咯作响。

他仅仅说了两声“你”，声音一声比一声微弱，最终还是没有发出第三字，就一头栽倒了下去。

“爸爸！”齐然诺连忙上前扶住他，这一声悲呼，撕心裂肺。

獭子等人则是冲上来就要厮打帅朗，蛇猎人的手下急忙保护帅朗，现场顿时一片大乱。

隔着重重人群，齐然诺慢慢直起身，愤怒地看着帅朗：“这就是你的复仇？这就是你想要的结果？”

第六十七章 拒绝

帅朗远远地望着倒在地上的齐华，有种很奇怪的感觉。看到齐华一头栽倒的瞬间，他脑海里居然浮现出自己父亲从高楼的平台，纵身跳跃下去的情形。

一时间他有些茫然，看着眼前这一片混乱，不知道为什么，心里空荡荡的。明明眼下的情形，意味着这一年来，他不惜一切代价，为父亲报仇的目标已经实现了，可此刻的心里竟然没有丝毫喜悦。

而齐然诺愤怒的指责、悲伤的哭泣声回荡在耳畔，更是让他心中纷乱，忽然明白齐华最后的不甘。对于齐家来说，蛇猎人始终都是正面交锋的敌人。那位程董，始终都是哪怕面上你好我好，暗地里却需要提防戒备的盟友。

唯有自己……至少，齐然诺曾经那么信任过他。齐家，无论是齐华还是齐军，也许真有那么一段时间，把自己当成了齐家的女婿，而自己终究是背叛了这样的信任。

齐然诺等人抬着齐华乱纷纷地离开了会场。远远地望着，帅朗不由一阵恍惚，仿佛有什么很珍贵美好的东西失去了再也找不回来，分外难受。

“看到了没有！”就在这时，蛇猎人开口。

他犹如胜利者，任由败者狼藉，话语声中，听不出一丁点儿情感的波动，冷冷地道：“这就是资本的力量。如果说二级市场的海鸥和海豚，还只是利用杠杆的力量，用小钱来赚取大钱。那么，在资本汪洋的源头，大鳄们同样四两拨千斤，追逐控股权。一旦成功，少量的资金掌控的，是成倍于资金本身的实体。”

帅朗定了定神，强迫自己恢复理智，认真地思索了一下之后，不得不点头同意：“是啊，三分之一股权的防御控制，可以破坏对手的行动。二分之一股权的相对控制，可以决定公司大部分的日常事务。而一旦三分之二股权的绝对控制，就可以像我父亲那样，轻轻松松地将完全控制在手的公司先退市，再增发，然后重新上市，谈笑间十倍百倍的扩大资本，迅速实现千亿资产的神话。”

“所以，成为大鳄才是我们这些交易员真正为之奋斗的终极目标！”蛇猎人转头望向帅朗，犹如蛇一般的目光，紧紧盯着帅朗，声音依旧还是那样阴阴的，冷冷的，“加入赤虺投资吧！你将成为赤虺投资的执行总裁。我可以立刻给你赤虺投资10%的期权。并且，我将和你签下合约，保证这个比例会随着你的业绩和资历，逐年递增，上不封顶！”

执行总裁？逐年递增的期权，上不封顶？

帅朗深深吸了一口气。这条件，说不吸引人那是假的。

毕竟，如今差不多大局已定，赤虺投资几乎可以确定拿下长林集团了，再招安了自己，也就等于顺势拿下东华渔业。只要花一点儿时间消化，就是一个庞大的商业帝国了。

而自己只需要同意被招安，按照蛇猎人给出的条件，可以说一上来就成了这样一个庞大商业帝国的二号人物。尤其那上不封顶的期权，更是赤裸裸暗示自己可以成为接班的太子。

阑珊资本只是间接控制了部分东华渔业和长林集团股权，但是实际上资金主要源于投资人，帅朗自己其实并没拥有多少钱，蛇猎人的这些条件显然可以让他收获更多的钱。

可是不能同意啊！

帅朗没有忘记，蛇猎人亲口承认，他在父亲郎杰遭遇滑铁卢时出手过。帅朗甚至怀疑，蛇猎人就是算计父亲的那股神秘势力。

这样的敌人，他可以联手，就好像当初和齐家联手对付了高迈一样。资本逐利，暂时和敌人联盟并不可耻。但是真的接受招安，就等于投降，等于认贼作父，他可不想。

何况，无论父亲的传奇，还是蛇猎人这次出神入化的出击，以及他自己这一年的经历，都已经让他尽情领略到了资本真正的神奇。见识过了这样的神奇，帅朗感觉自己当真是无法甘心再俯首帖耳，成为资本掌控之下的一个区区打工仔。

帅朗沉默了片刻，冷静而又坚决地摇头："对不起！可能是年轻人太过天真吧。可我还是想看看，自己能走多远！"

此言一出，帅朗明显感觉到，蛇猎人投来的目光更加阴冷了。那一刻，他甚至感觉到了杀气。只不过蛇猎人随即挪开了目光，没有暴怒，也没有继续劝说，更没有任何威胁，只是淡淡地点了点头，表示知道。

然后，他一句话也没有说，转身就走了。

走出了会议室，离开了长林大厦，上了他那辆加长的黑色林肯。

车疾驰而去，离开长林大厦越来越远之后，他方才取出手机，拨打了一个号码，冷冷地道："动手！"

第六十八章
出事

“帅朗，你这个乌龟王八蛋！”

当长林集团的股东大会上发生巨变之时，熊猫正在天台上喝酒。脚下七零八落，都是啤酒罐，还有呕吐的秽物。

这几天，他一直就是这么喝了吐，吐了睡，睡醒又继续喝，恨不得就这么喝死过去。

喝死过去，就不用再想起这些时日发生的事情，不用想起自己破产了，不用想起自己把父亲看病的钱输光了，不用想起自己的工作快要保不住了，更不用想起帅朗那天冷酷断言韭菜活该被收割的话语。

那番话，着实让他这棵已经被收割的韭菜，很痛、很痛，感觉自己和帅朗，真的成了两个世界的人。

不知道什么时候，醉了的熊猫，恍惚听到有人在叫他的名字：“熊猫，熊猫！”

声音，好熟悉。

他迷迷糊糊，努力挣扎着，想张开眼，可惜实在太乏力了。使出了吃奶的劲儿，他也只看到了一双雪嫩、雪嫩，惹人血脉偾张的小腿，正俏生生地出现在他的面前。

帅朗也很乏。从身体到头脑，到情绪，全方位都乏了。

他再也提不起一丝儿精气神，离开长林大厦，他就索性开车回到了自己的别墅，然后关掉手机，倒头就睡。这一睡，就是三天三夜。

除了吃喝，以及日常的生理需要，他都躺在家里的大床上，一动也不动。直到三天后，这才恢复过来，重新振作起来。

他随手打开手机，一边看看这些天有谁找过他，一边穿戴整齐，准备出门。可就在他走到门口的时候，忽然，手机上响起了微信视频通话的请求。请求方，居然是……沈涟漪。

帅朗带着些许惊喜，更多则是诧异，接通了通话。只见沈涟漪那边，似乎正是清晨，光亮刚刚开始普照大地。沈涟漪身后的校园，绿草遍地，古树参天，就好像置身于诗画里的仙境。

恬淡而又幽静的气息，不由让帅朗忍不住多看了一眼，耸了耸肩："环境不错啊！"

"还行！"虽然很久没有联系了，两人反倒没有了之前濒临分手时的对立。

沈涟漪淡淡一笑，就好像日常闲谈："毕竟是校园，节奏相对缓和一些。当然，缺点就是少了一些只争朝夕，百废待兴的朝气。"

帅朗轻轻叹了一口气，有些感触道："缓和些好啊！朝气太盛，就意味着与人斗、与地斗、与天斗的激烈！"

反倒是沈涟漪不以为然："你不会真以为国外就是世外桃源吧。我说的是校园，但是一样也有争斗的。别忘了，这里才是资本的起源之地。他们比我们多了几百年的时间，发展并且完善了资本市场。不过……”

说到这里，她踌躇了一下：“如果条件允许，其实我非常建议你也来学习一下。毋庸讳言，我们的资本市场确实落后了很多。虽然比如第三方监管这些独创，让我们在保障投资人资金安全方面，制度更加规范一些。但是对于资本的利用效率，却还真的只是小学生。不妨去比较一下海外券商的服务，品种更多，收费更低，完全超越了国内券商几条街……”

“是吗……”帅朗心不在焉地附和了一声。去学习？算了吧！

就好像身经百战的老兵肯定不屑去军校从操练开始，刚刚参与了数以百亿的资本运作以后，帅朗当然没有兴趣再去当乖学生。

视频那头，沈涟漪又强调了一声：“阿朗，我是认真的。有时候，如果太过执着于金钱得失，太过于急功近利了……不妨放缓一下自己的节奏，重新拿起书本，也许是一个不错的选择！”

帅朗一愣，终于感觉出不对了。从沈涟漪忽然联系自己，到现在这么没头没脑的话语，显然非常不对头。他不由皱眉：“你究竟想说什么？”

“你……”沈涟漪迟疑了一下，斟酌着试探道，“你最近是不是和熊猫起了矛盾？”

帅朗一头雾水：“矛盾？你说什么啊？”

沈涟漪也皱起了眉：“你没有看昨天的财经日报？”

“财经日报？写了什么？”帅朗茫然地摇了摇头。

沈涟漪的眉越发紧皱了，急促道：“真没有看？快去看一下吧。同学群里都炸开锅了，有人都通知到了我。你……阿朗，你应该一直都是非常坚强，永远都可以面对任何挫败的，对吧？”

“你究竟在说什么？”帅朗越发迷惑，心中也掠过了一丝不祥。只是还没等他来得及追问详情，忽然，楼下的门铃响起。

帅朗没有多想，就这样拿着手机下楼，打开了门。一开门，就看到穿着明显都来自于证监部门的三男一女正站在门口。

为首的人亮了一下工作证："我们是证监会稽查局的。请问您是东华渔业董事会秘书帅朗先生吗？"

"各位，阿朗出事了！"

傍晚，海鸥酒吧。难得阑珊资本的投资人全都济济一堂。他们正自三两成群，议论着最近资本市场上发生的各种新鲜事。当然，长林集团股东大会上的戏剧性一幕尤其是焦点谈资。

就在这七嘴八舌、气氛热烈之际，忽然叶阑珊走了过来。

她拍了拍手，吸引了众人注意之后，开口说道："我相信大多数人都知道阿朗的身份吧？不错，阿朗是郎老师的儿子，为了给郎老师报仇，他想办法获得齐家的信任，成了东华渔业的董事会秘书。正是有这样的便利，才促使了阑珊资本后来投资成功。"

说到这里，叶阑珊略微停顿了一下，扫了四周一眼。很安静！

但还有人有些不耐烦地皱眉："你把我们大家召集过来，到底是为了说什么事情？"

叶阑珊对这样低情商的话语，一点儿也不生气，耐心地重复了她的第一句话："我来是通知大家，就像刚才我所说的，阿朗出事了！"

"出什么事？"

"哎呀，我知道！财经日报上刊登了一篇文章，说是阿朗担任东华渔业证券事务代表，负责推动东华渔业上市期间，有一些违法违规的活动。"

"东华渔业上市期间，那是什么时候的老黄历？这种捕风捉影的八卦有什么用？"

"问题是，听说写这篇报道的是阿朗的发小。这家伙似乎真的透露了不少内情，引起了很大的社会反响，反正不是捕风捉影啊。

听说证监会介入了，而且是直接跳过地方的证监局，由证监会直属的稽查局亲自出马查办。”

好吧，都不用叶阑珊说了。投资人彼此间的交谈中，很快就把事情给描述了出来。

叶阑珊耐心等了好一会儿，这才再次拍了拍手掌，将大家的注意力重新吸引过来：“事情基本就像大家刚才说的那样。这里我想要提醒各位的是，我们必须做好事态进一步恶化的准备。”

立时有人叫道：“进一步恶化？什么意思？”

叶阑珊有条有理地回答：“怕就怕阿朗坚持不住。或者，证监会方面进一步挖掘出阿朗帮助我们阑珊资本，当初低价拿下东华渔业25%股份的事情！”

“这和我们阑珊资本有什么关系？”毕竟涉及自己的利益，顿时有人沉不住气，“我们可全是真金白银花钱买的。”

叶阑珊保持着微笑，不紧不慢，就好像是在说别人的事情一样：“因为涉及内幕消息的透露，还涉及内幕交易。毕竟阑珊资本确实在最合适的时间，用最便宜的价格，收购了东华渔业的股份。证监会完全可以判定阑珊资本内幕交易、扰乱市场等等罪名。”

“岂有此理！”顿时有人怒了，“那是你们做了这些乱七八糟的事情，我们可都是遵纪守法的好公民。没道理让我们买单吧？”

叶阑珊不和人斗嘴，心平气和地陈述事实：“阑珊资本的钱，本质上就是在场所有各位投资人的钱。所以阑珊资本得利，就是所有投资人得利。如果阑珊资本出问题，损失的每一分钱，自然也都是所有投资人的钱。嗯，对了，另外就算证监会那边没有行动。我们现在其实也很危险。毕竟，蛇猎人拿下长林不假，可是我们在东华渔业，只是来了一次漂亮的偷袭。齐家掌握的股份依旧比阑珊资本多，只需要再来一次临时股东大会重选董事，齐家就有极大可能拿回控股权。到时候，阑珊资本的利益仍然有受损的可能。”

"该死！我早说赚了钱，赶紧分红赶紧撤资赶紧散伙吧！"

"对！对！对！我们要分红！撤资！散伙！"

一石激起千层浪。很快，海鸥酒吧内群情汹涌。

站在叶阑珊身边的何哥满头大汗，竭力想要说服大家冷静下来，却根本没用。他最后也泄气了，沮丧地转头望向叶阑珊："这……这怎么是好？"

叶阑珊好整以暇："我的意见也是散伙。趁现在还没查到咱们阑珊资本，赶紧把钱分了，散伙！"

"什么？"此言一出，何哥不由吓了一跳，连连摇手，"不、不行，这……这怎么行？阑珊资本可是阿朗好不容易建立起来的！能有现在的规模不容易啊！"

可惜，大多数投资人的态度显然和他相反，他们纷纷将目光重新投向了叶阑珊。

"我这里有两个方案！第一个方案，是直接在二级市场上出售我们手里的所有股份，然后分钱。优点是明天就可以立刻执行，缺点是这样抛售，肯定会损失不少盈利。另外，我们手里有足足25%的东华渔业股份，根据相关规定，每次减持一定数量，都必须公告。而每次公告，都有可能引起市场恐慌。万一跌停的话，不仅损失更大，而且还会延长资产变现的时间。"

大家都是老交易员，叶阑珊的这个方案，没有人不能理解，更非常清楚这其中的弊端。

当下，就有人不满意地摇了摇头，催问："第二个方案呢？"

叶阑珊："第二个方案，是赤虺投资刚刚提出来的建议。他们那边愿意以现价的九折协议收购我们手里所有东华渔业股份。"

"现价？还九折？"这方案同样有人不满意。

还有人立刻计算起来了："这次受到长林集团被要约收购的股价下跌拖累，咱们手里的东华渔业股票也跌了不少。如果按照现价的九折来，可就是七块多每股……”

好家伙，这样一来，等于和阑珊资本最大盈利相比，减少了差不多三成。损失很大啊！

叶阑珊也叹了一口气：“这个方案的好处是协议收购，可以立刻拿到钱，不会夜长梦多。坏处就是赤飑投资那边乘人之危，开价太狠了。这就需要大家好好衡量一下，咱们到底是直接抛售股票损失大，还是接受赤飑投资的协议收购损失大。”

这下，反倒让最初迫不及待反对协议收购的人，又把话咽回去了。

会交易的人自然会计算。仔细算一下，直接抛售的成本损耗，还真未必会小于一成。何况，如果引发恐慌导致跌停，没有来得及抛售完，时间拖下去的不确定风险也大得可怕。

两害相权取其轻。这么一算，似乎选择第二个方案，才是明智之举。

可是，叶阑珊又说话了：“哦，差点儿忘了，如果选择第二个方案，还有一个问题。那就是需要投资人监督委员会同意，投资人监督委员会有一票否决权。很不巧，阿朗就是投资人监督委员会五位委员之一。他不在这里没有表态的话，流程上咱们其实是没法选择赤飑投资的协议收购。”

听到这话，一直都隐隐感觉有些不对头的何哥，就好像抓到了救命稻草，连忙点头：“对！对！对！这事儿啊，我觉得咱们最好和阿朗商量了再做决定！”

“对个头！”可惜，都没等叶阑珊发话，就有性急的投资人骂了起来，“你不知道阿朗现在被证监会调查了吗？怎么找他同意？浪费了时间，万一阑珊资本被冻结被罚款，这损失你掏腰包啊？”

也有细心的投资人，还真的去仔细翻阅了当初阑珊资本成立时，大家签订的投资人协议，很快就发现了应对之策：“没关系！

阿朗不能表态也没关系。这里协议上写得明明白白，只要三分之二以上的投资人一致同意，否决权就自动失效。”

“是……是有这么回事！可是……”何哥紧皱双眉。这一条协议他知道，当时制定投资人协议的时候，就是考虑到万一监督委员会的委员出事，或者被人收买的话，留下这一条就有应对和反击的余地。

只是帅朗恐怕自己也没有想到，这一条最后居然是针对了他自己。

更让何哥无奈的是，这一条被人发现之后，立刻引来众多叫好，更有人连连催促：“那还等什么？表决！表决！赶紧表决通过，大家分好钱，入袋为安！外面金山银山，都不如放入自己的兜里实在。”

还有人煞有介事地强调：“我觉得啊，阿朗在的话肯定不会反对。赤瓟投资不是咱们的盟友吗？阿朗不就是和赤瓟投资联合，才拿下长林集团的？”

总之，乱哄哄中，还真是表决通过了。

一盘散沙，一群乌合之众。

第六十九章
斗殴

胡子拉碴，变得有些沧桑的帅朗，刚走出证监局的第一时间，就被头顶火辣辣的阳光刺得眯了一下眼睛。

恰在这时，红色的玛莎拉蒂，疾驰到了面前。

看了一眼驾驶位上的叶阑珊，帅朗的目光微微闪动了一下，最终却还是拉开车门，坐了进去。

“厉害啊，阿朗！”车重新启动，叶阑珊笑了笑，“真没有想到，证监会愣是查不出你任何问题来。”

“熊猫主要揭发的是王老实的事情。可那些事情，很多都是你和熊猫背地里做的，我其实并没有牵扯多少进去。我可是有律证的，当时就算去做一些事情，也很小心地没有留下实锤的证据。最重要的是，我在经济上清清白白，没有拿一分钱的好处，自然就没有可以采信的证据链。那么，我能有什么麻烦？”帅朗随手拿起了叶阑珊放在面前的香烟，点燃吸了一口，然后瞥了叶阑珊一眼，若有所指地道，“蛇猎人很失望吧？”

叶阑珊仿佛没有听明白帅朗的言外之意，又仿佛听明白了却根本不在意，笑道：“佘总不失望啊，反而很欣赏你！毕竟，堂堂上市公司高管，随便什么时候动动手指，就可以拿到大把利润，却没有想到你这么沉得住气，真的一分好处都没有拿。做的事情也没有留下致命的证据，所以佘总直夸你天生就是干大事的！”

听到这话，帅朗抽烟的手微微顿了一下。他沉默了一会儿，方才叹了一口气：“这么说，你和蛇猎人果然是一伙的？”

叶阑珊的身体微微震了一下，沉默半晌，开口：“你应该早就猜到了吧！”

帅朗轻轻摇头：“当初，齐军说起海鸥酒吧不是你继承来的，而是盘下来的，我就有些怀疑了。不过后来，你居然把海鸥酒吧质押，筹措了钱交给我对付齐家，我那会儿也是真的感动。

“直到这次，我不知道你们是怎么说服熊猫的。但是熊猫的文章居然反反复复只提到王老实那些事情，我就知道你有问题了，因为那些事情都是阑珊资本成立之前发生的，怎么也牵扯不到阑珊资本。后面有关泄露内幕消息、涉及内幕交易的事情，他压根就没提，因为这样就会牵扯到阑珊资本，到时候我倒霉了，你们也不会好过。这么一推理，答案自然就可想而知。

“呵呵，现在想起来真是可笑！你当然无所谓海鸥酒吧质押的钱会亏损了。反正做空的蛇猎人会配合，阑珊资本怎么买长林集团的股票都不会亏。赚到了钱，自然就能更有把握拿下东华渔业。拿下东华渔业，自然就能更好地配合赤虺投资，对付长林……”

说着，帅朗笑了起来，笑得肚子都痛了。

他弯腰揉着肚子，好一会儿才恢复过来：“不过，有一点我没明白。你是打一开始就骗我的？那时候，就认定我会帮你们拿下长林？”

叶阑珊也笑：“当然不可能这么未卜先知。当时，就是觉得你是郎先生的儿子，单单这个身份，关键时刻就可以吸引齐家的注意，有利于我们对付齐家。可是谁也没有想到你能做得这么好！这么快就得到了齐家的信任，这么快就找到了齐家的破绽。还能利用郎先生的声望，召集起这么多投资人，筹措了这么多资金成立阑珊资本。七拼八凑起来的阑珊资本，居然还能这么犀利地抓住机会，一点点拿到了东华的控股，还间接控制了长林15%的股份。总之啊，无论我们还是齐家，都绝对不会想到你居然成为这场收购战中，这么至关重要、决定胜负的一方。”

好吧，这会儿终于不再叫师父，改口郎先生了。

帅朗也不以为意，自嘲地笑了笑：“看来，我还真是很厉害！”

叶阑珊看了他一眼，犹豫了一下，终究还是将手边的信封递给了他。

“什么？”

“抱歉！”叶阑珊幽幽一叹，“佘总需要完全拿下长林，如果可以的话，也不介意完全拿下东华。在这种情况下，掌握了东华渔业25%股份，同时又间接掌控长林15%股份的阑珊资本，他志在必得，所以……”

听到这话帅朗的目光微微一凝，随手将信封扔了回去，冷笑：“所以，你趁着我被审查的当口，卖掉了阑珊资本？嗯，明白了，我终于明白了！我说你们为什么要利用熊猫，但是对我的攻击又那么可笑。原来，你们真正的目的就是把我和阑珊资本的投资人隔离，并且给那些投资人散布恐慌，好趁机拿下阑珊资本！好算计！哈哈，真是好算计！”

带着嘲弄的夸赞才出口，帅朗却猛地收敛笑容，话音也蓦然严肃：“那么，可以跟我说一句实话了吧——你们就是害死我父亲的元凶？”

“不是啊！”叶阑珊赶紧辩白。

她顿了顿，很认真地筹措了一下言辞，解释道："佘总不是跟你说过？是郎先生露出了破绽，让海鸥资产就好像一头大象忽然倒在荒原上奄奄一息。大家自然要把握住这个机会，如同鬣狗、秃鹫一样蜂拥而上，尽最大可能从你父亲身上狠狠撕咬下一大口肉。我们不过是逐利的鬣狗和秃鹫而已，可不是算计你父亲的元凶。"

帅朗没有回应叶阑珊。他沉默着，狠狠抽了好几口烟，这才忽然开口："停车！"

"什么？"

"我说停车！"

叶阑珊被帅朗的这一声突然大吼给唬住了，慌忙将车停到了路边。帅朗没有丝毫犹豫，立刻下车，连支票都没有拿。

"阿朗！"叶阑珊连忙跟着下车，她倒是没有忘记拿起支票，挥着它，在后面叫道，"不要赌气，阿朗！和佘总合作，才是你最好的选择！我……我可以帮你去说情！你……你是不知道，佘总有多可怕！"

帅朗冷笑着挥了挥手，但是没有回头，就那么坚定地远离。

远离了叶阑珊，帅朗这才找了一个僻静的草地，懒洋洋地躺下。

"唉，真是冲动了！其实应该接受叶阑珊的橄榄枝。哼哼，以后是敌人还是朋友，以后再说好了，说不定还能麻痹他们，出其不意反杀？"

"幼稚！佘道林是什么人？大名鼎鼎的蛇猎人！他会给你这样的机会吗？不！如果你现在软弱地妥协了，你就会一步步陷下去，最后被他掌控！

"没有这么玄乎吧？至少，应该拿了那张支票。帅朗，这是你应得的。毕竟，没有你，哪来的阑珊资本。蛇猎人想要入主长林，恐怕也没有那么容易！

“天真！这支票哪里这么好拿？信不信，你前一秒拿了，下一秒，他就能坐实你的各种罪名？让你永世不得翻身！

“不至于吧？哪有这么厉害！真有这么厉害，唉，倒是要小心，这么决裂之后他应该会出手报复吧？

“还用猜测？你傻吗？这次是怎么被证监会调查的？阑珊资本是怎么被赤飏投资拿下的？佘道林早就出手了！

“该死！还真是这样！不过，老子也不是吃素的！真逼急了，老子就让他好看！

“你？凭什么？嘶，你疯了？你不会是想用那招吧？那可是同归于尽。他固然要倒霉，你也会坐牢，不死也得掉层皮！

“所以说……是逼急了！不过真有些想这么做啊！否则，太窝囊了！”

一番自言自语，正说得起劲，忽然，帅朗听见车轮轮胎和地面刺耳的摩擦声。帅朗下意识地抬头，就看到一辆汽车疾驰而来，猛地就在不远处停下。

是……齐然诺！

帅朗连忙站起身，默默地望着她。齐然诺就这么慢慢地走了过来，久久没有说话。

“齐董……”帅朗迟疑片刻，问道，“他怎么样了？”

“让你失望了，他还活着，醒过来，又昏迷了过去。”齐然诺淡淡地道，“我爸说想要见见你。”

“见我？”帅朗愕然片刻，忽然苦笑，“事已至此，见和不见有什么两样？”

齐然诺脸上没有丝毫变化，依然是那么认真：“我爸知道你会这样说的，所以他让我带了一句话——资本市场上的恩与仇，你看懂了吗？”

“恩与仇……”帅朗喃喃地重复着，忽然想起自己这跌宕起伏的一年。他还是青春岁月，只是短短一年，却已经在这资本市场上把一切都消磨殆尽。青梅竹马的沈涟漪绝望离去，发小死党熊猫倒戈相向，信赖至深的叶阑珊反手一刀，而眼前这位曾经深爱自己的女孩，如今也是形同陌路……

“我爸说，你告诉阿朗，”齐然诺板着脸，一字一句地复述，“你也玩了一年的资本，应该知道这样的事情在资本市场上太常见了。我的确暗算了郎杰，可是那是因为他在并购中露出了破绽，引得无数资本蜂拥而来，要分而食之。我的所作所为只是为了保护自己，获取自己最大的利益。如果有一个人跳楼，资本市场上的每一块钱都不是无辜的。你要是仅仅因为这样就把我当成杀父仇人，那么这世上你真是有数不清的仇人了。”

和方才叶阑珊的话一模一样，帅朗忍不住苦涩地笑了起来，笑得苍凉悲伤。

“他为什么要和我说这些话？”帅朗问道。

齐然诺怔怔地盯着他，眼眶突然湿红，帅朗望着那双眼睛，猛然就是一阵颤抖。原来如此！齐华知道自己难以熬过这一关，生死难料，他深知齐然诺对帅朗的爱，他只想让女儿在未来的生活中不要满怀仇恨而活，所以，宁愿和亲手毁掉自己的敌人和解！

“然诺——”帅朗心怀激荡，望着眼前的女孩满心都是负疚。

“不要这样看着我！”齐然诺认真的表情终于崩溃，疯狂地大吼着，“我讨厌你这样看着我！当初有多爱你，现在我就有多恨你！”

“你听我说，然诺——”帅朗上前几步想要拉住她，齐然诺一把甩开他的胳膊，捂着脸朝汽车奔跑了过去。

刚刚奔跑到路边，猛然间一辆汽车疾驰而来，帅朗大惊失色，疯狂地大叫着，可齐然诺却浑然没有发觉，径直和汽车撞在了一起。这一刹那，似乎整个世界都静止了，整个世界都支离破碎，帅朗呆滞地看着齐然诺的身躯仿佛蝴蝶般飞起，飘舞，坠落。

帅朗连滚带爬地扑过去，抱起了齐然诺，她浑身都是鲜血，人已经昏迷不醒。帅朗疯狂地呼喊着，无助地抱着女孩的身体，泪流满面。

“你醒一醒！然诺，对不起！对不起！对不起——”帅朗号啕痛哭。

这时，远远跟在外围的獭子等人也急忙下车，冲到了面前。

“帅朗，你这混账东西！”还没等帅朗回过神来，獭子已经狠狠地击中了他的面门。

帅朗被这一拳打得头晕眼花，獭子等人七手八脚把齐然诺抱起来，朝着车奔跑过去，帅朗坐起身想追过去，獭子回过身，一拳又打在他肚子上，打得他跌倒在地。

“齐董一直昏迷不醒，二爷重新被重判，你他妈祸害的还不够吗？”獭子怒吼，“这傻丫头只是想来见见你，为什么连她也害？！”

帅朗有些愕然，齐华一直昏迷不醒？难道不是齐华让齐然诺来的？是她自己想来见自己？

“都是因为你！这傻丫头，她……她真傻！”獭子喊叫着，又是一拳打来，“帅朗，你这王八蛋！这所有一切，都是你害的！”

獭子一边大吼，一边一拳又一拳，狠狠地打在帅朗身上。帅朗起始还只是身子弯曲，用双手双脚保护住自己全身要害。

听着听着，忽然他一拳狠狠打在了獭子脸上，顿时把獭子打得连连踉跄，倒退了十多步。

帅朗喘着粗气：“獭子，好好照顾她。如果她能醒过来，告诉她，男子汉大丈夫恩怨分明，我欠她的，我会还给她！”

“还？你拿什么还？你怎么还？”獭子冷笑。

“我自然有办法还！”帅朗喃喃地说着，他悲伤地望着远处。汽车载着昏迷不醒的齐然诺正疾驰而去，慢慢消失在都市的尽头。

尾声

医院，池塘边。

齐然诺安静地坐在轮椅上，安静地看着面前的池塘，看着池塘内的荷叶，看着池塘里游动的蝌蚪。

“诺诺！”这一片静谧，忽然被獭子来自远处的呼喊声打断。

齐然诺没有回头，依旧静静地看着面前的池塘。

獭子疾奔到跟前，气喘吁吁地道：“帅……帅朗，自首了！”

帅朗两字这才出口，齐然诺的身子顿时微微动了一下。

只是她依旧没有回头，还是静静地看着面前的池塘，静静地听獭子继续说着：“这家伙真的跑去证监会自首了，自首的全是和阑珊资本有关的事情。丫丫个呸，真有种啊！本来证监会可没有查这块。嗯，这家伙是拿过律师证的，自己又谨慎，只要他不自首，多半也查不出什么来。

“但是这一自首就不一样了，他肯定会被判刑，而且……我问过人了，多半还会被禁止进入金融市场。总之，事情很严重。”

“然后呢？”齐然诺平静地问。

“哦，你是说蛇猎人？他都付出这么大的代价了，赤虺投资那边肯定也不好受。叶阑珊已经被抓起来了，佘道林虽然暂时还没有牵扯到，但是也陷入了麻烦。因为阑珊资本拿下东华渔业的股份既然涉嫌违规，那么通过东华渔业间接控制的长林集团股份，自然也不该有相应的表决权。诺诺，咱们的机会来了！完全可以通过申诉，将那些有瑕疵的表决作废，重新夺回东华渔业，夺回长林集团！”獭子越说越兴奋。

齐然诺却始终平静，平静得好像她已经完全没有了感情的波动：“那又怎样？爸爸还是没能救过来，二叔也已经被重判。没有了他们的东华和长林，还是原来的东华和长林吗？”

獭子的话顿时戛然而止。

“诺诺……”他嗫嚅一声，愣了半天，却始终都说不出其他话来。

齐然诺平静地说道：“你觉得帅朗为什么自首？”

“为……为什么？”獭子真心挠头，挠了半天，试探道，“也许……他真的是良心发现？”

他自己都觉得有些不可信。

齐然诺倒是没有在意：“嗯，也许真是良心发现，真想要赎罪！也许，他的自首只是为了自保。更可能，他的自首，是盘算着为日后东山再起做准备？”

“自保？东山再起？”獭子不由懵懂了。他只做了一个自己觉得不怎么靠谱的猜测——良心发现赎罪。可是，自保、东山再起是什么东西？

齐然诺没有解释，她仍然静静地看着面前的池塘，那么认真，那么仔细，仿佛要看出花来一样。好半天才又开口，认真道：“獭子哥，给你一个忠告！”

“什么？”

“像帅朗这样的人，你永远不要猜测他究竟在想什么，因为谁也猜不出他的一举一动，可能只是随意，却已经针对你下了一盘棋。所以，对付他，最好就是酝酿好所有力量，不管不顾砸过去。”

说这话的时候，齐然诺终于磨了磨牙，冷漠地笑了。